CODENAME: VIRGO

JANIE CROUCH

Übersetzt von

TINA LOHSE

A Calamittie Jane Publishing Book

Kapitel 1

Fünf Jahre zuvor

Bei der Ausbildung zum Navy SEAL sollen die Anwärter an die Grenzen ihrer mentalen und physischen Leistungsfähigkeit gebracht werden. Harrison „Sarge" McEwan wusste das aus erster Hand.

Fast jeder hatte von dem vierundzwanzigwöchigen BUD/S-Training – Basic Underwater Demolition/SEAL – und der berüchtigten *Hellweek* gehört, die die SEAL-Anwärter durchlaufen mussten, um all die auszusortieren, die nicht das Zeug dazu hatten.

Aber das war erst der Anfang.

Es lagen noch Monate der Ausbildung vor den Anwärtern, bevor man sich offiziell das Trident-Abzeichen verdient hatte: Bodenkampf, Fallschirmspringen, Kampftauchen, Aufklärung und Taktik, Waffenausbildung, Umgang mit Explosivmitteln, Überlebenstraining und Rettungsmedizin.

Erst danach und nach einem weiteren Jahr, in dem man beweisen musste, dass man all diese Informationen fest im Kopf hatte – indem man so lange trainierte, bis man sie in- und auswendig kannte –, wurde man ein SEAL.

Sarge war seit siebzehn Jahren in der Navy und seit elf Jahren ein SEAL. Es gab nicht viele Dinge, für die er nicht ausgebildet worden war.

Aber die Umstände an diesem Tag gehörten zu diesen Dingen.

Es war so weit, den Rückzug anzutreten.

Jeder ausgebildete Soldat, überhaupt jeder, der eine Kriegermentalität besaß, würde sagen, dass die schwierigsten Missionen nicht unbedingt die waren, bei denen man dem Tod ins Auge blickte. Am schwierigsten war es, wenn eine Mission, für die man bereit war, ans Äußerste zu gehen, in letzter Minute abgebrochen wurde.

Genau das war seinem Team heute mitten in der Tschechischen Republik passiert.

Sie waren kurz davor gewesen, in ein Gebäude einzudringen – voll bewaffnet und bereit zu töten –, als sie zum Rückzug aufgefordert wurden. Die Geiselbefreiung war mit diplomatischeren Mitteln erreicht worden.

Sie hatten sich sofort still und leise zurückgezogen, niemand hatte ihre Anwesenheit bemerkt, zumal sie offiziell gar nicht in dem Gebiet sein durften. Somit war die Situation glimpflich ausgegangen, aber durch die plötzliche Kehrtwende hatten sie mit einer Menge nun unnötigen Adrenalins in den Adern dagestanden.

Nach der Nachbesprechung hatten Sarge und sein Team eine Auszeit bekommen, um sich etwas abzureagieren. Die meisten von ihnen waren durch die Kneipen gezogen. Alkohol war in Osteuropa billig und die Frauen waren es auch. Sie verbrachten ihre Zeit damit, zu trinken und sich den Frust von der Seele zu vögeln.

Normalerweise leistete er den Jungs in den Bars Gesellschaft, und sei es nur, um auf sie aufzupassen. Er war älter als die meisten im Team. Weniger ungestüm. Er sorgte dafür, dass niemand zu sehr aus der Reihe tanzte.

Aber heute brauchte er Abstand von den Leuten, wollte seinen Kopf freibekommen. Niemand war überrascht, dass er alleine loszog. Sarge war nicht gerade der geselligste Mensch.

Sie waren in Prag, etwa hundert Meilen südlich von ihrem Einsatzort der abgebrochenen Mission. Die Navy hatte ihn schon in die ganze Welt geschickt, aber in dieser Stadt war er noch nie gewesen. Er verbrachte ein paar Stunden damit, in den touristischen Ecken der Stadt herumzulaufen, und als die Sonne unterging, fand er sich abseits der ausgetretenen Pfade wieder. Die Gebäude waren dort nicht ganz so sauber, die Stromversorgung weniger zuverlässig.

Das Gute daran, ein Navy SEAL zu sein, war, dass die Ausbildung einem das Selbstvertrauen gab, dorthin zu gehen, wo sich die meisten Touristen nicht hinwagen würden. Er war ziemlich weit entfernt von der berühmten Prager Burg oder der Karlsbrücke, einem weiteren beliebten Ausflugsziel.

Und obwohl er sich keine Sorgen darüber machte, wie er mit eventuellem Ärger umgehen würde, wollte er sein Glück auch nicht herausfordern. Er hielt den Kopf gesenkt, sodass es so aussah, als seien seine Augen auf den Boden gerichtet, obwohl er alles, was um ihn herum geschah, wahrnahm.

Und da erblickte Sarge sie.

Ein Mädchen, sie musste ein Teenager sein, saß auf der untersten Fensterbank eines alten Hauses und las ein abgegriffenes Taschenbuch, während die Nacht über die Stadt hereinbrach. Das Buch zerfiel in ihren Händen und war kaum mehr als eine lose Blättersammlung. Er wäre an ihr vorbeigegangen, ohne sie groß zu beachten, wenn dieses Buch nicht gewesen wäre.

Er fragte sich, was sie las, wie es nur jemand tat, der selbst Bücher liebte. Er sah nicht mehr viele junge Leute

Taschenbücher lesen – wodurch er sich so verdammt alt vorkam –, da sie ihren elektronischen Geräten verfallen waren. Ihr Anblick gab ihm also ein wenig Hoffnung, dass seine besten Jahre vielleicht doch noch nicht hinter ihm lagen.

Er war kaum auf der anderen Straßenseite vorbeigegangen, als er sie schreien hörte. Er drehte sich instinktiv um und sah, dass sich zwei Männer zu ihr gesellt hatten – ein älterer und ein jüngerer. Einer von ihnen hatte sie von ihrem Sitzplatz zu Boden gerissen.

Sie stand wieder auf, Teile ihres Buches in der Hand, und sagte etwas zu den Männern, das er nicht hören konnte. Der jüngere Kerl, vielleicht Mitte zwanzig, verpasste ihr eine Ohrfeige.

Das ganze Adrenalin, das er in den letzten Stunden loszuwerden versucht hatte, kam zurück, als ihr Kopf herumwirbelte.

Das war nicht sein Problem, nicht seine Angelegenheit. Er wusste, dass es die Situation auf lange Sicht nur verschlimmern würde, wenn er ihr zu Hilfe käme.

Diese Lektion hatte er gelernt, als er als Kind auf der Farm seiner Familie einen Schmetterling gefunden hatte, der versucht hatte, aus seiner Puppe zu schlüpfen. Das Tier hatte sich so sehr abgemüht, dass er beschlossen hatte, ihm zu helfen und den Kokon mit seinem Taschenmesser ein wenig aufzuschneiden.

Aber letztendlich hatte es nur dazu geführt, dass der Schmetterling nicht die Muskeln entwickelt hatte, die er zum Überleben brauchte, sobald er draußen war. Der Schmetterling war gestorben, weil seine Flügel zu schwach zum Fliegen gewesen waren.

Wenn er dem Mädchen jetzt half, mochte er ihr vielleicht Prügel ersparen, aber es konnte auch zu größeren Problemen führen, und das war das Letzte, was Sarge tun wollte.

Aber als der junge Mann sie erneut schlug und sie zu Boden fiel, zusammen mit den Resten ihres Taschenbuchs, setzten sich seine Beine wie von allein in Bewegung, dem Ärger entgegen. Er könnte beide Männer ausschalten, dauerhaft, aber das würde noch mehr Probleme verursachen – von internationaler Größe.

Sarge wusste sofort, was ihnen durch den Kopf ging, als sie ihn sahen. Alle drei erstarrten.

Es war seine Größe. Er war es gewohnt, sowohl seinen Status als Amerikaner als auch seine Statur herunterzuspielen: Eins neunzig groß und hundert Kilo Muskelmasse. Aber in diesem Moment versuchte er nicht, diesen ersten Eindruck zu entschärfen.

Als er die Straße überquerte, hatten sich die beiden Männer bereits umgedreht und gingen davon, wobei der junge Mann dem Mädchen einen letzten stechenden Blick zuwarf. Sarge blieb stehen, bevor er ihr zu nahe kam, und sah zu, wie sie vom Boden aufstand und die Einzelteile ihres Buches aufklaubte.

Ihre Augen, das klarste, leuchtendste Blau, das er je gesehen hatte, begegneten seinen. Ihr braunes Haar fiel über ihre Schulter, während sie sich einen Tropfen Blut vom Mundwinkel wischte.

Er sagte nichts. Er bezweifelte, dass sie Englisch sprach. Er nickte nur und drehte sich in die Richtung um, aus der er gekommen war, und hoffte dabei, dass er ihr das Leben nicht noch schwerer gemacht hatte.

„Danke."

Er hätte schwören können, dass er die Worte gehört hatte, als er sich abwandte, aber er blickte nicht zurück. Es war besser für sie, wenn er sie ganz in Ruhe ließ.

Er zwang sich, zurück in den belebteren Teil der Stadt zu gehen und einen Happen zu essen. Das war besser als der Plan, den er verfolgen wollte – diese Arschlöcher aufzuspüren und ihnen zu zeigen, wie es war, von jemandem geschlagen zu werden, der größer war als man selbst.

Nicht sein Problem. Er musste sich das unterwegs immer wieder vorsagen.

Ein paar Stunden später las er an einem Tisch im Freien mit Blick auf die Karlsbrücke sein eigenes Taschenbuch und trank ein wässriges Bier, als ihm jemand ins Auge fiel.

Es war das Mädchen.

Sie sah anders aus. Ihr braunes Haar war zur Seite über ihr Gesicht gezogen und verdeckte die markanten blauen Augen. Auch ihr Make-up und ihre Haltung waren anders – sie achtete darauf, keine Aufmerksamkeit auf sich zu ziehen.

Sarge nahm einen Schluck Bier und beobachtete sie.

Es wirkte fast, als hätte sie sich verlaufen, sie machte ein paar Schritte in die eine Richtung und drehte sich dann in die andere, ohne mit irgendjemandem Augenkontakt aufzunehmen oder zu versuchen, mit jemandem zu reden. Doch als sie an einem Paar etwas zu dicht vorbeiging, wurde ihm klar, was sie im Schilde führte.

Sie bestahl diese Leute. Er schmunzelte vor sich hin.

Im Laufe der nächsten Stunde beobachtete er, nun mit einem Kaffee statt Bier, wie sie drei verschiedene Opfer bearbeitete. Es gab keinen besseren Ort als diesen, um unbedarfte Touristen zu finden, die nicht aufpassten und sich von der Romantik der Moldau gefangen nehmen ließen.

Und sie war gut bei dem, was sie tat. Klein, schnell, unauffällig … solange sie ihre blauen Augen auf den Boden gerichtet hielt.

Dann tauchte er auf – das jüngere Arschloch von vorhin. Er wartete an einer nahe gelegenen dunklen Ecke der Brücke. Sobald die junge Frau ihn sah, lief sie mit ihrer Beute zu ihm hinüber.

Seinem Gesichtsausdruck nach zu urteilen, war es nicht genug. Er packte ihren Arm mit genug Kraft, um blaue

Flecken zu hinterlassen, zog sie mit einem Ruck näher zu sich heran und flüsterte ihr etwas zu. Sie nickte und wich eilig zurück.

Was auch immer er gesagt hatte, machte sie nervös. In den nächsten zwanzig Minuten versuchte sie zweimal, eine weitere Brieftasche zu stehlen, wurde aber fast erwischt. Ihre Bewegungen waren nicht mehr geschmeidig. Außerdem wurde es später, die Geschäfte schlossen und die Leute wurden weniger und natürlich auch misstrauischer.

Sarge hielt seinen Kopf gesenkt und sein Buch vor sich, damit es nicht so aussah, als würde er zusehen, als der Kerl ihr Zeichen gab, zu ihm zurückzukommen. Ein übergewichtiger Mann mit schütterem Haar stand neben ihm.

An ihren zögernden Schritten und dem verschmitzten Lächeln, das der Mistkerl dem Übergewichtigen schenkte, erkannte er, dass er soeben der Zuhälter des Mädchens für die Nacht geworden war.

Verdammt noch mal.

Wieder einmal sagte er sich, dass er wegsehen sollte – sowohl im wörtlichen als auch im übertragenen Sinne. Das war eine Situation, an der er in der kurzen Zeit, die er in Prag hatte, nichts ändern konnte. Trotzdem bezahlte er seine Mahlzeit und setzte sich in Bewegung.

Das Mädchen war nicht daran interessiert, Zeit mit dem dicken Mann zu verbringen, das war offensichtlich. Es war auch klar, dass sie in dieser Angelegenheit keine Wahl hatte.

Sarge wischte sich mit der Hand über das Gesicht, als das Arschloch sie näher an den fetten Mann heranschob. Sie sträubte sich nicht, aber sie ließ die Schultern hängen, als hoffte sie, im mittelalterlichen Pflaster versinken zu können.

Wieder einmal erwischte er sich dabei, wie er seine Nase in fremde Angelegenheiten steckte.

Das Arschloch sah ihn zuerst und seine Augen verengten sich. Diesmal würde er nicht weglaufen.

„Das geht Sie nichts an", sagte er in überraschend gutem Englisch, als Sarge in Hörweite kam. „Kümmern Sie sich um Ihren eigenen Kram."

Der Kopf des Mädchens hob sich bei seinen Worten, und ihre bemerkenswerten Augen weiteten sich, als sie ihn sah. Aber dann machte sie sich wieder klein, ohne sich von dem dicken Mann zu lösen, der jetzt ihren Arm festhielt.

„Wie viel für sie für die ganze Nacht?" Er wusste nicht, wie er sie sonst von diesen Typen wegbekommen sollte, ohne dass es für sie in Prügel endete.

Der Mistkerl, der sie vorhin geschlagen hatte, grinste. „Fünfhundert."

Sarge blieb cool. „Wir wissen beide, dass das zu viel ist." Nicht, dass er nicht fünfhundert gezahlt hätte, um ihr zu helfen, aber er wusste, dass das auf lange Sicht nur noch mehr Ärger verursachen würde. „Sagen wir hundert."

Er verschränkte die Arme vor seiner schmalen Brust. „Für hundert kannst du mit ihr in die Gasse gehen und sie wird dich sehr glücklich machen."

„Nikolai", keuchte das Mädchen, ihr Kopf schnellte nach oben, pure Verzweiflung in ihrem Gesicht. Das war offensichtlich nicht normal für sie.

Sarge wollte Nikolai am liebsten in den Boden stampfen.

Er grinste. „Für hundertfünfzig könnt ihr sie euch teilen. Fünfundsiebzig Dollar für jeden. Okay? Die hält das aus."

Der dicke Mann befeuchtete seine Lippen, während das Mädchen blass wurde und so schnell zu atmen begann, dass er dachte, sie würde gleich ohnmächtig werden. Der dicke Mann sprach offensichtlich Englisch und sah begeistert aus, weil er auf ein Schnäppchen hoffte.

Sarge war mit seiner Geduld am Ende.

Er verschränkte die Arme vor der Brust und ahmte damit Nikolais Haltung nach, nur dass er über fünfzig Pfund mehr Muskeln verfügte. „Wie wäre es, wenn ich dir hundertfünfzig gebe, sie die ganze Nacht in meinem Hotelzimmer behalte und dir nicht die Scheiße aus dem Leib prügele?" Er sah zu dem dicken Mann hinüber. „Keinem von euch. Mein letztes Angebot."

Der dicke Mann machte auf dem Absatz kehrt und verschwand. Gut so. Mieser Perversling.

Nikolai gefiel der Vorschlag nicht. Ihm lag offensichtlich daran, das Mädchen so weit wie möglich zu demütigen.

„Was willst du die ganze Nacht mit ihr machen?“

„Das geht nur sie und mich etwas an." Sarge nahm das Geld aus seiner Brieftasche und drückte es ihm gegen die Brust. „Halte dich bis morgen früh von ihr fern."

Nikolai faltete die Geldscheine langsam zusammen. „Du magst mein quirliges Mädchen? Gut, du kannst sie die ganze Nacht haben. Aber ich begleite dich zum Hotel, damit du auch sicher dort ankommst."

So viel zu seinem Plan, sie nach Hause zu schicken, sobald Nikolai weg war. Er wollte diesen kleinen Scheißer verprügeln, bis er nach seiner Mama schrie.

„Von mir aus", sagte Sarge.

Das Mädchen schwieg und schlurfte neben ihnen her, als sie die paar Blocks zu seinem Hotel gingen. Im Moment sah sie sicherlich nicht sehr quirlig aus. Es gab nichts, was er sagen konnte, um sie zu beruhigen, also versuchte er es auch nicht.

Nikolai war dreist genug, sie bis zur Tür der Lobby zu begleiten. „Wir sehen uns morgen früh, Bronya. Ich bin sicher, du bekommst ein großes Trinkgeld von deinem Amerikaner. Pass auf dich auf, Schwester."

Bronya.

Sarge wusste nicht, ob er hoffen sollte, dass sie wirklich seine Schwester war oder nicht. Wenn es so war, würde sie vielleicht nicht Nikolais eigenen Avancen ausgesetzt sein.

Aber wenn er seine eigene Schwester gegen ihren Willen verkaufte … was für ein Schlamassel.

Sie ließen ihn stehen und gingen hinein.

„Sprichst du Englisch?", fragte er sie. Er beherrschte ein paar andere Sprachen, aber er wollte diese Information nicht unbedingt preisgeben.

„Ein bisschen", flüsterte sie ohne jede Spur eines Akzents.

„Wird Nikolai warten, um zu sehen, ob du tatsächlich mit mir aufs Zimmer gehst?"

Sie nickte. „Er wird hier mindestens ein paar Stunden warten. Wenn ich früher rauskomme, dann …" Sie verstummte. Er würde wollen, dass sie ihm Geld gab? Offensichtlich. Er würde wollen, dass sie sich einen zweiten Freier für die Nacht suchte? Wahrscheinlich. Er würde sich noch weiter an ihr vergreifen, weil er ein Arschloch war und Sarge seine Demütigungspläne durchkreuzt hatte? Möglicherweise.

Er hatte keine Ahnung, was er mit ihr machen sollte, sobald sie in seinem Zimmer war.

Er hatte absolut kein Interesse daran, Sex mit einer traumatisierten Teenagerin zu haben, die zu etwas gezwungen wurde, was sie nicht tun wollte. Er hatte keinerlei Geschick im Umgang mit Menschen. Ihr gut zuzureden, damit sie sich wohler fühlte, kam also nicht infrage.

Wie immer wollte er einfach nur in Ruhe gelassen werden. Aber das schien keine Option zu sein. Nicht heute Abend. Nicht mit ihr.

„Ich weiß, du gibst wahrscheinlich nicht viel auf mein Wort, aber wenn ich dir verspreche, dich nicht zu verletzen oder zu berühren, würdest du dann mit mir aufs Zimmer kommen?"

Kapitel 2

Fünf Jahre zuvor

Der große Mann hatte recht – sein Wort bedeutete Bronya nichts.

Aber sie folgte ihm trotzdem schweigend in den Aufzug. Sie hatte nicht gelogen, als sie gesagt hatte, dass Nikolai die nächsten Stunden draußen warten würde. Inzwischen hatte er vermutlich ein weiteres Mitglied seiner Bande angerufen, damit jemand sowohl den Vorder- als auch den Hinterausgang des Hotels bewachte.

Wenn er sie dabei erwischte, wie sie sich vor dem Morgen hinausschlich, würde sie den Rest der Nacht definitiv auf den Knien verbringen und jedem zu Diensten sein, den er finden konnte und der dafür bezahlen würde. Wahrscheinlich würde er ihren Körper umsonst feilbieten, um sich dafür zu rächen, dass sie ihn letzte Woche zurückgewiesen hatte.

Sein Vater hatte sehr deutlich gemacht, dass Nikolai sie nicht anfassen durfte, wenn sie es nicht wollte. Und Gregorys Wort war Gesetz in ihrer Nachbarschaft. Das hatte sie in den letzten zwei Jahren vor Nikolais Annäherungsversuchen beschützt. Sie war sechzehn gewesen, als ihm aufgefallen war, dass sie Brüste hatte, und begonnen hatte, ihr nachzustellen.

Bis vor kurzem war es für ihn nur ein harmloser Zeitvertreib gewesen, sie zu quälen. Sie war ihm nicht oft in den Sinn gekommen, also hatte er ihr auch keinen Ärger gemacht.

Aber als sie vor ein paar Monaten achtzehn geworden war, hatte sie ihn vor einigen seiner Leute abblitzen lassen. Daraufhin hatte Nikolai beschlossen, sich mehr Mühe zu geben, ihr das Leben zur Hölle zu machen.

Gregory war immer mit dem Geld zufrieden gewesen, das ihre Taschendiebstähle erwirtschafteten. Sie machte das schon, seit sie klein war, und sie war ziemlich geschickt darin. Gregory hatte sie auch ab und zu für einige größere Einbrüche eingesetzt.

Bronya war gut. Sie wusste, wie sie unauffällig bleiben und dies zu ihrem Vorteil nutzen konnte. Dank dieser Fähigkeit hatte sie in den sieben Jahren seit dem Tod ihrer Eltern genug zu essen gehabt und relativ sicher gelebt.

Bis Nikolai beschlossen hatte, dass er sie für sich wollte.

Sie hätte mit ihm schlafen sollen. Vorgeben, in ihn verliebt zu sein. Das hätte ihn gelangweilt und ihn auf Abstand gehalten.

Ab dem Moment, als sie Nein sagte, war er plötzlich von ihr besessen. Als ihm klarwurde, dass sie es ernst meinte, eine Entscheidung, die durch den Erlass seines Vaters gestützt wurde, verstärkte er seine Bemühungen.

Es gab keine Nachsicht mehr, wenn sie mit ihren Diebstählen nicht genug einbrachte. Plötzlich wurde von ihr erwartet, dass sie mit allen ihr zur Verfügung stehenden Mitteln – auch mit ihrem Körper –, die nötige Summe aufbrachte, um in Gregors Schutz zu bleiben. Und ohne

Gregorys Schutz würde Bronya nicht lange auf der Straße überleben.

Sie hatte gelernt, damit zu leben – selbst wenn Nikolai sich größte Mühe gab, die unattraktivsten Männer auszusuchen, um sie an sie zu verkaufen – und sie würde überleben, was auch immer der große Mann, der vor ihr den Flur entlangging, vorhatte.

Aber nein, sie glaubte ihm keine Sekunde lang, dass er sie nicht anfassen würde. Dass er ihr nicht wehtun würde? Vielleicht. Er hatte heute beide Male verärgert gewirkt, als Nikolai seine körperliche Überlegenheit über sie ausgenutzt hatte.

Aber niemand gab einhundertfünfzig amerikanische Dollar für eine Frau aus, ohne im Gegenzug dafür etwas zu erwarten.

Sie betrachtete sein Gesicht, als er den Schlüssel benutzte, um die Tür zu öffnen. Er sah viel besser aus als die meisten Männer in ihrem Umfeld – dunkles, kurz geschnittenes Haar. Ein kräftiges Kinn mit ebenso kräftigen Bartstoppeln. Aber vor allem war er einfach groß und hatte breite Schultern – doppelt so breit wie ihre.

Sie senkte ihren Blick, als seine braunen Augen die ihren trafen, und ging langsam in den Raum hinein. Es spielte keine Rolle, dass sie ihn nicht abstoßend fand. Es änderte nichts daran, dass sie gegen ihren Willen hier war.

Sie zuckte zusammen, als die Tür mit einem Klicken zufiel. Sie war ihm schutzlos ausgeliefert. Niemand würde ihr helfen, nicht einmal, wenn sie schrie. Sie war noch nie für eine ganze Nacht an jemanden verkauft worden.

Bronya wusste, was ein Mann wollte, wenn er nur fünfzehn Minuten Zeit hatte. Der Gedanke an die Dinge, die passieren könnten, wenn er eine ganze Nacht hätte … Sie griff den Riemen ihres Rucksacks über ihrer Schulter und rieb ihn zwischen ihren Fingern. Vielleicht könnte sie ihn benutzen, um …

Dann ließ sie ihn los und ließ die Hände an ihre Seiten sinken. Der Rucksack würde nicht viel gegen ihn ausrichten, selbst wenn sie ihn mit aller Kraft schwang. Es würde ihn nur wütend machen und dann wäre sie ihm immer noch ausgeliefert.

Mit jeder Sekunde, in der er nichts sagte, breitete sich die Angst weiter in ihrem Körper aus. Sie stand in der Ecke des Zimmers, hatte Angst, ihn anzusehen, Angst, wegzulaufen, nahezu Angst zu atmen.

Das Zimmer war schlicht, aber sauber. Das große Bett nahm den größten Teil des Raumes ein, abgesehen von einer Kommode und einem kleinen Kühlschrank. Ihr Blick fiel auf den Boden und sie sah seine gestiefelten Füße vorbeigehen und hörte das Knarren des Bettes, als er sich setzte.

Er sagte immer noch kein Wort, aber sie wusste, was das Sitzen auf der Bettkante bedeutete – was er wollte. Vielleicht würde er sein Versprechen einhalten und sie nicht anfassen, aber es sah so aus, als würde sie ihn anfassen.

Es hatte keinen Sinn, das Unvermeidliche aufzuschieben. Sie schluckte schwer und ging auf ihn zu, ließ sich zwischen seinen Füßen auf die Knie fallen und griff nach der Schnalle seines Gürtels.

„Warte, was? Nein." Er stand so schnell auf, dass sie nach hinten fiel und zu ihm aufblinzelte.

„Das ist nicht das, was ich will", fuhr er fort. „Es gibt keinen anderen Platz zum Hinsetzen, also …"

Er war so viel größer, wenn er über ihr stand, während sie auf dem Boden lag, also rappelte sie sich wieder auf die Beine. „Willst du mich im Bett haben?"

Er rieb sich mit einer Hand über das Gesicht. „Ich möchte, dass du dich auf das Bett setzt und ich setze mich auf die andere Seite. Damit wir uns unterhalten können."

Bronya starrte auf das riesige Bett und sah ihn dann wieder an. „Unterhalten?"

„Ja, unterhalten."

Sie setzte sich auf die Ecke des Bettes und schaute ihn an, in der Hoffnung, dass er das wollte, in der Angst, dass jeden Moment der eher höfliche Amerikaner verschwinden und ein Monster seinen Platz einnehmen würde.

Er setzte sich auf die gegenüberliegende Seite und streckte eine Hand aus, als wolle er sichergehen, dass sie sich nicht wieder vor ihm hinkniete. Das hatte sie auch nicht vor, es sei denn, er würde es ihr befehlen.

„Dein Name ist Bronya?", fragte er. Sie nickte. „Hast du einen Nachnamen, einen Familiennamen?"

„Roch", antwortete sie, überrascht genug von der Frage, um ihm die Wahrheit zu sagen.

Er nickte. „Wie alt bist du?"

Sie schluckte den bitteren Keim der Verzweiflung hinunter. Darum ging es also bei den Fragen. Der große Mann wollte keinen Sex mit einem Kind haben. Sie überlegte, ob sie lügen und sich jünger machen sollte, als sie war. Vielleicht würde sie das vor seinen Plänen bewahren.

Aber das würde nur dazu führen, dass sie wieder nach unten zu Nikolai geschickt würde. „Ich bin achtzehn."

„Wirklich?"

„Ja. Wirklich." Sie schloss die Augen, ihr Rücken steif, bereit für sein Kommando, das fortzusetzen, was sie auf ihren Knien begonnen hatte.

Oder vielleicht würde er nicht sprechen. Vielleicht würde er mit den Fingern schnippen und auf sich zeigen, wie Nikolai bei der Frau, die er gezwungen hatte, ihm vor ihr und seinen Freunden einen zu blasen.

Aber der Mann rührte sich nicht. Wieder einmal sagte er kein Wort.

Also saß sie da und beobachtete ihn aus den Augenwinkeln, ohne so auszusehen, als ob sie ihn beobachtete.

„Wie kommt es, dass du so gut Englisch sprichst?", fragte er schließlich.

Bronya war sich nicht sicher, warum es ihn interessierte, aber je länger er redete, desto weniger Zeit hatten sie für … andere Dinge.

„Meine Eltern haben Englisch gesprochen", flüsterte sie. In den ersten paar Jahren ihres Lebens hatten sie fast ausschließlich Englisch gesprochen.

„Haben gesprochen? Vergangenheitsform?"

Sie nickte. „Ja, sie sind gestorben."

„Wie lange ist das her?"

„Ich war fast elf."

Er hob seine Hand und rieb sich den Nacken. „Du … arbeitest auf der Straße, seit du elf bist?"

Sie schüttelte schnell den Kopf. „Nein, nicht auf diese Weise. Nicht …" Sie wedelte mit der Hand um sich. „Nicht mit Männern. Das ist erst seit den letzten Monaten."

Sie blickte zu ihm hinüber. Er nickte und Erleichterung zeichnete sich in seinen braunen Augen ab. „Du bist Taschendiebin."

„Ja. Normalerweise. Das andere nur" – Bronya wies wieder mit dem Arm in Richtung Bett – „wenn Nikolai mich dazu zwingt."

Seine Augen verengten sich und er verfiel wieder in Schweigen. Das machte sie immer noch nervös. Sollte sie versuchen, etwas zu sagen?

„Wie sind deine Eltern gestorben?" Die Frage kam unerwartet.

„Ein Autounfall." Sie wusste nicht, warum er fragte, und sie wusste nicht, warum sie ihm die Wahrheit sagte, aber irgendwie wollte sie es. „Wir sind aus der Ukraine in die Tschechische Republik gezogen. Meine Eltern waren

Professor und Student, aber nach den Unruhen konnten wir nicht bleiben. Und es gab nicht viele Stellen für Universitätsprofessoren für amerikanische Literatur."

„Dein Vater war Literaturprofessor und deine Mutter seine Studentin?"

Sie schüttelte den Kopf. „Nein, Mutter war die Professorin. Vater war ihr Student."

Zum ersten Mal lächelte der Mann.

„Das ist mal was anderes. Gefällt mir."

Sie war sich nicht sicher, was das bedeutete, also nickte sie nur.

„Deine Vorliebe für amerikanische Literatur erklärt einiges – dein ausgezeichnetes Englisch und wahrscheinlich auch die Tatsache, dass ich dich heute Morgen beim Lesen gesehen habe. Hast du das Buch, das du gelesen hast, in deinem Rucksack?"

Bronya schluckte. „Nein, ich habe es nicht dabei." Sie wollte nicht, dass er es ihr wegnahm. Sollte er lieber ihren Körper nehmen als ihre Bücher.

Seine Augen verengten sich. „Du lügst. Du musst besser im Lügen werden, wenn du überleben willst."

Er stand auf und die Angst schaltete alles in ihr aus. Jetzt würde sie nicht nur Prügel beziehen, sondern auch gezwungen werden, zu tun, was er wollte.

„Es tut mir leid", flüsterte sie.

Sie zuckte, als er an ihr vorbeiging, aber er blieb nicht stehen, packte sie nicht, zog sie nicht an den Haaren. Stattdessen ging er zum Kühlschrank in der Ecke des Zimmers und öffnete ihn. Er nahm eine Flasche Wasser heraus und reichte sie ihr.

„Es muss dir nicht leidtun. Werd' einfach besser im Lügen." Sie wartete immer noch auf einen Schlag, aber der blieb aus. „Trink das." Einen Moment später fiel ihr ein Schokoriegel in den Schoß. „Und iss das."

Sofort riss sie die Packung auf. Es könnte sie später teuer zu stehen kommen, aber das war ihr egal. Wann hatte sie das letzte Mal etwas Süßes gegessen? Solche Leckereien bekam sie nur, wenn sie sie stahl, und normalerweise waren sie das Risiko nicht wert.

Bronya hatte kaum den letzten Bissen gegessen, als eine Packung Erdnüsse neben ihr auf dem Bett landete. „Iss das auch."

Sie hatte nicht vor zu widersprechen. Sie hatte seit heute Morgen nichts mehr gegessen, und das Geld, das sie normalerweise für Lebensmittel beiseitelegte, hatte sie Nikolai gegeben, in der Hoffnung, dass sie nicht in die Situation geraten würde, in der sie sich jetzt befand.

Der Mann nahm wieder auf der anderen Seite des Bettes Platz und sie entspannte sich ein wenig.

„Das Buch, das du vorhin gelesen hast, war das auf Englisch?"

Sie nickte und aß eine weitere Handvoll Nüsse.

„Ich lese auch gerne. Würdest du mir sagen, welches Buch es ist? Vielleicht habe ich schon davon gehört. Ich verspreche, dass ich dein Buch nicht nehmen werde. Lass mich raten. Es war eines, das du von deinen Eltern bekommen hast?"

Sie ließ langsam ihren Arm sinken und sah zu ihm hinüber. Er war der Einzige, der jemals herausgefunden hatte, warum ihr Buch so wertvoll für sie war, obwohl es inzwischen auseinanderfiel.

„Ja. Meine Eltern haben ihr Lieblingsbuch mitgenommen, als wir aus der Ukraine fliehen mussten. Aber das Buch ist für Kinder. Für Teenager. Das hat Mutter gelehrt – Jugendliteratur. Keine Bücher, die ein Mann lesen würde."

„Lass hören."

„Es heißt *Die Outsider*."

Er lächelte.

Alles an seinem Gesicht veränderte sich, wenn er lächelte. Er war immer noch gefährlich und groß – jemand, der sie verletzen konnte, nur weil er es wollte –, aber er sah fast freundlich aus, wenn er lächelte.

„Bleib golden, Ponyboy."

Ihre Augen wurden groß. „Du kennst es."

„Natürlich. S.E. Hinton. Das war eines meiner Lieblingsbücher, als ich jung war. Ich habe es in der Highschool gelesen, aber vor ein paar Jahren habe ich es mir noch mal zu Gemüte geführt. Ich habe auch den Film gesehen."

Sie schenkte ihm ein leichtes Lächeln. „Ich lese auch andere Bücher. Manchmal lassen die Leute sie liegen und ich finde und lese sie, aber dieses ist und bleibt mein Lieblingsbuch."

„Das ist ein gutes Lieblingsbuch, Ponygirl."

Ihre Mundwinkel zogen sich zu einem Lächeln nach oben, auch wenn sie es ihn nicht sehen ließ. Sie hatte noch nie einen Spitznamen bekommen, es sei denn, man zählte dazu, wie Nikolai und seine Männer alle Frauen nannten, die sie nicht mochten. Ponygirl war viel besser.

Er deutete auf den Snack in ihrem Schoß. „Iss auf. Ich glaube nicht, dass es in diesem Hotel einen Zimmerservice gibt und Uber Eats gibt es hier bestimmt auch nicht, aber ich kann versuchen, dir etwas zu essen liefern zu lassen, wenn du willst. Ich habe ein paar Freunde, denen es nichts ausmachen würde, etwas vorbeizubringen."

Bronya schüttelte schnell den Kopf. Das Letzte, was sie wollte, war, dass seine Freunde sich zu ihnen gesellten. „Wirklich nicht. Trotzdem danke."

Er nickte. „Dann werden wir die Minibar ausräumen. Was du heute Abend nicht isst, kannst du morgen früh mitnehmen."

Sie sah zu den kleinen Tüten mit Lebensmitteln auf dem

Kühlschrank hinüber. Sie würde sie nur zu gerne mitnehmen. Das würde ihr für ein paar Tage reichen.

„Mein Name ist Harrison McEwan, aber die Leute nennen mich Sarge. So nennt man mich schon, solange ich denken kann."

Weil er es zu erwarten schien, sprach sie ihm nach. „Sarge."

Sarge stand auf und ging auf die andere Seite des Raumes, verschränkte die Arme vor der Brust und lehnte sich an die Wand.

„Lass uns Klartext reden, denn du scheinst ziemlich aufgeweckt zu sein. Ich denke, wir sind uns einig, dass ich größer und stärker bin als du und dass du niemanden hast, der dir hilft, sollte ich beschließen, etwas zu tun, was du nicht willst."

Sie schluckte, ihre Kehle war trocken, aber sie nickte. Genau so sah es aus. Sie hatte es von der ersten Minute an gewusst.

„Und weil ich tun kann, was ich will, nützt es dir auch nichts, dich zu wehren, richtig?"

Das Essen, das er ihr gegeben hatte, lag schwer in ihrem Magen. Es war so weit. Das war es, was Bronya von Anfang an hätte erwarten sollen, aber sie hatte sich eingebildet, dass die Umstände anders waren, weil sie über Bücher gesprochen hatten und er gelächelt hatte.

Sie war eine Idiotin. Er fragte noch einmal nach. Sie nickte erneut.

„Ich möchte, dass du ins Bad gehst und duschst. So lange und so heiß, wie du willst. Ich werde nicht reinkommen. Niemand wird reinkommen, aber es gibt nichts, was ich sagen kann, damit du mir glaubst. Das Einzige, was ich tun kann, ist, es dir zu beweisen."

Wieder wäre sie eine Idiotin, wenn sie ihm glauben würde.

„Und wenn du dann wieder aus dem Bad kommst, vollständig angezogen, wirst du in diesem Bett schlafen. Ich werde auf dem Boden schlafen. Und du wirst dich ein paar Stunden ausruhen, ohne dass du dir Sorgen machen musst, dass dich jemand anfasst oder dir in irgendeiner Weise wehtut. Hast du das verstanden?"

Bronya nickte erneut. Sie verstand, was er sagte, aber sie hatte keine Ahnung, ob er ihr die Wahrheit sagte.

Er rieb mit einer Hand über die Stoppeln an seinem Kinn. „Du vertraust mir nicht. Ich verstehe das. Aber es spielt keine Rolle, ob du mir vertraust, oder? Denn ich werde tun, was ich tun will, und daran kannst du nichts ändern. Du kannst es nur akzeptieren."

„Ja", brachte sie hervor.

Er verschränkte wieder die Arme. „Bei Tagesanbruch wirst du dieses Zimmer verlassen. Ich muss erst zwei Stunden später weg. Du wirst dein Oberteil zerreißen und dein Haar zerzausen. Dann gehst du zurück zu diesem Mistkerl Nikolai, weinst und lügst ihm was vor, besser, als du mich belogen hast, und sagst ihm, dass es furchtbar war. Dass ich dir wehgetan habe. Dass ich das Schlimmste bin, was dir je passiert ist."

Seine Augen verengten sich. „Denn nur so wird jemand wie Nikolai mit dem zufrieden sein, was hier passiert ist – wenn er denkt, dass das, was ich dir angetan habe, schlimmer war als das, was er getan hätte, wenn er dich heute Nacht behalten hätte."

„Ja", sagte sie wieder. Der große Mann – Sarge – hatte recht. Das war der einzige Weg, Nikolai zu überzeugen.

„Gut. Dann haben wir einen Plan."

Der Rest des Abends verlief genau so, wie er es gesagt hatte. Sie duschte und genoss den wunderbaren Wasserdruck und das unbegrenzte heiße Wasser, obwohl ihr Blick die ganze Zeit auf die Tür gerichtet war.

Aber er kam nicht herein.

Bronya zog sich danach an und ging zurück in das Zimmer. Sie sah Sarge auf dem Boden liegen und die Ecke der Bettdecke war zurückgeklappt, sodass sie hineinschlüpfen konnte. Was sie auch tat. Sie schlief nicht viel, da sie ihm immer noch nicht ganz trauen konnte, aber er rührte sich nicht von seinem Platz auf dem Boden.

Und im Morgengrauen tat sie, was er gesagt hatte … zerriss ihr eigenes Oberteil und ging weinend zu Nikolai und erzählte ihm, wie schrecklich der Amerikaner gewesen war, während ihr schwerer Rucksack an ihren Schultern zerrte, voll mit dem Essen, das er ihr gegeben hatte, und dem Buch, das er ihr nicht weggenommen hatte.

Nikolai fragte sie, ob er ihr ein Trinkgeld gegeben hatte, und sie hatte nein gesagt. Sie hatte erwartet, dass Nikolai sie durchsuchen würde, eine Lüge über die Herkunft des Essens bereits auf ihrer Zunge, aber er tat es nicht. Er nickte. Er fragte sie, ob der Amerikaner sie am nächsten Abend wieder haben wollte, aber wieder verneinte sie und sagte, dass Sarge an diesem Morgen um acht Uhr abreisen würde.

Das war ihr Fehler.

Um acht Uhr schleppten Nikolai und seine Leute sie zurück zum Hotel. Nikolai hielt ihren Arm fest umklammert und zwang sie zuzusehen, wie seine Männer Sarge in eine Hintergasse zerrten, als er aus dem Hotel kam.

Sarges braune Augen trafen ihre, als Nikolai auf ihn zuging, während seine Männer ihn festhielten. Sarge wehrte sich nicht einmal.

„Bronya sagt, du hast ihr kein Trinkgeld gegeben. Es war nicht sehr nett, meinem quirligen Mädchen kein Trinkgeld zu geben."

Sie konnte nichts sagen, konnte nichts tun, während Nikolais fünf Männer auf Sarge einschlugen und nicht aufhörten, bis er benommen auf dem Boden lag.

Nikolai griff in Sarges Tasche und holte seine Brieftasche hervor. Er nahm das Geld und ließ den Rest neben Sarges blutendem Gesicht fallen.

Er kam zu ihr zurück und reichte ihr einen Zwanzig-Dollar-Schein. „Dein Trinkgeld. Sieht aus, als hättest du es verdient."

Die Männer gingen davon, aber ihre Füße klebten wie festgewachsen am Boden, während sie den verwundeten Mann anstarrte, der einfach nur freundlich zu ihr gewesen war.

Nikolai schnippte mit den Fingern und sagte auf Tschechisch: „Bronya. Das hast du gut gemacht, aber lass uns gehen. Lass den amerikanischen Abschaum hier."

Sie sah, wie eines von Sarges Augen aufflatterte, aber sie hatte keine andere Wahl. Er sah nur noch, wie sie davonging.

Kapitel 3

Zwei Jahre zuvor

Sarge berührte die kleine Narbe, die entlang seiner linken Augenbraue verlief, als er die Karlsbrücke überquerte. Er war seit drei Jahren nicht mehr in Prag gewesen. Er war sich nicht sicher, was er jetzt wieder dort machte.

Das stimmte nicht ganz; er wusste, warum er dort war. Er hatte gerade eine Operation für die Sicherheitsfirma Zodiac Tactical abgeschlossen, für die er jetzt arbeitete. Sein neuer Chef und ehemaliger SEAL-Kollege Ian DeRose hatte ihn als Leiter einer Entführungs- und Rettungsmission dorthin geschickt, zufälligerweise nicht weit von dem Dorf entfernt, in dem sein SEAL-Team vor drei Jahren in einer ähnlichen Situation aufgefordert worden war, sich zurückzuziehen.

Am selben Tag, an dem er Bronya kennengelernt hatte.

Diesmal gab es keinen Rückzug, keine Hilfe von diplomatischen Kanälen. Wie bei den meisten von Zodiac Tactical durchgeführten Missionen war keine Regierung oder Militär beteiligt. Sarge und sein Team waren beauftragt worden, um den entführten neunjährigen Sohn eines Milliardärs zu retten und in Sicherheit zu bringen.

Alles war nach Plan verlaufen, wenn man die beiden Bösewichte nicht mitzählte, die nicht überlebt hatten. Der Junge war wieder mit seinen Eltern vereint worden. Keiner aus seinem Team war verletzt worden.

Das war die Art von Mission, die sie als Teil der Firma, die Ian letztes Jahr gegründet hatte, durchführten. Er hatte ihn von Anfang an begleitet und gehörte zu seinem inneren Kreis. Sarge liebte die Arbeit, die sie leisteten.

Er hatte immer geglaubt, er würde sein Leben lang in der Navy bleiben, aber ein kaputtes Knie während einer Routineübung hatte seine Karriere bei den Special Forces beendet. Es war nicht so schlimm, dass es ihn im Alltag zu sehr beeinträchtigte, aber es reichte, dass er kein SEAL mehr sein konnte. Die Entscheidung, sich nicht wieder zu verpflichten, war ihm nicht schwer gefallen. Er war zwanzig Jahre dabei gewesen, also war er ausgestiegen.

Zodiac Tactical hatte ihm einen Job und eine Aufgabe gegeben. Ian vertraute darauf, dass er sich um gewisse Dinge kümmerte – Dinge wie diese Mission – und das tat er auch. Es gefiel ihm, Teil eines Teams zu sein, das so manches erledigte, das auf normalem Wege oder mit Hilfe der Strafverfolgungsbehörden nicht zu schaffen war.

Kurz gesagt, Zodiac Tactical haute rein.

Und obwohl Sarge im vergangenen Jahr bereits an einer Reihe von Zodiac-Missionen teilgenommen hatte, hatte Ian ihn auch auf diese Mission geschickt, weil er von Sarges Besessenheit von Prag wusste, obwohl er den Grund dafür nicht kannte.

Ian vermutete, dass es an der Abreibung lag, die Sarge vor drei Jahren bezogen hatte, die ihm die Narbe über seiner Augenbraue beschert hatte. Er glaubte, dass Sarge dort noch etwas zu erledigen hatte.

Er berührte die Narbe wieder, die inzwischen so verblasst war, dass sie kaum noch zu sehen war. Er hatte dort tatsächlich noch etwas zu erledigen, aber es ging dabei nicht um Rache an irgendwelchen Schlägern, wie Ian glaubte.

In den letzten drei Jahren hatte er jeden Tag an diese unerledigte Sache dort gedacht. Er hatte *Die Outsider* häufiger gelesen, als ein erwachsener Mann sollte, und hatte sich gefragt, welche anderen Bücher ihre Eltern ihr gegeben hatten.

Wer die Nachtigall stört? Betty und ihre Schwestern? Die Chroniken von Narnia?

Er hatte sie alle gelesen. Ein erwachsener Mann, der *Bist du da, Gott? Ich bin's, Margaret* las, würde jedem seltsam erscheinen. In den letzten drei Jahren hatte es in seinem Leben definitiv zu viel Jugendliteratur gegeben, das stand fest.

Zumal Sarge nach dem, was geschehen war, nur als Narr bezeichnet werden konnte, dafür dass er überhaupt an sie dachte. Oder an die verdammten Bücher, die sie so sehr liebte.

Erst recht, nachdem sie Nikolai und seine Kumpel an diesem Morgen direkt zu ihm geführt hatte. Auf jeden Fall dafür, dass er trotz seines Trainings und seiner Kampfkünste Prügel eingesteckt hatte, die er hätte vermeiden können, weil sie sonst diejenige gewesen wäre, die dafür den Kopf hätte hinhalten müssen.

Und jetzt nach ihr zu suchen, sich bei jeder Person, die ungefähr ihrer Statur entsprach, zu fragen, ob sie es war? Das machte ihn zu einem kompletten Vollidioten.

Und dennoch war er hier.

Sarge fand sie kurz vor Sonnenuntergang, wieder einmal auf der Suche nach potenziellen Zielpersonen wie vor drei Jahren. Ihr Haar war etwas länger und zu einem unauffälligen Zopf zurückgebunden, wobei Strähnen heraushingen, um ihr Gesicht und ihre markanten Augen zu verbergen. Sie war gekleidet wie alle um sie herum – Jeans, dünne, dunkle Jacke, Schuhe, in denen sie rennen konnte.

Er hatte keinen Zweifel daran, dass sie, falls sie erwischt wurde und fliehen musste, die Jacke loswerden und den Zopf aufmachen würde, um sich in Sekundenschnelle ein anderes Aussehen zu verleihen.

Sie würde auch vor ihm Reißaus nehmen, wenn sie ihn schließlich sah. Sie hatte zu viel Selbsterhaltungstrieb, war zu intelligent, um es nicht zu tun. Nicht, dass es einen Unterschied machen würde.

Er würde sie trotzdem zu fassen bekommen.

Er beobachtete sie zwei ganze Stunden lang. Sie war nicht die Einzige, die es verstand, sich anzupassen und unauffällig zu verhalten.

Sie war besser im Stehlen geworden und sie war schon gut gewesen, als er sie vor zwei Jahren beobachtet hatte. Sie wählte ihre Ziele sorgfältig aus, wirkte entspannt und nicht bedrohlich und nutzte ihre zierliche Gestalt zu ihrem Vorteil.

Niemand schöpfte jemals Verdacht. Sie wusste genau, wann sie sich hinknien musste, um sich den Schuh zu binden, damit sie nicht ins Visier geriet. Sie wusste, welche Leute sie umgehen und welche sie anpeilen sollte.

Richtig ausgebildet und von der Straße weg könnte sie für ein Unternehmen wie Zodiac Tactical ein großer Gewinn sein. Für einen Teil ihrer Aufträge brauchten sie jemanden mit Fingerspitzengefühl, der in einer Menschenmenge untertauchen konnte. Und sie hatten ein Büro in Paris.

Einer schönen Diebin einen Job anzubieten, war nicht der Grund, warum Sarge dort war.

Warum zum Teufel war er dort?

Er wollte sich gerade umdrehen, im Begriff, sich endgültig von Bronya abzuwenden, als er sie am Rande der Brücke stehen sah, wie sie eine Hand an ihre Seite drückte und das Gesicht verzog.

Sie war verletzt.

Er sah nun genauer hin und konnte die leichte Verkrampftheit in ihrer Haltung erkennen, wenn sie sich ausruhte. Sie ignorierte es, wenn sie ein Ziel anvisierte, aber ihm war klar, dass sie Schmerzen hatte.

Er war so sehr damit beschäftigt, sie zu studieren und herauszufinden, wie schwer sie verletzt war, dass er vergaß, darauf zu achten, selbst nicht entdeckt zu werden. Er wusste genau, in welcher Sekunde sie ihn erspähte.

Sie hatte sich umgedreht, um einem wohlhabenden Paar zu folgen, das so ineinander vertieft war, dass es sie nicht bemerken würde, und erstarrte plötzlich, als sie ihn entdeckte, wobei sie ein erstklassiges Ziel entkommen ließ. Ihre Augen verengten sich erst, dann wurden sie groß, als sie ihn wiedererkannte. Dann drehte sie sich weg, schlau genug, um nicht davonzulaufen, aber sie wusste, dass sie dort nicht bleiben konnte.

Er hatte sie lange genug beobachtet, um zu wissen, wohin sie gehen würde, und drehte sich in die entgegengesetzte Richtung, damit er einen Bogen schlagen und ihr den Weg abschneiden konnte. Sie würde denken, sie hätte ihn abgehängt.

Sarge nutzte seine langen Beine zu seinem Vorteil und überquerte schnell die Brücke, wobei er darauf achtete, keine übermäßige Aufmerksamkeit auf sich zu ziehen. Er bog in eine Gasse ein – dieselbe Gasse, in der Nikolai ihm angeboten hatte, Bronya zu mieten. Sobald er im Halbdunkel war, rannte er los und erreichte das andere Ende, kurz bevor sie es tat.

Sie hatte sich bereits ihrer Jacke entledigt und ihr Haar ausgeschüttelt, wie er erwartet hatte. Sie schaute über ihre andere Schulter in die Richtung, aus der er eigentlich hätte kommen müssen, als er sie am Arm packte und in die Gasse zog, wo sie nun zwischen ihm und einer Wand gefangen war.

„Hallo, Bronya."

Diese markanten blauen Augen blinzelten zu ihm auf. „Was? Wie …?"

„Du musst deine Routine mehr variieren. Ich habe dich in den letzten paar Stunden beobachtet. Hier gehst du hin, wenn du eine Pause brauchst."

„Ich werde schreien."

„Ach ja?" Sarge hatte sie mit seinen Armen eingekesselt, aber er berührte sie nicht. Er wusste ja nicht, wie schwer ihre Verletzungen waren. „Willst du die Polizei rufen? Damit sie uns beide zur Befragung mitnehmen? Damit sie wissen, wie du aussiehst?"

Ihr Mund klappte zu. Sie wussten beide, dass sie nicht schreien würde.

„Wie schwer bist du verletzt?", fragte er sie. „Ich habe gesehen, wie du bei bestimmten Bewegungen zusammenzuckst."

Sie drehte ihren Kopf weg. „Ich bin nicht verletzt."

„Wie ich sehe, bist du immer noch keine besonders gute Lügnerin."

Sie blickte zu ihm hinauf. „Es ist nicht so schlimm, dass es dich etwas angehen würde."

Das Feuer in ihren Augen ließ ihn ein wenig zurückweichen, obwohl er sich ihr nähern wollte. Es war viel zu verlockend für jemanden, der anderthalb Jahrzehnte jünger war als er. Sie mochte kein Teenager mehr sein, aber das bedeutete nicht, dass er einer der Männer sein würde, die sie benutzten.

„Aber es ist schlimm genug, dass es dich stört. Was ist passiert?"

Sie zuckte mit den Schultern. „Ich bin gerannt und musste über ein Geländer springen. Ich bin ausgerutscht und habe mir die Rippen geprellt."

Er wollte mehr wissen. Vor wem war sie weggelaufen? Vor der Polizei? Nikolai?

Er wollte sie fragen, ob ihr Leben besser geworden war, seit er sie zuletzt gesehen hatte. Sie sah in Ordnung aus. In ihren Augen flackerte Intelligenz und Wachsamkeit, keine Niederlage oder Leere. Aber sie befand sich offensichtlich immer noch in einer beschissenen Situation.

„Was willst du, Sarge?"

Sie wusste seinen Namen noch. Er hatte keine Ahnung, warum zum Teufel ihm das etwas bedeutete, aber es war so.

„Ich will den Abend vor drei Jahren wiederholen."

Er wusste nicht, wer von seinen Worten mehr überrascht war, er oder sie. Er hatte definitiv nicht vorgehabt, das zu sagen.

„Abgesehen von dem Teil, bei dem du deinen Boss und seine Schläger mitbringst, damit sie mir die Scheiße aus dem Leib prügeln", fügte er hinzu.

Sie verspannte sich. „Willst du dich rächen? Sie schlagen? Willst du mich schlagen?"

Das Schlimme an der Sache war, dass sie aussah, als wäre sie bereit, die Prügel einzustecken, wenn es sein musste. Vielleicht war das jetzt ein Teil ihres Lebens.

„Was wäre, wenn ich dir sagen würde, dass ich das, was Nikolais Männer getan haben, hätte verhindern können? Dass ich für genau so etwas ausgebildet wurde, selbst bei fünf Mann gegen einen?"

„Warum hast du es dann nicht getan?"

Er beugte sich ein Stück vor. „Weil mir klar war, an wem er es ausgelassen hätte, wenn ich mich gewehrt hätte. Ich habe als Kind ständig mit meinen Brüdern gerauft. Ich weiß, wie man Prügel einsteckt." Viel besser als jemand von ihrer Größe es könnte.

„Warum solltest du das für mich tun?", flüsterte sie.

Das war die große Frage, nicht wahr? Sarge hatte keine Antwort.

„Wo ich herkomme, beschützen die Männer die Frauen", sagte er schließlich. „Mein Vater hat immer meine Mutter beschützt und meine Brüder beschützen die, die es nötig haben."

Sie sah zu Boden und dann wieder zu ihm auf. „Ich habe Nikolai an dem Tag nicht zu dir geführt. Er hat mich ausgetrickst. Aber es tut mir leid. Ich hätte mehr tun sollen, um es zu verhindern."

„Ist ja nichts passiert."

Sie hob ihre Hand und berührte die kleine Narbe über seiner Augenbraue. „Es ist etwas passiert."

Er wich noch weiter zurück, als ihre Finger sein Gesicht betasteten. Verdammt, was ging nur in ihm vor? Drei Jahre lang hatte er an sie gedacht, und kein einziges Mal war ihm irgendetwas Unanständiges in den Sinn gekommen.

Aber jetzt … hatte sie eine ganz andere Wirkung auf ihn.

Sex war nicht der Grund, warum er dort war. Aber zumindest wurde ihm nun klar, was ihn in diese Ecke von Prag geführt hatte. Sein Unterbewusstsein hatte es die ganze Zeit gewusst.

Er nahm schließlich seine Arme herunter und war ein wenig überrascht, als sie nicht sofort davonlief.

„Wird Nikolai bald für seinen täglichen Kassensturz vorbeikommen?"

Sie schüttelte den Kopf. „Wahrscheinlich nicht er, aber jemand anderes, ja."

„Hast du genug?" Der Gedanke, dass jemand sie zwingen könnte, ihren Körper zu verkaufen, ließ die Wut in ihm aufsteigen.

„Ja."

„Willst du mehr machen? Wie ich schon sagte, ich möchte eine Wiederholung von der Nacht vor drei Jahren.

Ich zahle hundertfünfzig Dollar, wenn du die ganze Nacht in meinem Zimmer bleibst, und ich verspreche, dich nicht anzufassen.”

„Warum?”, flüsterte sie, immer noch direkt vor ihm, als ob seine Arme sie immer noch gefangen hielten. „Letztes Mal hast du versucht, mich vor Nikolai zu retten. Warum dieses Mal?”

„Ich möchte dir einen Job anbieten.”

Kapitel 4

Gegenwart

Sarge steckte in Schwierigkeiten und Bronwyn würde endlich die Gelegenheit haben, ihn zu retten. Sie hatte nicht gedacht, dass dieser Tag jemals kommen würde.

Nicht, dass eine Pariser Bar mit zwei ihn anbaggernden Frauen eine gefährliche Situation darstellte. Trotzdem sah er … verängstigt aus. Was ziemlich witzig war, wenn man bedachte, dass sich in der Bar, in der sie sich alle trafen, mindestens ein Dutzend Mitarbeiter von Zodiac Tactical aufhielten. Alle darauf trainiert, verschiedensten Arten von gefährlichen Situationen mit tödlicher Gewalt zu begegnen.

So auch Sarge selbst.

Sarge schwebte nicht gerade in Gefahr, auch wenn sein Gesichtsausdruck auf etwas anderes schließen ließ, während die beiden Frauen mit amerikanischem Akzent ihn umschwärmten.

Sie hatte nicht gewusst, dass er heute in der Pariser Niederlassung von Zodiac Tactical auftauchen würde. Seit sie vor einem Jahr dort angefangen hatte, hatte er sie nicht ein einziges Mal besucht. Ian DeRose, der Eigentümer von

Zodiac, war ein paar Mal dagewesen, ebenso wie eine Reihe von Leuten aus der Chefetage des Unternehmens. Aber nicht Sarge.

Sie hatte nicht gewusst, was sie erwarten würde, als sie sechs Monate, nachdem Sarge sie zum zweiten Mal in Prag aufgespürt hatte, endlich in Paris angekommen war. Sie hatte ein schickes Büro am Rande der Stadt aufgesucht, die Visitenkarte, die er ihr gegeben hatte, in der blutigen Hand. Sie hatte sie der Dame am Schreibtisch gereicht und erwartet, ausgelacht und abgewiesen zu werden. Stattdessen hatte sie sie gebeten, zu warten, während sie den Code auf der Karte in ihren Computer eingegeben hatte.

Nur wenige Minuten darauf war sie in die hinteren Räumlichkeiten geführt und anschließend eingestellt, verköstigt, eingekleidet und ausgebildet worden.

Bronya Roch war gestorben. Bronwyn Rourke war geboren worden.

Sie beobachtete Sarge, der unbeholfen lächelte, als eine der Frauen etwas näher heranrückte und über eine Bemerkung von ihm lachte, die unmöglich so lustig gewesen sein konnte. Er drehte sich zum Tresen hin und beide Frauen drehten sich mit ihm.

Er hatte keine Ahnung, was sie getan hatte, welches Risiko sie eingegangen war, als sie beschlossen hatte, ihm zu vertrauen. Sie konnte nie wieder nach Prag zurückkehren. Nie mehr. Sie würde einen grausamen Tod sterben, sobald Nikolai erfuhr, dass sie zurück war. Und das würde er. Er würde niemals aufhören, nach ihr zu suchen.

Aber er würde sie nicht finden. Mit jedem Tag, der verging, wurde sie sich dessen sicherer. Mit jedem Tag des Trainings, das Zodiac ihr angedeihen ließ, gewann sie mehr Vertrauen in sich selbst.

Sie würde nie wieder unter Nikolais Kontrolle stehen.

Zugegeben, sie hatte die ersten Monate in Paris damit

verbracht, ständig über ihre Schulter zu schauen, obwohl sie wusste, dass Nikolai und Gregory dort keine Verbindungen hatten.

Wenn es den Job bei Zodiac nicht gegeben hätte, wenn Sarge sie ausgetrickst hätte, hätte sie es nicht geschafft. Das wusste sie ohne jeden Zweifel. Sie verdankte Sarge alles, was sie sich im letzten Jahr aufgebaut hatte.

Dieses Leben, in dem sie die Freiheit genoss, sich vor niemandem verantworten zu müssen, niemals gezwungen wurde, Dinge zu tun, die sie nicht tun wollte? Das hatte sie ihm zu verdanken.

Und sie vermutete, dass sie sich wenigstens ansatzweise revanchieren konnte, indem sie zu seiner Rettung eilte.

Vor zwei schönen Frauen.

Die Frau links von ihm berührte sein Handgelenk und Bronya kniff die Augen zusammen, als sie einen Schritt zulegte und von ihrem Tisch in der Nähe der Tür auf die beiden zuging.

Bronwyn sah es nicht gern, wenn eine andere Frau Sarge berührte, was natürlich lächerlich war. So eine Art von Beziehung hatten sie nicht. Tatsächlich hatten sie gar keine Beziehung.

Sie hatte immer gewusst, dass er gut aussah. Selbst als sie achtzehn und verängstigt war, hatte sie sein dunkles Haar, sein kräftiges Kinn und seine tiefgründigen Augen als anziehend empfunden. Als sie ihm mit einundzwanzig wieder begegnet war, war sie sich seiner Anziehungskraft noch mehr bewusst gewesen. Und jetzt, da sie fast dreiundzwanzig war und nicht mehr im ständigen Überlebensmodus agierte, konnte sie sehen, was für die beiden Amerikanerinnen, die ihn flankierten, offensichtlich war.

Selbst wenn er ihr den Rücken zuwandte, wusste sie, dass seine Augen den Farbton von goldenem Honig hatten, klar und intelligent. Sein großer Körper war beeindruckend –

lange Beine, breite Schultern –, aber er setzte ihn nicht ein, um andere kleiner erscheinen zu lassen, es sei denn, er wollte damit etwas bezwecken. Die Stoppeln an seinem breiten Kinn taten seinem guten Aussehen keinen Abbruch. Im Gegenteil, sie verliehen ihm etwas Verwegenes.

Aber sein gutes Aussehen war rau und ungeschliffen, kernig, wie der Mann selbst. Es gab nichts Hübsches an ihm.

Trotz der Tatsache, dass er für zwei volle Nächte mit ihr in einem Hotel bezahlt hatte, hatte Sarge nie auch nur das geringste körperliche Interesse an ihr gezeigt. Aber die Finger dieser Frau auf seinem Arm gefielen ihr trotzdem nicht.

Dank ihrer Ausbildung bei Zodiac Tactical kannte sie mehrere Möglichkeiten, jemandes Hand zu brechen, und wusste, wie man viel Schlimmeres anrichten konnte, als bloß einen simplen Knochenbruch. In den letzten Monaten hatte sie darin großes Talent gezeigt. Es hatte sich herausgestellt, dass sich ihr Geschick beim Taschendiebstahl auch auf den Nahkampf übertragen ließ. Sie kannte nun mehr als eine Methode, um Männer, die doppelt so groß waren wie sie, zu bezwingen.

Zu schade, dass sie damit nicht auch diese Frauen ausschalten konnte.

Sie trat hinter Sarge und legte ihm eine besitzergreifende Hand auf die Schulter. Sie durfte nicht vergessen, dass dies nur gespielt war, als sie die festen Muskeln unter ihren Fingern spürte. „Also wirklich, Schatz, da lasse ich dich ein paar Minuten allein und schon suchst du dir neue … Bekanntschaften."

Unsicherheit machte sich in ihr breit, als er sich in ihre Richtung drehte. Wollte er gerettet werden? Schlimmer noch, erinnerte er sich noch an sie? So vieles an ihr hatte sich verändert, seit er sie vor achtzehn Monaten zuletzt gesehen hatte, auch ihr Name.

Aber all das verflog, als er ihr ein Lächeln schenkte. Ein echtes Lächeln.

„Hey, Ponygirl."

Dieser Spitzname in Verbindung mit seiner tiefen Stimme löste etwas in ihr aus, das sie nie für möglich gehalten hätte. Die Frauen zu beiden Seiten von ihm, die sich ebenfalls umgedreht hatten, schnauften verächtlich.

„Ponygirl? Was ist das denn für ein Spitzname?", fragte die lachende Frau.

„Muss daran liegen, dass sie wie ein Pferd aussieht", antwortete diejenige, die nun kurz davor war, sich eine gebrochene Hand einzufangen. Beide kicherten.

Bronwyn betrachtete sie genauer. Sie waren alles, was sie nie sein würde. Feminin, mit üppigen Brüsten, die fast aus den Oberteilen hervorquollen, und Make-up, das ihre besten Eigenschaften hervorhob.

Sie hatte ihr ganzes Leben lang versucht, *nicht* die Aufmerksamkeit anderer auf sich zu ziehen. Sie wüsste gar nicht, wie sie das anstellen sollte. Und kein noch so gutes Make-up der Welt würde ihr solche Kurven verleihen.

Aber Sarge reagierte überhaupt nicht auf die Frauen. Er sah nur sie an und wartete darauf, was sie tun würde.

Also sagte sie das Erste, was ihr in den Sinn kam. „Möchtest du tanzen?"

„Mit dir? Auf jeden Fall."

Die Frauen schmollten, als er sein Bier abstellte und kein weiteres Wort zu ihnen sagte, sondern Bronwyns Hand nahm und sie auf die Tanzfläche führte.

Es gab nicht sehr viel Platz, und einige Paare befanden sich bereits auf der Tanzfläche. Das Lied, das gespielt wurde, war ein flotter Popsong, den sie schon einmal gehört hatte, aber sie hatte keine Ahnung, wie man dazu tanzte.

Was hatte sie sich nur dabei gedacht? Sie spürte, wie die Frauen sie anstarrten, während sie zu den tanzenden Paaren hinüberschaute und hoffte, dass sie einige ihrer Bewegungen imitieren konnte. Das hatte sie ihr ganzes Leben lang getan – andere nachgeahmt.

Aber sie hatte überhaupt keine Erfahrung im Tanzen. Sarge würde vielleicht beschließen, dass er mit den Flittchen an der Bar besser dran wäre, wenn er sie tanzen sah. Die würden wissen, wie man tanzt.

Sie hatte erst einen kleinen, unbeholfenen Hüftschwung hingelegt, als sein Arm ihre Taille umfasste und er sie an sich heranzog, während seine andere Hand nach ihrer griff.

„Ich weiß leider nur, wie man langsam tanzt, also wird das reichen müssen." Sie begannen, sich gemütlich hin und her zu wiegen, was irgendwie zu dem flotten Tempo des Liedes passte.

Mit ihrer Hand in seiner, landete ihre andere Hand auf seiner Schulter. Ihre Nase reichte kaum bis zur Mitte seiner Brust, und sie wollte sich am liebsten an ihn schmiegen.

Aber das würde die Sache natürlich noch unbeholfener machen.

„Schon gut", sagte sie. „Ich bin keine gute Tänzerin."

„Danke für die Hilfe mit den Frauenzimmern da drüben. Ich war mir nicht sicher, ob ich mir eine aussuchen sollte oder ob sie sich im Doppelpack auf mich stürzen würden."

Sie konnte nicht anders, als ein wenig zu lachen. „Ich denke, die meisten Männer würden beides als akzeptable Alternative betrachten."

„Vielleicht. Aber diese Frauen sind nicht mein Typ. Ich stehe nicht auf Gelegenheitssex."

Das tat sie auch nicht, wenn auch wahrscheinlich aus ganz anderen Gründen.

Er wiegte sie im Takt zur Musik. Sie konnte seine große Hand an ihrer Taille spüren. „Ich wusste nicht, dass du in Paris bist, bis ich dich heute Nachmittag gesehen habe, als alle aus dem Zodiac-Gebäude verschwunden sind."

„Ich bin gestern angekommen. Ich habe dich beim Training beobachtet, aber ich war mir nicht sicher, ob du mit mir reden willst. Bronwyn."

Sie verzog das Gesicht. „Ja. Ich habe meinen Namen geändert, als ich hier ankam. Ich dachte, er wäre vielleicht ein bisschen gebräuchlicher als Bronya. Und aus Roch wurde Rourke."

Zu ihrer Überraschung nickte er. „Das sind beides gute Namen. Da du keinen Akzent hast, wird man dich kaum als Osteuropäerin abstempeln."

Sie sah zu ihm auf. „Du bist nicht böse, weil ich die Leute angelogen habe, bei denen du mir den Job besorgt hast?"

Sie tanzten weiter. „Ich habe nur dafür gesorgt, dass du einen Fuß in die Tür kriegst. Du hast dich selbst hochgearbeitet und bewiesen, dass deine Fähigkeiten wertvoll sind und du mit allem fertigwerden kannst. Das war alles dein Verdienst."

Bronwyn zwang sich, sich nicht auf seine Finger zu konzentrieren, die kleine Kreise an ihrer Taille zogen. „Ich habe nie wirklich verstanden, was es mit diesem Code auf der Visitenkarte auf sich hatte. Ich war mir nicht sicher, ob der Job echt war, bis ich in Paris ankam."

Er zuckte mit den Schultern. „Alle Kernmitglieder von Zodiac Tactical haben einen Code, den wir an Kontakte weitergeben können, an Leute, die für das Unternehmen als Auftragnehmer oder Angestellte nützlich sein könnten. So sind wir alle in der Lage, Leute mit dem Unternehmen in Verbindung zu bringen, wenn wir es für angebracht halten."

Nachdem sie im letzten Jahr einen Einblick in die Arbeitsweise des Unternehmens und die Geschäfte, die dort betrieben wurden, gewonnen hatte, konnte sie diese Vorgehensweise verstehen. Nicht wenige der Leute, mit denen sie in Paris zusammengearbeitet hatte, waren von Kernmitgliedern rekrutiert worden.

Auf dem Papier war Zodiac Tactical ein Sicherheitsunternehmen, eine private Militärfirma. Sie war vor drei Jahren von dem Milliardär Ian DeRose gegründet worden, und dank seines eigenen militärischen Hintergrunds und des Teams, das er um sich geschart hatte – Leute wie Sarge –, war sie zu einer der größten und angesehensten Sicherheitsorganisationen geworden.

Zodiac machte von allem etwas: Risikoberatung, Informationsbeschaffung, Bewachung von Privatpersonen und Unternehmen, internationale Geiselverhandlungen und -rettung. Aber nicht nur für die Reichen, die es sich leisten konnten. Zodiac half denen, die in Not waren, ob sie nun zahlen konnten oder nicht.

Und sie war Teil dieser Organisation. Das bedeutete ihr alles.

„Danke", flüsterte sie zu Sarge hinauf. „Danke, dass du mir eine Chance gegeben hast."

„Danke, dass du mich heute Abend gerettet hast. Ich kann nicht gut mit Menschen umgehen, nicht einmal mit solchen wie denen." Er nickte mit dem Kopf in Richtung der beiden Frauen, die sie immer noch anstarrten. „Besonders mit solchen wie denen."

„Wenn sie dich noch mehr belästigen, kann ich sie raus auf den Parkplatz bringen und ihnen eine Lektion erteilen. Ich weiß jetzt, wie das geht."

Er lächelte und plötzlich formten sich Grübchen auf seinen Wangen, die sie am liebsten berührt hätte. „Ich habe gehört, dass du einer der fähigsten Vollzeitmitarbeiter bist, die wir in diesem Büro haben. Und ich habe dich beim Sparring gesehen. Das war verdammt beeindruckend, und ich wusste bereits, wie schnell du sein kannst."

Ihre Finger glätteten den Stoff seines Hemdes an seiner Schulter. „Wie sich herausstellt, war alles, was ich über das

Kämpfen wusste, falsch. Ich dachte, der Stärkste und Größte würde immer gewinnen. Aber das ist nicht der Fall."

„Nein, ist es nicht", sagte er. „Der Klügste gewinnt den Kampf. Man muss das, was man hat, zu seinem Vorteil nutzen. Und du hast eine Menge Vorteile."

Seine Worte lösten ein warmes Gefühl in ihr aus. Er bewunderte sie. Es war fast unvorstellbar. „Ich musste noch keine dieser Fähigkeiten bei einer Mission einsetzen."

Bronwyn wünschte, sie hätte diese Fähigkeiten schon damals in Prag gehabt. Es hätte ihr Leben viel einfacher gemacht.

„Gut", sagte er, „ich hoffe, dass es niemals so weit kommt."

„Wie sich herausstellt, bestehle ich gerne die bösen Jungs." Sie lächelte ihn an. „Anstelle von Touristen, die nicht aufpassen."

„Dein Vorgesetzter hat mir heute deine Akte gezeigt. Sieht so aus, als hättest du gute Arbeit geleistet. Wichtige Arbeit."

Sie würde niemals als Leibwächter arbeiten, wie viele der Leute im Pariser Team – sie hatte weder die Statur noch die Geduld dafür. Aber ihre Fähigkeit, unbemerkt an Orte zu gelangen und benötigte Gegenstände zu entwenden oder zurückzuholen, hatten sich in den letzten Monaten als nützlich erwiesen, nachdem ihre Vorgesetzten sich vergewissert hatten, dass sie gut ausgebildet und vertrauenswürdig war. Sie hatte ihr Bestes getan, um das zu beweisen.

Der Takt änderte sich, aber sie tanzten weiter. „Ich fahre nächsten Monat nach Marrakesch."

Bildete sie sich das nur ein oder zog er sie etwas näher an sich heran? „Ich weiß. Ich war bei der Konferenzschaltung dabei, als die Mission bewilligt wurde. Sei schön vorsichtig."

Sie sollte in das Büro eines Museums einbrechen, um

gestohlene Daten zu beschaffen. Es war die erste Mission, bei der sie die Leitung übernahm.

„Du hast also schon davon gewusst? Du wusstest bereits, dass ich hier angestellt bin, trotz der Namensänderung?"

Er nickte. „Das Kernteam bespricht alle wichtigen Missionen. Also ja. Und ja, ich wusste seit der Code-Eingabe, dass du hier bist."

„Überrascht mich, dass ich dich nicht schon früher gesehen habe. Ich hatte irgendwie damit gerechnet." Sie zuckte mit den Schultern. „Ich hatte gedacht, du arbeitest hier."

„Nein. Du brauchtest eine Chance auf einen Neuanfang auf eigene Faust. Um deine eigenen Entscheidungen zu treffen, ohne dass jemand anderes dabei ist. Ich hoffe, das ist dir gelungen."

Das war es, und zwar dank ihm. Aber … sie hatte gedacht, dass er daran teilhaben würde, und war eigenartigerweise enttäuscht gewesen, als das nicht passiert war.

„Ich habe achthundert Dollar für dich", platzte es aus ihr heraus. Es war das Erste, was sie beiseite gelegt hatte, und es lag in einer Schublade in ihrer Küche.

„Achthundert Dollar?", fragte er lachend. „Wofür?"

„Für die zwei Nächte zu hundertfünfzig Dollar und für die fünfhundert Dollar, die du mir in der zweiten Nacht gegeben hast, damit ich Prag verlassen konnte."

Es hatte nicht gereicht und sie hatte die Differenz mit Blut und Angst und Schrecken bezahlt, aber das brauchte er nicht zu wissen.

„Ich habe nie erwartet, dass du das Geld zurückzahlst. Das ist auch nicht nötig."

„Ich möchte es aber", sagte sie. „Bitte. Ich weiß nicht, wie ich es erklären soll, aber es ist mir wichtig."

„Du willst nicht wieder in der Schuld von irgendjemandem stehen."

Erleichterung durchströmte sie. Er verstand es. „Ja."

„Dann werde ich das Geld annehmen."

Sie tanzten noch ein paar Lieder lang auf dieselbe Weise und bald darauf machten sich die Mitglieder des Zodiac-Teams auf den Heimweg, nachdem sie den Abend gemeinsam genossen hatten. Sarge und Bronwyn fanden sich draußen in der kühlen Pariser Nachtluft wieder.

„Kann ich dich nach Hause begleiten?", fragte er.

Sie wollte, dass er sie nach Hause brachte. Sie wollte ihm die winzige Wohnung zeigen, in der sie lebte. Sie wollte ihm all die Bücher zeigen, die sie in ihren Regalen hatte, und ihre eigene Küche mit Geschirr und sogar ihr eigenes Badezimmer. Sie wollte Sarge zeigen, was sie aus ihrem Leben gemacht hatte.

Und … sie wollte, dass er heute Nacht bei ihr blieb.

Sie wusste, dass ihre Kollegen bei Zodiac sie für distanziert und vielleicht sogar arrogant hielten. Sie blieb häufig für sich allein und ging nie aus. Sie war an niemandem in romantischer Hinsicht interessiert, sondern nur daran, die beste Zodiac-Mitarbeiterin zu werden und sich eine Zukunft aufzubauen. Sex, Romantik … das hatte keinen Platz in ihrem Leben.

Aber zum ersten Mal seit Jahren, vielleicht sogar zum allerersten Mal, wollte sie einen Mann.

Diesen Mann.

„Ja, das wäre toll. Es ist nicht weit von hier."

Unterwegs sprachen sie über Literatur, nicht über die Bücher ihrer Eltern, sondern über ihre eigenen derzeitigen Lieblingsbücher. In den letzten Monaten hatte sie ihre gesamte Freizeit mit Lesen verbracht. Offenbar hatte er das auch.

Schweigend stieg er hinter ihr die vier Stockwerke zu ihrer Wohnung hinauf. Sie lächelte, als sie ihn hereinbat und ihm all ihre privaten Schätze zeigte – Kerzen, eine Sammlung von Sonnenbrillen, ihre geliebten Bücher, darunter das zerfledderte Exemplar von *Die Outsider*, das stolz im Regal stand.

Falls er das alles lächerlich fand, behielt er es für sich.

Sie gab ihm die achthundert Dollar in bar. Er respektierte sie genug, um es ohne Widerspruch zu nehmen und in seine Tasche zu stecken.

Die Einraumwohnung war winzig und es gab nicht genug Platz, dass sie beide bequem sitzen konnten. Sie hatte nur einen Stuhl an ihrem kleinen Tisch; die einzige andere Möglichkeit war das Bett auf der anderen Seite des Raumes.

Sie wies in die ungefähre Richtung. „Willst du dich setzen?"

„Ich sollte lieber gehen."

„Du musst nicht gehen", purzelten die Worte aus ihr heraus. „Ich meine, ich möchte, dass du bleibst. Hier. Bei mir. Heute Nacht."

Er schloss die Augen und holte tief Luft. „Ich kann nicht."

„Kannst du nicht oder bist du nicht interessiert?" Es kostete sie ihren ganzen Mut, das zu fragen, aber sie musste es wissen.

Er öffnete die Augen. „Eigentlich weder noch."

Sie legte den Kopf schief, während sie ihn musterte. „Das heißt also, du kannst doch und bist interessiert?"

Er durchquerte den kleinen Raum leiser, als es jemandem von seiner Größe möglich sein sollte. Er streichelte ihre Wangen. „Ja, das heißt es. Aber ich muss in ein paar Stunden los und ein überstürzter Quickie wäre für keinen von uns beiden das Richtige. Du verdienst mehr, Ponygirl. Etwas Besseres."

Er wusste, dass sie bisher nichts anderes als unerwünschte Quickies gehabt hatte. Sie hasste es, dass er es wusste, fast so sehr wie sie es hasste, dass es die Wahrheit war.

Bronwyn nickte und hielt ihren Blick gesenkt. „Ich verstehe."

Er trat einen Schritt zurück und ließ ihr Gesicht los. „In ein paar Monaten wird es ein paar offene Stellen im Büro in Denver geben. Vielleicht möchtest du für ein Weilchen die Vereinigten Staaten ausprobieren. Mir würde das gefallen."

Das würde bedeuten, ihn regelmäßig zu sehen. Sie lächelte. „Ich wollte schon immer mal die USA bereisen. Ich werde es auf jeden Fall in Erwägung ziehen."

„Gut." Jetzt lächelte er auch. Diese Grübchen. „Viel Glück bei deiner Mission in Marrakesch. Die werden nicht wissen, wie ihnen geschieht. Du wirst perfekt sein."

„Dafür habe ich schließlich jeden Tag trainiert."

Er nickte und sie standen eine lange Minute lang da und sahen sich an.

„Schließ deine Augen", flüsterte er.

Sie tat es und war erstaunt, dass sie kein bisschen zögerte oder Angst hatte. Dies war Sarge. Er hatte immer sehr drauf geachtet, ihr niemals wehzutun.

Seine Lippen berührten die ihren. Sanft, behutsam. Es war kein richtiger Kuss, aber ein Versprechen auf mehr.

Ihr erster richtiger Kuss überhaupt. Er konnte das unmöglich wissen.

„Es war schön, dich heute Abend kennenzulernen, Bronwyn Rourke. Ich hoffe, dich in Zukunft noch besser kennenzulernen."

Er strich noch einmal mit seinen Lippen über ihre und war dann verschwunden.

Kapitel 5

Bronwyn war in Afrika.

Marokko lag in Nordafrika, also war es nicht das Afrika, das den meisten Leuten in den Sinn kam. Hier gab es keine Nashörner oder Elefanten. Dafür aber eine Menge Wüste.

Trotzdem, sie war in Afrika.

In ein paar Monaten würde sie in Amerika sein, wenn alles wie geplant verlief. Wenn ihre Versetzung nach Denver klappte.

Dann würde sie drei von sieben Kontinenten besucht haben. Vielleicht sollte sie es sich zum Ziel setzen, irgendwann in ihrem Leben alle sieben zu bereisen. Ein Punkt für ihre Löffelliste. Sie hatte diesen Begriff erst vor kurzem kennengelernt.

Vielleicht würde Sarge sie auf ihren Reisen begleiten. Asien. Südamerika.

Seit er Paris vor drei Wochen verlassen hatte, hatte sie nichts mehr von ihm gehört, aber sie hatte nichts anderes erwartet. Er wusste, dass sie jede freie Minute damit verbringen würde, sich auf diese Mission vorzubereiten.

Damit alles reibungslos ablief, mussten sich alle Teile perfekt zusammenfügen.

„Wie gefällt dir Afrika bisher?" Die Stimme von Jenna Franklin, verantwortlich für den technischen Support während dieser Mission, drang durch den Ohrhörer, den sie trug.

„Im Moment nicht gerade berauschend", flüsterte sie.

Jenna und Bronwyn waren im letzten Monat, als sie sich auf diese Operation vorbereiteten, fast Freundinnen geworden. Sie war auch in Denver ansässig. Noch ein Grund mehr, dorthin zu ziehen.

Nicht, dass sie noch einen gebraucht hätte.

„Stundenlang in dieser Sardinendose von Schrank zu hocken, ist vermutlich nicht das Tollste. Gut, dass du keine Platzangst hast."

Hier drei Stunden lang eingepfercht zu sein, um darauf zu warten, dass das kleine Museum im ersten Stock zumachte, war in erster Linie unbequem. Aber es machte ihr nichts aus. Unbequem konnte sie aushalten.

„Langweilig, aber erträglich. Irgendwann muss ich noch mal nach Marokko kommen und mir mehr Sehenswürdigkeiten ansehen. Warst du schon mal hier?"

„Nein. Ich verreise nicht wirklich."

„Du meinst, außerhalb der USA?"

„Ich reise nirgendwohin. Zodiac lässt mich von einer Computer-Kommandozentrale in meinem Haus aus arbeiten. Deshalb habe ich den Job angenommen, weil ich dann in kein Büro gehen muss. Ich … ich gehe nicht gerne aus dem Haus. Es ist kompliziert."

„Oh." Offensichtlich steckte viel mehr hinter der Geschichte, als sie verlauten ließ, aber Bronwyn wollte nicht drängen. Sie wusste, wie es war, wenn man über gewisse Dinge nicht reden wollte.

„Ja."

„Stört es dich, dass alle dein Team *die Nerds* nennen?" Sie wollte das Thema wechseln, aber sobald die Worte aus ihrem Mund kamen, wurde ihr klar, dass das neue Thema genauso unliebsam sein könnte.

Aber Jenna lachte. „Nein. Es ist ein Zeichen der Anerkennung - niemand meint es respektlos. Außerdem haben wir uns den Namen selbst gegeben. Alle anderen sorgen nur dafür, dass er nicht in Vergessenheit gerät."

Sie schwiegen und sie vertrieb sich die Zeit damit, in dem beengten Raum verschiedene Muskelgruppen abwechselnd anzuspannen und zu lockern.

„Gab es irgendein ein Problem, als du die Schlüsselkarte mit Omar Zeroual getauscht hast?", fragte Jenna.

Deshalb war diese Mission wie geschaffen für sie. Man brauchte jemanden, der eine Schlüsselkarte stehlen konnte, ohne erwischt zu werden, der sich in einer winzigen Ecke eines Wandschranks verstecken konnte, ohne von Sicherheitskameras oder Wachen entdeckt zu werden, und der die Daten, die in einem Fall von Wirtschaftsspionage gestohlen worden waren, aus dem Safe befreien konnte. Unbemerkt rein und unbemerkt raus.

Alles Fähigkeiten, die sie bereits besaß und die Zodiac im letzten Jahr verfeinert hatte.

„Ganz und gar nicht. Ich hätte gedacht, er wäre nervöser, wenn man bedenkt, dass er das Laufwerk gestohlen hat."

„Übertriebene Selbstsicherheit. Das hat schon viele Leute zu Fall gebracht."

Sie schwiegen wieder und sie wartete, während sie sich darauf konzentrierte, was sie als Nächstes tun musste.

Sie würde es nicht vermasseln. Sie würde sich als wertvolles Mitglied dieses Teams erweisen. Wenn Sarge den Bericht über diese Mission las – und sie wusste, dass er das tun würde – sollte er sehen, dass er sich nicht in ihr geirrt hatte.

Erst eine Stunde später meldet sich Jenna wieder zu Wort. „Okay, Bronwyn, du kannst loslegen."

„Verstanden."

Sie schlüpfte aus ihrem winzigen Versteck heraus und streckte sich, um die Blutzirkulation in allen Gliedern anzuregen. Jenna und ihr Team hatten die Kameras elektronisch unter ihre Gewalt gebracht, damit sie nicht entdeckt wurde. Sie benutzten sogar Wärmebildaufnahmen, um ihr mitzuteilen, wo die Wachen waren.

Sie hatte den Bauplan des Gebäudes studiert, damit sie sich im Dunkeln zurechtfinden konnte, was sie auch tat. Sie konnte kein Licht benutzen, das durch die Fenster sichtbar sein könnte.

Bronwyn bahnte sich ihren Weg durch mehrere Gänge, blieb stehen, wenn Jenna es ihr sagte, und schlug dann manchmal eine andere Richtung ein. Eine sehr knappe Beinahe-Begegnung mit einer Wache zwang sie, sich in einem Treppenhaus zu verstecken, und brachte ihr Herz zum Rasen, aber er bemerkte sie nicht.

Sie war von Kopf bis Fuß in Schwarz gekleidet und hatte ihr Haar unter einer Mütze versteckt. Ein flüchtiger Blick auf sie würde weder ihr Geschlecht noch ihr Alter verraten. Aufgrund des soziopolitischen Klimas in dieser Gegend – ein Teil dessen, was sie studiert hatte, um sich auf die Mission vorzubereiten – würde jeder, der sie sah, annehmen, dass sie männlich war. Ein weiterer Grund, warum sie ausgewählt worden war.

Weil man sie mit einem Mann verwechseln könnte. Seufz. Aber das ist nichts, worüber sie jetzt nachdenken sollte.

Sie erreichte das Büro und benutzte die Schlüsselkarte - und einen Code, den sich ein anderes Mitglied von Zodiac letzte Woche angeeignet hatte - um den Safe zu öffnen.

Sie starrte länger auf den Inhalt des Tresors, als sie es

hätte tun sollen. Bündel von Banknoten, etwas Schmuck und diverse Dokumente stapelten sich um das, was sie dort suchte. Mehr Reichtum, als sie je gesehen hatte oder an einem einzigen Ort vermutet hätte.

Wenn sie sich die Halskette – Diamanten – und die Banknoten schnappte, wären ihre Geldsorgen ein für alle Mal vorbei. Sie könnte tun, was immer sie wollte. Gehen, wohin sie wollte.

Außer nach Denver.

Wenn sie etwas anderes als das Computerlaufwerk aus dem Safe nahm, wäre ihre Zeit bei Zodiac vorbei. Und ihre Zeit mit Sarge würde nie beginnen.

„Alles klar, Bron?", fragte Jenna in ihr Ohr. „Ist es da? Du wirkst irgendwie erstarrt."

Sie tauschte das kleine Computerlaufwerk aus und schloss den Safe. „Ich hab's. Ich bin auf dem Weg nach draußen."

„Verstanden."

Sie lenkte sie zurück durch die Gänge, um die Wachen zu umgehen. Ein winziges Fenster im Pausenraum des Personals im ersten Stock war ihr Weg nach draußen. Ein anderes Mitglied des Zodiac-Teams hatte vor ein paar Wochen die Scharniere ausgetauscht, sodass es sich viel weiter öffnen ließ, als es sollte. Aber für die allermeisten Menschen war es immer noch zu schmal.

Sie gehörte nicht zu den Allermeisten. Sie kletterte auf den Tisch, zwängte sich durch die Öffnung und rollte sich ab, als sie in der Gasse hinter dem Gebäude landete. Einen Moment später war sie auf den Beinen und entfernte sich vom Gebäude.

„Ich bin draußen."

„Verstanden. Alles im grünen Bereich. Zieh dich beim nächsten Block um."

Sie nahm die Mütze ab und wickelte sich einen Schal um

den Kopf. Sie wendete ihre Jacke, sodass sie nicht ganz in Schwarz gekleidet war. Sie blieb kein einziges Mal stehen.

„Outlaw steht am Treffpunkt bereit. Gute Arbeit, Bronwyn", sagte Jenna. Mark Outlawson – alle nannten ihn Outlaw – arbeitete für Zodiac als Auftragnehmer. Er hätte ihr als Verstärkung gedient, wenn sie im Gebäude in Schwierigkeiten geraten wäre.

Aber sie war nicht in Schwierigkeiten geraten. Sie hatte die Aufgabe erledigt, die man ihr aufgetragen hatte. Sie konnte nicht aufhören zu lächeln. „Danke. Das hat sogar Spaß gemacht. Du hast was verpasst."

Sie kicherte. „Ich überlasse solche Abenteuer lieber den Abenteuerlustigen. Ich bin hier mit meinen Computern ganz zufrieden."

Jenna blieb in Bronwyns Ohr, bis sie Outlaw in der Lobby ihres Hotels traf, das ein paar Blocks vom Museum entfernt lag. Sie übergab ihm das Computerlaufwerk, ohne mit ihm Blickkontakt aufzunehmen. Wenn jemand sie beobachtet hätte, wäre demjenigen nichts aufgefallen.

Outlaw würde das Laufwerk aus dem Land und zurück in die richtigen Hände bringen. Falls jemand sie im Museum gesehen hätte, würde derjenige bestimmt nicht nach jemandem von seiner Größe suchen, und sie hatte jetzt keine belastenden Beweise bei sich.

„Outlaw meldet, dass er die Ware hat. Du bist fertig, Bronwyn."

„Danke, dass du mich gelotst hast, Jenna."

„War mir ein Vergnügen. Ich gratuliere zu einer erfolgreichen Mission. Wir werden morgen bei der Nachbesprechung weiterreden."

Der Ohrhörer schaltete sich ab. Sie lächelte immer noch, als sie den Aufzug zu ihrem Zimmer hinauffuhr. Sie würde morgen nach Paris zurückfliegen, aber heute Abend war sie auf sich allein gestellt.

Sie dachte daran, Sarge anzurufen. Sie wollte ihn wissen lassen, wie es gelaufen war. Sie wusste, dass sie über eine ungesicherte Leitung keine Einzelheiten erwähnen konnte, aber vielleicht konnte sie über die Versuchung sprechen, die ihr beim Öffnen des Safes widerfahren war.

Sarge würde es verstehen. Sie hatte es immer gehasst, dass er ihre Vergangenheit kannte, aber das würde sich jetzt als nützlich erweisen.

Bronwyn öffnete die Tür ihres schicken Hotelzimmers mit der Schlüsselkarte und lächelte noch immer. Sie war sich nicht sicher, ob sie jemals ein Hotelzimmer betreten würde, ohne dass es sie an Sarge erinnerte. Dies war das einzige, in dem sie jemals ohne ihn gewesen war.

Sie bediente den Lichtschalter, aber der Raum blieb dunkel. Sie ging zu der kleineren Lampe neben dem Schreibtisch hinüber.

Auch sie ging nicht an.

Sie war eine Sekunde zu langsam, zu selbstgefällig, ihrer eigenen, neu erworbenen Fähigkeiten zu sicher.

Diese eine Sekunde kostete sie alles.

Sie prallte mit einer Wucht gegen die Wand des Hotelzimmers, die ihr den Atem raubte. Sie setzte sich zur Wehr, aber es gab mindestens zwei Angreifer, die beide ebenso gut trainiert waren wie sie selbst. Einer fing ihren Tritt ab, der andere drückte sie an die Wand und zog ihre Arme hinter ihren Rücken, sodass sie sich nicht bewegen konnte.

Sie mussten ihr auf die Schliche gekommen sein. Irgendwann im Laufe des Tages? Omar Zeroual war Millionär. Vielleicht hatte er Verbindungen, von denen sie nichts wussten. Wenigstens hatte sie das Laufwerk nicht mehr bei sich.

Bronwyn spürte ein Stechen in ihrem Bizeps. Sie warf den Kopf zurück und versuchte, denjenigen, der sie festhielt, zu erwischen, aber damit handelte sie sich nur eine weitere Begegnung mit der unnachgiebigen Wand ein.

„Keine blauen Flecken", sagte ein anderer Mann von der anderen Seite des Raumes. „Ich möchte, dass du deinem Boss eine Botschaft überbringst."

Der Mann, der sie festhielt, drehte sie um, sodass sie den Mann ansah, der gesprochen hatte. Sie konnte in der Dunkelheit, in der er auf ihrem Bett saß, keine Gesichtszüge erkennen.

„Für sowas gibt es Telefone", fauchte sie.

„Man hat mir gesagt, du seist lebhaft. Offensichtlich stimmt das."

Was zum Teufel war hier los? Wenn das nicht Omar Zerouals Männer waren, wer waren sie dann?

Und warum drehte sich der Raum?

„Ich bin nicht daran interessiert, irgendwelche Botschaften weiterzugeben." Sie bemühte sich, sich nicht anmerken zu lassen, wie schwindelig ihr war.

Der Mann auf dem Bett beugte sich vor. „Du brauchst auch keine Botschaft überbringen. *Du* wirst die Botschaft sein."

„Das verstehe ich nicht."

Ihre Stimme klang eigenartig. Der Raum drehte sich schneller. Sie hatten ihr etwas verabreicht. Der Stich in ihrem Arm musste eine Spritze gewesen sein. Sie wehrte sich heftiger gegen den Mann, der sie festhielt, aber es nützte nichts.

Der Mann sprach wieder. „Ich möchte, dass Ian DeRose anfängt, nach Geistern zu suchen. Bis ich ihn zu einem mache."

„Wovon reden Sie?" Wenn der große Mann sie nicht aufrecht gehalten hätte, wäre sie zu Boden gesackt. „Ich habe Ian nur ein paar Mal getroffen. Er kennt mich nicht wirklich. Wer sind Sie überhaupt?"

„Mein Name ist Erick Huen. Ich bin ein alter Freund von Ian. Aber wer ich bin, spielt im Moment keine Rolle.

Nur du. Du bist jung und hübsch und du arbeitest für ihn. Du wirst deinen Zweck erfüllen."

Er stand auf und kam näher heran. Er war viel kleiner als der Mann, der sie festhielt, aber das machte sie nicht weniger ängstlich.

„Leider wird dieser Prozess für dich … unangenehm sein." Er war jetzt nahe genug, dass sie sein Gesicht sehen konnte; sie erkannte ihn nicht wieder. Sie verstand immer weniger, da das, was man ihr verabreicht hatte, ihr das Gefühl gab, sich außerhalb ihres eigenen Körpers zu befinden. Er streifte ihr eine Haarsträhne aus dem Gesicht. Sie machte keine Anstalten, sich wegzudrehen.

„Du bist hübscher, als ich dachte. Jünger. Eine Schande, dass du das nicht mehr sein wirst, wenn wir mit dir fertig sind."

Er nickte dem Mann zu, der sie festhielt, sie loszulassen.

Sie sollte weglaufen. Sie sollte kämpfen. Sie sollte irgendetwas tun.

Aber sie konnte nicht.

Ihr Körper schien nicht mehr ihr zu gehören.

Kapitel 6

Sarge ließ Bronwyn nicht wissen, dass er während des Einsatzes das Gespräch zwischen ihr und Jenna mithörte. Er wollte sie nicht nervös machen oder zu viel Druck auf sie ausüben.

Aber er wollte zur Stelle sein, wenn etwas schiefging, um sofortige Hilfe vom anderen Ende der Welt leisten zu können. Wenn Bronwyn in Panik geriet, wollte er in ihrem Ohr sein, um sie zu unterstützen.

Verdammt, er wollte in Marrakesch sein, um bei Bedarf einzugreifen. Fast hätte er sich selbst dieser Mission zugeteilt. Aber das hätte viel zu viele Fragen aufgeworfen. Nicht nur vom Pariser Büro, sondern auch von seinen eigenen Freunden in Denver.

In seiner Position hätte er das nicht rechtfertigen müssen, aber sein Schweigen hätte noch mehr Fragen aufgeworfen.

Sarge wollte nicht, dass irgendjemand bei Zodiac – vor allem Bronwyn – dachte, sie hätte es nicht allein geschafft. Tatsächlich hatte er ihr nur die Tür geöffnet.

Und hatte sich seitdem fast täglich nach ihr erkundigt. Das war einer der Vorteile seiner Position in der Firma.

Zugang zu allen Formularen, Berichten und sämtlichem Filmmaterial.

Aber sie war diejenige, die sich hervorgetan hatte, seit sie in Paris angekommen war. Sie hatte hart gearbeitet, ständig dazugelernt und sich verbessert. Jeder einzelne Vorgesetzte war beeindruckt von ihrer Arbeitsmoral, ihrer Intelligenz und natürlich von ihren flinken kleinen Fingern, mit denen sie sich alles nehmen konnte, was sie wollte, ohne dass es jemand bemerkte.

In seinem Büro hörte er schweigend zu, während die Mission in Marrakesch perfekt ablief. Bronwyn hatte einen kühlen Kopf bewahrt, selbst als eine Wache ihr viel zu nahe gekommen war. Sie hatte sich Zugang zum Safe verschafft und hatte die Übergabe an Outlaw vollzogen, als ob sie so etwas schon seit Jahren machen würde.

Er war so verdammt stolz auf sie. Es war fast ein väterlicher Stolz, aber trotz des Altersunterschieds von mehr als fünfzehn Jahren zwischen ihnen hatte das, was er für sie empfand, nichts Väterliches an sich.

Er hatte es in der Sekunde gewusst, in der sich ihre Lippen in ihrer Wohnung berührt hatten. Verdammt, er hatte es schon lange vorher gewusst.

Sein Spitzname in der Navy war zwar Sarge gewesen, was als Scherz begonnen hatte, da es in der Navy den Rang des Sergeants nicht gab, aber sein Codename bei Zodiac war Virgo. Er war zufällig im September unter dem Sternzeichen der Jungfrau geboren, aber das war nicht der Grund, warum er Virgo als Spitznamen bekommen hatte.

Jungfrauen waren dafür bekannt, pragmatisch und ehrlich zu sein und ihre Verpflichtungen ernst zu nehmen. Er war geradezu ein Paradebeispiel für diese Eigenschaften.

Die Codenamen bei Zodiac Tactical mochten von Ian DeRoses Haushälterin/Mutterfigur willkürlich ausgesucht worden sein, aber der, den sie für Sarge gewählt hatte, passte gut zu ihm. Und sie hatte sein Geburtsdatum nicht gekannt.

Jungfrauen waren auch dickköpfig. Und er war da keine Ausnahme. Aber wenn es um Bronwyn ging, zeigte sich seine Sturheit darin, ihr alle Zeit zu geben, die sie brauchte. Er konnte warten. Er konnte warten, bis Bronwyn bereit war. Bereit zu sehen, ob sie so zusammenpassten, wie er es sich erhoffte.

Er hörte, wie Jenna Bronwyn zu einer erfolgreichen Mission gratulierte, und schaltete seinen Computer mit einem Lächeln im Gesicht aus. Bronwyn hatte es geschafft. Nicht, dass er daran gezweifelt hätte.

Er lächelte immer noch, als er einschlief und von himmelblauen Augen träumte.

Achtzehn Stunden später war Sarges Lächeln verschwunden.

„Warum erfahre ich das erst jetzt?", knurrte Ian in das Telefon an seinem Ohr.

Er hatte nur halb zugehört und wartete mit der Kaffeetasse in der Hand ab, ob ihn die Sache etwas anging . Er war die halbe Nacht aufgeblieben, um Bronwyns Mission mitanzuhören, und hatte dann den ganzen Tag und Abend auf der Arbeit verbracht. Er wollte gerade nach Hause gehen, als Landon Black, eine weitere rechte Hand von Ian, und er von einem von Ians Assistenten in den Konferenzraum gerufen worden waren.

Er war schnurstracks auf die Kaffeekanne zugegangen. Zodiac hatte Büros in der ganzen Welt und es gab immer etwas zu tun. Es war, als wäre man wieder bei den SEALs – man musste auf alles vorbereitet sein.

„Haben wir noch Leute vor Ort?", fuhr Ian fort.

Sarge nahm einen Schluck von seinem schwarzen

Gebräu. Ian war besorgt. Er wischte sich mit der Hand über die Stirn, während er und Landon sich gegenseitig ansahen. Ausnahmsweise hatte Landon kein schiefes Lächeln im Gesicht. Was auch immer da vor sich ging, es war nichts Gutes.

„Schick uns alles, was ihr über Rourke habt. Und die Mitschrift der Mission in Marrakesch. Outlaw soll sich zur vollen Stunde melden und sofort noch mehr Leute dazu holen."

Bei diesen Worten stellte er seinen Kaffee ab, denn er brauchte kein Koffein mehr, um wach zu werden. Adrenalin schoss durch seine Adern, als er Bronwyns Namen im Zusammenhang mit ihrer Mission hörte.

In den Stunden, seit er nicht mehr mitgehört hatte, musste etwas vorgefallen sein.

„Was gibt's, Boss?" fragte Landon, als Ian sein Handy auf den Tisch vor ihm fallen ließ.

„Die Mission in Marrakesch ist den Bach runtergegangen."

Sarge musste sich zurückhalten, ihm zu widersprechen. Die Mission war so weit flussaufwärts, dass sie an der Quelle angekommen war. Sie war nicht den Bach runtergegangen.

Aber das sollte er eigentlich nicht wissen.

„Was ist passiert? Wurde jemand verletzt?", fragte Landon.

Wurde jemand verletzt?

Das war die wichtige Frage. War Bronwyn verletzt?

Ian drückte einen Knopf, und Bildschirme fuhren lautlos vor jedem von ihnen aus Konferenztisch heraus. Wenige Augenblicke später erschienen elektronische Dateien auf dem Bildschirm ... Details der Marrakesch-Mission, die Abschriften, die Ian verlangt hatte und die Sarge bereits kannte, und ein großes Bild von Bronwyn mit diesen unglaublich blauen Augen.

„Bronwyn Rourke ist vor sechs Stunden nicht zum Abzug aus Marrakesch aufgetaucht."

Er atmete kaum hörbar aus. Es gab keine Leiche. Das war das Wichtigste.

„Rourke." Landon blätterte durch ihre Akte. Sarge brauchte sie nicht anzusehen. Er war bereits mit allem, was auf dem Bildschirm vor ihm zu sehen war, vertraut. „Ich erinnere mich, dass wir die Mission letzten Monat genehmigt haben. Ein neue Rekrutin, aber mit außergewöhnlich guten Leistungen. Die Erfolgswahrscheinlichkeit der Mission war hoch."

„Wenn ich mir diese Abschrift ansehe, war die Mission ein Erfolg. Sie hat ihren Job perfekt erledigt."

Verdammt richtig, das hatte sie.

„Die Übergabe der Festplatte in der Hotellobby verlief ohne Probleme", warf Sarge ein. Seine beiden Freunde nickten.

„Ab dem Punkt hätte sie eigentlich keine Schwierigkeiten haben sollen. Sie sollte auf ihr Zimmer gehen und sich bis zur Abreise ruhig verhalten", sagte Landon.

Ian nickte. „Jenna und das Technikteam tun, was sie können. In der Hotellobby gab es keine Kameras, was einer der Gründe für die Wahl des Hotels war, das ist also eine Sackgasse. Die Nerds überprüfen, ob sie in dem Gebäude, das sie ausgeraubt hat, gesehen wurde. Outlaw ist auch dort und sieht sich persönlich um. Bis jetzt keine Hinweise auf etwas Ungewöhnliches."

„Sie ist ein absoluter Anfänger", sagte Landon, während er in einer der Akten blätterte. „Sind wir sicher, dass sie sich nicht verlaufen oder die Zeit vergessen hat oder sowas? Marrakesch ist das reinste Labyrinth."

Sarge sagte nichts. Als einer der Anführer von Zodiac wäre er stinksauer, wenn das der Fall wäre, aber als Mann wäre er schlicht begeistert, wenn sie sich einfach nur von dem Moment hätte mitreißen lassen.

„Das ist deine, richtig, Sarge?", fragte Ian. „Irgendeine Idee?"

Meine. Er verzog das Gesicht. „Ich wusste, dass sie nützlich sein würde, weil ich gesehen habe, wie gut sie darin war, sich unter Leute zu mischen und sie zu beklauen, als ich ihr in Europa begegnet bin. Ich habe ihr vor achtzehn Monaten die Adresse des Pariser Büros gegeben und hatte danach nicht mehr viel Kontakt mit ihr."

Alles wahr, aber nicht die ganze Wahrheit.

Ian blickte von seinem Bildschirm auf. „Irgendetwas, das wir wissen sollten?"

„Nein. Außer vielleicht, dass sie jung ist." Viel zu jung für ihn, um sie geküsst zu haben oder an etwas anderes zu denken. Vielleicht sollte er ihre Versetzung nach Denver stoppen. Es war ein Fehler, sich auf dem selben Kontinent wie sie aufzuhalten. Diese Situation war womöglich der Beweis dafür.

„Verstanden", antwortete Ian. „Das Team wird die üblichen Maßnahmen ergreifen – Krankenhäuser abklappern, weiter versuchen, ihr Handy zu erreichen, prüfen, ob sie nach der Übergabe aufgegriffen wurde. Hoffen wir, dass dies ein Anfängerfehler war und wir sie in ein paar Stunden wieder in der Herde haben."

Ein paar Stunden später hatten sie keine neuen Daten. Aber sie hatten einen Haufen neuer Fragen und Sarge gefiel keine davon.

Sowohl Jenna als auch Outlaw waren per Videokonferenz mit ihnen verbunden.

„Bei der Übergabe schien alles in Ordnung zu sein." Outlaws Worte kamen etwas verzögert an, da er sich am anderen Ende der Welt befand. „Sie hat kein Zeichen gegeben, dass sie unter Zwang handeln würde."

„Die Festplatte war echt." Jenna blickte in die Kamera. „Das Team hat sie bereits geknackt. Und es gibt keine Anzeichen dafür, dass die Bösewichte wissen, dass sie verschwunden ist."

„Woher weißt du das?"

„Das falsche Laufwerk enthält ein Virus, das sie in die Steinzeit zurückwirft." Jennas Lächeln war verdammt boshaft für eine so kleine und an sich nette Frau. „Wenn sie es an einen Computer anschließen, der mit ihrem Netzwerk verbunden ist, werden sie es heftig zu spüren bekommen. Aber dafür gab es den ganzen Tag noch keine Anzeichen."

Landon lehnte sich in seinem Stuhl zurück. „Wir sind weit über den Punkt hinaus, an dem sie sich verlaufen oder zu viel Zeit in den Geschäften verbracht haben könnte."

Sarge sagte nichts, aber das erwartete auch niemand von ihm. Er war noch nie der Gesprächigste gewesen.

„Ich bin ihre Akte durchgegangen." Ian sah ihn an. „Ich weiß, dass du sie aufgrund ihrer ungewöhnlichen Fähigkeiten rekrutiert hast. Diese Fähigkeiten sind auch der Grund, warum sie als Leiterin dieser Mission ausgewählt wurde. Eine Diebin, die sich unauffällig einfügen kann."

„Ja." Das stimmte, auch wenn er sie rekrutiert hatte, um sie aus diesem Höllenloch herauszuholen, nicht unbedingt wegen ihrer Fähigkeiten.

„Ihre Akte ist ziemlich dünn. Name. Geburtsdatum. Das war's. Sie hatte keine Adresse, keine bekannten Verwandten, keine Steuernummer. Wir haben sie unter der Hand bezahlt, bis Jenna ihr eine Identität besorgt hatte."

Jenna fuhr mit einer Hand durch ihr schulterlanges schwarzes Haar. „Und, um ganz ehrlich zu sein, ich habe keine Aufzeichnungen über eine Bronwyn Rourke gefunden, als ich ihren Ausweis erstellt habe. Ich wollte sichergehen, dass wir keine neuen Probleme kreieren, also habe ich eine umfangreiche Suche nach diesem Namen in weiten Teilen von Westeuropa durchgeführt."

Sie hatte nicht in Osteuropa gesucht, aber das hätte auch zu nichts geführt. Jenna hätte eine Bronwyn Rourke auch dann nicht gefunden, wenn sie weiter östlich gesucht hätte.

Er zuckte mit den Schultern. „Sie ist nicht der erste Zodiac-Mitarbeiter, der einen Decknamen benutzt."

Alle stimmten murmelnd zu. Die gesamte abtrünnige Unterabteilung der Firma bestand aus Teammitgliedern, deren fragwürdige Vergangenheit besser begraben blieb. Zugegeben, die meisten von ihnen wurden nicht für normale Missionen eingesetzt, aber Zodiac hatte sich noch nie vor Leuten mit Geheimnissen gescheut.

Hey, selbst Ian hatte seine Geheimnisse.

„Gab es irgendetwas an der Mission, das irgendjemandem seltsam vorkam?", fragte Ian. „Ich habe die Mitschrift gelesen. Bronwyn hat verdammt lange in diesem Schrank gesteckt."

„Sie schien es gut zu verkraften", antwortete Jenna. „Keine Klaustrophobie oder irgendwelche Anzeichen, dass sie unter Zwang stand. Das einzige Mal, als ich mich gefragt habe, ob – ach, schon gut."

„Was?", sagten Ian, Landon und Sarge gleichzeitig.

„Ich will damit nicht sagen, dass ich glaube, dass irgendwas in der Art passiert ist", schickte Jenna vorneweg. „Ich habe Bronwyn in den letzten Wochen kennengelernt und ich mag sie sehr."

Ian nickte ihr ermutigend zu. „Ist schon gut, Jenna. Sag, was du denkst."

Sie atmete tief durch. „Am Safe hat Bronwyn ein Weilchen gezögert. Das war der einzige Moment, in dem ich mir Sorgen gemacht habe, dass es ein Problem geben könnte."

„Was meinst du, was das heißt?", fragte Sarge.

Sie zögerte. „Wahrscheinlich nichts. Vergesst, dass ich etwas gesagt habe."

Er sah das leichte Zucken in Ians Auge, aber der ließ sich seine Ungeduld gegenüber Jenna nicht anmerken. Die Frau sprach nicht offen über ihre Vergangenheit, aber sie alle wussten, dass sie genug erlitten hatte, dass sie ihr Haus nicht mehr verließ. Er hatte sie nur einmal persönlich getroffen, und das nur, weil er zu ihr gekommen war.

Er übernahm für Ian. Er war nicht der Beste im Umgang mit Menschen, aber das hier war wichtig. „Jenna, sag es uns, auch wenn es keinen guten Eindruck macht. Wir können zu diesem Zeitpunkt nichts ausschließen."

„Es war der Safe von Omar Zeroual. Er ist ein Krimineller, aber er ist auch einer der reichsten Männer Marokkos. In dem Safe muss viel mehr gewesen sein als nur die Festplatte. Bargeld mit ziemlicher Sicherheit. Wahrscheinlich Juwelen. Anleihen. Alles Mögliche an wertvollen Dingen. Vielleicht war die Versuchung zu groß für sie."

Sarge wollte das sofort abstreiten, aber er konnte nicht. Die Wahrheit war, dass er nicht sicher war, ob er Bronwyn einen Vorwurf machen konnte, wenn sie genau das getan hatte, was Jenna andeutete.

Ian sah zu ihm herüber. „Hast du eine Meinung zu dieser Theorie?"

Sarge hielt seinen Blick fest auf Ian gerichtet. Sie waren schon zu lange Freunde und Teamkollegen, als dass er ihm gegenüber nicht ehrlich sein konnte. „Es ist möglich. Wie alle bereits erwähnt haben, ist Bronwyn jung und hat eine Vorgeschichte, über die wir nichts wissen."

Er wusste mehr als jeder andere und trotzdem machte das die Situation nicht weniger denkbar.

Ian nickte. „Falls sie Zeroual beklaut hat, dann ist sie auf und davon, und ich will keine Zeit und Ressourcen verschwenden, um sie zu suchen. Was sagt dir dein Bauchgefühl?"

Sarge wandte für einen Moment seinen Blick ab, um die Frage wirklich verarbeiten zu können.

Was sagte ihm sein Bauchgefühl? Nicht das, was er für wahr halten wollte, sondern was er wirklich glaubte, was vor sich ging?

Ian drängte ihn nicht zu einer Antwort.

Er dachte an Bronwyns Aufrichtigkeit in Paris, als sie ihm dafür gedankt hatte, dass er ihr den Job bei Zodiac besorgt hatte. Das Leuchten in ihren Augen, als sie ihm von ihrer Ausbildung erzählt hatte. Das Gefühl ihrer süßen Lippen auf seinen, als er sie geküsst hatte.

Aber vor allem dachte er an die achthundert Dollar, die in einer Schublade in seinem Schlafzimmer lagen. Sie hätte ihm das nicht geben müssen – Sarge hatte es definitiv nicht erwartet oder gewollt. Aber es hatte ihr so viel bedeutet, ihre Schulden zu begleichen.

Diese einfache Geste sprach Bände über ihr Ehrgefühl.

„Mein Gefühl sagt mir, dass sie in Schwierigkeiten steckt. Ich glaube nicht, dass sie außer der Festplatte irgendwas aus dem Safe genommen hat. Es mochte verlockend gewesen sein, aber sie hat der Versuchung widerstanden."

Ian nickte. „Dann suchen wir weiter."

Kapitel 7

Bronwyn saß in einer dunklen Zelle. Sie wusste nicht mehr, wie sie dorthin gelangt war. Es gab keine Möbel, keine Toilette. Da war nur kalter Boden, kalte Wände und eine kalte Metalltür.

Der Schlitz in der Tür öffnete sich wie schon mehrmals zuvor. Sie blinzelte in das Licht, das ihr inmitten der Dunkelheit äußerst grell vorkam, auch wenn sie wusste, dass es das nicht war.

„Sag es."

Eine männliche Stimme. Sie wusste nicht, wer es war. Nicht Erick Huen, der Mann aus dem Hotel. Jemand anderes.

Ihre Antwort war jedes Mal die gleiche. „Nein."

Sie würde es nicht sagen. Sie konnten sie nicht zwingen.

Sie konnten sie hier einsperren, in ihrem eigenen Dreck, ohne Essen und mit kaum genug Wasser, um am Leben zu bleiben, aber sie würde es nicht sagen.

Der Schlitz in der Tür glitt zu.

Das Licht war verschwunden. Ihre Tapferkeit verschwand ebenfalls. Die Versuchung, zu rufen, den Mann zu bitten, zurückzukommen, zu sagen, was man von ihr hören wollte, war nahezu überwältigend.

Sie wusste, was als Nächstes kommen würde. Es war stets das Gleiche. Daran würde sich nichts ändern, nicht bevor diese Leute bekamen, was sie wollten. Was auch immer das war.

Ich existiere nur, um Befehle zu befolgen. Meine letzte Mission ist es, nach Hause zu gehen.

Ich existiere nur, um Befehle zu befolgen. Meine letzte Mission ist es, nach Hause zu gehen.

Ich existiere nur, um Befehle zu befolgen. Meine letzte Mission ist es, nach Hause zu gehen.

Bronwyn biss die Zähne zusammen, als die Aufnahme aus Lautsprechern dröhnte, die sie nicht sehen konnte, hoch in den Ecken des Raumes, die sie nicht erreichen konnte.

Wieder und wieder und wieder.

Es hörte nur auf, wenn sie hereinkamen, um ihr die Injektionen zu geben oder sie aufzufordern, die Worte selbst aufzusagen.

Die Injektionen erfolgten alle zwei Stunden. Sie hatte sich gezwungen, die Sekunden nach ihrer dritten Injektion zu zählen, und tat ihr Bestes, um die Worte zu ignorieren, die um sie herum tönten. Siebentausendzweihundert Sekunden. Sie hatte fast genauso lange gebraucht, um herauszufinden, wie viele Minuten das waren.

Drei Männer kamen jedes Mal, um ihr die Injektion zu geben. Zwei, um sie festzuhalten, einer mit der Nadel.

Vier Tage lang Spritzen und die Worte, die nie aufhörten.

Sie hatte versucht, in der Dunkelheit herumzulaufen, um das abzubauen, was man ihr verabreicht hatte, aber ab dem zweiten Tag war sie zu schwach.

Ich existiere nur, um Befehle zu befolgen. Meine letzte Mission ist es, nach Hause zu gehen.

Bronwyn war kurz vor dem Zusammenbruch.

Vielleicht hätte sie die Dunkelheit ausgehalten, oder den Mangel an Nahrung oder Schlaf oder die ständige Beschallung. Vielleicht hätte sie den Injektionen standgehalten, die abwechselnd dafür sorgten, dass sich ihr Verstand schwammig anfühlte und sie aus sich selbst heraustrat, und dass ihre Haut juckte, bis sie glaubte, von Ungeziefer befallen zu sein.

Aber alles auf einmal konnte sie nicht ertragen.

Sie versuchte es. Sie versuchte, sich an etwas aus ihrer Zodiac-Ausbildung zu erinnern, das ihr helfen würde. Sie versuchte, sich vorzustellen, was Sarge in einer solchen Situation tun würde. Er würde stark bleiben. Er würde sich weigern, die Worte auszusprechen. Er würde ruhig und gelassen bleiben.

Bronwyn war nicht so stark wie er. Sie war schwach. Sie war schon immer schwach gewesen.

Sie schlang die Arme um sich, hielt sich die Ohren zu und versuchte, sich an etwas festzuhalten. Etwas zu finden, das ihr Hoffnung gab.

Das Einzige, auf das sie hoffen konnte, war, dass Sarge und der Rest des Zodiac-Teams sie retten würden. Sie war schon seit vier Tagen verschwunden. Inzwischen würden sie wissen, dass sie als vermisst galt. Sie würden nach ihr suchen.

Sie würden sie dort nicht verkommen lassen.

Sarge würde sie nicht dort lassen.

Ich existiere nur, um Befehle zu befolgen. Meine letzte Mission ist es, nach Hause zu gehen.

Bronwyn versuchte, die Sekunden zu zählen, während die Worte weiterliefen. Sie versuchte, nicht zu weinen, aber sie war so ausgetrocknet, dass ihr Körper keine Tränen mehr hergab.

Sie scheiterte an beidem und wiegte sich auf dem kalten, harten Boden hin und her. Sie wünschte sich, sie wäre irgendwo anders. Sogar zurück auf der Straße mit Nikolai. Alles war besser als das hier.

Als die drei Männer wieder hereinkamen, wehrte sie sich nicht. Gegen sie zu kämpfen hatte noch nie etwas gebracht. Sie spürte nicht einmal den Einstich der Spritze.

Sie gingen weg; die Worte gingen weiter. Diesmal schmerzte das, was sie in ihren Körper gespritzt hatten, nicht so sehr. Oder vielleicht hatte sie sich an den Schmerz gewöhnt.

Irgendwie klang die Aufnahme nun anders. Die Worte schienen weniger schrill, mehr … irgendwas. Leichter zu ertragen. Melodischer.

Vielleicht hatte ihr Verstand endgültig kapituliert.

Bronwyn hörte auf zu schaukeln und legte ihren Kopf auf ihre Knie. Wenigstens tat ihr nichts mehr weh.

Nichts tat weh.

Da war überhaupt nichts mehr.

Nichts.

Sie atmete zum Klang der Worte aus den Lautsprechern ein und aus. Sie entspannten sie.

Alles in ihrem Gehirn schaltete sich ab. Sie konnte nichts mehr spüren. Das war gut so. So viel besser. Warum hatte sie sich dagegen gewehrt?

Schließlich schaltete sich die Aufnahme ab und der Schlitz in der Tür öffnete sich wieder.

„Sag es." Die gleiche männliche Stimme. „Sag die Worte."

Diesmal zögerte Bronwyn nicht. Sie wehrte sich nicht. Sie wusste nicht mehr, warum sie sich widersetzt hatte.

„Ich existiere nur, um Befehle zu befolgen. Meine letzte Mission ist es, nach Hause zu gehen."

Als ihr Geist wieder in ihren Körper zurückschwebte, war sie in einem Behandlungsstuhl festgeschnallt. Es war nicht das erste Mal, dass sie in diesem Stuhl saß. Sie war schon vor Monaten dort gewesen.

Nein, vor Tagen, nicht vor Monaten. Oder vielleicht nur Stunden. Ihr Zeitgefühl hatte sich völlig verabschiedet.

Alles tat weh. Manchmal tat es weh, manchmal auch nicht, aber im Moment hatte sie Schmerzen. Ein dumpfes Pochen durchzog ihren Körper, als würde das Blut in ihren Adern gleich zu brodeln beginnen. Sie wusste, dass es schlimmer werden würde.

Bronwyn wusste, dass sie schreien würde.

Aber im Moment konzentrierte sie sich nur darauf, ein- und wieder auszuatmen und stillzuhalten. Sie wussten nicht, dass sie wach war. Sie war an dem Punkt, an dem der Schmerz sie nicht mehr überwältigte und die Drogen ihren Verstand nicht mehr ausschalteten.

Dies war der einzige Moment, in dem sie sie selbst war. Es würde nicht lange anhalten.

„Ist sie wach?" Das war der Mann aus dem Hotel. Erick Huen.

Sie öffnete ihre Augen nicht, um nachzusehen. Sie musste Informationen sammeln, herausfinden, ob es eine Möglichkeit zur Flucht gab.

Wenigstens saß sie nicht mehr im Dunkeln.

Warum hatte sie die Dunkelheit gehasst? Sie konnte sich nicht erinnern.

Sie konnte sich an überhaupt keine Einzelheiten erinnern.

„Nein", antwortete ein anderer Mann. Ein Arzt. Bronwyn hörte seine Stimme oft. Medizinische Begriffe, die sie nicht verstand.

„Wir brauchen sie im Wachzustand", meckerte Erick.

„Wir haben es hier mit einer komplexen Mischung aus

Gen-Editing und chemischer Gehirnwäsche zu tun. Das kann man nicht überstürzen. Wenn sie jetzt bei Bewusstsein wäre, hätte sie starke Schmerzen. Es gibt keinen Grund, unsere Versuchspersonen unnötige Qualen erleiden zu lassen."

Qualen. Der Doktor hatte keine Ahnung.

Einatmen. Ausatmen.

„Wir müssen DeRose die Nachricht übermitteln. Ich will, dass er sich ständig umsieht und rauskriegen will, was hier los ist. Ich will ihn verwirrt und verängstigt sehen."

„Ich möchte dich daran erinnern, dass es bei diesem Projekt um mehr geht als um deinen persönlichen Rachefeldzug gegen jemanden aus deiner Vergangenheit. Es ist eine bahnbrechende wissenschaftliche Arbeit."

Erick schnaubte. „Eine bahnbrechende Arbeit auf dem Gebiet der Gedankenkontrolle, die niemals genehmigt werden würde. Mein Partner und ich sind es, die dir deine Forschung ermöglichen. Vergiss das nicht."

Es folgte eine lange Pause. Das Brennen in ihren Adern wurde stärker und machte es fast unmöglich, zu schweigen. Aber sie musste es tun.

„Ich habe es nicht vergessen", sagte der Arzt. „Genauso wie ich nicht vergessen habe, dass Teile dieses Experiments Folter gleichkommen, solange wir nicht mehr wissen. Das solltest du nicht aus den Augen verlieren."

„Solange es Ian DeRoses Leute sind, die gefoltert werden, ist mir das ziemlich egal."

„Mir nicht. Wir überstürzen den Prozess mit Bronwyn. Wir zerstören Teile ihres Gedächtnisses und wenn ich ihr nicht täglich dieses Medikament gebe, wird das Gen-Editing für sie zur Qual. Sieh doch, wie ihr Blutdruck und Puls ansteigen. Wenn sie jetzt wach wäre, würde sie lauthals schreien."

Sie war kurz davor. Es kostete sie mehr und mehr Mühe, es nicht zu tun.

Der Schmerz brannte durch sie hindurch, versengte sie, aber es war die einzige Zeit, in der sie bei klarem Verstand war. Der einzige Moment, in dem ihr Verstand nur ihr gehörte. Sobald man ihr die täglichen Medikamente verabreichte, hätte sie keine Schmerzen mehr … aber sie würde auch nicht mehr sie selbst sein.

„Wird sie rechtzeitig für London bereit sein?", fragte Erick.

Ein Seufzer. „Hast du mir überhaupt zugehört?"

„Tippens, du tust, wofür du bezahlt wirst, und du lieferst mir besser meine Ergebnisse. Mein Partner wird sehr verärgert sein, wenn du nicht halten kannst, was du versprochen hast."

Bronwyn schluckte ein Stöhnen hinunter, als der Schmerz zunahm. Sie konnte spüren, wie Dr. Tippens um sie herumging.

„Es wird funktionieren. Und ja, sie wird für London bereit sein. Alle Fähigkeiten, die sie hat, werden von uns kontrolliert."

„Gut." Die Freude war deutlich in Ericks Tonfall zu hören. „Und sobald sie ihren Zweck erfüllt hat, schicken wir sie zurück. Sie wird nicht mehr unser Problem sein."

Das Stöhnen, das sie bisher unterdrückt hatte, entwich ihrer Kehle. Sie konnte es nicht verhindern. Etwas, das Erick gesagt hatte, löste eine Erinnerung aus, aber sie konnte sich nicht darauf konzentrieren. Aber es war etwas Schlimmes. Etwas sehr Schlimmes.

Bronwyn musste von hier weg. Sie begann, an den Fixierungen an ihren Handgelenken zu rütteln.

„Sie wacht auf. Lass mich ihr das Schmerzmittel geben."

„Es wird ihre Fähigkeiten nicht beeinträchtigen? London

ist wichtig. Sie muss sie alle überzeugen. DeRose muss glauben, dass sie für uns arbeitet."

Nein. Nein, sie wollte Ian DeRose nicht hintergehen. Denn das hieße, auch Sarge zu täuschen. Sie wollte nicht, dass sie dachten, sie hätte sie verraten.

Sie strengte sich noch mehr an. Sie zog an den Fesseln, mit denen sie an den Krankenstuhl gefesselt war. Sie zerrte und strampelte, so sehr sie konnte. Sie musste hier raus. Sie musste …

„Du wirst deinen perfekten Dieb bekommen, Erick, keine Sorge. Und jetzt lass mich meine Arbeit machen. Sie hat offensichtlich Schmerzen."

Sie dachten, Bronwyn würde sich gegen ihre Fesseln sträuben, weil sie Schmerzen hatte. Das war auch so und ihre Bemühungen machte es noch schlimmer, aber es hielt sie nicht davon ab, es weiter zu versuchen. Sie musste sich befreien.

Sie zerrte weiter an ihren Fesseln, selbst als sie spürte, wie die Riemen in ihre Haut schnitten. Selbst als sie den winzigen Stich der Spritze spürte.

Wenn sie es schaffte, aus dem Stuhl zu kommen, konnte sie ihr Training nutzen und den Arzt überwältigen. Tippens, so hatte Erick ihn genannt. Dr. Tippens. Sie könnte ihn ausschalten. Sie wusste nicht, ob es noch andere Wachen gab, aber sie konnte auch an ihnen vorbeikommen.

Sie würde kämpfen.

Aber sie musste fort von hier. Jetzt. Sie musste hier raus, bevor …

Bevor was?

Bevor …

Bronwyn hörte auf zu zerren.

„So ist's gut", flüsterte Dr. Tippens. „Das ist gleich viel besser, nicht wahr? Die Medikamente wirken schnell."

Der Schmerz ließ nach und wurde erträglich. Sie öffnete

die Augen und blickte auf ihre Handgelenke hinunter. Eines davon blutete.

Das war wichtig. Ihr blutendes Handgelenk. Irgendetwas war damit, aber sie wusste nicht mehr, was.

„Fühlst du dich besser?", fragte der Mann neben ihr. Er trug einen Arztkittel. War er ein Arzt? Wer war er? Kannte sie ihn?

Wo war sie?

Wer war sie?

Sie konnte weder seine Frage beantworten noch eine eigene stellen. Ihre Stimme wollte ihr nicht gehorchen.

„Sag die Worte, Bronwyn."

Die unsichtbare Faust, die sich um ihre Kehle gelegt hatte, löste sich. Sie konnte sprechen. Nichts tat weh. Nichts war verwirrend. Alles war klar.

„Ich existiere nur, um Befehle zu befolgen. Meine letzte Mission ist es, nach Hause zu gehen."

Kapitel 8

„Sarge, es gibt etwas Neues zu Bronwyn."

Sein Kopf ruckte hoch und er erblickte Landon, der an seiner Bürotür stand. Neuigkeiten zu Bronwyn konnten entweder sehr gut oder sehr schlecht sein. Seit neun Tagen hatte er nichts mehr gehört, was irgendwie mit ihr zu tun hatte.

„Eine Leiche?" Bitte, Gott …

„Nein." Erleichterung durchfloss ihn, als Landon fortfuhr. „Ian hat irgendein Video erhalten. Die Nerds mussten erst sichergehen, dass es keine Art von Virus ist, und haben gerade Entwarnung gegeben. Er wartet nur auf dich, um es anzusehen."

Sarge ließ alles stehen und liegen und ging sofort zur Tür hinaus, den Kiefer schmerzhaft zusammengepresst. Ein Video, das direkt an Ian adressiert war und Bronwyn betraf, konnte nichts Gutes bedeuten.

„Gibt's was Neues zu Omar Zeroual?", fragte er, während sie den Flur entlang zum Konferenzraum liefen.

„Nichts. Wir haben ihn rund um die Uhr im Auge und da ist nichts, was darauf hindeutet, dass er Bronwyn hat. Er ist damit beschäftigt, herauszufinden, was zum Teufel mit seinem gesamten Computersystem passiert ist, seit er auf dieses Laufwerk zugegriffen hat."

Sarge nickte kurz. Zeroual hatte am meisten Grund, Bronwyn etwas anzutun. Wenn er sie nicht hatte und man ihre Leiche nicht im Mittelmeer gefunden hatte, dann war das ein gutes Zeichen.

Ian sprach gerade mit Jenna über einen der Bildschirme am Konferenztisch, als sie hereinkamen. Seine Lippen waren zusammengepresst. „Gut. Bringen wir's hinter uns."

Sarge wusste, dass es ein Zeichen höchsten Respekts war, dass Ian auf ihn gewartet hatte, um sich dieses Video anzusehen. Zodiac Tactical war sein Unternehmen, das er mit seinem eigenen Geld aufgebaut hatte. Er hätte nicht auf Sarge Rücksicht nehmen müssen, nicht einmal als Freund.

„Danke, dass du gewartet hast", sagte er zu ihm.

Er nickte kurz. „Jenna, bitte."

Genau wie Ian sah Jenna nicht besonders fröhlich aus, als sie um den Tisch saßen und jeder auf seinen eigenen Bildschirm schaute.

„Wir haben dieses Video um null siebenhundert Uhr Denver-Zeit per E-Mail erhalten. Wir haben es zuerst auf mögliche Viren überprüft, aber es war sauber. Betreff: Eine Nachricht für Ian DeRose."

„Spiel es ab", murmelte Ian.

Sarge umklammerte die Tischkante, bis seine Fingerknöchel weiß wurden, als Jenna auf dem Bildschirm kleiner wurde und ein Videofenster erschien.

Bitte Gott, lass dies keinen Snuff-Film sein. Lass mich nicht diese schönen blauen Augen verblassen sehen.

Das Video wirkte nahezu lächerlich, absichtlich schrill und nervig. Wie MTV vor knapp dreißig Jahren – blinkende Logos, Videoeffekte, schräge Töne über der Musik.

„Was zum Teufel?", murmelte Ian und drückte damit aus, was Sarge dachte.

Nach ein paar Sekunden verschwanden die unerträglichen Farben und Töne. Sarge setzte sich aufrechter hin, als ein neues Video eingeblendet wurde.

Bronwyn, wie sie mit drei Männern auf einem Bürgersteig entlanglief.

Sie trug einen schicken schwarzen Blazer, einen Hosenanzug und Schuhe mit hohen Absätzen, ihr braunes Haar war zu einem Pferdeschwanz zurückgebunden, die Sonnenbrille verdeckte ihre Augen. Sie sah reifer aus, als er sie je gesehen hatte, und versuchte ausnahmsweise einmal nicht, mit ihrer Umgebung zu verschmelzen. Der Frau auf dem Bildschirm war es egal, ob die Leute sie bemerkten.

Die Männer, die sie begleiteten, ebenfalls in schicken Anzügen und mit Sonnenbrillen, verhielten sich auch nicht gerade unauffällig. Sie bewegten sich mit Entschlossenheit über den Bildschirm, auch wenn der Grund dafür nicht ersichtlich war

Bronwyn war am Leben. Im Moment war das alles, was Sarge interessierte.

Eine Stimme, verändert durch einen Modulator, sprach.

„Du hast zerstört, was uns gehörte. Jetzt werden wir uns nehmen, was dir gehört, Stück für Stück. Zerstörung erwartet dich."

Das Bild von Bronwyn und den Männern wich einem schwarzen Bildschirm und einem einzigen eingeblendeten Wort.

Mosaic.

Und damit endete das Video.

Er sah zu Ian hinüber und erwartete Verärgerung oder Verwirrung. Er hatte nicht damit gerechnet, zu sehen, dass die Farbe aus den gebräunten Wangen seines Freundes verschwunden war und Zorn in seinen Augen brannte.

Er sah zu Landon hinüber, der von der Aufnahme ebenso verstört schien.

„Was zum Teufel war das?", fragte Sarge, als weder Ian noch Landon ein Wort sagten. „Spiel es noch einmal ab, Jenna."

Ian nickte, und sie sahen sich den Clip ein zweites Mal an. Diesmal suchte er nach … irgendeinem Zeichen von Bronwyn. Verzweiflung, Wut, versteckte Morsezeichen. Aber da war nichts. Nichts als ein emotionsloses Gesicht – Bronwyns emotionsloses Gesicht – während sie zielstrebig auf ein unbekanntes Ziel zuging.

Als das Video vorbei war, bat er Jenna, es noch einmal abzuspielen, damit er weiter nach Hinweisen suchen konnte, aber Ian wollte das nicht.

„Mosaic", flüsterte er. „Das kann nicht sein. Es gibt sie nicht mehr. Ich habe sie vor mehr als zwei Jahren zur Strecke gebracht."

Er schaute wieder zu Landon hinüber, diesmal so, als bräuchte er eine Bestätigung für die Richtigkeit dieser Aussage.

„Mosaic war die Organisation, gegen die du zusammen mit den Strafverfolgungsbehörden verdeckt ermittelt hast, richtig?", fragte Sarge.

Er nickte. „Ja. Ich habe mir den Anführer persönlich vorgeknöpft. Mosaic gibt es nicht mehr."

Sarge erinnerte sich vage. Ian war vor ihm aus der Navy entlassen worden. Er hatte gewusst, dass er verdeckt arbeitete, hatte aber keine Einzelheiten erfahren. Alles, was er wusste, war, dass Ian, als er ihn ein paar Monate später bei Zodiac Tactical eingestellt hatte, nicht mehr derselbe Mann war, den Sarge bei den SEALs gekannt hatte.

Dämonen hatten damals in seinen Augen gelauert. Die gleichen, die auch jetzt dort wohnten.

„Was genau ist Mosaic und was haben die mit Bronwyn

zu tun?" Im Moment war es egal, ob Ian mit seiner Annahme falschlag, dass Mosaic zerschlagen worden war, oder ob sie beschlossen hatten, es wieder aufzubauen und nicht schlau genug waren, sich einen neuen Namen auszudenken.

Was zählte, war, dass sie Worte wie „nehmen" und „Zerstörung" benutzten, während die Kamera an Bronwyn heranzoomte.

Ian lehnte sich in seinem Stuhl zurück und sah immer noch fassungslos aus. Es war Landon, der antwortete. „Mosaic ist ein hübscher Name für eine Gruppe hässlicher Leute. Sie waren eine gut finanzierte inländische terroristische Organisation, die in alle möglichen kriminellen Aktivitäten verwickelt war – Drogen, Geldwäsche, Waffenhandel, Verkauf von Informationen. Im Grunde versorgten sie böse Jungs mit allem, was sie brauchten."

Ian lehnte sich vor, stützte seine Ellbogen auf die Knie und fuhr sich mit den Fingern durch die Haare. „Das können sie nicht sein. Das kann nicht sein."

Er sah aus, als hätte er einen Geist gesehen. Sarge war sich nicht sicher, ob er ihn jemals so erschüttert gesehen hatte.

„Ian hat den Anführer von Mosaic eigenhändig ausgeschaltet", erklärte Landon, als Ian aufhörte zu reden. „Danach zerfiel die Organisation."

„Offensichtlich hat jemand beschlossen, die Trümmer wieder zusammenzusetzen", sagte er achselzuckend. „Ansonsten wüsste ich nicht, womit zum Teufel wir es hier zu tun haben. Und was hat Bronwyn mit der Sache am Hut?"

„Jenna, was wissen wir mit Sicherheit über dieses Filmmaterial?", fragte Ian, der sich etwas aufrechter hinsetzte und endlich wieder wie der Mann aussah, der Sarges ehemaliger SEAL-Teamleiter und Besitzer einer millionenschweren Sicherheitsfirma war.

Jenna schaltete sich wieder auf Vollbildmodus um. „Die E-Mail-Adresse, von der es kam, ist nicht zurückverfolgbar. In der Richtung gibt keine brauchbaren Daten, soviel ist sicher. Aber das Filmmaterial ist echt. Das ist definitiv Bronwyn, die mit diesen drei Männern da lang marschiert. Es wurde nicht manipuliert."

„Können wir ein Zeitfenster bestimmen?", fragte Sarge. „Könnte das in Paris während ihrer Ausbildung gefilmt worden sein und diese Mosaic-Gruppe hat es in die Finger bekommen?"

Jenna schüttelte den Kopf und sah auf etwas anderes hinunter. „Die Aufnahme wurde in London gemacht. Das Team arbeitet noch an genaueren Angaben, aber ich kann sagen, dass die Schatten auf dem Filmmaterial mit dem Londoner Wettermuster der letzten drei Tage übereinstimmen."

Er wischte sich mit der Hand über das Gesicht. „Was genau bedeutet das?"

„Hauptsächlich bedeutet es, dass wir ziemlich sicher sind, dass sie in den letzten zweiundsiebzig Stunden mit diesen drei Typen in London unterwegs war."

„Wie sicher?", fragte Landon.

Jenna tippte, während sie sprach. „Wenn ich eine Zahl nennen müsste, würde ich sagen, neunzig Prozent."

Sie alle murmelten leise Flüche vor sich hin. Sie hatten schon Missionen durchgeführt, denen die Nerds geringere Erfolgschancen vorhergesagt hatten.

„Okay", sagte Sarge. „Was wissen wir noch, außer der Tatsache, dass sie kürzlich mit drei Typen in London war?"

Jenna knabberte an ihrer Unterlippe. „Ich würde es vorziehen, wenn wir mehr Zeit hätten, um alles noch mal zu überprüfen, bevor wir irgendwelche Anschuldigungen machen."

Anschuldigungen.

Landons Blick fiel auf Sarge. Anschuldigungen bedeuteten, dass Jenna einmal mehr befürchtete, dass Bronwyn eine schlechte Entscheidung getroffen hatte.

„Sag, was du denkst, Jenna. Wir können besser arbeiten, wenn wir alle Fakten kennen", sagte Landon, seine Augen immer noch auf Sarge gerichtet.

Sarge nickte. Er hatte recht; alle Fakten zu kennen – auch die hässlichen – war immer besser.

„Vor einer Stunde, als diese E-Mail eingegangen ist und auf mögliche elektronische Bedrohungen geprüft wurde, habe ich das gesamte Technikteam darauf angesetzt." Jenna richtete sich auf. „Es war nicht schwer herauszufinden, dass sie in London waren. Ein paar Sekunden lang gibt es eine Spiegelung in einem vorbeifahrenden Auto. Wenn man das Bild anhält und heranzoomt, kann man einen schmiedeeisernen Zaun und eine der mit Muscheln verzierten Häuschen in Grosvenor Gardens sehen, die es nur in London gibt."

Er nickte. „Okay, na gut." Sie war noch nicht zu dem Teil mit den Anschuldigungen gekommen.

„Und wie schon gesagt, nach den Wetterverhältnissen zu urteilen, müssen diese Aufnahmen in den letzten drei Tagen entstanden sein."

Das war alles nicht das, worauf sie hinauswollte. „Fahr' fort."

„Vor vierundzwanzig Stunden gab es einen Überfall auf ein Büro in South London. Einer, für den Bronwyns Fähigkeiten perfekt wären. Soweit wir aus dem Polizeibericht ersehen können, wurden zwei Personen von einer Sicherheitskamera von hinten aufgenommen – ein großer Mann und eine kleinere Frau – beide in Anzügen, die Frau trug einen braunen Pferdeschwanz. Es gibt nicht genug Details, mit der die Polizei etwas anfangen könnte. Es wurden keine Verhaftungen vorgenommen."

Zwei wurden von der Kamera erfasst, nicht vier. Aber die anderen beiden Männer könnten als Aufpasser und Fahrer fungiert haben und nicht im Gebäude gewesen sein.

„Du glaubst also, dass sie mit denen zusammenarbeitet?", fragte Sarge, der sein Bestes tat, um seine Stimme neutral zu halten.

Jenna zuckte mit den Schultern und schüttelte langsam den Kopf. „Deshalb wollte ich mehr Zeit haben, bevor ich etwas sage. Als ich zum ersten Mal diese Stimme gehört habe, Stück für Stück nehmen, Zerstörung und so weiter" – ihre Stimme wurde tiefer, um den melodramatischen Ton des Sprechers zu imitieren – „war mein erster Gedanke, dass Bronwyn in Schwierigkeiten steckt. Dass sie gezwungen wird, gegen ihren Willen zu handeln."

„Nach allem, was ich über das ursprüngliche Mosaic weiß, wäre diese Annahme wahrscheinlich zutreffend, wenn diese neue Gruppe ähnlich ist", sagte Ian.

Jenna stieß einen Seufzer aus. „Das Problem ist, dass ich unsere beiden Softwareprogramme für nonverbale Kommunikation auf die Aufnahmen von Bronwyn angewendet habe, und nichts an ihrer Körpersprache, ihrer Haltung oder ihren Bewegungen deutet darauf hin, dass sie in irgendeiner Weise gezwungen wurde. Alles, was unsere Programme uns sagen konnten, deutet darauf hin, dass sie dort sein wollte."

„Diese Programme sind nicht immer genau", murmelte Sarge.

Landon zog eine Augenbraue hoch. „Sie sind öfter richtig als falsch."

Sarge hob eine Hand. „Ihr habt doch gehört, wie der große böse Sprecher-Typ gesagt hat, dass sie sich was nehmen und zerstören werden. Beunruhigt das sonst niemanden außer mir?"

Jenna schob ihre Brille auf ihren Kopf. „Das machte mir auch Sorgen, aber dann habe ich mich gefragt, ob sie damit etwas anderes meinen. Dass Mosaic vorhat, sich jeden Zodiac-Mitarbeiter zu schnappen, den sie kriegen können, um dadurch die Firma zu zerstören."

Er knirschte mit den Zähnen und blieb stumm. Jenna hatte ein gutes Argument.

„Ich kann das nicht einfach unbesehen glauben." Ian stand auf. „Nichts davon. Nicht, dass Mosaic zurück ist, nicht, dass Bronwyn gegen uns arbeitet, und schon gar nicht, dass wir alle Fakten kennen."

Landon nickte. „Das könnte genauso gut jemand sein, der versucht, dich zu erschrecken. Du hast eine Menge Feinde."

Ians Gesicht blieb neutral. „Kümmere dich darum", sagte er zu Landon. „Ich werde mich mit meinen anderen Kontakten in Verbindung setzen und mich etwas umhören."

Ohne ein weiteres Wort verließ er den Raum.

Landon blickte zurück zu Jenna. „Ich möchte, dass ihr alles noch mal überprüft. Alles. Wir gehen weiterhin davon aus, dass Bronwyn in Schwierigkeiten steckt, auch wenn es nicht danach aussieht. Melde dich, sobald du etwas Neues hast."

Sie nickte. „Verstanden. Ich setze alle darauf an."

Sarge starrte weiter auf den Bildschirm, der mittlerweile dunkel geworden war.

„Was zum Teufel ist mit Ian los?" Er hatte das Gefühl, als würden ihm große Teile an Information fehlen. „Wenn es jetzt Mosaic 2.0 gibt, warum macht er sich dann in die Hose?"

Landon schwieg so lange, dass Sarge dachte, er würde gar nicht mehr antworten.

„Ian hat einen hohen, persönlichen Preis dafür gezahlt, um Mosaic auszuschalten. Ich kann es ihm nicht verdenken, dass er denen nicht noch einmal gegenübertreten will."

„Die Klaustrophobie?"

Landon verschränkte die Arme vor der Brust. „Du weißt davon?"

„Ich weiß, dass er als Erster aus einem Aufzug steigt und im Auto nicht gern auf dem Rücksitz sitzt. Bei den SEALs war er noch nicht so."

„Die Geschichte muss er dir selbst erzählen, falls er das möchte, aber ja, da sind einige üble Dinge abgelaufen, als er Undercover war. Richtig übel. Wenn er also bei der Erwähnung von Mosaic ein wenig nervös ist, hat er allen Grund dazu."

„Was auch immer es ist, es kommt mir vor, als wäre das was Persönliches. Jemand will ihm Angst machen." Und es sah so aus, als hätte derjenige Erfolg gehabt.

Landon nickte. „Stimmt."

„Meine große Frage ist, wenn sie versuchen, an Ian heranzukommen, warum benutzen sie Bronwyn dazu?", fragte Sarge und klickte auf das Video, um es sich noch einmal anzusehen. „Er kennt sie doch gar nicht wirklich. Sie hat keine persönlichen Bindungen zu ihm."

„Vielleicht war es das Einfachste." Landon zuckte mit den Schultern. „Sie ist eine neue Angestellte, braucht vielleicht Geld, ist leichter zu rekrutieren. Außerdem ist sie jung und hat diese großen Augen. Sie wirkt manchmal recht zerbrechlich, auch wenn ihr das nicht klar ist. Der Gedanke, dass sie auf irgendeine Weise misshandelt wird, trifft uns alle dort, wo es wehtut."

Sarge war sich Bronwyns Zerbrechlichkeit verdammt bewusst. Die meiste Zeit über versteckte sie sie ganz gut. Sie war klug und kompetent, aber tief in ihr weilte immer noch der verlorene und zerbrochene Teenager, den er in Prag kennengelernt hatte.

Er sah sich die Aufnahmen von ihr mit diesen Männern an. Nichts an dieser Frau auf dem Bildschirm wirkte in diesen Momenten zerbrechlich oder verloren.

Landon stand auf. „Pass auf, ich weiß, dass du einen guten Draht zu Bronwyn hast, aber du musst dich darauf gefasst machen, dass sie vielleicht nicht mehr zu uns gehört. Verdammt, vielleicht war sie nie eine von uns. Vielleicht hat sie uns von Anfang an ausspioniert."

Sarge beobachtete sie, wie sie in ihrem Anzug und den hohen Absätzen so zielstrebig voranschritt. Er musste zugeben, dass dies nicht die Bronwyn war, die er kannte.

„Wenn ich sie ausschalten muss, werde ich es tun."

Kapitel 9

Sarge sah sich die Aufnahmen von Bronwyn in den nächsten vierundzwanzig Stunden mindestens hundertmal an. Er sah es sich in Zeitlupe und in doppelter Geschwindigkeit an. Er sah es sich rückwärts an, in Schwarz-Weiß, auf jede erdenkliche Art und Weise, die ihm helfen könnte, etwas zu sehen, das er beim ersten Mal übersehen hatte.

Er sah es sich an, bis er jede Sekunde auswendig kannte. Die ganze Zeit hoffte er, dass Bronwyn ihm irgendein Zeichen gab. Irgendetwas, das zeigte, dass sie in Schwierigkeiten steckte und nicht für den Feind arbeitete.

Er sah es sich an, bis seine Augen müde wurden, und machte trotzdem weiter. Aber er fand nicht, was er zu sehen gehofft hatte.

Die Stunden vergingen, und die Neuigkeiten wurden nicht besser. Jeder Test, den die Nerds mit dem Filmmaterial von Bronwyns Körpersprache durchführten, ließ es mehr und mehr so aussehen, als sei sie schuldig. Details, die aus London eintrudelten, zeichneten ein düsteres Bild. Der Büroeinbruch war wie geschaffen für ihre Fähigkeiten. Das Telefon eines Geschäftsmannes war entwendet und dann benutzt worden, um sich Zugang zu seinem Büro und seinen Konten zu verschaffen.

Zwölf Millionen Dollar waren von elektronischen Konten gestohlen worden. Und was noch schlimmer war? Die Konten gehörten nicht zu Kriminellen oder Unternehmen. Es waren die Spar- und Rentenkonten von Privatpersonen. Bronwyn hatte dieses Mal nicht die Bösen bestohlen. Sie hatte Leute bestohlen, die von dem Verlust hart getroffen werden würden.

Und jede einzelne Spur, der sie folgten, deutete darauf hin, dass sie es aus freien Stücken getan hatte.

Verdammt.

Sarge hatte Ian nicht mehr gesehen, seit er den Konferenzraum verlassen hatte, nachdem sie sich das Video zum ersten Mal angesehen hatten. Er war zu sehr damit beschäftigt, herauszufinden, ob Mosaic wirklich wieder im Geschäft war, als dass er sich im Moment um Bronwyn kümmern konnte. Er hatte alle aus seinem Büro verbannt, auch Landon und ihn.

In der ersten Nacht war er die ganze Nacht im Büro geblieben, aber Sarge wusste, dass er mehr Schaden als Nutzen anrichten würde, wenn er versuchte, eine zweite Nacht zu bleiben. Er wollte gerade das Gebäude verlassen und sich auf den Weg zu seinem Grundstück am Stadtrand machen, als er eine Nachricht von Jenna erhielt.

Könnte etwas zu B. gefunden haben.

Sarge drehte sich um und ging zurück in den Konferenzraum, wobei er Jenna auf dem Weg dorthin per Videochat anrief. „Was hast du herausgefunden?"

„Ich habe unter Umständen etwas in den Aufzeichnungen entdeckt." Ihre Worte waren nicht so präzise wie sonst und sie sah genauso erschöpft aus, wie er sich fühlte. „Um ehrlich zu sein, bin ich mir nicht sicher, ob es wirklich etwas ist oder ob ich mir das nur einbilde."

„Technisches Zeug oder ist es Bronwyn selbst?" Zu diesem Zeitpunkt würde er beides nehmen.

„Bronwyn." Er setzte sich an den Tisch, damit er einen größeren Bildschirm hatte. Jenna rief das Filmmaterial auf, das er inzwischen auswendig kannte, und hielt nach ein paar Sekunden an und zoomte auf Bronwyns Arm.

„Da." Ein roter Kreis erschien auf dem Bildschirm, um ihm zu zeigen, wo er hinsehen sollte. „Es ist eine Art Bluterguss, glaube ich. Hier an ihrem rechten Handgelenk – eine Abschürfung, als ob sie gefesselt worden wäre."

Sarge war so sehr damit beschäftigt gewesen, Bronwyns Gesicht zu betrachten oder wie sie sich bewegte, als sie mit den Männern ging, dass er nicht bemerkt hatte, was Jenna aufgefallen war. „Wie konnte ich das übersehen?"

„Ich glaube nicht, dass man es in der Version sehen kann, die du hast. Ich habe es nur gesehen, weil ich eine Reflexion gesehen habe, als sie an dem Laden vorbeigegangen sind. Ich habe die Auflösung erhöht."

Er betrachtete die vergrößerte Spiegelung. Die Qualität als körnig zu bezeichnen, wäre äußerst wohlwollend ausgedrückt. Aber in einem bestimmten Moment lugte die Sonne genau im richtigen Winkel hinter den Wolken hervor und warf ihr Licht auf Bronwyns Handgelenk.

Sarge richtete sich am Tisch auf, als er den roten Fleck auf ihrer Haut sah – als wäre sie gefesselt gewesen, hatte sich aber dagegen gewehrt.

Der Fleck war nur für den Bruchteil einer Sekunde zu sehen, bevor das Armband an ihrem Handgelenk verrutschte und ihn verdeckte.

Das reichte ihm. Wenn Bronwyn so gefesselt worden war, dass die Haut an ihrem Handgelenk verletzt worden war, dann steckte mehr dahinter, als man auf den ersten Blick sehen konnte.

Erleichterung überkam ihn. Das war genug für ihn, um für sie zu kämpfen. Um zu verlangen, dass niemand aufgab.

Jenna zeigte ihm noch einmal den Sekundenbruchteil des Filmmaterials. Jetzt war Sarge restlos überzeugt.

„Ich glaube, du hast recht. Das ist der Beweis dafür, dass hier etwas faul ist und wir nicht alle Fakten kennen."

Jenna schaltete sich wieder auf Vollbild um. „Sehe ich auch so. Und nicht wegen der Flecken auf ihrer Haut, sondern weil ich nicht glaube, dass Bronwyn so etwas tun würde. Ich hätte nie etwas sagen dürfen, das so klingt, als würde ich sie für schuldig halten."

Sarge schüttelte den Kopf. „Deine Aufgabe ist es, die Fakten so darzustellen, wie sie sind, und nicht so, wie wir sie gerne hätten. Unabhängig davon, ob sie gezwungen wurde oder nicht, Tatsache ist, dass Bronwyn in London war, und sie war mit ziemlicher Sicherheit an dem Einbruch beteiligt."

Jenna stieß einen Seufzer aus. „Das Schlimmste ist, dass ich nicht glaube, dass dies ausreicht, um irgendjemanden von ihrer Unschuld zu überzeugen. Es gibt zu viele Möglichkeiten, die Daten zu interpretieren."

Die Male waren zu undeutlich. Und selbst wenn sie eindeutig als blaue Flecken oder Abschürfungen zu erkennen wären, bedeutete das nicht, dass Bronwyn gegen ihren Willen gehandelt hatte.

Aber für ihn war das genug. Und solange er auf ihrer Seite war, konnte er dazu beeinflussen, was die Leute bei Zodiac dachten. „Du hast wahrscheinlich recht. Aber es ist genug, um eine Hexenjagd abzuwenden."

„Und was willst du jetzt machen?", fragte Jenna.

„Ich werde sie nicht aufgeben."

~

Sarge gab nicht auf. Es gab nicht einen einzigen Tag, an dem er seinen Glauben an Bronwyn verloren hätte.

Aber ein Monat verging, ohne dass er etwas von ihr oder über sie hörte.

Er hatte nicht in seinem Büro in Denver gesessen und darauf gewartet, dass ihm Informationen in den Schoß fielen. Er war nach Marrakesch geflogen, um sich zu vergewissern, dass nichts übersehen worden war. Er war nach London gereist und hatte auf der Straße gestanden, die Bronwyn mit diesen Männern entlanggegangen war. Er hatte in das Schaufenster gesehen, das ihnen gezeigt hatte, dass an der Situation mit Bronwyn etwas faul war.

Weder London noch Marrakesch hatten etwas Neues an den Tag gebracht. Es war zu viel Zeit vergangen. Sarge sprach mit mehreren Leuten, aber niemand konnte sich an etwas erinnern.

Sowohl Landon als auch Ian waren überzeugt, dass Bronwyn die Seiten gewechselt hatte. Aus Respekt vor ihm hatten sie es nicht offen ausgesprochen, aber sie waren beide zu logisch und taktisch veranlagt, um das, was sie so klar vor Augen hatten, nicht für bare Münze zu nehmen. Selbst die Flecken an ihrem Handgelenk hatten sie nicht überzeugt.

Sarge nahm sich ein paar Tage frei und reiste auf eigene Kosten nach Paris. Er wollte ihre Wohnung selbst sehen.

Sie sagte ihm alles, was er wissen musste.

Fast alles darin war verschwunden. Alle ihre Kleider, das ganze Bargeld, alles von Wert. Die leere Wohnung sollte ihm bestätigen, dass sie alle Zelte hinter sich abgebrochen hatte und nun tatsächlich für Mosaic arbeitete.

Aber als er in der Tür stand, nachdem er das Schloss geknackt hatte, wusste Sarge mit einem Blick, dass sie ihre Wohnung nicht freiwillig verlassen hatte. Jemand hatte sie entführt.

Jemand, der sie nicht gut genug kannte, um zu wissen,

dass sie das Exemplar von *Die Outsider*, das ihre Eltern ihr geschenkt hatten, nie zurückgelassen hätte.

Alle anderen Bücher hätte sie vielleicht dagelassen, erst recht, wenn sie mit leichtem Gepäck reisen musste oder in Eile war, aber nicht dieses. Unter gar keinen Umständen.

Er nahm das Buch an sich. Es würde mit ihm kommen.

„Halte durch", sagte er zu Bronwyn, als ob die Seiten in seiner Hand eine Art Verbindung zu ihr darstellten. „Du bist nicht allein. Ich komme dich holen."

Im Laufe der Wochen ließ er das Buch nicht mehr aus den Augen.

Landon und Ian konzentrierten sich darauf herauszufinden, was Mosaic 2.0 vorhatte. Es gab keine weiteren Videos oder direkten Drohungen, keine entführten Mitarbeiter mehr, aber offensichtlich war dieses neue Mosaic real und wieder im Geschäft.

In Ians Augen lauerten keine Dämonen mehr. Stattdessen loderte Entschlossenheit in ihnen. Welche Version von Mosaic auch immer zurück war, er war fest entschlossen, sie zu besiegen.

Und da Mosaic die einzige Verbindung war, die Sarge zu Bronwyn hatte – sie hatten sie entführt, hatten sie verletzt –, tat er alles, was er konnte, um Ian zu helfen.

Außerdem hatten sie das Tagesgeschäft von Zodiac Tactical zu erledigen. Es gab Menschen zu bewachen, internationale Geiselnahmen mussten verhandelt werden, Informationen mussten beschafft werden. Ihre Dienste waren immer noch lebenswichtig, auch wenn sie sich im Moment auf etwas anderes konzentrierten.

Trotzdem verbrachte er jede freie Sekunde damit, nach Hinweisen zu suchen, die er zu Bronwyn finden konnte.

Ohne Erfolg.

Als Ian von einigen Kollegen in Wyoming eine Nachricht mit Informationen über Mosaic erhielt, machten er und

Landon sich auf den Weg, um Genaueres herauszufinden. Sarge kam nicht mit, da Bronwyn nicht erwähnt wurde und Wyoming die falsche Richtung zu sein schien, um etwas über sie zu erfahren.

Was auch immer Ian an Informationen über Mosaic mitbrachte, er würde die Aspekte untersuchen, die alle anderen übersehen hatten. Alle Aspekte, die mit ihr im Besonderen zu tun hatten.

Sie hatte alle wichtigen Menschen in ihrem Leben verloren und war von denen, die ihr geblieben waren, benutzt worden. Er hatte nicht vor, sie aufzugeben. Er würde weiter suchen.

Sarge rechnete damit, dass Ian und Landon in ein oder zwei Tagen zurück sein würden – wie viele Informationen konnten sie wirklich aus einer winzigen Stadt in Wyoming von ein paar Typen bekommen, die Zivilisten Selbstverteidigung und Waffensicherheit lehrten, um Himmels willen? Aber als daraus drei Tage wurden und Ian beinahe von Mosaic-Söldnern getötet worden wäre, beschloss er, dass es an der Zeit war, sich der Gruppe anzuschließen.

Er war gerade am Packen und wollte sich auf den Weg zum Flughafen machen, als sein Computer plötzlich einen nervigen Piepton von sich gab. Sarge knurrte ihn an. Mit Computern konnte er nicht viel anfangen, er hatte viel lieber eine Waffe in der Hand als eine Maus. Er war lieber draußen in Aktion als drinnen am Schreibtisch.

Sarge bewegte die Maus, um den Computer zum Schweigen zu bringen, und starrte dann auf den Bildschirm, als dieser aufwachte und ihm zeigte, warum er diese ganze Aufregung verursachte.

Weil Sarge es so eingerichtet hatte.

Weil Bronwyn gesichtet worden war.

Kapitel 10

Bronwyn war in New York.

Die Nerds hatten seit Bronwyns Verschwinden jede auf dem Markt erhältliche Gesichtserkennungssoftware – und einige, die sie selbst entwickelt hatten – von Kameras auf der ganzen Welt laufen lassen.

Sie hatten immer gewusst, dass es selbst mit dem geballten Gehirnschmalz der Nerds schwierig sein würde, Bronwyn ausfindig zu machen. Es gab keine Möglichkeit, das Filmmaterial von jeder Kamera, auf die sie Zugriff hatten, zu überprüfen. Sie hatten einfach verdammt viel Glück gehabt.

Die Aufnahmen zeigten Bronwyn in Midtown Manhattan, wie sie allein einen belebten Bürgersteig entlangging. Sie trug ein dunkelblaues Kleid und hohe Absatzschuhe, diesmal keine Sonnenbrille, was zweifellos dazu beigetragen hatte, dass sie identifiziert worden war. Wieder einmal erinnerte nichts an ihr an die Bronwyn, die er kannte. Sie versuchte in keiner Weise, sich anzupassen oder unsichtbar zu bleiben.

Aber dies war New York und es gab einige Geschäftsleute, die ähnlich aussahen. Sie stach definitiv nicht heraus.

„Was sollen wir tun?", fragte Jenna am Telefon, während Sarge zum Flughafen fuhr.

„Greift auf jede Kamera zu, die ihr in diesem Gebiet habt. Mal sehen, ob wir herausfinden können, wohin sie will."

„Wir müssen es Ian sagen."

„Das werde ich. Kannst du jemanden beauftragen, mir den schnellsten Flug nach New York zu suchen und mir die Bordkarte zu schicken? Ich rufe wieder an, wenn ich dort bin, damit du mir die Updates geben kannst."

Jenna legte ohne ein weiteres Wort auf. Sarge nahm es ihr nicht übel. Sie konnte auch nicht gut mit Menschen umgehen und sie hatte einen Auftrag.

Er rief sofort Ian an.

„Sarge. Was gibt's?"

„Eines unserer Gesichtserkennungsprogramme hat eine ID für Bronwyn vor ein paar Stunden angezeigt."

„Wo?"

„In New York. Ich fahre hin."

Er schwieg für einen langen Moment.

„Du brauchst mir keinen Vortrag halten. Ich weiß, die Chancen, sie zu finden, sind gering", fuhr er fort. Sie könnte längst weg sein, bevor er aus Colorado heraus war. „Aber ich weiß auch, dass die Chancen, hier im Büro zu hocken, ohne verrückt zu werden, noch geringer sind. Also werde ich gehen. Ich nehme mir dafür frei, wenn es sein muss."

Ian stieß einen Seufzer aus. „Du musst dir nicht freinehmen. Aber … pass auf dich auf. Wir haben herausgefunden, dass Erick Huen zu Mosaic gehört, was bedeutet, dass es eine persönlichere Angelegenheit ist, als wir anfangs dachten."

Sarge murmelte einen Fluch vor sich hin. Erick war der beste Freund von Ians Bruder gewesen – und ein psychopathischer Mistkerl noch dazu. Sie hatten alle geglaubt, er sei tot, aber das war offenbar nicht der Fall. Dass Erick involviert war, bedeutete genau das, was Ian gesagt hatte: Die Sache war persönlich, auf die schlimmstmögliche Art. Erick wollte sich dafür rächen, dass Ian Mosaic zu Fall gebracht hatte.

„Nimm dir jemanden mit nach New York, für den Fall, dass du Verstärkung brauchst", sagte Ian. „Melde dich sofort, wenn du irgendwas Neues erfährst."

„Verstanden."

Aber das hatte er nicht vor. Sarge wollte niemanden bei sich haben, wenn er Bronwyn fand. Er wollte allein mit ihr reden und herausfinden, was zum Teufel los war und wie er ihr helfen konnte.

Und falls sie schlechte Entscheidungen traf, wollte er ihr helfen, bessere Entscheidungen zu treffen. Selbst wenn das bedeutete, sie für eine Weile zu entführen.

Sarge beendete den Anruf ohne ein weiteres Wort. Er war auf sich allein gestellt. Und genau so war es ihm am liebsten.

Bronwyn sondierte die Lage für einen bevorstehenden Raubüberfall.

Als er in der Stadt ankam, hatten die Nerds ihren Aufenthaltsort auf ein Spitzenhotel im Zentrum von Manhattan eingegrenzt. Sobald sie wussten, worauf sie sich konzentrieren mussten, konnten sie mehr Details herausfinden.

Bronwyn war seit mindestens achtundvierzig Stunden hier. Die Nerds hatten alle möglichen Aufnahmen von ihr in verschiedenen Perücken und Outfits auf verschiedenen

Etagen des Hotels und in der Lobby gefunden und Jenna hatte sie ihm zugeschickt

Bronwyn sah in keiner der Aufnahmen wie die junge Frau aus, die er kannte, aber er erkannte ihre Eigenheiten – die Art, wie sie die Augen abwandte, ihre Körpersprache subtil und bescheiden hielt. Hier verhielt sie sich unauffällig, wie sie es in Prag getan hatte.

Sie war definitiv auf einen Raub aus.

Als die Nerds das Gästeverzeichnis hackten und Peter Kerpar darauf fanden, war klar, wen sie im Visier hatte. Er war ein mittelschwerer Krimineller aus Boston, der mit der Bollini-Familie zusammenarbeitete. Er hatte vor allem mit Geldwäsche und Cybersicherheit zu tun. Es gab eine ganze Reihe von Dingen, die Bronwyn von ihm stehlen konnte. Die Nerds gruben tiefer.

Normalerweise wäre es Sarge scheißegal, wenn jemand wie Kerpar ausgeraubt würde. Zodiac hatte nicht die Aufgabe, Kriminelle zu beschützen. Aber Kerpar hatte eine Menge Sicherheitspersonal – vier Typen, die ihn fast überall hin begleiteten – und wenn sie Bronwyn erwischten, würde sie in Schwierigkeiten stecken. In tödlichen Schwierigkeiten.

Das musste ihr klar sein. Was könnte sie stehlen wollen, das ihr Leben wert war? Wurde sie erpresst?

Als Kerpar und drei Viertel seines Gefolges an der Bar in der Hotellobby Platz genommen hatten, setzte er sich an einen Tisch in der Ecke und wartete auf Bronwyns Ankunft. Das war der Moment, in dem sie ihren Zug machen würde.

Er brauchte nicht lange zu warten. Er zwang sich, lässig zu bleiben, und blickte kaum von seinem Bier auf, das er nicht trank, als sie eintrat.

Genau wie in alten Zeiten. Er beobachtete sie, während sie etwas Gefährliches tat.

Sie war nahezu perfekt gekleidet. Ein kokettes Kleid, das

Blicke auf sich zog, aber nicht so gewagt war, dass man sie mit einer Prostituierten verwechseln könnte. Ihr Haar war zurückgesteckt und das Make-up kunstvoll aufgetragen, um ihre blauen Augen größer erscheinen zu lassen – falls das überhaupt möglich war – und die Aufmerksamkeit auf ihre Lippen zu lenken. Eine enganliegende Kette schmückte ihren Hals, ein Armreif ihr Handgelenk.

Es kostete Sarge jedes Quäntchen Selbstbeherrschung, nicht auf sie zuzumarschieren, sie über seine Schulter zu werfen und sie hinauszutragen. Um sie an einen sicheren Ort zu bringen und dann zu klären, was da für ein Mist mit Mosaic ablief.

Aber es gab keine Garantie, dass sie nicht von jemandem beobachtet wurde, der sichergehen würde, dass sie das tat, was sie sollte. Die Nerds hatten niemanden entdeckt, auf den diese Parameter zutrafen, aber das bedeutete nicht, dass die Person nicht existierte.

Also blieb Sarge sitzen und beobachtete.

Bronwyn war schlau, sie saß am anderen Ende der Bar und wartete darauf, dass Kerpar zu ihr kam. Sie unterhielten sich ein paar Minuten lang, während sie lächelte und er näher rückte. Sarge bemerkte sofort, als ihre Finger in seinen Blazer glitten und seine Zimmerschlüsselkarte herausholten. Er hatte nichts bemerkt. Genauso wenig wie seine Leibwächter.

Sie blieb lange genug bei ihm an der Bar, um ihn nicht zu misstrauisch werden zu lassen, und stand dann mit einem Lächeln auf, seine Schlüsselkarte irgendwo in diesem koketten Kleid versteckt.

Hatte sie die Schlüsselkarte durch eine identische Fälschung ersetzt? Wenn nicht, würde er sich bestimmt an sie erinnern und sie verdächtigen, wenn er die Karte nicht finden konnte. Sie spielte mit dem Feuer.

Als sie sich mit einem Lächeln von Kerpar abwandte, sah sie in Sarges Richtung. Es war unmöglich, dass sie ihn nicht gesehen hatte. Er duckte sich nicht. Rührte sich nicht. Ihre Blicke trafen sich, hielten den Kontakt.

Und nichts. Da war nichts. Nicht der Hauch von Wiedererkennung in ihren Zügen, als sie ihn ansah. Sie mochte eine gute Lügnerin geworden sein, aber eine so gute war sie auf keinen Fall. Einen Moment später lösten sich ihre Blicke und sie wandte sich dem Ausgang zu.

Sarge schickte Jenna sofort eine SMS und stand auf, sobald Bronwyn aus der Bar heraus war, und ging in dieselbe Richtung.

Er musste wissen, auf welchem Stockwerk sich Kerpars Zimmer befand.

Er hatte eine Antwort, bevor er an der Tür ankam.

1708

Sarge wusste, wohin Bronwyn ging. Sie würde den Aufzug nehmen, also nahm er die Treppe. Siebzehn Stockwerke waren kein leichtes Unterfangen, aber er ließ sich davon nicht abhalten. Im zwölften Stock war er verdammt froh, dass sie bei Zodiac jeden Tag trainierten, um kampftauglich zu bleiben. Man konnte nie wissen, wann ein Kampf bevorstand.

Er entdeckte sie, sobald er den Flur betrat. Sie war schon fast an Kerpars Tür. Er musste sie aufhalten. Er warf seine Schlüsselkarte vor sich in den Flur.

„Entschuldigen Sie, Miss?", rief Sarge. „Ich glaube, Sie haben Ihren Schlüssel verloren. Ist das Ihrer?"

Beim Klang seiner Stimme erstarrte sie und drehte sich zu ihm um. Wieder kein Anklang von Vertrautheit in ihren leeren Augen.

„Nein, ich habe meinen Schlüssel genau hier." Sie hielt den Schlüssel hoch, den sie Peter Kerpar gestohlen hatte.

„Mein Fehler. Einen schönen Abend noch."

Sarge ging weiter auf sie zu. Sie schenkte ihm ein Lächeln, das so leer war wie der Ausdruck in ihren Augen. Sie beobachtete ihn, als wolle sie ihm nicht den Rücken zuwenden, während er auf sie zuging. Nicht unbedingt ungewöhnlich für eine Frau, die in einem ansonsten menschenleeren Flur einem fremden Mann gegenüberstand.

Aber er kannte die Wahrheit. Sie wollte nicht, dass irgendjemand sah, wie sie diesen Raum betrat.

Sarge ging an ihr vorbei und atmete ein Parfüm ein, das teuer roch und ganz und gar nicht dem Duft entsprach, den er mit Bronwyn in Verbindung brachte.

Was sollte er tun? Er konnte sie nicht einfach ausknocken, sie über seine Schulter werfen und aus dem Gebäude tragen. Das würde zu viel Aufmerksamkeit erregen.

Sein Telefon surrte in seiner Hand, und er sah darauf hinunter.

Achtung. Kerpar ist auf dem Weg zu seinem Zimmer.

Verflucht. Sarge musste Bronwyn sofort von hier wegbringen. Sie stand immer noch an der Tür, also drehte er sich um und ging ein paar Schritte auf sie zu. „Hören Sie, ich weiß, Sie kennen mich nicht, und es kommt Ihnen bestimmt komisch vor, aber ich habe mich gefragt, ob Sie Lust auf einen Drink unten an der Bar hätten."

Ihr Gesichtsausdruck änderte sich nicht. „Jetzt ist kein guter Zeitpunkt. Aber vielleicht morgen Abend? So gegen neun?"

Sie ließ ihn völlig abblitzen. So wurde nichts daraus und die Zeit wurde knapp. Er musste etwas anderes versuchen.

Er trat näher, dicht an sie heran, und sie verkrampfte. „Hast du keine Zeit für einen alten Freund, Ponygirl?"

Seine Worte zeigten Wirkung. Sie wurde noch starrer, aber nicht auf dieselbe Weise – nicht aus einem Bedürfnis heraus zu kämpfen, sondern aus einem anderen Grund.

Sie war da drin. Was auch immer sie davon abhielt, ihn

wiederzuerkennen, war nicht von Dauer. Es hatte nicht die totale Kontrolle.

„Ich … Ich …" Sie schien keine Worte herauszubekommen.

„Nur weiter, Ponygirl", murmelte Sarge wieder. „Kämpfe dagegen an. Was auch immer es ist. Komm zu mir zurück."

Diese großen blauen Augen blinzelten. Dann blinzelten sie erneut.

„Sarge?"

Sie war zurück.

„Bronwyn. Was zum Teufel ist hier los? Komm mit, wir müssen von hier verschwinden. Peter Kerpar ist auf dem Weg zu seinem Zimmer. Wenn du jetzt da reingehst, bist du erledigt."

Und mit „erledigt" meinte er, dass sie eine Kugel in den Kopf bekommen würde. Ihre Hand lag noch immer auf dem Türgriff.

„Ich … Ich …" Sie schüttelte den Kopf hin und her, als könne sie keine Entscheidung treffen.

Sein Telefon surrte wieder.

Habe den Aufzug angehalten. 15 Sekunden.

Sie konnte nicht hierbleiben. Er fasste ihr in den Nacken und legte seine Stirn an ihre. „Du musst abhauen, Ponygirl. Heb dir deine Mission für ein anderes Mal auf. Jetzt geht es nicht. Kerpar ist mit dem Fahrstuhl auf dem Weg nach oben. Lauf."

Das tat sie.

Sie rannte den Flur entlang, weg von den Aufzügen. Er riss ihr gerade noch die Schlüsselkarte aus der Hand und warf sie vor die Tür. Wenn Kerpar bemerkte, dass sein Schlüssel fehlte, und die Karte auf dem Boden liegen sah, würde das hoffentlich seinen Verdacht zerstreuen.

Er wartete nicht ab, um zu sehen, ob der Plan funktionieren würde. Er rannte hinter ihr her. Kaum waren sie im

Treppenhaus, hörte er Kerpars unausstehliches Gelächter hinter sich. So weit, so gut.

Sie beide stürmten die Treppe hinunter. Sie versuchte nicht, noch etwas zu ihm zu sagen. Sie sah sich nicht nach ihm um und tat nichts, was darauf schließen ließ, dass sie in irgendeiner Art zusammenarbeiteten. Als sie den siebten Stock erreichten, war Sarge sicher, dass ihnen niemand folgte. Der Plan hatte funktioniert.

„Bronwyn, warte."

Sie lief weiter.

Sie schaffte es noch eine halbe Etage tiefer, bevor er ihren Arm packte und sie an die Wand drückte, um sie am Weitergehen zu hindern.

Wie in alten Zeiten.

„Was zum Teufel tun Sie da, Mister?"

Diese blauen Augen waren wieder leer. Sie erkannte ihn nicht wieder. Teufel auch. Was zur Hölle war hier los?

Sarge drückte sich noch näher an sie heran. „Weißt du, wer ich bin, Bronwyn?"

Sie wusste es offensichtlich nicht. Ihr Blick huschte durch das Treppenhaus.

„Ponygirl, ich bin's. Sarge. Weißt du, wo du bist? Weißt du, wer du bist?"

Diese Augen huschten zurück zu seinen. „Ponygirl."

„Ja, genau. Erinnerst du dich?" Er rückte ein Stück von ihr ab.

Wieder sah er ein Fünkchen von Vertrautheit in ihren Augen. Er lächelte sie an.

„Ich bin hier, um zu helfen. Wir werden uns gut um dich kümmern. Ich bin hier, um dich nach Hause zu bringen."

Sie wurde starr. „Nach Hause?"

„Wohin auch immer. Das können wir später klären. Zodiac kann dich dorthin bringen, wo es dir am meisten hilft."

„Zodiac." Sie blinzelte langsam und als ihre Augen wieder aufgingen, waren sie wieder leer.

Verdammt.

Sie hob ihre Hand und berührte ihre Halskette, dann versteifte sich ihr ganzer Körper. Sarge wartete darauf, dass sie Einwände erhob.

Stattdessen trat sie ihm zwischen die Beine und holte gleichzeitig mit ihrem Arm zu einem Schlag aus, der ihn umhauen sollte. Er zwang sich, den Schmerz zu ignorieren, sich nicht zusammenzukrümmen und sich zu schützen, während sie mit einer Reihe von Schlägen und Tritten auf ihn eindrosch, die ihn nicht nur niederstrecken, sondern dauerhaft ausschalten sollten.

„Bronwyn, hör auf." Sarge drehte sich zur Seite und blockte ab, als sie zu einem weiteren Angriff ansetzte.

Sie reagierte nicht. Er ächzte, als er einen Seitentritt gegen die Brust abbekam, gefolgt von einer Schlagkombination in dieselbe Gegend.

Mist. Das war eine angeknackste Rippe.

Sie kämpfte so schmutzig und so kräftig, wie sie konnte. Er hatte nichts gegen einen unsauberen Kampf, aber es war viel schwieriger zu gewinnen, wenn er versuchte, seinen Gegner nicht zu verletzen. Irgendwann würde er verlieren. Das war unvermeidlich.

„Ponygirl. Hör mir zu." Der Spitzname war das Einzige gewesen, was bisher zu ihr durchgedrungen war, aber jetzt half er nicht mehr. Sie griff ihn immer noch mit rasender Geschwindigkeit und all dem Können an, das sie sich im letzten Jahr bei Zodiac angeeignet hatte.

Ein Roundhouse-Kick brachte sie etwas aus dem Gleichgewicht und Sarge nutzte seine Chance, indem er seine Arme von hinten um sie legte, in der Hoffnung, dass seine Stärke und Größe ein entscheidender Faktor sein würden. Er handelte sich damit nur einen Kopfstoß ein, der ihm mit ziemlicher Sicherheit die Nase brach, und sie entglitt seinem Griff.

Sie ließ einen rechten Haken zum Kiefer folgen. Den linken Aufwärtshaken konnte er abwehren, aber der Tritt in die Nieren, der ihn eine Woche lang Blut pinkeln lassen würde, zwang ihn in die Knie.

Sie versuchte, ihn zu töten.

Wenn sie eine Waffe gehabt hätte, hätte sie sie zweifellos schon eingesetzt. Er musste richtig gegen sie kämpfen, wenn er überleben wollte. Er sprang wieder auf und gab seinen eigenen Aufwärtshaken zum Besten, der sie am Kiefer traf und sie zur Seite schleuderte.

„Ich will nicht mit dir kämpfen, Ponygirl."

„Ich existiere nur, um Befehle zu befolgen. Meine letzte Mission ist es, nach Hause zu gehen."

Was zum Teufel war das? Die Worte selbst waren schon beängstigend genug, aber dieser monotone Tonfall in ihrer Stimme war geradezu gruselig.

Sie kämpften weiter. Sie tat ihr Bestes, um ihn zu verletzen, und er tat sein Bestes, um sie nicht zu verletzen, ohne dabei draufzugehen.

Sarge schlang wieder seine Arme um sie, wobei er diesmal darauf achtete, Abstand von ihrem harten Schädel zu halten, und drückte sie mit dem Gesicht voran gegen die Wand. Sie mochte schnell und geschickt sein, aber was Größe und Kraft anging, war er ihr überlegen. Trotzdem musste er sowohl ihre Beine als auch ihre Arme festhalten, um sie an Ort und Stelle zu halten

„Bronwyn, hör auf, dich zu wehren. Lass mich dir helfen", murmelte er in ihr Ohr und wich schnell einem weiteren Kopfstoß aus.

Ihr Atem ging rasend schnell. „Nein. Ich muss meine Mission erfüllen. Ich muss, sonst … "

Sie warf ihren Kopf zur Seite und aus dieser Nähe

konnte Sarge einen besseren Blick auf die Kette um ihren Hals werfen.

Was zum Teufel? Es war gar keine Halskette, zumindest kein Schmuckstück. Auf der Innenseite gab es kleine Stacheln, die auf ihren Hals gerichtet waren.

„Bronwyn, was ist das für ein Ding? Tut das weh? Ich verstehe das nicht."

„Ich muss meine Mission erfüllen", sagte sie wieder.

„Bronwyn. Verdammt noch mal, halt still." Sie begann erneut, sich gegen ihn zu wehren, und er drückte sie fester gegen die Wand. „Wenn sie lauschen, wenn sie hinter dir her sind, kann ich dich rausholen. Versprochen. Bitte, Ponygirl, ich will dich nach Hause bringen."

Bei diesem Wort hörte sie auf, sich zu wehren – nach Hause.

„Nein. Meine letzte Mission ist es, nach Hause zu gehen. Dies ist nicht meine letzte Mission."

Er wusste nicht, wovon sie sprach. Er wusste nicht, wie er ihr helfen konnte. Sie standen beide an der Wand und atmeten schwer.

„Du musst mich gehen lassen", sagte sie schließlich. „Es ist der einzige Weg. Ich muss diese Mission zu Ende bringen."

Sie fing an, „der einzige Weg, der einzige Weg, der einzige Weg" vor sich hinzumurmeln.

Sarge trat einen Schritt zurück und ließ sie los.

Sie hatte recht. Er hatte nicht die Unterstützung, die er brauchte, um ihr zu helfen. Und wenn Mosaic draußen wartete, würde er nichts anderes erreichen, als dass man sie beide umbrachte.

Und diese Halskette, er wusste nicht, was zum Teufel das war, aber es war offensichtlich etwas, mit dem man sie kontrollierte. Im besten Fall könnte er sie ausknocken, aber dann müsste er sie durch die Lobby hinaustragen, was nichts anderes zur Folge hätte, als dass er verhaftet würde.

Es verlangte Sarge alles ab, stehen zu bleiben, als sie sich umdrehte und die Treppe hinunterflüchtete. Er wollte sie nicht aus den Augen lassen, aber sie hatte recht.

Dies war der einzige Weg. Zumindest im Moment.

Kapitel 11

Bronwyn saß vor dem Spiegel, Schweiß rann ihr über das Gesicht. Sie starrte auf ihre Hand, die auf der linken Seite an der Außenseite ihrer Halskette schwebte.

Sie kämpfte damit, nicht auf den Injektor zu drücken, der in dem Schmuckstück versteckt war. Nicht wegen des leichten Schmerzes, den sie empfinden würde, wenn die Nadel ihre Haut durchstach, sondern wegen dem, was danach kam.

Die Leere, der Verlust ihres Selbsts.

Ponygirl.

Sie schloss die Augen, als sie Sarges Stimme in ihrem Kopf hörte. Für einen Moment ließen das pochende Stechen in ihrem Gehirn und das Feuer, das ihre Haut versengte, nach.

Sie war darauf programmiert worden, sich jedem zu widersetzen, der ihren Namen sagte. Aber Ponygirl war anders – nicht sie, aber dennoch sie. Die Worte hatten sie aus der Tiefe ihres missionsbedingten Nebels geholt.

Sarge. Er war es gewesen. Aber an den Rest konnte sie

sich nur schemenhaft erinnern. Waren sie weggerannt? Hatten sie gekämpft? Sie konnte sich nicht erinnern.

Ponygirl.

Wenn sie die Zähne zusammenbiss und sich konzentrierte, konnte sie immer noch seine tiefe Stimme in ihrem Ohr hören.

Das war es, was sie davon abhielt, sich das Medikament zu verabreichen, wie es ihr antrainiert worden war. Wie sie dazu programmiert worden war. Wie sie es tun wollte.

Der Schmerz würde schlimmer werden, bis sie wieder den Injektor drückte. Das wusste sie. Sie wusste, dass es sie irgendwann überwältigen würde. Aber zum ersten Mal hatte Bronwyn einen Grund, den Schmerz zu ertragen.

Sarge war hier in New York.

Oder? War er hier?

Er würde ihr helfen.

Wenn er wirklich hier war.

Sie betrachtete sich wieder im Spiegel. War dies ein weiterer Trick, den ihr Verstand ihr vorgaukelte? War sie wieder in der dunklen Zelle? Hatte ihr Verstand wieder einmal einen Sprung? Vielleicht war Sarge gar nicht in der Nähe.

Das Telefon auf dem Waschtisch vor ihr summte und Bronwyn nahm die Hand von ihrem Hals, um es aufzuheben.

„Bericht", sagte eine männliche Stimme. Sie wusste nicht, wessen.

„Plan A ist fehlgeschlagen. Heute Abend gehen wir zu Plan B über."

Ihre Augen brannten und ihr Magen zog sich zusammen, weil sie nicht alle Informationen lieferte. Auch hier war sie darauf trainiert, programmiert, alle relevanten Daten über die Mission abzugeben.

Aber wenn Bronwyn das tat, würde sie Sarge in Gefahr

bringen. Also kämpfte sie, denn sie wusste, wenn die Stimme am Telefon nach Einzelheiten fragte, würde sie diese nicht zurückhalten können.

Sie schluckte ein zittriges Schluchzen hinunter, als er es nicht tat.

„Wirst du die Mission erfüllen können?"

„Ja." Sie versuchte, ihre Stimme so kalt und ruhig wie möglich zu halten. Jede Emotion würde verraten, dass ihre Konditionierung versagte.

„Gut. Beende deine Mission. Folge jetzt dem Behandlungsschema."

Bronwyn konnte sich einem direkten Befehl nicht widersetzen. Sie führte ihre Hand an die Seite ihres Halses und drückte den Knopf an ihrer Halskette, wobei sie den Stich der Nadel in ihrer Haut spürte.

„Bring die Sache zu Ende und melde dich", sagte der Mann.

„Jawohl." Ihre Stimme war bereits ruhiger. Leiser.

„Sag die Worte", befahl die Stimme am Telefon.

„Ich existiere nur, um Befehle zu befolgen. Meine letzte Mission ist es, nach Hause zu gehen."

Er beendete das Gespräch und sie legte das Telefon wieder auf den Waschtisch vor sich.

Sie versuchte, sich Sarges Gesicht vor Augen zu halten, den Klang seiner Stimme zu hören. Aber mit jeder Sekunde verblasste beides, bis es endgültig verschwunden war. Bronwyn starrte das Gesicht im Spiegel an, bis die Person, die zurückstarrte, ihr auch nicht mehr vertraut war.

Es blieb nicht genug Zeit, um die Leute, denen Sarge in dieser Situation am meisten vertraute, nach New York zu bringen. Zumal Ian und Landon in Wyoming mit Mosaic bis zum Hals in der Scheiße steckten.

Er war immer noch auf sich allein gestellt. Aber er wusste nun, was Bronwyns Mission war und dass sie bald einen weiteren Versuch unternehmen würde, Kerpar auszurauben. Das gab ihm zumindest einen kleinen Vorteil.

Wo er eindeutig keinen Vorteil hatte, war bei der Frau selbst. Er hatte keine Ahnung, was mit ihr los war. Und er wusste erst recht nicht, was das für eine scheißgruselige Halskette war, die sie trug. Als er sie den Nerds beschrieb, waren sie sich alle einig, dass es sich um eine Art Notausschalter handeln könnte – etwas, das sie nicht kontrollieren konnte und das ihr Leben beenden könnte, wenn sie nicht tat, was von ihr verlangt wurde.

Das würde eine Menge erklären. Aber es erklärte nicht, warum Sarge sich in diesem Moment besser in medizinische Behandlung begeben sollte. Warum hatte sie ihm nicht gesagt, dass ihr Leben in Gefahr war, anstatt dafür zu sorgen, dass er es nicht lebend aus dem Treppenhaus schaffte?

Warum hatte sie ihn nicht erkannt, als sie ihn zum ersten Mal gesehen hatte? Als sie ihn dann erkannt hatte, war es ihm so vorgekommen, als wäre sie plötzlich eine völlig andere Person gewesen.

Hier ging es um mehr als nur darum, dass Mosaic ihr Leben in den Händen hielt. Dies war kein simpler Fall von Erpressung.

Er wollte wissen, was zum Teufel hier los war.

Der Plan hatte sich also geändert. Sarge würde sie nicht daran hindern, Peter Kerpar auszurauben. Der Kerl war ohnehin Abschaum. Er würde ihr helfen. Gleichzeitig würde er einen Peilsender an ihr anbringen, damit sie einen Schlachtplan ausarbeiten konnten.

Ian würde nicht begeistert sein, dass Sarge vor ein paar Stunden seinen Privatjet zweckentfremdet hatte, um sich einen winzigen Peilsender bringen zu lassen, aber das konnte er ihm vom Gehalt abziehen.

Jetzt musste er den Sender nur noch Bronwyn unterjubeln. Sie wussten, dass ihr Auftrag mit Kerpar zu tun hatte, also behielten sie das ganze Hotel und vor allem den Mann selbst im Auge. Jenna und ihr Team hatten es geschafft, sein Telefon zu hacken, sodass sie wussten, wo er sich aufhielt.

Sarge verbrachte die nächsten Stunden damit, in einem Hotelzimmer zu liegen, seine verschiedenen Blessuren zu kühlen und darauf zu warten, dass Bronwyn zuschlug. Sobald die Nerds eine visuelle Bestätigung hatten, dass sie wieder in Kerpars Zimmer einbrach, würde er zuschlagen. Er war schon vor ein paar Stunden fortgegangen, also wusste Sarge, dass sie ihren Versuch bald starten würde.

Jenna war so nett gewesen, dem Peilsender ein Kommunikations-Headset beizulegen. Auf diese Weise konnte er mit den Nerds kommunizieren, aber es war nicht sie, die jetzt mit ihm sprach. Offenbar war sie voll und ganz damit beschäftigt, die Informationen zu Mosaic durchzugehen, die Ian in Wyoming gefunden hatte.

Auch gut. Er brauchte die Hilfe von einem der hellsten Köpfe, die Zodiac zu bieten hatte, nicht. Alles, was Sarge brauchte, war jemand, der die Kameras überwachte und ihn wissen ließ, wenn Bronwyn in Kerpars Zimmer ankam.

Er würde auftauchen, sie nicht daran hindern, das zu stehlen, was sie wollte, und den Tracker an ihr anbringen. Hoffentlich würde er sich dabei nicht noch mehr Rippen brechen.

Er brauchte zwar keinen der hellsten Köpfe von Zodiac, aber er hatte trotzdem einen, einen, der auf andere Art brillant war. „Hast du was für mich, Outlaw? Sie müsste bald zuschlagen."

Mark Outlawson saß im Büro in Denver. „Bis jetzt nichts,

außer dass ich mir gleich einen Bleistift durchs Auge bohren will, weil das hier so langweilig ist."

Sarge kannte das Gefühl. „Ja, ich beneide dich nicht."

„Ich habe das Gefühl, dass das irgendwie meine Schuld ist", sagte er. „Ich hätte in Marrakesch merken müssen, dass etwas nicht stimmt."

„Ich glaube nicht, dass es zu dem Zeitpunkt irgendwas zu bemerken gab. Ich glaube, es ist erst danach passiert." Wenn es etwas gegeben hätte, das Mark hätte auffallen sollen, dann wäre es ihm aufgefallen. Er war einer der besten Agenten, die Zodiac hatte.

„Wie auch immer, ich bin froh, dass ich dir helfen kann, sie zurückzubekommen. Auch wenn es nur Schreibtischarbeit ist."

„Du bist mir lieber als manche der Nerds. Du weißt wenigstens, wonach ich suche."

Sarge hörte das sanfte Plopp einer Kaugummiblasse – der Mann hasste es wirklich, hinter einem Schreibtisch zu sitzen, und das war einer seiner Bewältigungsmechanismen. „Einige von ihnen sind gar nicht so übel. Jenna, zum Beispiel. Ich kann nicht verstehen, warum sie überhaupt in dieser Abteilung arbeitet. Sie ist schlau genug, um in jedem Zodiac-Büro der Welt zu arbeiten."

„Sie hat ihre Gründe. Das kannst du mir glauben. Das Linear Tactical Team hat sie vor einiger Zeit aus einer ziemlich schlimmen Geiselsituation befreit, aber ich weiß nichts Genaueres und ich will auch nicht nachfragen, wenn sie nicht darüber reden will."

„Ja, ich weiß. Ich habe als Sicherheitschef für Cade Conner gearbeitet, der mit den Jungs befreundet ist."

„Der Sänger?"

„Genau der. Ich habe also einige Zeit in Oak Creek verbracht, aber da kannte ich Jenna noch nicht. Aber du hast recht, ich bin sicher, sie hat ihre Gründe dafür, dass sie ihr Haus nie verlässt."

Outlaw sprach nicht weiter und Sarge schwieg ebenfalls. Sie wussten beide, wie es war, seine Gründe nicht mit der Öffentlichkeit teilen zu wollen. Jenna konnte ihre erzählen, wenn sie bereit war.

Zwanzig Minuten vergingen ohne ein Anzeichen von Bronwyn.

„Wo ist sie?", murmelte er. „Sie wird noch ihr Zeitfenster verpassen."

Er konnte den Gedanken nicht ertragen, dass sie ihre Mission abgebrochen hatte und er die Gelegenheit verloren hatte, ihr den Sender zuzustecken.

„Ja, es wird nicht lange dauern, bis Kerpar zurückkommt. Vielleicht hat sie es nicht geschafft, an den Zimmerschlüssel ranzukommen – oh Scheiße."

„Was?"

„Wir haben womöglich ein Problem unten in der Tiefgarage. Ich sehe gerade, wie Kerpar und seine Männer unten ankommen, und Bronwyn ist auch da. Sieht so aus, als ob sie irgendeinen Angriff plant."

Mist. Sie wollte nichts aus Kerpars Zimmer stehlen, sie wollte ihn persönlich ausrauben.

Es gab so viele Probleme mit diesem Plan, dass er nicht an alle denken konnte, als er aus dem Zimmer stürmte und dieselbe Treppe hinunterlief, auf der er und Bronwyn gestern gekämpft hatten.

Kerpar hatte bewaffnete Bodyguards – vier an der Zahl. Sie würden nicht zögern, sie zu töten. Außerdem schien sie keine Anstalten zu machen, ihre Identität geheim zu halten.

„Verdammt", fluchte Outlaw. „Ich glaube, sie hat vor, sie eigenhändig auszuschalten. Sie liegt auf der Lauer."

Sarge eilte die Treppe hinunter, nahm zwei Stufen auf einmal und ignorierte die Schmerzen von seinem Kampf mit

Bronwyn. „Du musst die Kameras da unten ausschalten. Was auch immer gleich passieren wird, ich will nicht, dass es Aufzeichnungen davon gibt."

Er wollte nicht, dass Kerpars Kollegen oder die Strafverfolgungsbehörden sie finden konnten. Beide würden nach ihr suchen.

„Verstanden, Boss."

„Und lass keine Notrufe aus der Tiefgarage zu. Nichts, solange du nichts von mir hörst."

„Sei lieber vorsichtig, Virgo", sagte Outlaw. „Das sieht überhaupt nicht gut aus."

„Ich weiß, wie es aussieht. So war es von Anfang an."

Sarge wurde nicht langsamer, bis er die Tür zur Tiefgarage erreichte. Er öffnete sie leise und achtete darauf, dass sie nicht hinter ihm zufiel. Er duckte sich hinter Autos und bahnte sich seinen Weg zum VIP-Parkplatz.

Kerpar, dieser geizige Mistkerl, hätte die fünfzig Dollar für den Parkservice berappen sollen. Dann hätte er sich das erspart.

Er hörte den Lärm, bevor er sie sah, aber es dauerte nicht lange, bis er einen Blick auf das Geschehen erhaschte.

Bronwyn kämpfte, wobei sie keine Gnade kannte, und diesmal hatte sie ein Messer in der Hand.

Sarge blieb geduckt, bewegte sich aber flink zwischen den Autos hindurch. Er konnte leises Stöhnen hören, während sie einen Schlag nach dem anderen austeilte. Er wusste nicht, ob sie irgendwelche Treffer einsteckte. Er hörte das Geräusch von etwas Metallischem, das zu Boden fiel, und sah, wie eine Waffe über den Asphalt schlidderte.

Ein Mann lag bewusstlos oder tot neben einem geparkten Auto. Bronwyn kämpfte mit zwei anderen. Es sah so aus, als hätten die Bodyguards Kerpar in seinem eigenen Fahrzeug versteckt. Wo war der vierte Mann? Mit Kerpar im Wagen?

Sarge wollte gerade eingreifen, als Bronwyn ihr Messer einsetzte, um einen der Bodyguards mit einem Stich in den Nacken auszuschalten. Er würde nicht wieder aufstehen.

Sie kämpfte gerade mit dem verbleibenden Leibwächter, als er sah, wie der vierte mit erhobener Waffe aus dem Wagen kletterte. Sarge rannte los und stürzte sich auf ihn, gerade als er seinen Schuss abgab. Er sah nicht nach, ob Bronwyn getroffen worden war.

Er ignorierte den Schmerz in seinen Rippen, als er mit dem Mann zusammenprallte, und riss ihn aus dem Fahrzeug und auf den Boden. Sarge nahm ihm die Waffe aus der Hand, holte aus und zog ihm damit eins über. Er war nicht tot, aber für eine ganze Weile außer Gefecht.

Kerpar saß zusammengekauert auf dem Rücksitz, als er einstieg. „Sie wissen nicht, mit wem Sie sich anlegen. Ich habe Geld. Ich kann Ihnen geben, was Sie wollen. Aber wenn Sie mich töten, habe ich Leute, die hinter Ihnen her sein werden."

„Halt's Maul." Sarge drehte seinen Kopf, um zu sehen, ob Bronwyn noch aufrecht stand.

Er war es nicht, weswegen er sich Sorgen machen musste. Es war die ein Meter sechzig große Brünette, die kaum hundert Pfund wog und gerade allen seinen Männern in den Hintern trat, vor der er Angst haben sollte.

„Unten bleiben", wies Sarge ihn an. Er konnte diesen Kerl nicht ausstehen, aber Sarge würde nicht zulassen, dass Bronwyn ihn umbrachte, wenn er es verhindern konnte.

Bevor er ein weiteres Wort herausbringen konnte, ging plötzlich die Tür auf der anderen Seite auf.

Bronwyn. Wieder ähnelte sie der Frau, die Sarge kannte, in keiner Weise.

„Zimmerschlüssel." Sie streckte ihre Hand aus, ihre Stimme klang eiskalt. Völlig emotionslos.

„Ich werde dich allemachen, du Schlampe. Weißt du, wer ich bin?", keifte Kerpar.

Schneller als irgendjemand erwartet hätte, war sie im Auto und zog ihre Messerklinge über Kerpars Visage.

„Zimmerschlüssel, sofort." Sie sah Sarge nicht einmal an.

Kerpar hielt eine Hand an sein blutendes Gesicht. „Du hast mich geschnitten!"

„Und das werde ich alle fünf Sekunden wieder tun, bis ich den Zimmerschlüssel bekomme."

Kerpar war wenigstens schlau genug, um zu erkennen, dass sie es ernst meinte. Er holte die Schlüsselkarte aus seiner Tasche und hielt sie ihr entgegen. „Hey, du bist das Flittchen aus der Bar, die mit den Augen."

Sie würde ihn umbringen. Sarge wusste nicht, wie ihm das nicht klar sein konnte, aber für Sarge war es offensichtlich. Er hechtete sich quer durchs Auto und hielt ihr Handgelenk fest, bevor das Messer in Kerpars Brust versinken konnte.

„Das kann ich nicht zulassen, Ponygirl. Du wirst es eines Tages bereuen."

Ihr Blick blieb auf Kerpar haften. „Ich muss meine Mission erfüllen."

Sie sah Sarge immer noch nicht an, aber wenigstens setzte sie sich nicht zur Wehr. Nicht so, wie er wusste, dass sie es könnte.

Er wollte nicht gegen sie kämpfen, solange sie das Messer in der Hand hatte. Die einzige Möglichkeit für ihn, das zu beenden, bevor es außer Kontrolle geriet, wäre, ihr das Handgelenk zu brechen – und in diesem Winkel würde das einen bleibenden Schaden verursachen.

Sie blieben in der Position, mit dem Messer über Kerpar schwebend, der zum Glück still blieb. „Tu das nicht, Ponygirl. Lass es sein."

Sie biss sich auf die Lippe, bis sie blutete, aber sie sah ihn immer noch nicht an und lockerte auch nicht ihren Griff um die Waffe. „Ich muss meine Mission erfüllen."

Diesmal kämpfte sie gegen sich selbst und sie war bemüht, diesen Kampf nicht zu verlieren.

Wenn Sarge ihr das Messer abnehmen wollte, ohne sie zu verletzen, musste er nach den vorgegebenen Regeln spielen.

„Erfordert dein Auftrag, ihn zu töten?"

„Nein", sagte sie, ohne zu zögern.

„Dann lass ihn gehen. Geh und erfülle deine Mission."

Ihr Gesicht verzerrte sich und er wusste, dass sie gegen das ankämpfte, was die Kontrolle über sie hatte. Sarge wollte ihr helfen, wollte sie sofort von hier wegbringen. Aber er durfte seine Strategie mit dem Peilsender nicht aufgeben. Das war der einzige Weg, sie langfristig in Sicherheit zu bringen, auch wenn das bedeutete, sie jetzt gehen zu lassen.

Während er fester gegen ihren Arm drückte, um das Messer von Kerpars Brust fernzuhalten, holte er mit der anderen Hand den winzigen Peilsender hervor. Er legte seine Hand in ihren Nacken, oberhalb dieser verdammten Halskette, und zwang sie, ihn anzusehen. „Du kannst die Mission beenden, ohne ihn zu töten."

Sie wandte sich mit einem Ruck von ihm ab, aber er hatte den Peilsender an die Stelle geklebt, wo ihr Hals auf ihre Schulter traf. Er war kompakt und durchsichtig; sie würde ihn nicht bemerken, es sei denn, sie suchte ausdrücklich danach.

„Ihr seid beide so gut wie tot." Kerpar war immer noch unter den beiden auf dem Sitz eingeklemmt. „Ich weiß nicht, für wen ihr euch haltet, aber –"

In der Hoffnung, dass er keinen großen Fehler beging, versetzte Sarge dem Mann einen Hieb mit dem Ellbogen und ließ dabei Bronwyn los. Kerpar rutschte besinnungslos auf dem Rücksitz zusammen. Sie sah ihn nicht an, aber sie versuchte auch nicht mehr, ihn umzubringen.

Sarge lehnte sich zurück. „Du kannst gehen."

Sie stieg aus dem Wagen und er kletterte hinter ihr her. Sie würdigte ihn immer noch keines Blickes, aber vielleicht war das auch besser so. Er musste sie gehen lassen. Er hörte Kerpar hinter sich aufstöhnen und drehte sich zu ihm um, um ihm noch einen Schlag ins Gesicht zu verpassen und ihn ruhigzustellen, bevor sie es sich doch noch anders überlegte.

„Virgo, pass auf, du hast –"

Sarge wirbelte herum und wusste, dass er einen Anfängerfehler begangen hatte, als er seinem jetzigen Feind – Bronwyn – den Rücken zugekehrt hatte. Er rechnete damit, gleich die Messerklinge zu spüren zu bekommen. Er sah nach unten, bereit, das Messer abzuwehren, und wurde von einem gesprungenen Roundhouse-Kick überrascht, der ihn direkt an der Schläfe traf.

Er taumelte rückwärts gegen das Auto und landete auf seinem Hintern. Er konnte Outlaw in seinem Ohr brüllen hören.

Sie hockte sich neben ihn, aber sie hatte ihr Messer weggesteckt. Sie fasste ihm in den Nacken.

„Keine Tracker", flüsterte sie.

Scheiße, sie hatte ihn schon gefunden. Er musste aufstehen. Er musste sie aufhalten. Ohne den Peilsender würde er nicht wissen, wohin sie ging.

„Wenn du mir jetzt folgst, werden wir beide sterben."

Ein fester Schlag mit der Handkante gegen seine Halsschlagader und seine ganze Welt wurde grau. Das Letzte, was Sarge sah, war, wie sie davonlief, bevor die Dunkelheit die Oberhand gewann.

Kapitel 12

Sarge saß auf seiner Veranda und betrachtete die Aussicht auf die Rocky Mountains. Sein Haus war relativ klein und schlicht, aber der Blick auf die Front Range war den überzogenen Preis für dieses Grundstück wert gewesen. In der Navy hatte er sich viel zu oft gewünscht, einen Ort zu haben, an dem er allein sein konnte, mit nichts um ihn herum als weites, offenes Land.

Heute war er weniger hier, um die Aussicht zu genießen, sondern weil er dank Bronwyns Zuwendungen von vor drei Tagen, an denen er nun schon tagelang seine helle Freude gehabt hatte, nicht zu gebrauchen war. Eine gebrochene Rippe und eine gebrochene Nase von ihrem Kampf im Treppenhaus, eine Gehirnerschütterung von dem Roundhouse-Kick gegen den Kopf. Dutzende von blauen Flecken von Kopf bis Fuß.

Darüber hinaus hatte er, nachdem er sich von einem laufenden Meter den Hintern hatte versohlen lassen, nichts vorzuweisen. Sie hatte ihm den Peilsender in den Nacken geklebt, so wie er es bei ihr getan hatte. Als er wieder zu sich gekommen war und Outlaw immer noch in seinem Ohr herumbrüllte, war sie schon weg gewesen. Sie hatte sich von Kerpar geholt, was sie brauchte, und war verschwunden.

Als sein Telefon klingelte, wollte er es ignorieren, aber er konnte es nicht. Ian und Landon waren immer noch in Wyoming und suchten nach Hinweisen auf Erick Huen und den Rest von Mosaic. Sie hofften, jemanden verdeckt einschleusen zu können, der ihnen über die inneren Abläufe von Mosaic Bericht erstatten konnte.

Sarge sah sich die unbekannte Nummer mit der Vorwahl von Seattle auf seinem Telefon an. Als er sah, dass es sich um einen Videoanruf handelte, wollte er das verdammte Ding quer durch den Garten werfen, aber er hielt sich zurück. Als die Verbindung hergestellt wurde, blieb der Bildschirm dunkel. Vielleicht war es doch kein Videoanruf.

„Hier ist Harrison McEwan." Seine Stimme klang schroff, aber das war ihm scheißegal. Er hatte keine Zeit für Spielchen. Er musste wieder grübelnd auf die Berge starren und sich selbst bemitleiden.

Anhaltende Stille, kein Bild. Er hörte jemanden atmen. Toll, genau das, was er brauchte, jemand, der beim Hinsetzen versehentlich seine Nummer mit dem Gesäß gewählt hatte.

„Hey, haben Sie sich verwählt?", fragte er. „Hallo?"

Er war kurz davor aufzulegen, als er ihre Stimme hörte. „Sarge?"

Bronwyn.

Sarge zog seine Füße von dem Beistelltisch, auf dem sie geruht hatten, setzte sich aufrecht in seinem Schaukelstuhl hin und zuckte wegen des Stechens in seinen Rippen zusammen.

„Ponygirl?" Er hielt das Telefon näher an sein Gesicht.

Sie bewegte sich ein wenig, sodass das Licht teilweise ihr Gesicht erhellte und er ihre Augen sehen konnte. Sie sah müde aus, als hätte sie Schmerzen.

„Wo bist du?", fragte er sie.

„Westküste. Ich weiß nicht."

„Seattle? Die Vorwahl gehört zu Seattle."

Sie sah sich um, als wüsste sie wirklich nicht genau, wo sie war. „Ja, kann sein."

Er stand auf. „Kannst du dort bleiben? Ich schicke jemanden, der dich abholt. Ich werde dich selbst abholen."

Sie schüttelte den Kopf, ihr braunes Haar fiel ihr ins Gesicht. Es sah ungekämmt und ungewaschen aus. „Nein, ich habe nicht viel Zeit."

Sarge hielt das Telefon dicht an sein Gesicht, während er zu seinem Computer ging. Die Nerds mussten diese Nummer verfolgen, und zwar gefälligst sofort. Er würde Bronwyn jemanden hinterherschicken, ob sie es wollte oder nicht.

„Ich muss gehen", flüsterte sie. „Ich habe einen Auftrag."

„Nein. Leg' nicht auf. Bleib bei mir, Ponygirl." Er wusste nicht, woher jetzt diese geistige Klarheit kam – sie war imstande, ihn zu erkennen und die Bronwyn zu sein, die er kannte – aber er wollte sie nicht verlieren.

Ihre Finger berührten den Bildschirm, als wollte sie sein Gesicht streicheln. „Ich habe dich verletzt, nicht wahr? Das war echt. Wir haben gekämpft."

„Mir geht es gut. Ich kann einiges einstecken."

„Du hättest mir wehtun können, aber du hast es nicht getan", flüsterte sie. „Daran erinnere ich mich. Aber ich habe dir wehgetan. Das tut mir leid. Ich sollte jetzt gehen. Du willst wahrscheinlich sowieso nicht mit mir reden."

„Bronwyn, ich will." Sarge hob seine Hand und berührte den Bildschirm, so wie sie es getan hatte. „Ich möchte mit dir reden. Immer."

„Warum solltest du, nach dem, was ich getan habe?" Ihre Stimme klang heiser, überstrapaziert.

„Du hast nicht gegen mich gekämpft, weil du es wolltest.

Du hast gekämpft, weil du irgendwie dazu gezwungen wurdest. Ich habe gemerkt, dass du nicht du selbst warst." Er setzte sich an seinen Schreibtisch und klappte mit einer Hand seinen Laptop auf, während er seinen Blick auf das Telefon gerichtet hielt.

„Also hast du dich nicht gewehrt."

„Ich wollte sehen, ob ich dich ausschalten kann, ohne dich zu verletzen." Er lächelte, auch wenn er wusste, dass es verspannt aussah. „Spoiler-Alarm: Es hat nicht geklappt. Du warst zu gut."

Ihr Lächeln war so düster, dass man es gar nicht als Lächeln bezeichnen konnte. „Es tut mir leid. Komm mir nicht mehr hinterher."

„Ich werde dir aber nachkommen. Immer wieder, bis du in Sicherheit bist."

Sarge schickte eine E-Mail mit der Telefonnummer an Jenna, wobei er mit einer Hand tippte, ohne hinzusehen, damit sein Blick auf Bronwyn gerichtet blieb. Er hoffte, dass Jenna die Nachricht verstehen würde.

„Kannst du mir sagen, was jetzt anders ist, Ponygirl? Warum bist du jetzt du selbst und kannst mit mir reden?"

Diese blauen Augen starrten ihn an. „Ich werde stärker, aber sie wissen es nicht. Sie denken immer noch, dass es genauso lange dauert, aber ich habe es langsam zurückgeschraubt."

„Was zurückgeschraubt?"

„Die Medikamente. Die Injektionen. Ich halte die Schmerzen jetzt besser aus."

Er hatte keine Ahnung, wovon sie sprach, aber er wollte nicht, dass sie auflegte. „Lass mich dir helfen. Ich kann dich holen und dir helfen."

Sie schüttelte den Kopf. „Ich habe nicht genug Zeit."

Verdammt. Er war dabei, sie zu verlieren. „Wir wissen von Mosaic. Wir wissen von Erick Huen. Wir wissen –"

„Erick Huen", unterbrach sie ihn. „Ja, er ist einer von ihnen. Aber es gibt noch mehr, viel mehr." Sie rieb sich die Augen. „Ich weiß es nicht mehr. Ich kenne einen, einer ist …" Sie verstummte und sagte nichts mehr.

„Ponygirl, bleib bei mir."

„Ich kann nicht. Ich kann nicht mehr. Ich muss gehen. Die Mission … die Mission."

Verdammt noch mal. Sie wiegte sich hin und her, und Sarge hatte keine Ahnung, wie er ihr helfen sollte. Sie würde jeden Moment auflegen und wieder weg sein.

„Hör mir gut zu, Bronwyn. Ich will, dass du am Leben bleibst. Hast du mich verstanden?" Er wusste nicht, warum er das zu ihr sagte, aber er wusste, dass er es tun musste. „Du tust, was auch immer du tun musst, um zu überleben. Setz deinen Verstand ein."

Sie hörte auf zu schaukeln und hielt das Telefon näher an ihr Gesicht. „Versprich mir, dass wir uns wiedersehen. Versprich es mir."

„Ja, absolut, ich verspreche es dir." Das war das einfachste Versprechen, das er je gegeben hatte. „Ich werde dich nicht aufgeben. Ich werde kommen und dich holen, Ponygirl."

Ihr Gesicht wurde blasser, Schweiß brach auf ihrer Stirn aus. Sie fing wieder an, hin und her zu schaukeln und verschwand immer wieder aus dem Bild. Was auch immer mit ihr geschah, es wurde schlimmer.

Seine Hand ballte sich zu einer Faust. Sie hatte so große Schmerzen, und er konnte nichts dagegen tun. „Bronwyn – Ponygirl, halte durch. Du bist so stark. So eine Überlebenskünstlerin. Ich weiß, dass du es schaffst. Ich werde dir helfen."

Sie hielt wieder still und sah ihn direkt an. „Versprich mir, dass wir uns wiedersehen werden."

„Ich schwöre es bei meinem Leben."

„Gut. Wenn wir uns das nächste Mal sehen, möchte ich, dass du mich tötest."

Die Verbindung brach ab.

Sarge murmelte alle Schimpfwörter, die er kannte, und versuchte sofort, die Nummer zurückzurufen, aber sie nahm nicht ab. Er schlug mit der Faust auf den Schreibtisch und ignorierte den Schmerz, der durch die Wunden in seinem Körper hallte.

Er rief Jenna an. „Hast du meine E-Mail bekommen?"

„Ja, schon", sagte sie. „Ich habe eine Minute gebraucht, um die ganzen Tippfehler zu entziffern. Was zum Teufel sollte das?"

„Ich habe versucht zu tippen, während ich im Videochat mit Bronwyn war."

„Was? Heilige Scheiße. Wir haben den Anruf nach Seattle zurückverfolgt, aber dann war er weg. Ich habe die Nummer recherchiert und sie stammt von einem vertragsfreien Handy, das man in jeder Drogerie oder im Supermarkt kaufen kann."

Ein Wegwerfhandy. Er fuhr sich mit der Hand über das Gesicht und lehnte sich in seinem Stuhl zurück. „Okay. Vielleicht kann jemand aus deinem Team tiefer graben und sehen, ob es irgendwas Brauchbares gibt. Ich glaube nicht, dass sie lange in Seattle bleiben wird. Ich weiß, du hast alle Hände voll zu tun mit den Mosaic-Infos, die Landon und Ian mitgebracht haben."

„Ich sorge dafür, dass sich jemand darum kümmert, Sarge. Versprochen. Wir werden jeden Winkel absuchen."

Er wusste, dass die Nerds ihr Bestes tun würden, und ihr Bestes war beeindruckend, aber er wusste auch, dass sie Bronwyn nicht am Ende einer Telefonleitung finden würden.

Sie war wieder verschwunden.

„Hat Bronwyn etwas zu dir gesagt?", fragte Jenna. „Wenn sie ein Treffen mit dir ausgemacht hat, solltest du wahrscheinlich vorsichtig sein. Ich sage es nur ungern, aber es könnte eine Falle sein."

„Nein, sie hat nichts von einem Treffen gesagt. Sie war erschrocken, dass sie mich verletzt hat."

„Okay, das ist gut. Ich meine, gut, dass sie es bereut hat. Wir werden ihr Handy weiter verfolgen. Wenn sie wieder anruft, werden wir es sofort orten können."

Er legte auf, ohne weitere Einzelheiten über sein Gespräch mit Bronwyn preiszugeben, damit sie sich an ihre Arbeit machen konnte.

Er wollte weder Jenna noch sonst jemanden wissen lassen, wie schlimm es wurde. Dass Bronwyn immer verzweifelter wurde, wie ein Tier, das in der Falle saß und versuchte, sich aus einer unmöglichen Situation zu befreien.

Und wie gefährlich sie das machte.

Bronwyn legte auf und zerschmetterte das Handy mit ihrem Absatz. Sie stolperte ein paar Schritte vorwärts und hielt sich den Kopf mit den Händen, um nicht umzufallen. Sie kämpfte gegen den Schmerz an und holte tief Luft, bis sie sich etwas weniger schwindelig fühlte.

Ihn anzurufen war ein Fehler gewesen, zu riskant. Wenn sie sie beim Kauf des Telefons erwischt hätten, wüssten sie, dass sie nicht die volle Kontrolle über sie hatten. Sie würden herausfinden, dass es Minuten gab, die sie zu Stunden ausgedehnt hatte, in denen der Schmerz erträglich war und sie noch wusste, wer sie war.

Aber sie hatte sein Gesicht sehen müssen, seine Stimme hören.

Bronwyn musste wissen, ob sie ihn so sehr verletzt hatte, wie ihr trüber Verstand ihr weismachte. Ob ihre vage Erinnerung daran, dass sie ihn getreten und versucht hatte, ihn zu töten, der Wahrheit entsprach oder Einbildung war.

Ein Blick auf sein Antlitz auf dem kleinen Bildschirm, übersät mit blauen Flecken, und sie hatte ihre Antwort. Sie hatte ihn verwundet. Den Mann, der nichts anderes getan hatte, als ihr zu helfen. Der immer nur sanft und unterstützend war.

Der Mann, von dem sie seit Jahren geträumt hatte. Bis vor kurzem. Jetzt ließ die Finsternis, die sie umgab, keine Träume zu. Und sie wollte sowieso nicht träumen, wenn sich ihre wachen Stunden wie ein Albtraum anfühlten. Selbst das Leben in Prag war besser gewesen als das hier.

Bronwyn bückte sich und hob ein winziges Plastikteil des Handys auf und umklammerte es in ihrer Handfläche. Sie würde dieses Stück von Sarge bei sich behalten. Niemand außer ihr würde wissen, was es bedeutete.

So würde er bei ihr sein.

Sie stolperte noch ein paar Schritte, der Schmerz strahlte über ihre Haut. Sie wusste, wohin sie gehen musste, ihr Körper drängte sie in Richtung ihrer Mission. Anchorage, ein Krankenhaus, aus dem sie irgendwelche medizinischen Akten stehlen sollte.

Sie sah auf das Stück Plastik in ihrer Hand hinunter. Es hüpfte hin und her, weil sie ihr Zittern nicht mehr unterdrücken konnte. So lange hatte Dr. Tippens sie noch nie aus dem Labor gelassen, sie aus der Dunkelheit entlassen. Sie dachten, sie hätten sie besser unter Kontrolle, als es der Fall war.

Sie musste weiterkämpfen, ihre Widerstandskraft aufbauen. Es war ihre einzige Chance …

Bronwyn hatte es ernst mit dem gemeint, was sie Sarge gesagt hatte. Wenn er ihr wieder begegnete, bevor sie die Sache unter Kontrolle hatte, musste er sie töten. Andernfalls würde sie ihn umbringen. Sie hatte es schon fast getan. Nur mit knapper Not war sie in der Lage gewesen, ihn in seinem besinnungslosen Zustand in der Tiefgarage liegenzulassen und wegzugehen, anstatt ihn zu töten.

Jetzt musste sie ihren Auftrag zu Ende bringen, sie hatte keine andere Wahl. Das überwältigende Bedürfnis, den Auslöser an ihrer Halskette zu drücken, fraß an ihr. Sobald sie es tat, würde sich alles in Wohlgefallen auflösen, keine Probleme mehr. Nichts würde wehtun.

Sie stolperte aus dem Gebäude und legte dabei die Hand an ihren Hals. Sie drückte zu, kämpfte nicht mehr dagegen an. Sie spürte den Stich der Injektionsnadel und wartete. Es würde nur noch ein paar Sekunden dauern, bis …

Es war so weit. Der Schmerz war verschwunden. Die Mission war alles, was zählte.

Das Stück Plastik in ihrer Hand fiel zu Boden.

„Ich existiere nur, um Befehle zu befolgen. Meine letzte Mission ist es, nach Hause zu gehen."

Kapitel 13

Wenn wir uns das nächste Mal sehen, möchte ich, dass du mich tötest.

Bronwyns Worte hallten noch lange in seinem Kopf nach, nachdem sie aufgelegt hatte. Lange nachdem sie jegliche Spur von dem Wegwerfhandy verloren hatten.

Und in jeder Minute der vier Tage, die seitdem vergangen waren, hielt er es für eine Übertreibung, eine Hyperbel. Etwas, mit dem er sie aufziehen würde, wenn er sie wiedersähe.

Hyperbeln mussten auch in dem Literaturkurs, den ihre Mutter an der Universität gelehrt hatte, vorgekommen sein. Dass Bronwyn ihm sagte, er solle sie töten, war ein episches Beispiel für dieses literarische Mittel.

Aber die letzten Aufnahmen von Bronwyn, die sie gefunden hatten, ließen ihn glauben, dass ihr Wunsch vielleicht gar keine Übertreibung war, zumindest nicht in ihrem Kopf.

Sie war von einer Geldautomatenkamera gegenüber einer Gasse in Anchorage, Alaska, gefilmt worden.

Sarge sah zu, als sie einem Mann in die Brust stach –

eine Wunde, die tödlich sein sollte. Er spulte die Aufnahme zurück und sah sie sich noch einmal an.

Bronwyn lag in der Gasse und hatte offensichtlich Schmerzen. Sie erbrach sich mehr als einmal und schien fast zu schwach, um aufzustehen. Ein zwielichtiger Typ kam herüber und fing an, sie abzutasten, offensichtlich hoffte er auf leichte Beute.

Ihre Hand schnellte hervor und sie brach sein Handgelenk. Sarge hatte kein Problem damit. Er lächelte sogar, als er es zum ersten Mal sah. Gut für sie.

Das machte den Typen wütend und er verpasste ihr ein paar kräftige Tritte in die Magengegend, die in Sarge den Wunsch weckten, sich den Kerl vorzuknöpfen.

Der Mann zog ein Messer heraus und beugte sich näher zu ihr hinunter. Er versuchte nicht, sie abzustechen oder aufzuschlitzen, sondern bedrohte sie nur damit. Sarge konnte nicht erkennen, was er sagte, aber wahrscheinlich irgendetwas in der Art, dass er wollte, dass sie ihm ihre Brieftasche gab.

Bronwyn reagierte nicht mit Worten. Stattdessen drehte sie das Messer in seine Richtung, rammte es ihm direkt in die Brust und zog es wieder heraus, effizient, brutal, tödlich. Der Mann fiel vor ihr um, während Blut aus seiner Wunde strömte.

Vor Gericht würde das als Notwehr durchgehen. Der Mistkerl hatte sie offensichtlich provoziert und ein Anwalt würde argumentieren, dass sie sich selbst geschützt hatte, wie es von jedem zu erwarten gewesen wäre. Sie hatte ihn getötet, als sie versucht hatte, ihm das Messer wegzunehmen.

Aber Sarge kannte die Wahrheit. Jeder bei Zodiac Tactical würde die Wahrheit erkennen – dass sie aufgrund ihres Trainings den Kerl auf ein Dutzend Arten hätte entwaffnen können, ohne ihn zu töten.

Auch Bronwyn wusste das. Die Kamera fing ihren

Gesichtsausdruck ein, als der Mann umfiel. Verzweiflung trübte ihr Gesicht, als ihr klar wurde, was sie getan hatte.

Dann wurde ihr Gesichtsausdruck wieder leer.

Sie verlor ihre Selbstwahrnehmung, so wie es in New York passiert war. Ein paar Sekunden später richtete sie sich auf, stolperte aus der Gasse und ließ den Mann dort zurück, mit dem Messer in seiner Hand.

Er sah sich die Aufnahmen noch einmal an. *Ich werde dich trotzdem nicht töten, Ponygirl. Wir werden der Sache auf den Grund gehen.*

Es klopfte an seiner Bürotür und Landon kam herein. „Ich habe gehört, du hast neue Aufnahmen von Bronwyn."

„Ja, sieht nicht gut aus."

Landon nahm ihm gegenüber Platz. Er drehte den Laptop so, dass er den Bildschirm sehen konnte.

Sarge wusste genau, wann sie dem Kerl das Messer in die Brust stieß. Landon zuckte kurz zusammen. Dann sah er sich das Video noch einmal an, diesmal auf die Gewalt vorbereitet.

Als die Aufnahme zu Ende war, lehnte er sich zurück. „Heilige Scheiße. Das war offensichtlich Notwehr, auch wenn …"

Auch wenn sie beide wussten, dass sie den Kerl hätte ausschalten können, ohne ihn zu töten. Er nickte.

„Wo und wann war das?", fragte er.

„In Anchorage", sagte Sarge. „Gestern."

„Damit ist ihr der Vielflieger-Bonus sicher. London. New York. Und jetzt Alaska?"

„Ja. Mosaic schickt sie überall hin, wo sie sie brauchen."

Landon fuhr sich mit der Hand durch sein hellbraunes Haar. „Jetzt, wo wir jemanden bei Mosaic eingeschleust haben, bekommen wir hoffentlich ein paar Infos und können etwas unternehmen, um Bronwyn zurückzubekommen."

„Erzähl mir von diesem Silas Varela." Er war der kriminelle Informant, den Landon und Ian letzte Woche auf ihrer Reise nach Wyoming aufgetan hatten.

„Der Typ hat eine unbewaffnete Zivilistin verprügelt und dann das Leben ihrer Tochter bedroht. Ein echter Charmebolzen also."

„Arschloch", murmelte Sarge leise.

„Er hat Glück, dass er noch atmet. Er hat die Wahl, den Rest seines Lebens im Gefängnis zu verbringen, wo Mosaic ihn mit Sicherheit jederzeit erwischen würde, oder uns Informationen zu liefern. Wenn er das tut, wird Ian dafür sorgen, dass er für den Rest seines Lebens im Gefängnis beschützt wird."

„Er klingt nicht besonders vertrauenswürdig."

Landon zuckte mit den Schultern. „Solange wir dadurch Informationen über Mosaic bekommen, ist das akzeptabel."

Alles, was Mosaic betraf, würde sie näher an Bronwyn heranbringen.

Er nickte. „Ian muss Informationen über Bronwyn zu seiner obersten Priorität machen."

Landon lehnte sich in seinem Stuhl zurück und stützte seine Arme locker auf die Lehnen. Sein hellbraunes Haar und sein ansprechender Surfer-Look wirkten auf Männer und Frauen gleichermaßen sympathisch. Er setzte seinen Charme zu seinem Vorteil ein, zu Zodiacs Vorteil, so oft er konnte. Er war liebenswert, freundlich, konnte gut mit Menschen umgehen.

Im Grunde genau das Gegenteil von Sarge.

„Ians Ziel ist es, Mosaic als Ganzes zu Fall zu bringen", sagte Landon. „Wenn wir das schaffen, bekommen wir auch Bronwyn zurück."

Er ahmte Landons Haltung nach und lehnte sich in seinem eigenen Stuhl zurück. Landon versuchte, ihn zu lenken und beruhigend auf ihn einzuwirken, damit er nicht das verlangte, was er für das Beste für Bronwyn hielt.

„Ian ist nicht unvoreingenommen, wenn es darum geht, Mosaic aufzuhalten. Es ist für ihn eine persönliche Angelegenheit und er wird vor nichts Halt machen, um es zu erreichen, selbst wenn er dafür andere opfern muss." Bronwyn. „Ich weiß nicht, warum das so ist. Ian hat mir nie Einzelheiten verraten. Aber ich weiß, dass du die Vorgeschichte kennst."

Landon ließ sich nicht ködern. Seine Körperhaltung blieb entspannt. „Ja, die kenne ich. Er hat seine Gründe dafür, die Sache persönlich zu nehmen. Was sie ihm angetan haben, sollte niemand durchleben müssen."

Sarge dachte daran, wie Ian ausgesehen hatte, als sie die Aufnahmen aus London bekommen und zum ersten Mal das Wort *Mosaic* gehört hatten. Er hatte erschrocken ausgesehen.

Er kannte Ian seit fast zehn Jahren. Der Mann hatte mehrfach Sarges Leben in seinen Händen gehalten. Ian DeRose war nicht leicht zu erschrecken.

Er lehnte sich am Schreibtisch nach vorne und betrachtete die Aufnahme von Bronwyn, die gerade wieder auf dem Laptop abgespielt wurde. „Hör zu, ich liebe Ian wie einen Bruder. Das weißt du. Dich auch, auch wenn du mir auf den Sack gehst. Und ich verstehe, dass Mosaic, mit welcher Version wir es auch immer zu tun haben, Ärger bedeutet. Sie sind Terroristen – Leute, die wir aufhalten müssen, bevor sie außer Kontrolle geraten."

„Ich denke, da sind wir uns alle einig."

„Aber Tatsache ist, dass eine von uns in Schwierigkeiten steckt, und zuallererst müssen wir ihr helfen."

Landon sagte einen langen Moment lang nichts. Er lehnte den Kopf zur Seite und musterte Sarge. „Willst du mir verraten, was wirklich in New York passiert ist?" Er deutete auf den letzten seiner verblassenden Blutergüsse.

Er hatte niemandem erzählt, was zwischen Bronwyn und ihm vorgefallen war. „Ich bin in eine Schlägerei geraten."

„Das habe ich im Arztbericht gelesen. Zwei gebrochene Rippen, eine gebrochene Nase und Nierenschäden. Im Bericht hieß es, dass du dich nicht dazu äußern wolltest, wie genau das alles passiert ist."

„Ich hatte keine Lust, meine Gefühle auszudiskutieren. Na und?"

„Jedenfalls wollte ich herausfinden, wer den legendären Harrison McEwan derart zurichten konnte. Was ist nötig, um so einen Schaden anzurichten? Vier Typen? Fünf?"

Sarge gab keine Auskunft, also fuhr er fort. „Ich wollte mir die Sicherheitsaufnahmen ansehen, und siehe da, die Kameras in der Tiefgarage waren ausgeschaltet worden. Wie ist es nur dazu gekommen, Sarge?"

„Ein glücklicher Zufall", murmelte er. „Worauf willst du hinaus?"

„Ich will damit sagen, dass ich mich nur an ein einziges anderes Mal erinnern kann, dass du eine derartige Tracht Prügel eingesteckt hast. Damals in Prag, vor ein paar Jahren. Und genau wie jetzt warst du auch damals ziemlich zurückhaltend, was die Details angeht."

Landon wusste Bescheid. Sarge konnte es leugnen, so viel er wollte, aber Landon hatte sich die Geschichte zusammengereimt und herausgefunden, dass er Bronwyn schon seit Jahren kannte. Er wollte keinen von ihnen beleidigen, indem er ihn anlog.

„Okay. Ich habe Bronwyn in Prag kennengelernt, als sie noch ein Kind war und in Schwierigkeiten steckte. Ich habe damals die Prügel kassiert, weil sie sonst den Kopf hätte hinhalten müssen. Wir sind uns nach der Gründung von Zodiac wiederbegegnet und hab' ihr von dem Pariser Büro erzählt. Sie war damals schon eine Taschendiebin, genau wie heute."

„Standest du ihr damals schon nahe?" Landon hob eine

Augenbraue, aber sein Ton blieb neutral. Er tat sein Bestes, um unvoreingenommen zu sein.

„Sie war ein verdammter Teenager", sagte Sarge. „Nein, da war nichts zwischen uns. Ich habe nur versucht, ihr zu helfen."

Landon atmete erleichtert aus. „Gut. Du hast das Richtige getan. Aber sie ist kein Teenager mehr. Sie ist eine Erwachsene, die erwachsene Entscheidungen trifft."

„Sie braucht unsere Hilfe." Er wollte mit der Faust auf den Tisch schlagen, um das zu unterstreichen. „Und wir müssen unsere Ressourcen dafür einsetzen."

„Sieh dir doch die Aufnahmen an." Er deutete auf den Laptop. „Sie hat den Kerl umgebracht, obwohl sie ihn leicht hätte entwaffnen und weggehen können. Und New York? Dafür, dass du so heftig vermöbelt wurdest, haben deine Hände ziemlich unversehrt ausgesehen."

Sie wussten beide, was das bedeutete. Er hatte sich nicht gewehrt, zumindest nicht in dem Maße, wie er es hätte tun sollen.

Sarge sagte nichts.

„*Sie* hat dir das in New York angetan."

„Ich weiß, es sieht schlimm aus. Ich weiß, wenn man diese Teile einzeln betrachtet, sieht es so aus, als wäre Bronwyn abtrünnig geworden, als würde sie für Mosaic arbeiten. Aber ich sage dir, da steckt mehr dahinter."

Landon nickte und verschränkte erneut seine Finger. Er war schon immer der Friedensstifter der Gruppe gewesen, schon damals bei den SEALs. Er hatte das nötige Temperament dafür. „Okay, ich bin bereit zuzuhören. Wenn du mich überzeugst, werde ich dir helfen, Ian zu überzeugen."

„Ich habe die Informationen noch nicht. Ich weiß nur, dass Mosaic sie auf irgendeine Weise kontrolliert, durch irgendwelche Drogen und Injektionen, die sie ihr verabreichen."

„Gedankenkontrolle?", fragte er.

Sarge wischte sich mit der Hand übers Gesicht und dachte an ihren ausdruckslosen Blick, als sie ihn in der Hotelbar gesehen hatte. „Ich weiß es nicht. Vielleicht."

Sie wussten beide, dass Gedankenkontrolle nicht besonders verlässlich war, und sie hätten Bronwyn sicher nicht allein losgeschickt, wenn sie nicht sicher gewesen wären, sie vollständig kontrollieren zu können.

„Es hat etwas mit der Halskette zu tun, die sie trägt." Er hielt das Video an einer Stelle an, wo sie sie sehen konnten. „Und da, siehst du, wie distanziert sie wirkt, als sie diesen Kerl absticht? Beinah ausdruckslos, da ist nichts. Aber dann, hier. Ein paar Sekunden später ist sie außer sich. Es ist, als ob sie ihr eigenes Bewusstsein immer wieder verlässt und wiedererlangt."

Landon sah es sich noch zweimal an. „Okay, ich gebe zu, ihre Reaktion scheint an extremen Enden des Spektrums zu liegen."

„In New York war sie genauso. Manchmal hat sie mich nicht erkannt. Aber dann hat sie mich ab und zu beim Namen genannt. Sie steckt in Schwierigkeiten, Landon."

„Ich werde dich dasselbe fragen, was Ian dich fragen würde, wenn er hier wäre und wenn er keine komplexe Beziehung zu Mosaic hätte. Hat sie versucht, dich umzubringen, als du in New York gegen sie gekämpft hast?"

Sarge hatte nicht vor, seinen Freund anzulügen. Vielleicht gefiel ihm die Antwort nicht, aber ihm die Wahrheit vorzuenthalten, würde auf Dauer niemandem helfen.

„Ja. Wenn sie klar im Kopf war und wusste, wer ich bin, hat sie es nicht versucht, aber die meiste Zeit war sie nicht richtig da. Sie war nicht Bronwyn. In diesen Momenten wollte sie mich umbringen." Sie hätte es beinahe getan.

„Gut. Wir werden Ian dieses Video zeigen. Wir werden uns dafür einsetzen, dass Varela so viel wie möglich über

Bronwyn herausfindet. Aber ich sage dir, Ian wird das nicht zur Priorität machen. Erst recht nicht, wenn sie sich so sehr wie ein Feind verhält."

Unsinn. „Bronwyn ist eine von uns."

„Bronwyn ist eine von uns, die versucht hat, dich umzubringen. Im Moment macht sie das bestenfalls zu einem Problem. Auf jeden Fall macht es sie unberechenbar."

„Ians einzige Mission ist es, Mosaic aufzuhalten. Sie ist ihm völlig egal."

„Es ist nicht so, dass sie ihm egal wäre", erwiderte Landon. „Aber er weiß, dass Mosaic letztlich das größere Problem ist. Mosaic ist zurück und hat mehr Geld als je zuvor. Wir wissen, dass die Organisation jetzt nicht mehr von einem, sondern von vier Köpfen geleitet wird. Wir wissen, dass Erick Huen einer von ihnen ist. Über zwei andere haben wir ein paar Infos, aber über den vierten wissen wir überhaupt nichts. Und unbekannte Variablen sind in Situationen wie dieser nie gut."

„Wenn Ian sich auf die Zerschlagung von Mosaic konzentrieren muss, ist das für mich in Ordnung. Aber Bronwyn ist meine Priorität."

Landon stieß einen Seufzer aus. „Das schließt sich nicht gegenseitig aus."

Für ihn und für Ian schon, aber das sprach er nicht aus. Landon wollte glauben, dass sie beides gleichzeitig tun konnten, und er hatte nicht vor, zu widersprechen.

Landon stand auf. „In Ordnung, lass uns mit Ian reden. Er ist oben in seinem Penthouse. Er wird es bestimmt einsehen und dir helfen wollen, deine Freundin zu finden."

Sarge stand auf und folgte ihm nach draußen. „Sie ist nicht meine Freundin."

„Genau, Sarge, rede dir das nur ein."

„Ich meine es ernst. Es ist nicht so." Er verdrängte den

Gedanken an den Kuss in Paris aus seinem Kopf. „Sie ist zu jung. Sie ist verletzt. Sie ist in Schwierigkeiten."

„Ja. Klingt, als bräuchte sie jemanden, der älter ist, stur, ungeduldig und bereit, für sie zu kämpfen. Fällt dir da vielleicht jemand ein?"

„Du bist eine verdammte Nervensäge."

Landon lachte. „Erinnere mich daran, dir dieses Gespräch ins Gedächtnis zu rufen, wenn du mich bittest, einer deiner Trauzeugen zu sein. Und jetzt lass uns sehen, was wir über das Mädchen herausfinden können, das dir den Arsch versohlt hat."

Kapitel 14

Du tust, was auch immer du tun musst, um zu überleben.

Bronwyn hatte Sarges Stimme ständig in ihrem Kopf, als die Mosaic-Söldner kamen, um sie in Anchorage abzuholen, und als Dr. Tippens sie wieder in die dunkle Zelle stecken ließ.

Bleib am Leben. Was auch immer du tun musst. Überlebe.

Sarge hatte auch andere Dinge zu ihr gesagt. Dinge über Mosaic und Erick Huen, aber diese Informationen waren für ihren geschundenen Verstand schwer zu verarbeiten und nicht greifbar.

Stattdessen konzentrierte sie sich auf den Klang seiner tiefen Stimme, die ihr sagte, dass sie es schaffen konnte. Dass sie überleben konnte. Dass er an sie glaubte.

Es machte die Dunkelheit erträglicher, zu wissen, dass er all diese Dinge gesagt hatte, selbst nachdem sie ihn verletzt hatte.

Unter Sarges ständigem Zuspruch in ihrem Kopf bekam Überleben eine andere Bedeutung.

Was auch immer du tun musst.

Überleben musste nicht gleichbedeutend mit Rebellion

sein. Vor allem, als langsam klar wurde, dass eine offene Rebellion – die Weigerung, ihnen zu geben, was sie wollten – ihre Lage nur verschlimmern würde.

Also hörte Bronwyn auf, sich Mosaic widersetzen. Als sie ihr sagten, sie solle die Worte aufsagen, tat sie es sofort. Sie rezitierte sie sofort, sobald der Schlitz in der Tür aufging.

Sie sollten denken, dass sie schwach war. Sie sollten denken, sie hätten einen Weg gefunden, ihren Geist zu kontrollieren. Solange sie noch sie selbst war, solange sie sich an Sarge erinnern und seine Stimme hören konnte, wusste sie, dass sie nicht gewonnen hatten.

Sie wehrte sich nicht gegen ihre Medikamente. Sie wehrte sich nicht gegen die Injektionen. Stattdessen zog sie sich in sich selbst zurück und sprach mit Sarge. Sie hörte ihm zu, wie er zu ihr sprach und ihr sagte, dass sie es schaffen würde. Sie würde überleben. Sie hatte als Kind überlebt und sie würde auch jetzt überleben.

Anfangs fiel es ihr schwer, sich auf ihn zu konzentrieren, aber es wurde mit der Zeit leichter. Sie konnte ihn in ihrem Kopf immer deutlicher hören. Sie konnte in der Stille freier mit ihm reden. Es kam ihr beinahe so vor, als könnte sie sein dichtes, dunkles Haar berühren.

Womöglich war es verrückt, dass ihr die Halluzinationen eines Mannes, mit dem sie nur eine Handvoll Stunden verbracht hatte – viele davon gehüllt in Gewalt – halfen, sich weniger verrückt zu fühlen, aber so war es.

Bronwyn wurde klar, dass Dr. Tippens ihre Medikamente nun in größeren Abständen verteilte. Er und sein Team wussten nicht, dass sie die Kontrolle über sie verloren. Sie dachten, wenn sie allein in der Dunkelheit war, würde sie noch mehr zu dem Werkzeug werden, das sie wollten.

Sie wussten nicht, dass sie jemanden bei sich hatte. Und solange Sarge bei ihr war, funktionierte das, was sie mit ihrem Geist und ihrem Körper vorhatten, nicht so, wie sie dachten.

Bronwyn war sich nicht sicher, wie viel Zeit in der Dunkelheit vergangen war, nachdem man sie aus Alaska zurückgeholt hatte. Anhand ihrer Mahlzeiten und der Häufigkeit ihrer Laborbesuche wusste sie, dass es Wochen waren.

Sie hasste das Labor. Sie wäre lieber mit Sarge in der Dunkelheit geblieben. Unter den grellen Lichtern des Labors war es schwieriger, ihn bei sich zu halten.

Heute besonders. Sie war nicht allein mit einem oder zwei Medizintechnikern, heute war das Labor voller Menschen.

Dr. Tippens war mit einem Team von Technikern hier. Und da waren Dutzende anderer Leute. Leute wie sie, festgeschnallt auf Stühlen und Betten.

Einige stöhnten vor Schmerzen und zerrten an den Gurten, mit denen sie an die Betten gefesselt waren. Einige waren stumm. Mehr als einer war vollständig von einem Laken bedeckt.

Sie wusste, was das bedeutete.

Sarge war immer da und hielt schweigend ihre Hand, wenn sie im Labor war. Sie konnten nicht reden, das wusste sie, nicht dort.

Aber heute trat er in den Hintergrund und verblasste.

„Bleib", flüsterte sie, so leise, dass nur er sie hören konnte.

Er ließ seine Finger über ihre Lippen gleiten und brachte sie mit einer Berührung, die sie nicht spüren konnte, zum Schweigen.

Du musst auf das hören, was um dich herum geschieht, ohne dass sie es merken. Konzentriere dich. Du schaffst das, Ponygirl. Ich komme wieder.

Bronwyn wollte weinen, ihn anflehen, zu bleiben, aber mit dem nächsten Wimpernschlag war er weg.

Verzweiflung drohte sie zu überwältigen, aber sie drängte sie zurück. Sie würde tun, was Sarge sagte. Zuhören. Sich konzentrieren. Sich nicht verraten.

Dr. Tippens ging um sie herum und sah sich ein Krankenblatt an. Der andere Mann war auch da. Der Mann, den sie kannte. Derjenige, der in ihr Hotelzimmer gekommen war. Wie war sein Name?

„Sie sieht aus wie ein Zombie", sagte der Mann aus ihrem Hotelzimmer. „Als hätte sie diese Bellsche … was auch immer Krankheit."

„Bellsche Parese. Gesichtslähmung." Dr. Tippens blickte nicht von seiner Akte auf. „Und es ist keine Krankheit, sondern eine Funktionsstörung. Und offenbar kann es eine Nebenwirkung der genetischen Modifikation sein, die wir vornehmen."

„Wir haben Interessenten, die sehr verärgert sein werden, wenn ihr Gesicht nicht mehr richtig funktioniert."

„Ihr Gesicht funktioniert, Erick. Lass mich meine Arbeit machen."

Erick Huen. Das war sein Name. Sie erinnerte sich, dass Sarge etwas über ihn gesagt hatte. Sie versuchte, sich an die Details zu erinnern, beschloss dann aber, sich auf das Hier und Jetzt zu konzentrieren.

„Na gut." Erick ging um sie herum und musterte sie mit Verachtung. Sie zwang sich, keinen Gesichtsmuskel zu rühren, und beobachtete ihn in ihrem peripheren Blickfeld. „Es ist enttäuschend, sie so komatös zu sehen. Sie war vorher so temperamentvoll. Kaum zu glauben, dass das jetzt so ist."

Dr. Tippens leuchtete ihr mit einer Stiftlampe in die Augen. „Das stimmt. Sie hat viel schneller auf die genetische Modifikation reagiert, als wir erwartet hatten. Wir konnten ihre Neuroinhibitoren und Medikamente reduzieren.

Manchmal klappt einfach etwas. Eine der Freuden der Wissenschaft."

„Schön zu hören, nach all dem Geld, dass wir in deine Forschung gesteckt haben." Erick kam wieder näher an sie heran und sie konnte seinen Atem auf ihrem Gesicht spüren. „Und sie ist bereit zu töten? Wir haben eine ganz besondere Aufgabe für sie."

Dr. Tippens stieß einen Seufzer aus und hob seinen Arm, um Erick von ihr wegzuschieben. „Sie hat schon früher getötet, wie du weißt, aber es widerspricht ihrer Natur. Sie hat am meisten gegen ihre Programmierung angekämpft, als sie diesen Mann in Anchorage getötet hat. Es wäre klüger, einen unserer anderen Probanden zu nehmen, wenn du eine Mordsarbeit planst."

„Mordsarbeit?" Erick kicherte. „Bleib lieber beim medizinischen Fachjargon, Doc."

„Würde ich ja, wenn du mein Labor verlassen und mich meine Arbeit machen lassen würdest", murmelte er.

„Es muss Bronwyn sein." Erick rückte wieder näher an sie heran. „Offensichtlich hat Ian DeRose eine kleine Freundin gefunden und wir wollen ihm eine Botschaft schicken. Ihr Leiche sollte diesen Zweck erfüllen. Und wenn er dann noch herausfindet, dass es jemand getan hat, den er angeheuert und ausgebildet hat, macht es das noch besser."

Es kostete Bronwyn sämtliche Willenskraft, um komplett ruhig zu bleiben und keine Miene zu verziehen. Sie wollte niemanden verletzen, der mit Zodiac Tactical zu tun hatte. Das würde Sarge ihr nie verzeihen.

Sie wünschte, er wäre da. Sie brauchte ihn.

Hör zu. Konzentriere dich.

Sie konnte gerade noch verhindern, dass sie zusammenzuckte, als Erick ihr eine Haarsträhne von der Stirn strich. „Du wirst Wavy Bollinger eine Kugel direkt zwischen die Augen jagen."

„Bitte hör auf, die Patienten zu belästigen." Dr. Tippens streckte seinen Arm aus, um Erick zurückzuziehen. „Du weißt, dass die Arbeit, die wir hier leisten, sehr empfindlich ist. Berührungen könnte sich negativ auf die Behandlung auswirken."

„Von mir aus." Erick klang wie ein schmollendes Kind, aber er entfernte sich von ihr. „Sorg dafür, dass sie bereit ist."

Bronwyn wurde danach nicht mehr in ihre Zelle zurückgebracht. Stattdessen wich die totale Dunkelheit der totalen Helligkeit. Die Helligkeit war so viel schlimmer.

Manchmal war sie im Hauptlabor, aber die meiste Zeit war sie an einem Ort, den sie den Indoktrinationsraum nannten.

Sie nannte es die Hölle.

Sie war an einen Stuhl gefesselt, ihre Augen mit Klebeband fixiert, sodass sie nichts anderes tun konnte, als auf das zu schauen, was vor ihr war. Sie konnte nicht blinzeln, geschweige denn weinen.

Sie wurde mit einem Bild von Wavy Bollinger nach dem anderen bombardiert – einer nett aussehenden Frau Anfang dreißig mit einem breiten Lächeln und rotem Haar. Auf einigen der Fotos war Ian DeRose mit ihr zu sehen. Aber niemals Sarge.

Mit jedem Bild wurde ihr gesagt, dass Wavy ihr Feind sei, während die Ärzte in ihrem Nacken herumhantierten. Scharfe Stiche und Schnitte und Verbrennungen, immer zur Verstärkung der Worte, die auf sie einhagelten.

„Wavy Bollinger ist der Feind." Das Zwicken einer Nadel in ihrem Nacken.

„Deine Aufgabe ist es, sie zu töten, um die anderen zu

schützen." Das Brennen, als man ihr etwas injizierte. Ihren Körper auf irgendeine Art manipulierte.

„Wavy Bollinger ist gefährlich, eine Bedrohung, die es zu beseitigen gilt." Das Brennen breitete sich aus, als sie die Frau ansah, die ihr nie etwas angetan hatte.

Bronwyn konnte spüren, wie der Hass in ihren Adern brodelte – ob es ihre echten Gefühle waren oder das, was die Ärzte mit ihr anstellten, spielte keine Rolle. Das Endergebnis war das gleiche. Sie wollte diese Frau umbringen.

Wavy ist nicht dein Feind, Ponygirl. Vergiss das nicht.

Sie konnte Sarge nicht sehen, aber sie konnte seine Stimme in ihrem Ohr hören. Er flüsterte ihr immer wieder zu und kämpfte gegen das an, was die Ärzte mit ihr machten.

Dr. Tippens schöpfte langsam Verdacht, dass etwas nicht stimmte. Vielleicht verhielt sie sich zu neutral. Sie war sich nicht sicher, wie sie sich verhalten sollte, damit die Ärzte ihre Versuche, sie zu kontrollieren, nicht noch verstärkten.

Sie wusste nur, dass sie Sarges Stimme ständig im Kopf behalten musste, sonst würde sie dem Folge leisten, was sie ihr eintrichterten.

Die zu Frau töten. Wavy Bollinger zu töten.

In ihrer dunklen Zelle war es leicht gewesen, sich still zu verhalten und sich an Gedanken an Sarge zu klammern. Aber hier, wo sie Dr. Tippens und all seinen Assistenten ausgesetzt war, fiel es ihr unendlich schwer. Sie war kurz davor, zusammenzubrechen, zu schreien, sie anzuflehen, aufzuhören.

Aber diese Reaktionen würden ihnen nur deutlich machen, dass ihr reduziertes Programm nicht funktionierte. Dann würden sie die Medikamente, das Gen-Editing und die Neuroinhibitoren erhöhen - alles Worte, die sie nicht verstand, von denen sie aber wusste, dass sie ihr zum Verhängnis werden würden.

Sarge wäre dann für immer weg. Sobald er aus ihrem Kopf verschwunden war, würde sie nicht mehr durchhalten können. Sie würden sie in das verwandeln, was sie aus ihr machen wollten.

Eine Mörderin.

„Ihr Blutdruck und ihre Herzfrequenz sollten nicht so stark ansteigen", sagte Dr. Tippens zu einer seiner Assistentinnen, „Was hat sich verändert?"

„Nichts, Doktor", sagte die Frau. „Wir haben jeden Tag die verschriebene Dosis fortgesetzt, verabreicht während der Indoktrination."

Der Arzt stand hinter ihr. Sie konnte ihn nicht sehen, auch wenn ihre Augen offen standen.

„Benachrichtigen Sie Erick Huen, dass ich ihn sprechen muss. Sie ist noch nicht so weit. Wenn wir sie so rausschicken, wird sie durchdrehen. Ich will die Daten, die wir von ihr bekommen haben, nicht verschwenden. Stoppen Sie alle Indoktrinationen fürs Erste."

Bronwyn schluckte ihre Schluchzer der Erleichterung hinunter, als die Rückenlehne des Stuhls herabgesenkt wurde und ihre Augen von dem quälenden Klebeband befreit wurden. Die Bilder von Wavy verschwanden aus ihrem Blickfeld.

Sie konnte den Kopf drehen und sah Sarge, der mit vor seiner breiten Brust verschränkten Armen dastand und sie mit Stolz in den Augen anlächelte. Sie hatte es geschafft. Zumindest für den Moment. Ihre Augen fielen zu.

Als sie sich ihrer Umgebung wieder bewusst wurde, stand Erick Huen über ihr, wo Sarge gestanden hatte. Sie hatte keine Ahnung, wie lange er schon dort stand. Wieder einmal konnte sie ihre Reaktionen kaum kontrollieren, bevor sie sie verrieten.

„Tippens, du enttäuschst mich. Was ist aus der Freude an der Wissenschaft geworden, wenn manchmal etwas gut läuft?" Erick drehte eine Hand in einer großen Geste um seinen Kopf.

„Wir betreten hier medizinisches Neuland. Es ist schwer zu sagen, was drastische Veränderungen verursachen kann. Wir brauchen mehr Zeit, um zu sehen, was mit Bronwyn passiert. Wir müssen herausfinden, was getan werden kann, um den Prozess weniger schockierend für ihr System zu gestalten."

„Ihr System ist mir egal und es sollte dir auch egal sein. Mosaic duldet keine Fehlschläge, erst recht nicht, wenn wir so viel Geld für deine Forschung ausgeben. Meine Partner fangen an, deine Ergebnisse in Frage zu stellen. Das wollen wir doch nicht, oder, Tippens?"

Dr. Tippens' Stimme klang heiser. „Ich brauche mehr Zeit."

Erick ging auf die andere Seite des Stuhls. „Zum Glück brauche ich die süße Bronwyn hier nicht mehr, um Wavy Bollinger zu töten. Ich habe beschlossen, das selbst zu erledigen. Die Pläne haben sich geändert."

„Inwiefern geändert?"

„Es hat sich herausgestellt, dass wir einen Maulwurf in unserer Organisation haben. Und ich möchte, dass deine kleine Waffe hier ihn neutralisiert. Sein Name ist Silas Varela."

Dr. Tippens stieß einen Seufzer aus. „Ich würde dringend einen unserer anderen Probanden vorschlagen. Es gibt einige, die den Job effizienter erledigen würden als Bronwyn."

„Nein, ich will sie."

„Das könnte ihrer Psyche dauerhaften Schaden zufügen, ganz zu schweigen von unserer Forschung."

„Ich bin mir ziemlich sicher, dass das, was am Ende ihrer Zeit bei uns mit ihr passieren wird, ihrer Psyche genug Schaden zufügen wird. Vielleicht tue ich ihr einen Gefallen, wenn ihr Gehirn vorher explodiert." Er stieß Dr. Tippens mit einem Finger in die Brust. „Bereite sie für die Mission vor. Sie reist in zwei Tagen ab."

„Erick, ich …"

„Zwei Tage. Sie tötet Silas Varela und platziert Beweise in seinem Haus, die es wie einen Raubüberfall aussehen lassen."

Bronwyn zuckte zusammen, aber keiner der beiden sah sie.

„Ich glaube nicht, dass sie schon so weit ist."

„Dann hat sie keinen Nutzen mehr für uns, und du vielleicht auch nicht. Bereite sie vor."

Kapitel 15

Die Wände kamen auf sie zu. Sie grub sich ihre Fingernägel in den Kopf, als sie in Silas Varelas Wohnung in einem Schrank kauerte.

In den letzten drei Tagen hatte Bronwyn versucht, ihr letztes bisschen Verstand zu bewahren. Die letzten Reste ihrer selbst, die sie zu dem machten, was sie war. Ihr Kopf fühlte sich an, als wäre er aufgespalten worden, und alle Teile von ihr sickerten heraus und lösten sich in nichts auf.

Und jetzt war sie hier, in dieser Wohnung, um einen Mann zu töten.

Sie hatte sich bereits ein halbes Dutzend Mal übergeben, bis ihr Magen nichts mehr hergab. Ihre Nase blutete fast ununterbrochen, seit sie vor ein paar Stunden eingetroffen war.

Das Einzige, was dagegen half, war, sich dem Drang, Varela zu töten, nicht mehr zu widersetzen.

Selbst Sarges Stimme half ihr nicht.

Du bist keine Mörderin, Ponygirl.

Überlebe.

Im Moment standen diese beiden Aussagen im Widerspruch zueinander.

Je mehr sie versuchte, gegen die Indoktrination anzukämpfen, die sie in den letzten achtundvierzig Stunden durchgemacht hatte, desto schlimmer wurden die Schmerzen. Also verschaffte sie sich Linderung, indem sie sich vornahm, Varela zu töten, wenn er nach Hause kam.

Wenn sie das tat, würde sie überleben. Aber es würde beweisen, dass Mosaic sie zu einer Mörderin gemacht hatte.

Du bist keine Mörderin, Ponygirl.

Überlebe.

Bronwyn musste sich zwischen den beiden Aussagen entscheiden, die Sarge immer wieder zu ihr sagte.

Zu allem Überfluss wurde es langsam Zeit, dass sie den Knopf an ihrer Halskette drückte, der ihr ihre normalen Medikamente verabreichte. Wenn sie das nicht tat, würden die Entzugsschmerzen einsetzen. Sie wusste nicht, ob sie die Kraft hatte, diese zusätzlich zu den Qualen in ihrem Kopf zu bekämpfen. Vor allem, weil sie wusste, dass das Präparat dazu beitragen würde, dass sämtliche Schmerzen verschwanden.

Alles davon. Kein Widerstand mehr, keine Angst mehr, zum Killer zu werden. Nur noch wohltuendes Nichts.

Was Varela zu töten so einfach machen würde, wie es eigentlich sein sollte.

Aber nein. Wenn sie ihn umbrachte, könnte sie nicht mehr –

Ein stechender Schmerz schoss durch ihren Kopf, raubte ihr den Atem, bis sie sich zusammenkrümmte.

Sie musste Varela töten.

Sie musste Varela töten.

Sie musste Varela töten.

Bronwyn behielt den anderen winzigen Gedanken tief in

sich vergraben. Die Sache, die sie nicht tun konnte, wenn sie Varela tötete. Sie gab ihn Sarge, damit er ihn für sie aufbewahrte. Er würde ihn ihr zur rechten Zeit zurückgeben.

„Danke", flüsterte sie.

Du schaffst das, Ponygirl.

„Ich muss Varela töten."

Dann wirst du das wohl tun müssen. Ruh dich jetzt aus.

Sie lehnte ihren Kopf an die kühle Wand des Schranks und wartete, ohne sich weiter zu sträuben. Sarge verstand. Das war genug. Sarge würde sie beschützen.

Endlich hörte sie Varela in seiner Wohnung. Sie hatte bereits alle Beweise platziert, die Erick verlangt hatte, aber das würde niemanden lange täuschen. Sie stand auf, weniger zittrig, da sie nicht mehr gegen den Drang ankämpfte, ihren Auftrag zu erfüllen.

Sarge würde ihr helfen, wenn die Zeit gekommen war.

Ich werde dir helfen, das zu tun, was du tun musst. Wir werden das gemeinsam durchstehen.

Bronwyn nickte. Sie vertraute ihm.

Varela ahnte nicht das Geringste. Es gab viel zu viele Schlösser an seiner Tür, als dass er vermutet hätte, dass jemand sie alle geknackt hatte.

So war sie auch nicht hereingekommen. Sie war durch das Kellerfenster gestiegen, durch das eigentlich kein Mensch hindurchpasste. Sie hatte blaue Flecken an den Schultern und der Hüfte, weil es auch für sie eng gewesen war, aber sie hatte es geschafft.

Varela pfiff vor sich und holte Sandwiches aus dem Kühlschrank. Sie trat leise hinter ihm in die Küche und hob ihre Waffe.

Noch nicht, Ponygirl. Sarges Flüstern klang in ihren Ohren.

Richtig. Noch nicht. Es musste wie ein Unfall aussehen.

Noch nicht. Noch nicht.

Bronwyn würde ihn töten, aber sie wartete auf den richtigen Moment. Mit fester Hand umklammerte sie ihre Waffe. Sie stand schweigend da, bis er sich umdrehte. Er wich ruckartig zurück.

„Was zum Teufel machst du hier drin, du Miststück?"

Immer noch nicht.

Worauf wartete Sarge bloß?

Vertrau mir. Noch nicht.

Sie sagte kein Wort zu Varela. Es kostete sie sämtliche Willenskraft, um nicht abzudrücken.

„Du hast dir das falsche Haus zum Ausrauben ausgesucht, Lady." Er beäugte ihre Waffe, als könnte er sich nicht entscheiden, ob er versuchen sollte, sie ihr abzunehmen, oder nicht. „Außerdem habe ich hier nichts, was sich zu stehlen lohnt. Ich bezweifle, dass du ganz allein mit einem Fernseher abziehen kannst."

Die Hand, die die Waffe hielt, begann zu zittern. „Bitte", flüsterte sie. Nicht zu Varela, zu Sarge. Ihre Nase begann wieder zu bluten. Sie musste den Mann, der vor ihr stand, töten.

Varelas Augen verengten sich. „Pass auf, ich arbeite für wichtige Leute, und wenn du mir was antust, werden die dich jagen."

Sag ihm die Wahrheit.

„Diese wichtigen Leute sind diejenigen, die dich tot sehen wollen", sagte sie. „Sie wissen, dass du sie verraten hast."

Der Senf, den er aus dem Kühlschrank genommen hatte, fiel aus seinen Fingern auf den Boden und bespritzte seine Schuhe.

„Oh Gott." Er nahm sie jetzt viel ernster. „Hör zu, was auch immer die zu wissen glauben, es ist nicht die Wahrheit."

Erzähl ihm mehr.

Warum? Warum konnte sie Varela nicht einfach umbringen? Aber sie tat, was Sarge sagte.

„Mosaic weiß, dass du für Ian DeRose und Zodiac Tactical arbeitest", fuhr sie fort. „Mein Job ist es, dich zu töten und es wie einen missglückten Einbruch aussehen zu lassen."

Der andere Teil ihrer Mission bestand darin, an der Überwachungskamera auf der anderen Straßenseite vorbeizulaufen, da man wusste, dass Zodiac Tactical irgendwann die Aufnahmen bekommen und eins und eins zusammenzählen würde.

„Hey." Varela streckte flehend seine Hände aus. „Was auch immer die dir zahlen, ich kann dir mehr zahlen. Vielleicht nicht sofort, aber wenn du bereit bist, mir eine Chance zu geben …"

„Jetzt?", fragte sie Sarge. „Bitte?"

Warte noch ein paar Sekunden, Ponygirl. Du schaffst das.

Sie spürte, wie ein weiterer Blutstropfen aus ihrer Nase auf den Boden fiel. Ihr Magen krampfte sich zusammen, die Farben im Raum verblassten. Sie bekam nicht genug Luft.

„Alles okay, Lady?", fragte Varela.

Atme tief durch, Bronwyn. Zwinge dich, Luft zu holen. Du darfst nicht ohnmächtig werden. Du wirst die Luft brauchen für das, was du zu tun hast.

Sie öffnete ihren Mund und zwang den Sauerstoff in ihre ausgehungerte Lunge. Die Farben kehrten zurück und der Raum drehte sich nicht mehr.

So ist es richtig, sammle deine Kräfte.

Sarge half ihr. Sie würde das hier durchstehen.

Geh einen Schritt näher und halte dich bereit. Dann sagst du genau das, was ich dir sage, egal wie sehr es wehtut.

Varela zu töten, würde nicht wehtun, verstand Sarge das nicht? Aber sie nickte.

Egal was passiert, du tust, was ich dir sage.

„Okay."

„Okay was?", fragte Varela.

Es wird wehtun. Du hast es mir zur Aufbewahrung gegeben, aber ich muss es jetzt zurückgeben. Bleib stark, Ponygirl.

„Bist du verrückt oder was?"

Frag ihn, ob Ian DeRose ihn anhören wird.

Was? „Warum?"

Sarges Stimme dröhnte in ihren Ohren. *Na los! Du hast nicht mehr viel Zeit.*

„Wird Ian DeRose dich anhören, wenn du Informationen hast?"

„Ja, ich meine, ich arbeite für ihn, also ja."

Den Rest kennst du. Sag es. Beeil dich, Ponygirl. Dir läuft die Zeit davon.

„Geh zu Ian. Sag ihm, dass Wavy Bollinger in Gefahr ist. Dass Mosaic sie töten wird. Sag ihm, er muss sie beschützen. Sag ihm, er soll dich verstecken, dich so weit wie möglich von hier wegbringen. Wenn jemand von Mosaic dich noch einmal sieht, werden sie nicht zögern, dich zu töten."

Das war es, was sie Sarge gegeben hatte, damit er es für sie versteckte. Wenn sie sich erlaubt hätte, bewusst daran zu denken, Varela gehen zu lassen, wäre sie zusammengebrochen.

Das war die einzige Möglichkeit, Wavy zu helfen.

Wavy war in Gefahr. Sie musste ihr helfen. Das war der einzige Weg.

Es kam ihr vor, als ob jemand mit einem Hammer auf sie einschlug. Blut strömte aus ihrer Nase und die Welt drehte sich. Sie musste ihre Waffe fallen lassen und sich am Küchentresen festhalten, um nicht umzufallen.

„Geh jetzt!", schrie Bronwyn ihn an. Wenn sie stürzte und ihre Waffe in die Hand bekam, während sie ihn noch im Visier hatte, würde sie nicht die Kraft haben, ihren Auftrag nicht zu beenden.

Er war schlau genug, aus der Wohnung zu flüchten. Sie betete, dass es reichen würde.

Ihr Blick verengte sich. Wenn sie noch etwas in ihrem Magen gehabt hätte, hätte sie sich an dieser Stelle wieder übergeben. Sie spürte eine Art Stechen in ihrem Auge, als etwas passierte.

Schick den Bericht ab, Ponygirl. Du hast ihn geschrieben, als du gewartet hast. Schick ihn jetzt.

Bronwyn drückte auf ihrem Handy auf Senden, um Mosaic mitzuteilen, dass Varela tot war. Sie sank auf die Knie und ließ sich gegen die Schränke fallen. Alles wurde jetzt schwarz.

Sie würde gleich sterben.

Du hast es geschafft, meine Schöne. Ruh dich aus. Du stirbst nicht.

Sie war sich nicht so sicher.

Wenn du aufwachst, wirst du vieles vergessen haben. Das ist in Ordnung. Es ist okay, zu vergessen. Auf die Weise will dein Verstand dich schützen. Aber es gibt etwas sehr Wichtiges, an das du dich erinnern wirst.

„Was?"

Das wirst du wissen, wenn du aufwachst.

Bronwyns Augen öffneten sich ganz langsam. Wo war sie? Sie hatte keine Ahnung. Sie befand sich in einer Küche, aber nicht in ihrer. Die Küche in ihrer Pariser Wohnung war nicht einmal halb so groß.

Paris? Nein, sie war seit Monaten nicht mehr in Paris gewesen. Sie war in der dunklen Zelle und auf dem Krankenstuhl gewesen, aber …

Sie konnte sich nicht erinnern.

Da war Senf auf dem Boden – und Blut. Eine Waffe lag neben ihr.

Sie war hier gewesen, um etwas zu tun, aber sie wusste nicht, was.

Und sie war sich nicht sicher, ob sie es wissen wollte.

Du wirst nicht viel Zeit haben. Wenn du das durchziehen willst, musst du schnell handeln.

Sie schaute sich um und sah Sarge in der Tür stehen.

„Ich weiß nicht mehr, warum ich hier bin", flüsterte sie.

Ein Lächeln von ihm. *Es ist okay, diesen Teil zu vergessen.*

„Aber es gibt etwas, an das ich mich erinnern muss." Ihre Haut begann zu jucken. Sie verspürte den Drang, ihre Medikamente zu injizieren, indem sie die Halskette berührte. Im Moment war es nicht schwer, dem Drang zu widerstehen, aber das würde sich ändern.

Tut dein Kopf noch weh?

Hatte er vorher schon wehgetan? „Nein. Ein bisschen, aber nicht schlimm."

Das ist gut. Dann ist es an der Zeit zu gehen, wenn du es durchziehen willst.

„Was durchziehen?"

Er kam herüber und hockte sich neben sie. *Ich kann dich nicht ein für alle Mal von Mosaic wegbringen, Ponygirl, aber vielleicht kann ich dir eine Auszeit geben. Du musst herausfinden, wo du bist.*

Bronwyn sah sich um. Nichts kam ihr bekannt vor. Nicht diese Wohnung, nicht die Stadt.

Sie haben dich unterschätzt und sich selbst überschätzt. Das wird ihnen zum Verhängnis werden.

Sie kramte ihr Handy aus der Tasche. Sie hatte keine Ahnung, wo sie war. Sie öffnete die Navigations-App. „Ich bin in Pueblo, Colorado."

Das ist richtig. Wenn du dich beeilst, hast du genug Zeit. Nicht viel, aber genug.

Er verschwand direkt vor ihren Augen.

"Warte, komm zurück! Genug Zeit wofür?"

Du weißt es selbst, Ponygirl, erklang Sarges Stimme. *Sie haben deinen Kopf nicht komplett leergeräumt. Du weißt es.*

Und dann fiel es ihr ein.

Colorado.

Sie wusste es tatsächlich.

Sie sprang auf und rannte zur Tür.

Kapitel 16

Der Blick auf die Rocky Mountains, den Sarge von seiner Terrasse aus hatte, beruhigte ihn auf eine Art und Weise, wie es nur selten der Fall war. Aber in den letzten Monaten hatte selbst die Erhabenheit der Berge nicht viel dazu beigetragen, seinen Geist zu entspannen.

Er hatte Bronwyn seit fast vier Wochen weder gesehen noch von ihr gehört. Als er nach den Aufnahmen, die sie von ihr gefunden hatten, in Anchorage angekommen war, war sie schon auf und davon gewesen. Der Zwischenstopp in Seattle, von wo aus ihr Videoanruf gekommen war, hatte zu nichts weiter geführt als zu ein paar Überbleibseln eines Telefons in einem verlassenen Gebäude.

Bronwyn in New York gehen zu lassen, war ein großer Fehler gewesen. Er war sich nicht sicher, ob er sie jemals wiedersehen würde. Nach dem Video aus Anchorage war er sich nicht sicher, ob sie noch am Leben war.

Und alles, was ihm immer wieder einfiel, war, dass es ihr vielleicht besser ergangen wäre, wenn er sie vor all den Jahren einfach in Ruhe gelassen hätte – wenn er an diesem Tag in Prag nie die Straße überquert hätte, um Nikolai davon abzuhalten, sie herumzuschubsen, als sie auf der Fensterbank gelesen hatte.

„Sarge."

Eine Sekunde später hatte Sarge die Handfeuerwaffe, die er unter dem Geländer seiner Veranda aufbewahrte, in der Hand. Denn diese Stimme konnte nicht die sein, für die sein Gehirn sie halten wollte.

Und wenn sie es war, musste es sich um eine Falle handeln.

Bronwyn blieb dort stehen, wo er sie sehen konnte, die Hände zur Seite gestreckt, damit er sicher sein konnte, dass sie keine Waffen hatte. Zumindest keine, mit der sie ihn in der nächsten halben Sekunde töten wollte.

Sie sah furchtbar aus, aber sie war am Leben.

Und sie war hier.

„Ich habe nicht viel Zeit", sagte sie.

Er hob die Glock höher, als sie ihre Hand an den Kopf legte, als wäre ihr schwindelig. Obwohl er nicht wusste, warum er das tat. Würde er sie tatsächlich erschießen können, wenn sie eine Waffe auf ihn richtete? Er wusste es ehrlich gesagt nicht.

„Als ich das letzte Mal mit dir gesprochen habe, sollte ich dir versprechen, dich zu töten, wenn ich dich wiedersehe."

Sie zuckte zusammen. „Ich … daran kann ich mich nicht erinnern."

Er war sich nicht sicher, ob er ihr glauben sollte oder nicht. „Was machst du hier, Ponygirl?"

Wieder zuckte sie zusammen. „Du hast mich hergeschickt."

Sarge zog eine Augenbraue hoch. „Ich habe dich geschickt? Ich bin mir ziemlich sicher, dass das nicht der Fall ist."

Wenn er dazu in der Lage gewesen wäre, wäre sie schon

längst hier, und ganz sicher nicht, um ihn dazu zu bringen, sie zu töten.

„Nein, nicht du. Das andere Du." Sie zuckte mit den Schultern. „Das Zeitfenster ist eng, wenn ich die Kontrolle habe. Ich habe einen großen Teil darauf verwendet, hierher zu kommen. Ich kann gehen, wenn du willst."

Ihre Stimme klang zögerlich, die Worte unnatürlich, als müsste sie sich auf jedes einzelne konzentrieren, um herauszufinden, was sie sagen wollte.

War das eine Falle? Noch etwas, das er nicht wusste, was sie anging. Es war durchaus möglich. Aber wenn sie ihn hätte töten wollen, hätte sie es schon in New York tun können. Sie hätte ihn heute ausschalten können, ohne sich bemerkbar zu machen.

Er behielt die Glock in der Hand, stand auf und ging auf sie zu.

„Woher hast du gewusst, wo ich wohne?"

Sie strich mit den Händen über ihre Arme, als ob ihr kalt wäre und sie sich aufwärmen wollte. Je näher er kam, desto schlimmer sah sie aus. Getrocknetes Blut war über ihr Gesicht verteilt, als hätte sie es mit einer Hand verwischt. Und mit einem Auge stimmte etwas nicht – die Blutgefäße darin waren geplatzt. Kein gutes Zeichen.

„Ich habe mich daran erinnert, als ich aufgewacht bin. An den Rest erinnere ich mich nicht mehr, aber ich wusste noch, dass du in der Nähe wohnst." Sie rieb fester über ihre Arme. „Ich habe deine Adresse rausgefunden … vorher. Weil ich dir das Geld schicken wollte, wenn du es nicht genommen hättest."

Er brauchte eine Sekunde. „Du meinst die achthundert Dollar, von denen du behauptet hast, dass du sie mir schuldest?"

Sie nickte. „Und heute, als ich rausgefunden habe, wo ich war, ist es mir wieder eingefallen."

Das klang plausibel. Seine Adresse war im Computersystem von Zodiac gespeichert. Er hatte nicht versucht, sie vor seinen Kollegen und Freunden zu geheim zu halten. Er trat etwas näher heran.

„Warum bist du hier, Bronwyn? Was ist los mit dir?"

Sie zog den Kragen ihrer Bluse beiseite und Sarge konnte sehen, dass sie immer noch diese Halskette trug. Ihre Finger glitten darauf zu. Er zeigte darauf.

„Diese Halskette, was bewirkt sie? Sie injiziert dir etwas."

„Ich habe nicht viel Zeit", sagte sie. „Es tut weh."

„Was tut weh? Die Injektion? Was sie dir geben? Sag mir, was los ist. Sag mir, wie ich dir helfen kann."

„Wenn ich darauf drücke, tut es nicht mehr weh, aber dann bin ich weg."

Sie hielt ihre Hand an ihren Kopf.

„Bitte hilf mir, Sarge."

Eine einzelne Träne floss aus einem dieser blauen Augen. Er steckte seine Glock in den Bund seiner Jeans. Wenn sie hier wäre, um ihn zu töten, hätte sie es bereits getan, und er hätte sie nicht aufgehalten. Sie brauchte seine Hilfe.

Er ging auf sie zu, unsicher, ob sie versuchen würde zu fliehen oder nicht. Sie tat es nicht – ganz im Gegenteil. Sie sackte zu Boden.

Scheiße.

Er sprang vor und fing sie auf, als sie fiel. Er hob sie in seine Arme. „Ponygirl, rede mit mir."

Sie antwortete nicht. Er legte seine Wange an ihre Stirn. Sie war heiß, als hätte sie Fieber. Sie bewegte sich, stöhnte, als hätte sie Schmerzen, und die Bewusstlosigkeit bewahrte sie nicht davor.

Sie war leichter als vorher. Sie hatte definitiv abgenommen, seit er sie in New York gesehen hatte, und schon damals war nicht viel an ihr dran gewesen. Er eilte zurück zum Haus. Sie war aufgewacht und rieb sich wieder die Arme. Ihr Atem ging stoßweise.

„Es tut weh."

„Soll ich dich zu einem Arzt bringen? In ein Krankenhaus?"

„Nein", antwortete sie sofort. „Nein, das geht nicht. Ein Bad. Wasser hilft."

Ihr Atem wurde unregelmäßiger und das Reiben intensiver. Ihre Haut schien zu schmerzen. Er hatte keine Zeit, ein Bad einzulassen, also steuerte er direkt auf den Whirlpool neben seiner Veranda zu. Ohne sie abzusetzen, entfernte er die Abdeckung und stieg vollständig bekleidet mit ihr hinein, wobei er nur seine Glock abnahm und auf den Rand legte.

Ohne sie loszulassen, senkte er sie vorsichtig ab, bis ihr das Wasser bis zum Hals ging. Fast sofort begann sie sich zu entspannen. Ihr Kopf fiel gegen seine Schulter.

Sarge hatte so viele Fragen, die er stellen wollte, dass er sie kaum alle im Kopf behalten konnte. Aber in diesem Moment konnte er sie einfach nur festhalten.

„Druck und Bewegung gegen meine Haut lassen den Schmerz für eine Weile aufhören. Ich habe das zufällig entdeckt."

Er spürte, wie sie sich noch mehr an ihn schmiegte. Er wusste, dass ihr Körper Ruhe und Schlaf brauchte, jetzt, da der Schmerz aufgehört hatte, aber er brauchte Antworten.

„Wie bist du hierher gekommen, Ponygirl? Es ist schon einen Monat her, dass ich dich in New York gesehen habe. Wo bist du gewesen?" Er wollte nicht erwähnen, dass er gesehen hatte, was in Anchorage passiert war.

„In meiner Zelle. Doktor. Erick. Ich sage die Worte auf. Ich überlebe. Wie du es mir gesagt hast."

Das meiste davon ergab keinen Sinn, aber der Name Erick sagte ihm etwas.

„Erick Huen? Weißt du, wo er ist? Kannst du mich zu ihm führen?"

„Nein, ich kann mich nicht erinnern. Es gab Dinge, die ich vergessen musste, um zu dir zu kommen."

Sie wand sich in seiner Umklammerung und er begann, jede Stelle ihrer Haut zu massieren, die er erreichen konnte. Sofort ließ sie sich wieder in seine Arme sinken. Was auch immer in ihrem Körper vorging, Berührung und Stimulation halfen, es zu regulieren.

Was zum Teufel ging in ihr vor?

Sarge blieb in ständigem Kontakt mit ihrem Körper, knetete ihren Rücken, ihre Arme und Beine, während er ihr Fragen stellte. „Erzähl mir von der Halskette."

„Ich drücke diesen Knopf und sie gibt mir das Medikament. Es stoppt den Schmerz."

„Willst du ihn jetzt drücken?" Er konnte den Gedanken nicht ertragen, dass sie so starke Schmerzen hatte.

„Nein." Ihr Kopf hob sich von seiner Schulter. „Wenn ich es tue, verschwinde ich. Der Schmerz hört auf, aber ich verschwinde."

Ihre Atmung wurde heftiger, ihre Muskeln spannten sich an, ihre Unruhe war deutlich.

„Okay. Nicht drücken. Ich werde weiter reiben, okay?"

„Zieh mich aus, bitte. Ich möchte deine Haut spüren." Sie verzog das Gesicht, als ihre Augen seine trafen und sie zum ersten Mal völlig klar zu sein schien. „Ich meine nur … Ich weiß, du willst nicht … Ich will nur …"

Er küsste sie auf die Stirn.

„Ich verstehe. Lass uns deine Sachen ausziehen."

Sarge suchte unter Wasser nach ihren Schuhen, streifte sie von ihren Füßen und legte sie auf den Rand des Whirlpools. Ihre Hose ließ sich im Wasser nicht so leicht ausziehen, aber er massierte weiter ihre Haut, während er die Hose von ihren Beinen schälte. Er zog ihr die Bluse über den

Kopf, wobei er darauf achtete, die Halskette nicht zu berühren.

Er war kein Heiliger und blieb vom Anblick ihres nackten Körpers nicht unberührt, aber Sex war das Letzte, was er im Sinn hatte. Er fuhr fort, über jeder Stelle zu streichen, die er erreichen konnte.

Er erblickte die Narben an ihren Handgelenken und hielt eines davon hoch. Er wusste sofort, woher diese Blessuren stammten. „Man hat dich gefesselt. Du hast dich gewehrt."

„Ich kann mich nicht erinnern", sagte sie. „Ich kann mich an nichts erinnern. Nicht in diesem Moment."

„Du brauchst dich nicht zu erinnern. Wir werden dir helfen. Du musst nichts weiter tun als zu überleben."

„Richtig." Ihr Kopf fiel wieder gegen seine Schulter zurück. „Das sagst du mir die ganze Zeit."

Wenn sie von ihm halluziniert hatte, war er froh, dass er etwas Nützliches gesagt hatte.

Je länger Sarge sie massierte, desto mehr entspannte sie sich. Er würde für den Rest seines verdammten Lebens hier sitzen und ihre Haut streicheln, wenn ihr das helfen würde.

„Es tut mir leid, dass ich dir wehgetan habe", sagte sie. „Ich glaube, ich habe auch anderen Menschen wehgetan, aber ich weiß es nicht mehr."

An diesen Teil brauchte sie sich nicht zu erinnern. „Erzähl mir mehr über die Halskette. Das Medikament."

Während sie redeten, griffen ihre Finger nach dem Saum seines T-Shirts und zogen es ihm über den Kopf. „Ich soll alle acht Stunden auf diesen Knopf an der rechten Seite drücken. Aber ich schummle", sagte sie. „Ich drücke erst, wenn ich es nicht mehr aushalte."

„Und wie lange ist das?", fragte er sie. „Weißt du das?"

„Fast vierundzwanzig Stunden. Ich habe sie ausgetrickst. Sie geben mir eine niedrigere Dosis, weil sie denken, dass sie mich kontrollieren."

Sarge schüttelte erstaunt den Kopf. Ihr Körper zeigte Anzeichen von Misshandlung und Unterernährung, aber sie hatte immer noch die Geistesgegenwart gehabt, ihre Entführer auszutricksen.

Er küsste sie auf die Stirn. „Du bist erstaunlich, Ponygirl. So stark."

„Nein. Ich wollte töten. Ich sollte –" Sie setzte sich kerzengerade auf. „Ich kann mich nicht erinnern. Da war etwas, ich weiß es nicht. Ich kann nicht …"

„Okay." Er ließ ihren Kopf wieder auf seine Schulter sinken und begann erneut, ihre Haut zu streicheln. „Wechseln wir das Thema. Denk nicht weiter darüber nach. Erzähl mir mehr von der Halskette."

„Ich darf die linke Seite nie berühren, es sei denn auf Befehl. Niemals."

„Ein Art Notschalter?", fragte er sie.

„Ja. Das ist ihre Art, dafür zu sorgen, dass ich nicht den Kontakt abbreche."

„Hören die mit?"

Sie schüttelte den Kopf. „Nein. Sie wissen, dass man das zurückverfolgen kann."

Er verkniff sich ein derbes Schimpfwort. Das war genau das, worauf er gehofft hatte. „Okay, dann lassen wir uns etwas anderes einfallen."

Er musste reingehen, das Büro anrufen, irgendeinen Plan ausarbeiten, aber er hatte Angst, Bronwyn hier draußen allein zu lassen. Er musste sich überlegen, wie er ihr langfristig helfen konnte.

Die Schmerzen nahmen wieder zu; sie drückte sich fester gegen seine Hände. Dann rieb sie ihre Hände über seine Brust, was langsam aufreizende Züge annahm. Er war dankbar, dass nasse Jeans verdammt unbequem waren und seinen Körper in Schach hielten.

Das war nicht das, was Bronwyn wollte. Darauf hatten es

ihre Berührungen nicht abgesehen. Sie wollte nur ihre Schmerzen lindern.

Dann verlagerte sie ihr Gewicht und schlang ein Bein über seinen Schoß, sodass ihre Brüste sich an seine Brust pressten. „Sarge, ich will dich."

Vielleicht hatte sie doch etwas anderes im Sinn.

Kapitel 17

Alles, was Bronwyn wollte, war, in Sarge hineinzukriechen, um so nahe wie möglich bei ihm zu sein. Sie wusste, wo sie war. Sie wusste, wer sie war. Sie wusste, mit wem sie zusammen war.

Es war mehr, als sie seit einer gefühlten Ewigkeit auf einmal gehabt hatte, und sie wollte nicht, dass es endete.

Alles, woran sie sich nicht erinnern konnte, all die Teile, die nicht zusammenpassten, spielten keine Rolle, wenn sie ihm so nahe war. Sie presste sich an ihn und unterdrückte gerade noch ein Stöhnen, weil es sich so gut anfühlte.

Es war Sarge. Er war wirklich hier bei ihr. Groß, stark, beschützerisch.

Sie spürte immer noch die Schmerzen unter ihrer Haut, aber sie konnte sie ignorieren. Sie hatte Zeit, bevor sie von dem Bedürfnis überwältigt werden würde, sich die Injektion zu verabreichen, die den Schmerzen ein Ende setzte. Die ihrem Selbst ein Ende setzte.

Sie wusste, dass es Dinge gab, an die sie sich erinnern musste. Warum war sie überhaupt dort? Dinge, die sie Sarge sagen musste. Aber wenn sie sich erinnerte, würde es wehtun. Es würde ihr den Verstand rauben.

Also würde sie sich nicht erinnern. Sie würde so lange bei Sarge bleiben, wie sie konnte, bevor der Schmerz sie überwältigte.

So nahe bei ihm wie möglich. Sie schmiegte sich an seine Brust.

„Ponygirl." Seine Stimme war so viel tiefer, sexier, als sie es in ihrem Kopf gewesen war.

Ein gewisses Zögern schwang darin mit.

„Ich weiß", antwortete sie. „Ich weiß, dass ich dir in New York wehgetan habe. Ich weiß, du kannst mir nicht trauen. Ich weiß, dass du mich nicht willst."

Er umfasste ihren Kopf mit seinen großen Händen. „Es geht nicht darum, dass ich dich nicht will. Es geht darum, was du im Moment brauchst, und das ist nicht Sex."

Bronwyn wusste nicht, wie sie die Worte finden sollte, um es ihm zu erklären. Es ging nicht so sehr darum, dass sie Sex wollte, obwohl sie nicht das Geringste dagegen einzuwenden hätte. Sie wollte ihm nahe sein, näher als sie es in diesem Moment waren.

Sie brauchte ihn.

Sie konnte die Tränen nicht zurückhalten, die aus ihren Augen quollen. „Ich möchte dich spüren können. Ich möchte wissen, dass du bei mir bist, wenn die Dunkelheit zurückkehrt."

Sie wusste, dass die Finsternis nahte. Schlimmer als zuvor. Was auch immer es war, das sie vergessen hatte, es würde sie wieder in die Dunkelheit verbannen.

Er wischte ihr die Tränen mit seinen Daumen weg. „Ich will dir helfen, Ponygirl, damit die Dunkelheit aufhört. Lass mich dich zum Zodiac-Büro bringen."

Er lehnte seine Stirn an ihre und sie atmete ihn ein. Sie wollte das so sehr – dass er den Kampf für sie übernahm.

Der brennende Schmerz begann bereits wieder zuzunehmen.

Ihr lief die Zeit davon.

„Das werde ich nicht schaffen. Bis jemand herausfindet, was zu tun ist oder wie man diese Kette von meinem Hals entfernt, wird es zu spät sein."

Sarge knurrte, offensichtlich hin- und hergerissen. „Okay. Mir gefällt das nicht, aber okay. Aber lass mich mein Handy holen, damit ich so viele Details wie möglich über diese verdammte Halskette aufzeichnen kann. Das Technikteam von Zodiac wird es untersuchen und sich für das nächste Mal etwas einfallen lassen."

„Okay", flüsterte sie. Aber sie wusste nicht, ob es ein nächstes Mal geben würde. Sie schmiegte sich noch mehr an ihn. Es wurde immer schwieriger, die Schmerzen zu ignorieren.

Er lehnte sich ein Stück zurück. „Was ist besser für dich, wenn ich dich allein im Wasser lasse oder wenn ich dich mitnehme und dich weiter berühre?"

„Bitte lass mich nicht allein", sagte sie. Das Wasser half, aber ohne seine Berührungen würde sie zu schnell den Schmerzen erliegen.

Er nickte. „Halte dich an mir fest. Ich trage dich jetzt hinein. Wir stellen dich unter die heiße Dusche."

„Okay." Sie zwang das Wort heraus. Das Wasser würde nicht mehr lange helfen.

Er strich ihr eine Haarsträhne aus dem Gesicht. Irgendwie wusste er, dass es schlimmer wurde. „Kopf hoch."

Bronwyn wusste nicht, ob er das wörtlich oder im übertragenen Sinne meinte, also tat sie beides. Dann schlang sie ihre Arme und Beine um ihn, als er aus dem Whirlpool aufstand und in Richtung seines Hauses ging.

Sie vergrub ihr Gesicht in seinem Nacken und atmete seinen Duft ein. Das war besser. So viel besser. Ihre Zunge fuhr heraus und leckte über seine Haut. Sie hörte ihn stöhnen, aber sie war so fasziniert von seinem Geschmack, dass sie nicht aufhören konnte.

Ja, sein Geschmack überwältigte ihre Sinne und half, den Schmerz zu betäuben. Er hatte einen Arm unter ihre Hüften geklemmt, um ihr Gewicht abzufangen, und seine andere Hand massierte jede Stelle, die er erreichen konnte. Sie war um ihn gewickelt wie eine Krake, aber sie konnte nicht genug davon bekommen, wie sein Hals schmeckte.

Sarge trug sie in sein Schlafzimmer, ohne sich darum zu kümmern, dass sie alles volltropften, und legte sie auf das Bett. In der Sekunde, in der sie ihn nicht mehr berührte, steigerten sich die Schmerzen auf ein fast unerträgliches Maß.

Sie stöhnte auf und ihre Finger tasteten nach der Halskette. Das war es, was ihr antrainiert worden war. Wenn der Schmerz einsetzte, sollte sie auf die rechte Seite drücken. Jetzt kämpfte sie gegen den Schmerz und gegen ihr Training an – es kam ihr unendlich schwer vor.

Er ergriff ihre Hand und zog sie sanft von ihrem Hals zurück. „Nein, noch nicht. Du hältst noch ein paar Minuten für mich durch. Okay?"

Sie nickte und er fuhr mit seiner Hand an ihrem Arm entlang, rubbelte ihre Schulter, während er sein Handy vom Nachttisch nahm und begann, ihre Halskette zu filmen.

Sie versuchte, stillzuhalten, während er in die Aufnahme sprach und Dinge über die Art des Metalls der Halskette und die Wunden an ihrem Hals hervorhob. Aber die Schmerzen wurden ihr zu viel. Sie brauchte etwas, das sie davon ablenkte.

Bronwyn nahm seine Hand, die an ihrem Schlüsselbein entlang strich, und zog sie nach unten, bis sie ihre Brust bedeckte. Seine Finger glitten unter ihren BH und begannen, ihre Brustwarze zu zwirbeln und zu drücken, bis es beinahe wehtat, und ließen dann los, um sie sanft zu streicheln.

Sie entspannte sich auf dem Bett. Endlich.

Sarge machte immer noch seine Aufnahme, aber das war ihr egal. Die Wonne seiner Berührung war genug, um den Schmerz zu lindern. Er hörte nicht auf zu reden, als seine Hand zur anderen Brust wechselte und sie sich ihm entgegenlehnte.

Sie konnte ihr Stöhnen nicht unterdrücken.

Schließlich legte er sein Handy weg. „Ich glaube, ich habe alles, was ich brau–"

Sie zog ihn zu einem Kuss zu sich heran und unterbrach ihn mitten in seinem Satz. Sie brauchte seinen Mund.

Bronwyn zog ihn auf sich und war dankbar, als er sich nicht wehrte und den Kuss erwiderte, den er genauso zu wollen schien wie sie. Es ging nicht nur darum, die Schmerzen in Schach zu halten; es ging um Sarge.

Sein großer Körper bedeckte ihren und umhüllte sie. Sie drückte sich an ihn und spürte, wie er hart wurde. Er wollte sie, zumindest körperlich. Seine Finger vergruben sich in ihrem Haar und hielten sie fest, damit er sie inniger küssen konnte.

Sie stöhnte in seinen Mund. Ja, das war es, was sie brauchte. Sie brauchte Sarge. Seine Zunge drang in ihren Mund ein und sie nahm sie genüsslich in Empfang.

Sie hätte ihn am liebsten ewig so geküsst. Sie wollte mehr von ihm. Sie wollte ihn in sich spüren, ihm so nahe sein, wie sie nur konnte.

Aber es war zu spät.

Die Schmerzen nahmen zu und strahlten wieder von ihrem Inneren aus. Verbrannten sie von innen heraus. Der Zwang, auf den Kopf an ihrer Halskette zu drücken, war fast mehr als sie ertragen konnte.

Sie musste fort von hier. Es würde nur noch schlimmer

werden und es gab nichts, was er tun konnte, um es jetzt noch aufzuhalten.

Sie löste ihre Lippen von seinen und atmete schwer, und das nicht nur wegen seiner Küsse. „Ich muss gehen. Es ist zu spät. Es ist zu viel. Wenn ich jetzt nicht gehe, werde ich dich wieder verletzen, wie in New York. Ich kann es nicht kontrollieren."

Diese tiefbraunen Augen blickten in leuchtendes Blau. „Ich will dich nicht gehen lassen. Ich will nicht, dass du damit allein bist."

Bronwyn versuchte, ihre Angst hinunterzuschlucken. Sie wollte auch nicht, dass er sie gehen ließ. „Ich werde es überleben."

Er rutschte schnell von ihr herunter – viel zu schnell – und sie wollte ihn an sich reißen. Aber sie konnte nicht. Ihr Rücken hob vom Bett ab, als eine Schmerzenswelle ihre Wirbelsäule hinunterfuhr; das Zimmer drehte sich. Sie rieb wieder ihre die Arme.

Bevor sie etwas sagen oder tun konnte, hob Sarge sie hoch, trug sie in sein Büro und setzte sie auf seinem Schreibtisch ab. Er griff mit beiden Händen nach ihren Brüsten und zwirbelte ihre Brustwarzen, bis sie hart wurden.

„Bleib bei mir", sagte er. „Noch ein paar Minuten."

Sie stöhnte und ließ sich auf die Ellbogen zurückfallen, als die Schmerzen dem Ansturm seiner Finger wichen. Eine Hand glitt über ihren Bauch in den Bund ihres Slips, und immer tiefer, bis sie seine Finger in sich spürte. „Bleib bei mir, Ponygirl. Konzentriere dich hierauf."

Seine Berührung reichte aus, um die Schmerzen zu bekämpfen. Sie konnte sich nicht davon abhalten, sich seiner Hand entgegenzupressen. Es fühlte sich so gut an.

Er holte etwas aus einer der Schubladen. „Bronwyn, das ist ein Mikrosender." Er hielt ihr ein winziges Etwas vors Gesicht, aber sie war zu sehr damit beschäftigt, sich auf das zu konzentrieren, was seine Finger taten, und jede Sekunde des Vergnügens auszunutzen, um darauf zu achten.

„Er sendet nicht deinen Standort. Es ist kein Peilsender", fuhr er fort. „Es zeichnet deine Worte auf, aktiviert sich, wenn du sprichst, und sendet sie an eine Sprachmailbox. Damit kannst du mit mir kommunizieren. Ist das okay? Ich werde nicht in der Lage sein, dir zu antworten, aber dadurch weißt du, dass ich dich höre. Du bist nicht allein. Das verspreche ich dir."

Ein weiterer Finger glitt in sie hinein, und sie keuchte, als er seine Finger krümmte und eine Stelle berührte, die etwas tief in ihr zusammenzog. Sie umklammerte sein Handgelenk, um sicherzugehen, dass er seine Hand nicht wegzog. Sie brauchte das, was er tat.

„Ich bringe ihn an deiner Halskette an", sagte er. „Er ist winzig und dort werden sie wahrscheinlich nicht suchen. Und wenn ich richtigliege, lassen sie dich das Ding die ganze Zeit tragen."

„Ja", sagte sie. Sie wusste nicht, ob sie ihm antwortete oder auf die Bewegungen seiner Hand reagierte. Sie spürte, wie die Halskette etwas rutschte, aber das war ihr egal. Alles, was sie interessierte, war, was er mit ihr machte. Er legte seine andere Hand in ihren Nacken, während sich seine Finger schneller bewegten.

„Das nächste Mal, wenn ich dich sehe, werde ich bereit sein, dir zu helfen. Mehr bereit als jetzt."

„Ich– ich–" Sie schaffte es nicht, einen zusammenhängenden Satz herauszubringen. Ihre Beine öffneten sich weiter. Ihr Oberkörper erschlaffte und sie ließ sich in seine stützende Hand in ihrem Nacken fallen, aber er fing sie mühelos auf.

„Komm für mich, Ponygirl. Wenn dir das Erleichterung verschafft, dann ist es das wert."

Seine Finger bewegten sich schneller, fester, trafen die

Stelle, die die Anspannung ins Unermessliche trieb, bis sie schließlich explodierte. Sein Name kam in einem Stöhnen über ihre Lippen, während sie den Zustand höchster Entzückung auskostete.

Einen langen Moment lang lag sie erschöpft auf seinem Schreibtisch, die Augen geschlossen. Als sie sie schließlich öffnete, gab es nichts außer ihm und ihr. Nur sie, zusammen.

„Ich wusste nicht ... Ich wusste nicht, dass es so sein kann."

„Es wird immer so sein, zwischen dir und mir", sagte er. „Wir werden diese Sache hinter uns bringen und ich werde es dir beweisen."

Kaum war Bronwyn wieder zu Atem gekommen, setzten die Schmerzen wieder ein. Diesmal wusste sie, dass sie sie nicht mehr kontrollieren konnte. Es war schon jetzt schlimmer als vorhin, als er sie auf den Tisch gesetzt hatte.

„Ich muss gehen", flüsterte sie. „Ich kann nicht länger warten."

„Wo sollst du denn sein?"

Sie brauchte sich nicht zu konzentrieren, um die Antwort zu wissen. Sie brauchte sich nur nicht dagegen zu wehren, und die Antwort fiel ihr ein. „Am Flughafen. Der letzte Teil der Mission war es, zum Flughafen zu kommen."

Sarge nickte. „Ich werde dich fahren."

Er half ihr, wieder in ihre immer noch feuchte Kleidung zu steigen, und setzte sie in seinen Wagen. Mit einer Hand hielt er das Lenkrad, mit der anderen fuhr er über ihre Beine, während sie ihre Arme massierte. Sie hatte jetzt nur noch wenige Minuten Zeit.

„Der Mikrosender, vergiss ihn nicht. Du kannst jederzeit mit mir reden. Ich werde zuhören, versprochen."

Er wiederholte es immer wieder. Er würde bei ihr sein. Er würde zuhören. Seine Worte verklangen, während sie gegen den Schmerz ankämpfte, gegen den Zwang, den Knopf an ihrer Halskette zu drücken.

Sie waren nur noch ein paar Kilometer vom Flughafen entfernt, als ihr klar wurde, dass sie an ihrer Belastungsgrenze angelangt war. „Hier. Fahr hier rechts ran." Sie brachte die Worte kaum heraus.

Sarge hielt an, ohne zu widersprechen. „Ich bin auf deiner Seite, Ponygirl. Vergiss das nicht. Ich bin bei dir."

Sie versuchte, sich zu bedanken. Sie versuchte, ihm zu sagen, wie viel er ihr bedeutete, wie er ihr das einzig Gute in ihrem Leben gegeben hatte, aber die Worte blieben in ihrer Kehle stecken. Sie konnte nichts weiter tun, als die Autotür zu öffnen und aus dem Wagen zu stolpern.

Sobald Bronwyn die Tür hinter sich geschlossen hatte, fuhr er davon. Das Letzte, was sie fühlte, war Dankbarkeit, dass er sie verstanden hatte, bevor ihre Finger auf den Knopf an ihrer Halskette schlugen.

Die Erleichterung stellte sich augenblicklich ein. Die brennenden Schmerzen begannen zu erlöschen.

Und dann war da nichts mehr.

Kapitel 18

Bronwyn konnte Sarges Hände überall an sich spüren.

Seine Lippen auf ihrer Schulter, an ihrem Hals. Wie er sie mit federleichten Küssen bedeckte, die intensiver wurden, als er sich den Weg hinunter zu ihren Brüsten bahnte und schließlich zwischen ihren Beinen landete.

Sie wollte nichts lieber als dort zu liegen und das Gefühl zu genießen. Ihn zu spüren und zu wissen, dass sie in Sicherheit war, solange er bei ihr war. Sarge würde sie beschützen.

Er beschützte sie vor den Schmerzen. Wachte über sie wie ihr persönlicher Krieger.

Aber die Schmerzen waren da, lauerten unter der Oberfläche, umzingelten sie von allen Seiten. Sie würde sie nicht mehr lange ignorieren können, auch nicht mit Sarge an ihrer Seite.

Sie wollte für immer bei ihm bleiben – nur sie beide. Sie wollte mit ihm Bücher lesen, mit ihm reden, mit ihm reisen …

Aber vor allem wollte sie mit ihm in seinem Bett liegen. Sich von ihm berühren lassen, ihn Dinge mit ihr tun lassen, die sie nie von einem anderen Mann gewollt hatte.

„Du bist wunderschön", flüsterte Sarge mit klarer, tiefer Stimme in ihr Ohr. „Du bist stark. So viel stärker, als du es dir selbst eingestehst."

Bronwyn konnte ihr Seufzen nicht unterdrücken.

„Bleib stark für mich, Ponygirl. Vergiss nicht, du kannst jederzeit mit mir reden."

Moment. Das hatte er schon einmal zu ihr gesagt, oder? Aber wann?

„Rede mit mir. Ich werde zuhören."

Sie wollte nicht reden. Sie wollte ihn weiter küssen. Sie wollte seine Hände wieder auf sich spüren, aber er zog sich zurück. Sie wollte nach ihm greifen, um ihn festzuhalten, aber ihre Arme wollten nicht gehorchen.

„Sie wacht auf."

Diese Stimme gehörte nicht zu Sarge. Sarge war nicht hier.

Sie schüttelte den Kopf. Sie wollte niemand anderen. „Nein. Sarge."

„Hat sie gerade *Sarge* gesagt?" Das war eine andere Stimme.

Wo war sie? Bronwyn versuchte, einen klaren Gedanken zu fassen, aber jetzt, da Sarge verschwunden war, war sie den Schmerzen hilflos ausgeliefert. Ein Stöhnen entwich ihr. Sie musste still sein. Sie versuchte wieder, ihre Hände zu bewegen, aber sie waren fixiert.

Sie öffnete ihre Augen ein wenig und nahm ihre Umgebung in Augenschein. Sie befand sich wieder auf dem Behandlungsstuhl. Sie war nicht von Anfang an den Stuhl gefesselt gewesen. Sie hatten nicht gewusst, dass es einen Grund gab, sie zu fesseln.

Jetzt wussten sie es.

„Ist sie wach?" Das war Erick Huen, seine Stimme ganz nahe an ihrem Ohr.

Feuer brannte unter ihrer Haut und zwang sie, ein

Wimmern herunterzuschlucken. Sie konnte sich nicht zusammenrollen, konnte nichts tun, um den Schmerz zu lindern.

Bronwyn biss die Zähne zusammen und versuchte nachzudenken. Sie fischte nach den Dingen, von denen sie wusste, dass sie sich an sie erinnern musste, aber sie waren für ihren Verstand nicht greifbar. Alles, woran sie sich erinnern konnte, waren Sarges Küsse. Aber die würden ihr jetzt auch nicht helfen.

„Ja, sie ist wach. Ich überwache ihre Hirnaktivität, jetzt, wo ich weiß, was los ist." Dr. Tippens' Stimme war fest und kalt.

„Ihre Augen sind immer noch geschlossen."

„Sie hat uns schon einmal getäuscht, aber nicht dieses Mal. Mach die Augen auf, Bronwyn."

Sie tat, was er verlangte. Lange würde sie ohnehin nicht mehr stillhalten oder schweigen können. Die beiden Männer standen über ihr.

Dr. Tippens schüttelte den Kopf, als hätte sie ihn persönlich enttäuscht. „Deine Behandlung hat nicht gewirkt, und du hast es uns nicht gesagt." Er zog ihre Augenlider weiter auseinander leuchtete mit einer kleinen Lampe erst in ein Auge, dann in das andere.

Sie sagte kein Wort. Es gab nichts, was sie sagen konnte, um sich aus dieser Situation zu befreien. Was hatte sie getan, um sich zu verraten? Man hatte ihr einen Auftrag gegeben.

Sie hatte bei der Mission versagt. Sie hatte absichtlich versagt. Aber warum?

„Willst du wissen, woher wir das wissen?" Erick rückte zur Seite, damit sie ihn besser sehen konnte, und klatschte vergnügt in die Hände. „Wir haben Silas Varela dabei erwischt, wie er versucht hat, persönlichen Kontakt zu Ian DeRose aufzunehmen, kurz nachdem du ihn für tot erklärt hattest."

Silas Varela. Die gescheiterte Mission.

Sie hatte ihn nicht umgebracht. Sie hatte ihn gehen lassen … aus irgendeinem wichtigen Grund. Aber sie konnte sich beim besten Willen nicht daran erinnern, was das gewesen sein könnte.

„Deswegen waren wir gezwungen, selbst Hand anzulegen.“ Erick ließ etwas in Plastik Eingewickeltes auf ihre Brust fallen. „Aber dank dir konnten wir mit Varela eine viel größere Wirkung erzielen.“

Sie sah auf den Plastikbeutel auf ihrer Brust hinunter.

Darin befand sich eine menschliche Hand.

Erick lachte. „Kapiert? Hand anlegen. Verstehst du?“

O Gott. Bronwyn begann, im Stuhl zu zappeln, um das Körperteil des toten Mannes abzuschütteln, aber es rutschte nur noch weiter bis zu ihrem Bauch hinunter.

„Keine Sorge“, fuhr Erick fort. „Du bekommst nur das eine Stück. Der Rest von Varela wurde zerkleinert und verschickt, damit Ian DeRose und Zodiac Tactical sie zusammensuchen können.“

Er beugte sich herunter und flüsterte ihr ins Ohr. „Varela ist qualvoll gestorben und hat um sein Leben gebettelt. Du hättest ihm einen viel größeren Gefallen getan, wenn du ihn getötet hättest, wie es dir gesagt wurde.“

Varela. Sie erinnerte sich nun an alles und bekam plötzlich nicht mehr genug Luft. Sie hatte nicht nur versagt, sie hatte die Situation noch verschlimmert. Sie hatte ihn gehen lassen, damit er Ian DeRose vor der Gefahr, in der Wavy schwebte, warnen konnte.

Wenn sie Varela auf dem Weg zu Ian erwischt hatten, wusste niemand von der Gefahr, die auf Wavy lauerte. Der Herzfrequenzmonitor piepte wie wild, während sie versuchte, genug Sauerstoff einzuatmen, um zu überleben.

„Wavy“, flüsterte sie durch ausgetrocknete Lippen. War sie bereits tot? Warum hatte sie sich nicht mehr angestrengt, sich daran zu erinnern, als sie bei Sarge war? Sie hatte nur an sich selbst gedacht.

„Oh, keine Bange, ich habe etwas ganz Besonderes für Miss Bollinger geplant. Sie wird uns schon bald Gesellschaft leisten. Du warst mir bei der Ausarbeitung meiner Pläne eine große Hilfe."

Bronwyn stemmte sich gegen ihre Fesseln und keuchte, als der Schmerz ihren Körper durchfuhr. Sie hatte auf allen Ebenen versagt. Varela war tot. Wavy würde es bald sein – solange nichts Schlimmeres auf sie wartete. Und Dr. Tippens wusste jetzt, dass seine Behandlung bei ihr nicht richtig gewirkt hatte.

Und Sarge war nicht hier. Er war nie hier gewesen. Sie war sich nicht sicher, ob sie bei ihm zu Hause gewesen war. Wenn jedes Mal, wenn er mit ihr sprach, dies nur in ihrer Vorstellung geschah, wie konnte sie dann darauf vertrauen, dass irgendetwas an ihm echt war?

Wie konnte sie überhaupt irgendetwas in ihrem Kopf glauben?

Sie ließ den Schmerz über sich ergehen und kämpfte nicht mehr dagegen an. Sie hatte nichts anderes verdient.

Sie konnte ihr Schluchzen nicht zurückhalten. Sie wusste, dass sie sich bald in Schreie verwandeln würden. Sie wollte den Knopf an ihrer Halskette drücken, aber ihre Hände waren gefesselt.

Die Halskette. Hatte Sarge nicht etwas davon gesagt, dass sie sie anschalten und mit ihm reden sollte?

War das wirklich passiert?

Sie hatte keine Ahnung. Sie unterdrückte ein Schluchzen, als Dr. Tippens mit Erick sprach und sie ignorierte. Das Feuer, das unter ihrer Haut schwelte, wurde stärker. Diesmal würde sie nicht überleben.

„Bitte", flehte sie. „Bitte, tötet mich."

Das wäre für alle das Beste. Besonders für sie. Ihr Herz

krampfte sich zusammen bei dem Gedanken, Sarge nie wiederzusehen. Dass sie seine Küsse nie wieder spüren würde.

Aber hatte sie seine Küsse überhaupt schon gespürt?

„Oh, wohl kaum." Erick näherte sich wieder ihrem Ohr, sodass sie ihn über das Piepsen der Maschinen und ihr eigenes Schluchzen hinweg hören konnte. „Für dich ist etwas anderes vorgesehen."

Bronwyn wusste nicht, wovon er sprach, und es war ihr auch egal. Ihr Atem rasselte so heftig, dass sie sicher war, dass sie sich gleich eine Rippe brechen würde.

„Das reicht, Erick." Dr. Tippens schob ihn mit seinem Arm weg, sodass Erick einen Schritt zurücktreten musste. „Sie ist kein Spielzeug. Wir sollten zusehen, dass wir genug Daten von ihr bekommen können, um herauszufinden, wo ihre Programmierung versagt hat."

„Wenn sie nicht das tun kann, wofür sie trainiert wurde, können wir sie genauso gut gleich loswerden."

„Nein, wir brauchen die Daten. Außerdem sollten wir sie noch nicht abschreiben. Wir haben noch extremere Methoden. Sie könnte immer noch eine brauchbare Kandidatin sein."

„Gut. Denn es sind noch mehr interessante Spielzeuge im Anmarsch." Erick drehte sich um – beim Hinausgehen warf er Varelas Hand in die Luft und fing sie auf, als wäre sie ein Ball – und ließ sie mit Dr. Tippens zurück.

Dr. Tippens blickte über sein Krankenblatt auf sie herab, dann drehte er die Monitore herunter, damit sie ihren rasenden Puls nicht mehr so laut anzeigten. „Ja, ich denke, du bist immer noch eine brauchbare Kandidatin. Aber ich fürchte, es wird schlimmer werden, bevor es besser wird."

Kapitel 19

Sarge schlug auf den Sandsack ein und ignorierte den Schmerz in seinen Fingerknöcheln, die von dem Missbrauch, den er ihnen achtzehn Tage lang zugemutet hatte, bereits aufgerissen waren.

Achtzehn Tage, seit er Bronwyn aus seinem Auto gelassen und im Spiegel zugesehen hatte, wie sie dieses verdammte, als Halskette getarnte Gerät berührte hatte und die Frau, die er kannte, vor seinen Augen verschwunden war.

Ein Teil von ihm war froh gewesen, dass der Schmerz, der ihren Körper die ganze Zeit über gequält hatte, als sie bei ihm gewesen war, endlich vorüber war. Aber sie war an seinem Auto vorbeigegangen und hatte ihn direkt angesehen, ohne jegliches Anzeichen, dass sie ihn erkannt hätte.

Bronwyns Körper war da gewesen, aber ihr Geist, ihre Essenz, war völlig verschwunden. Es war, als hätte es die Zeit im Whirlpool, in seinem Bett, auf seinem Schreibtisch nie gegeben.

Er würde sich für den Rest seines verdammten Lebens an diese Minuten erinnern, aber sie hatte sie bereits vergessen.

Genau wie in New York hätte er sie nie gehen lassen dürfen. Wenn er gewusst hätte –

„Du musst das verdammte Ding aus deinem Ohr nehmen. Jenna hat mir erzählt, was du damit machst."

Sarge wandte sich bei Landons Worten nicht von dem Sandsack ab. Er hatte nicht damit gerechnet, ihn hier zu sehen, sonst wäre er gar nicht erst gekommen. Der gesamte Zodiac-Komplex, einschließlich seines derzeitigen Aufenthaltsortes, dem Fitnessraum im Keller, glich einer Geisterstadt. Jeder fähige Mitarbeiter von Ian DeRose war im Dienste einer einzigen Mission unterwegs.

Wavy Bollinger aus den Klauen von Mosaic zu befreien. Genauer gesagt, aus den Klauen von Erick Huen.

Sie war ein paar Tage, nachdem Bronwyn bei ihm vorbeigekommen war, entführt worden, nicht lange nachdem Silas Varela in Einzelteilen aufgetaucht war.

Er schlug erneut auf den Sack ein, diesmal noch fester.

Er konnte nicht leugnen, dass es nach Bronwyns Auftauchen nicht lange gedauert hatte, bis die Kacke so richtig am Dampfen gewesen war. Er wusste, dass sie mit all dem zu tun hatte, auch wenn sie keine Schuld daran trug. Ian hatte genug um die Ohren – Sarge sah den gleichen gequälten Gesichtsausdruck jedes Mal, wenn er in den Spiegel schaute –, also hatte er ihn nicht über die Einzelheiten von Bronwyns Besuch informiert.

„Willst du mich ignorieren?" Landon hielt den Sandsack fest. „Nimm den verdammten Hörer aus deinem Ohr."

„Verpiss dich, Libra." Landon war einer seiner besten Freunde auf der ganzen Welt, auch wenn sie sich ständig zankten und vom Temperament her nicht unterschiedlicher sein konnten. Ihm war nicht nach Aufmunterung zumute, und er würde den Hörer bestimmt nicht aus seinem Ohr nehmen.

Es war seine einzige Verbindung zu Bronwyn.

Als Landon also den Arm ausstreckte und das kleine Gerät selbst aus Sarges Ohr zog, ließ Sarge seine Faust sausen, als er sich umdrehte. Landon duckte sich und sprang auf der Matte ein Stück zurück.

„Gib mir das sofort zurück. Sonst zieh ich dir das Fell über die Ohren."

Er hielt den kleinen Hörer zwischen zwei Fingern hoch. „Wozu soll das gut sein?"

„Es sorgt dafür, dass ich motiviert bleibe."

„Ich werde nicht zulassen, dass du dir das antust. Bronwyn leiden zu hören, wird dich nicht noch mehr motivieren, als du es ohnehin schon bist. Du bist drauf und dran, die Welt in Schutt und Asche zu legen, um sie zurückzubekommen. Ich würde sagen, mehr Motivation geht nicht."

„Ich will es nicht verpassen, wenn sie versucht zu kommunizieren."

Landon schüttelte den Kopf. „Das kann ich verstehen. Aber Jenna hat mir erzählt, was du tust. Dass die Nerds das Gerät für dich modifiziert haben, sodass du das, was übertragen wurde, immer wieder abspielen kannst."

Die Aufnahmen von Bronwyns Leiden gingen über Tage. Tage, an denen sie von weinend zu schreiend zu schweigend übergegangen war.

Die Schreie hatten ausgereicht, um Sarge Alpträume zu bereiten, aber die Stille … Die Stille würde ihn in den Wahnsinn treiben.

Sie gab nun schon seit Tagen keinen Ton mehr von sich. Also ja, er zwang er sich, ihren Qualen zuzuhören.

Es erinnerte ihn daran, dass ihr Schmerz seine Schuld war. Er hätte sie an diesem Tag niemals gehen lassen dürfen. Er hätte einen anderen Weg finden müssen.

Er verdiente es, jedes Mal, wenn er ihre Schreie hörte, in Schweiß auszubrechen. Er verdiente es, dass sein Herz zersprang, wenn er sie seinen Namen flüstern hörte, als ob sie ihn aussprechen müsste, um zu überleben.

Und er war nicht in der Lage, auch nur das Geringste dagegen zu tun.

Er funkelte Landon finster an. „Gib mir sofort den Hörer, oder du und ich werden aneinandergeraten."

Landon ließ sich nicht abschrecken. „Dann tragen wir's aus, denn du tust nichts weiter, als dich selbst zu quälen. Und das hilft ihr kein verdammtes bisschen."

Sarge stürzte sich auf ihn, aber der Mistkerl war schnell. Das war er schon immer gewesen. Im Sparring waren sie ziemlich ebenbürtig. Er war stärker, größer, aber Landon war schneller. Er erwartete, dass er einen weiteren schnellen Schritt nach hinten machen würde, aber stattdessen kam seine Faust geflogen und traf Sarge mit so viel Wucht am Kiefer, dass er ein oder zwei Schritte zurücktaumelte.

Landon spielte keine Spielchen.

Genauso wenig wie Sarge.

Er warf den Hörer zur Seite, hob die Hände und ging in Kampfstellung. Sarge tat das Gleiche. Sie befanden sich nicht in einem Sparringring und trugen keine Schutzausrüstung, aber im Fitnessraum gab es wenigstens einen weichen Boden.

Sarge griff mit einer Kick-Punch-Kombination an und drängte ihn leicht zurück. Aber dann duckte sich Landon unter seinem Schlag weg, rammte ihm seine Schulter in den Bauch und warf ihn um.

Sie landeten beide hart auf der Matte. Schnell drehte er sich aus Landons Armen heraus, bevor der einen Würgegriff anbringen konnte. Landon ächzte, als Sarges Ellbogen ihn in die Rippen traf. Er ließ Sarge los. Sie sprangen beide wieder auf die Beine. Sarge konnte gerade noch seine Arme hochreißen, um eine Reihe von Tritten abzublocken, bevor er mit zwei kurzen Geraden angriff, denen Landon ausweichen musste.

Landon erwischte ihn mit einem Knie in der Bauchgegend, sodass Sarge die Luft wegblieb und er sich zusammenkrümmte. Sarge wartete auf einen weiteren Schlag.

Wollte einen weiteren Schlag.

Aber er kam nicht. Er blickte auf, als Landon zurücktrat.

„Wir brauchen dich, Sarge. Ian ist wegen Wavy völlig neben der Spur, genau wie du wegen Bronwyn."

„Man hat seit Tagen nichts mehr von Bronwyn gehört", sagte er schließlich zwischen zwei Atemzügen. „Ich weiß, was das wahrscheinlich bedeutet. Ich muss immer an die beiden Leichen denken, die wir im Labor gefunden haben."

Vor fünf Tagen hatten sie eine Spur gefunden, von der sie gehofft hatten, dass sie sie entweder zu Wavy oder zu Bronwyn führen würde – ein Labor, das entfernt mit Erick Huen in Verbindung stand. Sie hatten Beweise dafür gefunden, dass Wavy dort festgehalten worden war, aber das Labor war leer gewesen, als sie dort ankamen.

Abgesehen von den beiden weiblichen Leichen.

Sarge hatte sich den zurückgelassenen Leichen langsam genähert, sein Herz war zu Eis erstarrt in seiner Brust, und er war sich sicher gewesen, dass eine von ihnen Bronwyns war. Aber keine von beiden war Bronwyn gewesen. Oder Wavy. Gott sei Dank.

Doch jetzt, da aus Stunden Tage geworden waren, ohne dass Bronwyn einen Laut von sich gegeben hatte, hatte er das Gefühl, als würde er es wieder mit Leichen zu tun bekommen.

Und dieses Mal würde er nicht so viel Glück haben.

Landon packte ihn am Kragen. „Du darfst die Hoffnung nicht aufgeben, hörst du? Weder du noch Ian. Sei bereit, wenn Bronwyn und Wavy gefunden werden, damit du ihnen geben kannst, was sie brauchen. Dich zu quälen, indem du ihr beim Leiden zuhörst, macht dich nur kaputt."

Er hatte recht. Sarge nickte. „Ja. Ich weiß."

Landon zog ihn in eine Umarmung und Sarge war nicht zu machohaft, um zu wissen, dass er eine gebrauchen konnte.

„Sie wird es schaffen, Bruder", sagte er dicht an seinem Ohr. „Halt dich daran fest."

Sarge wollte es, aber er hatte Angst. Angst vor der Hoffnung.

Sie gingen auseinander und er hob den Hörer auf. Er wollte sich keine weiteren Aufzeichnungen anhören, aber wenn Bronwyn doch etwas sagen sollte, wollte er es hören können.

„Was war das Letzte, was du von ihr gehört hast?"

Er zuckte zusammen. Er konnte es nicht verhindern. „Dass sie sie wieder in den Isolationstank gesteckt haben. Es war … unschön."

Sarge würde ihr Schluchzen nie mehr aus seinem Kopf bekommen. Sie war so kurz vor dem Zusammenbruch. Totale Dunkelheit, schalldicht, schwerelos, unfähig, etwas zu sehen, zu hören oder zu spüren. Es war schon schlimm genug gewesen, als sie zum ersten Mal dorthin verbannt worden war. Zu wissen, was auf sie zukäme, wenn man sie zurückbrachte, war mehr, als sie ertragen konnte.

Landon wischte sich mit einer Hand über das Gesicht. „Diese Mistkerle. Folter, ohne irgendwelche Spuren zu hinterlassen."

Sie holten sie alle paar Tage für Tests heraus. Normalerweise fingen dann die Schreie wieder an. Aber beim letzten Mal hatte nur Stille geherrscht.

„Sie sollten sie in ein paar Stunden wieder rausholen, oder?"

Sarge nickte. „Wenn sie die Routine beibehalten." Er

rieb sich die Augen. Er hatte seit achtzehn Tagen nicht mehr als ein paar Stunden Schlaf am Stück bekommen. „Sie ist kurz davor zusammenzubrechen. Ein für alle Mal, Landon."

„Sie ist stark."

„Selbst die Stärksten zerbrechen irgendwann."

Kapitel 20

Sarge hatte Landon versprochen, die Hoffnung nicht aufzugeben, aber in Wahrheit war er sich nicht sicher, ob es nicht schon längst passiert war.

Schweigen. Nichts von ihr zu hören außer Stille.

Der Sender funktionierte nur, wenn Bronwyn ihre Stimme benutzte, also konnte er nicht sagen, ob Mosaic sie wie vorgesehen aus dem Isolationstank geholt hatte.

Die Stille war sein Feind.

„Sprich mit mir, Ponygirl", flüsterte er am nächsten Tag. Zu diesem Zeitpunkt sollten sie sie eigentlich wieder in den Tank stecken. Zurück in ihre eigene persönliche Hölle. Sie sollte weinen, schreien, so wie sie es früher getan hatte. „Gib nicht auf. Ich werde dich finden."

Landon hatte recht gehabt. Er hatte seine Zeit damit vergeudet, sich selbst zu quälen. Also hatte er den gestrigen Abend und heutigen Tag damit verbracht, die Daten über ihre Halskette durchzugehen, die die Nerds auf der Grundlage seines Videos zusammengetragen hatten. Die Arten von Drogen, die solche Reaktionen wie die, die sie in seinem Haus gezeigt hatte, hervorriefen. Chemische und genetische

Manipulation … der ganze Mist, mit dem Mosaic sich beschäftigte.

Es würde ihm nicht helfen, sie zu finden, aber es würde ihm helfen, ihr zu helfen, wenn sie sie fanden.

Falls sie sie fanden. Sarge konnte nicht leugnen, dass die Hoffnung sich mit jeder Minute mehr verflüchtigte.

Und dann hörte er ihre Stimme.

„S-Sarge."

Ruckartig setzte er sich kerzengerade in seinem Schreibtischstuhl auf und warf dabei beinahe alles auf seinem Schreibtisch um.

Bronwyn war am Leben.

„Ich bin hier, Süße. Sprich mit mir." Er wusste, dass sie ihn nicht hören konnte, aber das war ihm egal.

Sie klang so schwach, aber sie war am Leben.

„W-Wavy. W-Wavy. Wavy." Sie stotterte das Wort wieder und wieder. Das war auch passiert, als sie zum ersten Mal in das Wasser des Isolationstanks zurückgekehrt war.

„Tipp, Tipp, Tipp, Tipp, Tipp, Tipp."

Was meinte sie damit? Einen Ratschlag? Schreiben auf einer Tastatur?

„Pins, Pins, Pins." Sie wiederholte es immer und immer wieder.

Dann nichts mehr.

Sarge wartete stundenlang und hoffte, sie würde noch etwas sagen. Er betete, dass diese unsinnigen Worte nicht das Letzte waren, was er von ihr hören würde.

Offenbar ging es um Wavy. Irgendetwas hatte sie dazu gebracht, ihre Stimme zu finden und zu sprechen, obwohl sie das seit Tagen nicht getan hatte. Das konnte kein hirnloses Geplapper sein.

Es sei denn, sie war endgültig durchgeknallt. Irreparabel beschädigt. Und in Anbetracht dessen, was sie durch Mosaic und generell in ihrem kurzen Leben durchgemacht hatte, konnte er ihr das nicht verdenken.

Er brauchte fast die ganze Nacht und stundenlanges Wiederholen ihrer Worte, um dahinterzukommen.

Es handelte sich nicht um zwei getrennte Wörter: Tipp und Pins.

Tippens.

Danach dauerte es nicht lange, bis er herausfand, dass es einen Dr. Sheldon Tippens gab, einen Spezialisten für Genetikforschung in San Diego. Und Bronwyn schien ihn zu kennen.

Sarge würde das nicht auf eigene Faust angehen können. Er brauchte Ian. Er brauchte das Team. Er wollte gerade aus dem Haus gehen und wollte auf dem Weg ins Büro anrufen, als er vor seiner Tür beinahe mit Ian zusammenstieß.

„Ich brauche dich, Mann", sagte Ian.

Zwischen Ian und Sarge herrschte schon seit Monaten eine gewisse Distanz. Er hatte sich nicht so auf Bronwyn konzentriert, wie Sarge es gewollt hatte. Ian hatte sich zu sehr darauf konzentriert, Mosaic als Ganzes zu Fall zu bringen. Und dann auf Wavy.

All das spielte jetzt keine Rolle mehr.

„Ich habe eine Spur", sagten sie beide gleichzeitig und sahen sich dann überrascht an.

„Ich glaube, Bronwyn hat versucht, mir eine Nachricht zukommen zu lassen", sagte Sarge zuerst.

Ian lachte kurz und ohne jeglichen Humor. „Lustig. Ich glaube, Wavy hat dasselbe versucht. Erzähl mir zuerst von Bronwyns Nachricht."

„Sie hat etwas über einen Kerl namens Tippens gesagt."

Ians Augen wurden noch größer. „Sheldon Tippens, der Genetikspezialist?"

„Woher zum Teufel weißt du das?"

„Wavy hat auch versucht, mich zu informieren. Sie hat mir eine Nachricht über ihn im Labor hinterlassen."

Heilige Scheiße. Sie liefen zu Ians Wagen.

„Wenn du über Tippens Bescheid weißt, warum bist du dann nicht längst mit dem Team unterwegs?" Sie stiegen ein und Ian fuhr mit quietschenden Reifen los.

„Weil ich bereit bin, gewisse Grenzen zu überschreiten, um die Informationen zu bekommen, die ich von diesem Mann brauche. Wenn ich das Team mitnehme, haben wir Callum Webb und den Omega-Sektor im Nacken. Die wollen nicht, dass noch jemand in Einzelteilen endet."

Ian hatte damals mit der Strafverfolgungseinheit zusammengearbeitet, um Mosaic zum ersten Mal zu Fall zu bringen. „Das kann man ihnen nicht verübeln. Und Callum ist ein guter Mann."

„Das ist er. Aber er wird nicht gutheißen, was ich vorhabe. Und Wavy rennt die Zeit davon."

Bronwyn ging es genauso, aber Sarge erwähnte das nicht. Er wusste, welche Grenze Ian meinte, die er zu überschreiten bereit war: Dr. Tippens zu foltern, um an die nötigen Informationen zu kommen.

„Also bist du zu mir gekommen?"

Er hielt seine Augen auf der Straße. „Wenn du nicht bereit bist, das zu tun, verstehe und respektiere ich das vollkommen."

„Ich bin bereit." Es gab nicht viel, wozu Sarge nicht bereit war, wenn es darum ging, Bronwyn zu helfen.

Er fuhr in Richtung des Flugplatzes. „Du hast mir erzählt, du hättest Bronwyn Rourke vor ein paar Monaten zum ersten Mal getroffen. Das kann unmöglich stimmen, wenn du bereit bist, solche Maßnahmen zu ergreifen."

Sarge verzog das Gesicht. „Das ist technisch gesehen nicht unwahr. Ich bin Bronwyn Rourke offiziell Anfang des Jahres in Paris begegnet."

„Aber du kanntest sie schon vorher, als sie noch jemand anderes war." Ian war zu schlau, um nicht dahinterzukommen.

„Stimmt. Sie war ein Teenager mit flinkem Verstand und noch flinkeren Fingern. Steckte in Schwierigkeiten. Ich habe ihr einen Ausweg geboten."

„Prag." Ian fügte weitere Teile des Puzzles zusammen. „Sie war der Grund, warum du das eine Mal verprügelt wurdest. Ich habe nie verstanden, warum du keine Abwehrverletzungen hattest."

„Es war eine Situation, für die es sich gelohnt hat, Prügel einzustecken."

„Es tut mir leid, dass ich nicht mehr für sie getan habe, als Varela Undercover war. Ich dachte, das würde seine Tarnung auffliegen lassen. Letzten Endes war es egal."

„Das konntest du nicht wissen. Hinterher ist man immer schlauer und so weiter."

Ian griff das Lenkrad fester. „Zu dem Zeitpunkt hatte ich keine Ahnung, wie es sich anfühlt, wenn man bereit ist, alles zu tun – *alles* –, um jemanden zurückzubekommen. Aber jetzt weiß ich es. Wavy zu verlieren, hat mir das gezeigt. Jedes bisschen Farbe in meinem Leben zu verlieren, hat mir das gezeigt."

Sarge nickte. „Wir werden sie zurückholen. Alle beide."

Sein Privatjet wartete auf dem Flugplatz, als sie ankamen, bereit, sie zu einem Flughafen in der Nähe von San Diego zu bringen. Wenige Minuten nach dem Einsteigen waren sie in der Luft.

Sie waren beide hochkonzentriert und sprachen nur über die Einzelheiten, wie sie Tippens vor seinem Haus abfangen würden, wenn er zur Arbeit ging. Von dort aus würden sie ihn an einen Ort bringen, von dem niemand bei Zodiac wusste.

An einen Ort, an dem niemand seine Schreie hören

konnte.

Keiner von beiden nahm das auf die leichte Schulter. Was sie im Begriff waren zu tun, würde nicht spurlos an ihren Seelen vorbeigehen.

Sarge war das egal. Er würde seine Seele opfern, um Bronwyn zurückzubekommen. Ian empfand dasselbe für Wavy.

Als sie gelandet waren, machten sie sich auf den Weg zu Tippens' gehobener Vorstadtsiedlung und warteten, bis die Sonne aufging.

Als Tippens eine Stunde später mit seinem BMW aus der Garage kam, machten sie ihren Zug. Er war noch nicht ganz aus seiner Einfahrt heraus, als sie ihr Fahrzeug direkt in seins rammten. Es war nicht gerade subtil, aber die Nachbarn waren weit genug entfernt, dass sie schon längst verschwunden wären, falls jemand die Polizei rief.

Sarge und Ian waren maskiert und ihr Fahrzeug war auf niemanden zugelassen. Dr. Tippens stieg aus seinem Auto aus und war zunächst entrüstet, dass ihn jemand angefahren hatte. Doch als er die beiden mit den Masken sah, erkannte er die Gefahr und versuchte, wieder in sein Auto zu steigen.

Ian packte ihn und zog ihn zu ihrem Fahrzeug. „Wenn du mir jetzt sagst, wo Wavy Bollinger ist, wirst du am Ende des Tages noch alle Finger und Zehen haben."

Tippens wurde bei Ians harschen Worten blass, aber Sarge wusste, dass sie nötig waren. Bei jemandem wie Tippens, der Gewalt nicht gewohnt war, würde es schneller gehen, wenn er von Anfang an Angst vor ihnen hatte.

„Wavy Bollinger?" Seine Augen wurden groß. „Nein. Ich schwöre, ich wollte nicht –"

Ian verpasste ihm eine Kopfnuss. „Wo ist sie?"

Sarge wollte auch nach Bronwyn fragen, aber er wusste, dass dafür später noch Zeit sein würde. Er würde Ian den Vorrang lassen.

Blut floss aus Tippens' Nase. „Ich schwöre, ich wollte es nicht tun. Ich war das nicht."

Verdammt. Bedeutete das, dass Wavy bereits tot war? Er sah Ian an. Er wollte nicht, dass er die Beherrschung verlor, wenn das der Fall war. Selbst wenn Wavy tot war – und er hoffte um Ians willen, dass sie es nicht war –, musste Sarge alles über Bronwyn herausfinden, was er –.

Mit einem Mal lösten sich ihre Pläne und die Zeit, die sie noch hatten, in Luft auf. Das Unmögliche geschah. Ein Schuss ertönte am anderen Ende der Straße. Tippens brach in Ians Armen zusammen, ein rotes Loch klaffte in seiner Brust und Blut breitete sich auf seinem Hemd aus.

Sarge wirbelte sofort herum und erwiderte das Feuer, obwohl er wusste, dass es zu spät war. Es war ein Volltreffer gewesen. Tippens würde nicht überleben.

Ian schrie den in seinen Armen sterbenden Mann an und bettelte um Informationen über Wavy. „Hör zu, du Arschloch. Sag mir, wo dein Labor ist. Du wirst sterben. Wenn du nicht willst, dass deine Frau und dein Kind deine Leiche hier finden, wirst du mir verdammt noch mal sagen, wo Wavy ist."

Sarge feuerte erneut, während Ian weiter mit ihm sprach. Wavy zu finden, war die beste Möglichkeit, Bronwyn zu finden. Ein paar Sekunden später kam Ian zu ihm, wo er hinter einem Reifen kauerte, und berührte seine Schulter.

„Er ist tot."

Sarge stieß einen Fluch aus. „Sag mir, dass du etwas hast."

„Ein Lagerhaus. Industriegebiet in City Heights. Ich weiß nicht, ob Wavy lebt oder nicht, aber ich fahre hin, um nachzusehen."

Er nickte und sie stiegen in den Wagen, während sie beide beteten wie noch nie zuvor.

Kapitel 21

„Sie haben Tippens lieber getötet, als ihn uns zu überlassen. Das bedeutet, dass er etwas wusste, was wir auf keinen Fall herausfinden sollen", sagte Ian.

Sie fuhren in Richtung des Lagerhausviertels, das Tippens erwähnt hatte. Sie waren von einem Tatort geflohen, was eine Standpauke der Polizei nach sich ziehen würde, aber das interessierte keinen von ihnen. Das Einzige, was Sarge und Ian interessierte, war, zu dem Gebäude zu gelangen. Zu Wavy. Und wenn auch nur eines seiner Gebete in Erfüllung gehen sollte, auch zu Bronwyn.

Das Zodiac-Team war auf dem Weg. Sie hielten nichts mehr geheim. Sie brauchten Verstärkung – Leute, denen sie vertrauen konnten. Sie würden innerhalb einer Stunde da sein. Callum Webb und sein Strafverfolgungsteam würden nicht weit dahinter sein.

Ian war so verzweifelt, wie Sarge ihn noch nie erlebt hatte. Etwas, das Tippens gesagt hatte, hatte ihn zutiefst erschüttert. Er brauchte nicht zu fragen – er war sicher, dass es um Wavy ging und das es nichts Gutes war.

Sarge blieb eisern konzentriert. Der Teil von ihm, den er

hatte entfesseln müssen, um gewillt zu sein, einen Zivilisten zu foltern, hatte immer noch die Kontrolle. Sie waren einen Schritt näher an Wavy und damit auch einen Schritt näher an Bronwyn. Sie war noch am Leben gewesen, als er vor Stunden ihre Stimme gehört hatte, und er würde heute nicht ruhen, bis ihm jemand sagte, wo zum Teufel sie war.

Sie hielten vor dem Lagerhaus, das Tippens erwähnt hatte. Ian parkte viel zu dicht, um unauffällig zu bleiben. Er dachte nicht strategisch. Er dachte überhaupt nicht nach.

Sarge murmelte einen Fluch, als Ian die Autotür öffnete und plötzlich auf die Lagerhalle zurannte. Wenn er nicht anfing, seinen Verstand zu gebrauchen, würde er außer einem verfrühten Tod nichts erreichen. Sarge rief ihm mit leiser Stimme nach, aber er blieb nicht stehen.

Verdammt noch mal. Etwa zwanzig Meter vor der Tür erwischte er ihn mit einem Hechtsprung. Beide legten eine unsanfte Landung hin.

„Ich weiß nicht, was zum Teufel du dir dabei gedacht hast, aber du musst deinen Verstand benutzen." Normalerweise würde er nicht so mit Ian reden, aber nicht nur, dass er nicht wollte, dass Ian sich umbringen ließ, er war auch Sarges einzige Verbindung zu Bronwyn.

Sobald sich beide aufgerappelt hatten, packte er Ian am Kragen und schleuderte ihn gegen die Wand, bevor er wieder weglaufen konnte. „Was du vorhast, bringt nicht nur dich in Gefahr, sondern auch sie."

Mit ihr konnte Wavy oder Bronwyn gemeint sein, es spielte keine Rolle.

„Ich gehe rein." Der Mistkerl verpasste ihm einen Fausthieb gegen den Kiefer und Sarge nahm es ungerührt hin. Ian war nicht er selbst, also ließ Sarge ihm das durchgehen.

Aber als Ian erneut ausholte, blockte Sarge ab und schleuderte ihn gegen die Wand, wobei er seine Größe zu seinem Vorteil nutzte.

„Wenn sie da drin ist und noch lebt, haben die Wachen den Befehl zu töten, wenn in das Gebäude eingebrochen wird. Wenn du dort überstürzt einfällst, wird man nicht nur sie töten, sondern dich auch noch. Jetzt setz deinen verdammten Verstand ein und lass uns überlegen, wie wir sie lebendig herausholen können."

Als Ian die Fäuste sinken ließ, wusste er, dass die Krise vorbei war. „Tut mir leid."

Er ließ ihn los. „Muss dir nicht leidtun. Wir halten die Augen auf, bis Verstärkung eintrifft, dann schlagen wir zu, schnell und hart."

Sie nickten einander zu, beide auf ihre Mission konzentriert. Sarge machte sich auf den Weg zur Südseite des Gebäudes, während Ian über eine Feuerleiter einsteigen wollte. Es dauerte nicht lange, bis klar war, dass sie definitiv am richtigen Ort waren – es gab fast ein Dutzend bewaffnete Wachen.

Ian schrieb ihm eine SMS. *Zehn bewaffnete Wachen können nur was Wichtiges bedeuten.*

So viel stand schon mal fest. *Stimmt.*

Sarge fand einen günstigen Angriffspunkt an der Seite des Gebäudes. Die Wachen waren nicht in höchster Alarmbereitschaft, sondern schienen um eine Kiste herumzustehen. Sie gaben spöttische Bemerkungen ab und stocherten mit einem Stock zwischen den Latten hindurch.

Jemand war da drin.

Ian kam zu demselben Schluss. *Die Wachen interessieren sich nur für die große Kiste in der nordwestlichen Ecke. Treiben Späße damit. Da ist jemand drin.*

Verdammt. Er wollte nicht tatenlos herumsitzen.

Aber er musste warten, bis die Verstärkung eintraf. Landon hatte sie wissen lassen, dass sie nur noch ein paar Minuten entfernt waren.

Bleib cool, Boss.

Sarge dachte, dass er vielleicht wirklich auf ihn hören würde, aber dann brach das Chaos aus. Die Wachen bekamen einen Anruf, gingen in höchste Alarmbereitschaft und zogen ihre Waffen. Die meisten von ihnen wandten sich von der Kiste ab, aber zwei hielten ihre Waffen direkt auf denjenigen gerichtet, der sich darin befand, offensichtlich bereit zu schießen.

Wachen im Anmarsch. Nähere mich der Kiste.

Ian würde heute noch draufgehen, wenn er nicht eingriff. Auf Verstärkung zu warten, war keine Option.

Ian rannte auf die Wachen zu, wobei es ihm egal war, wer auf ihn aufmerksam wurde. Er schaltete eine Wache aus, und die andere feuerte auf ihn.

Sarge rannte ebenfalls in diese Richtung und feuerte von seiner Position aus, obwohl er zu weit entfernt war, um jemanden zu treffen. Aber es lenkte zumindest einen Teil der Aufmerksamkeit von Ian ab.

Aber er würde es nicht schaffen, auch nicht mit seiner Hilfe. Es gab zu viele Wachen und zu wenige von ihnen.

Ian war bereit zu sterben, um sie davon abzuhalten, denjenigen zu töten, der sich in dieser Kiste befand, oder um zumindest Zeit zu gewinnen. Sobald er zu Boden ging, wäre Sarge der Einzige, der sie aufhalten konnte. Er rannte schneller und feuerte dabei.

Sein Freund war bereit, für die Chance zu sterben, die Frau zu retten, die er liebte – ohne sicher zu sein, dass sie da drin war. Früher hätte Sarge das lächerlich gefunden.

Aber alles an seiner Sichtweise hatte sich geändert.

Sarge schaltete eine Wache aus, dann eine weitere, aber das würde nicht ausreichen. Er hatte keine Munition mehr, aber er rannte weiter. Eine Wache auf der anderen Seite der Halle hatte Ian im Visier, und er konnte nichts tun, um ihn aufzuhalten.

Er wappnete sich für den Moment, seinen Freund

sterben zu sehen, aber stattdessen stürmte der Rest des Zodiac-Teams durch die andere Tür und sorgte für die Unterstützung, die Ian brauchte. Einer nach dem anderen gingen die Wachen zu Boden, als Landon und der Rest des Teams sie ausschalteten.

Ian rannte ungebremst auf die Kiste zu und vertraute darauf, dass sie ihm Deckung geben würden.

Was sie auch taten.

Sarge freute sich für Ian. Das tat er wirklich. Sein Instinkt – seine Opferbereitschaft – hatte sich als richtig erwiesen. Wavy war diejenige, die in dieser Kiste gefangen gehalten wurde. Er hatte sie noch rechtzeitig gefunden.

Sie war in einem schlechten Zustand, aber sie war am Leben.

Sie hatte Ian. Sie hatte ihren Bruder, Finn Bollinger, der ebenfalls zu ihrem kleinen Rettungsteam gehörte. Beide waren mit ihr ins Krankenhaus gefahren, wo sie untersucht wurde und die nötige Behandlung erhielt. Sie hatten Hoffnung – der erste Schritt auf dem Weg der Besserung, sowohl körperlich als auch seelisch.

Das war viel mehr, als er im Moment von Bronwyn hatte. Es gab hier nirgendwo auch nur den kleinsten Hinweis auf ihren Verbleib.

Alles, was noch übrig war, war das Chaos, das Landon und Sarge beseitigen mussten. Ian vertraute darauf, dass sie sich um alles Weitere kümmern würden, damit er bei Wavy sein konnte.

Zwei Wachen lebten noch, acht waren tot, und er wollte die Chance nutzen, mit einem der noch lebenden Wachleute zu reden, bevor Callum Webb mit dem Rest seines Strafverfolgungsteams aufkreuzte.

Und mit Reden meinte Sarge, dass er bereit war, das zu tun, was Ian und er mit Dr. Tippens vorgehabt hatten, um die nötigen Informationen zu bekommen, um Mosaic auszuschalten und Bronwyn zu finden.

Er ging auf den jüngeren Wachmann zu, der vielleicht Mitte zwanzig war und ihn selbstgefällig angrinste, obwohl seine Hände gefesselt waren.

„Ihr werdet Mosaic nie besiegen, alter Mann. Wir sind schlauer als ihr und haben mehr Geld als ihr." Er warf seinen Kopf in Richtung der Kiste. „Was wir ihr angetan haben, ist nichts im Vergleich zu dem, was Mosaic euch antun wird."

Er hatte nur einen flüchtigen Blick auf Wavy erhascht, aber er hatte das Entsetzen in Ians Augen gesehen.

Sarge wartete keinen weiteren Kommentar ab. Er verpasste dem Kerl einen Kinnhaken. Er hatte kein schlechtes Gewissen, einen gefesselten Mann geschlagen zu haben. Er packte ihn am Arm und hievte ihn auf die Beine.

Sarge sah zu Xander Voyles hinüber, einem der Männer, die für Zodiac in Los Angeles arbeiteten. „Im offiziellen Bericht wird es heißen, dass ein Mosaic-Söldner verhaftet wurde und es acht Tote gab. Dieser Mistkerl hier wird in diesem Bericht nicht auftauchen."

Denn abgesehen von den Lobeshymnen würde Sarge alles, was auch immer der Mann über Mosaic wusste, aus ihm herausholen, auf die einfache oder die harte Tour. Es machte keinen Unterschied.

Xander nickte wortlos.

Sarge zerrte den Kerl in ein Hinterzimmer, weit weg von allen anderen, und schloss die Tür hinter ihnen ab. Er löste die Fesseln um seine Handgelenke und wie zu erwarten war, ging der Kerl gleich auf ihn los. Sarge reagierte mit einem doppelten Schlag in den Bauch und einem Kinnhaken. Der Kerl fiel zurück auf einen Stapel Kisten.

Sarge ging neben ihm in die Hocke. „Wir können das den ganzen Tag lang machen und ich garantiere dir, dass du derjenige sein wirst, der dabei alt aussieht."

Der Kerl wirkte leicht benommen. Sarge schaltete all seine Emotionen aus, packte seine Hand und kugelte ihm mit einer ruckartigen Bewegung den Daumen aus. „Das sollte dir die Flausen austreiben."

Er stieß einen Schrei aus, aber Sarge blieb hart. „Du wirst mir alles sagen, was du über Mosaic weißt, vor allem, was Standorte angeht. Und ich will sie sofort, verdammt." Dann brach er ihm den kleinen Finger der anderen Hand.

Nun war ihm nicht mehr danach, das Maul aufzureißen. „Ey Mann, ich schwöre bei Gott. Ich weiß überhaupt nichts. Die haben uns nichts gesagt. Wir versuchen nur, einen Fuß in die Tür zu kriegen, okay? Wir arbeiten uns nach oben. Deshalb haben wir hier draußen im Nirgendwo Wachdienst geschoben und 'ne Kiste bewacht."

Das klang durchaus logisch. „Dann befürchte ich, dass die nächsten Stunden sehr schmerzhaft für dich werden. Lass dir lieber was einfallen, was du mir erzählen könntest."

Es klopfte an der Tür, aber Sarge ignorierte es. Nichts würde ihn davon abhalten, die Antworten zu bekommen, die er brauchte, auch wenn ihm klar war, dass er damit eine Grenze überschritt. Dieser Kerl sagte wahrscheinlich die Wahrheit und wusste nichts, was ihm helfen würde, Bronwyn zu finden. Aber das würde er natürlich gründlich überprüfen, bevor er diesen Raum verließ.

„Mach auf oder ich trete die Tür ein." Er hörte Landons Stimme von der anderen Seite der Tür.

Mist. Sarge durchquerte den Raum und öffnete die Tür, hielt sie aber fest, damit Landon nicht eintreten konnte. „Gib dir keine Mühe, Landon. Ich werde die Antworten bekommen, die ich brauche."

„Ich bin nicht hier, um dich aufzuhalten."

„Was willst du dann?"

„Ich lasse dich das nicht allein machen. Wenn du dir die Hände schmutzig machen willst, dann werden wir das gemeinsam tun."

Sarge zögerte eine Sekunde, dann ließ er Landon mit einem Nicken eintreten.

Der Kerl setzte sich etwas aufrechter hin, offensichtlich in der Hoffnung, dass Landon den guten Bullen zu seinem bösen Bullen mimen würde. Landon hockte sich vor ihn hin und schenkte ihm eines seiner berüchtigten Lächeln.

„Sarge hier kann nicht sonderlich gut mit Menschen umgehen. Das ist mein Job. Ich habe das freundliche Lächeln, das charmante Äußere. Die Leute mögen mich." Er zwinkerte dem Jungen zu. „Es sieht so aus, als hätte dir Sarge ein paar Finger gebrochen."

Der Junge entspannte sich ein wenig, da er dachte, die Gefahr sei vorüber.

Bis Landon fortfuhr.

„Aber du und deine Freunde haben eine wehrlose Frau schikaniert, die in einer Kiste gefangen war. Soweit es mich betrifft, gibt es also mindestens zweihundertundvier weitere Knochen in deinem Körper, die wir brechen können, bevor die eigentliche Folter losgeht."

Die Augen des Mannes weiteten sich vor Angst.

„Ich bin nicht hier, um dir zu helfen, Arschloch. Ich bin hier, um ihm zu helfen." Er zeigte mit dem Daumen in Sarges Richtung. „Wenn er dich nicht zum Reden kriegt, dann werde ich Hand anlegen, das kannst du mir glauben."

Sarge wusste, dass Landon schnell war, aber er konnte nicht glauben, wie schnell seine Hand hervorschoss, das Handgelenk des Mannes packte und es mit einem lauten Knacken pulverisierte. Der Mann fing an zu schluchzen, bevor Landon sich wieder aufrichtete.

Sarge nickte seinem Freund anerkennend zu. Er wusste

ehrlich gesagt nicht, wie weit er noch gehen konnte. Landon hier zu haben bedeutete, dass er, wenn er eine Grenze überschritt, sie wenigstens nicht allein überschreiten musste.

„Ich weiß nicht, wie viel der Typ weiß. Wahrscheinlich nichts, was nützlich wäre."

Landon ließ seine Fingerknöchel knacken und grinste auf den wimmernden Wachmann hinunter. „Nun, ich denke, das werden wir gleich herausfinden."

Der Kerl wich zurück, so weit er konnte, als sie näher kamen.

„Ich sage die Wahrheit." Er streckte seine verletzten Arme aus. „Ich schwöre bei Gott, ich weiß nichts. Ich kenne nichts außer diesem Gebäude. Ich wurde dafür bezahlt, jeden Tag hierher zu kommen, und vor ein paar Tagen wurde dieses Mädchen hergebracht. Ich weiß nichts über sie, nicht einmal ihren Namen. Ich weiß auch nichts über euch. Ich wollte nichts weiter, als ein Soldat für Mosaic zu werden."

Seine Tapferkeit war nun völlig verschwunden.

„Vielleicht fällt dir ja doch noch was ein. Sobald man in der Phase der zertrümmerten Kniescheiben ist, sprühen die Leute nur so vor Ideen."

Bei dem Gedanken daran kam Sarge die Galle hoch, aber die Erinnerung an Bronwyns Wimmern in diesem verdammten Isolationstank genügte, um das verdrängen zu können.

Was auch immer dieser Kerl wusste, er würde es ihnen sagen.

Sein Handy surrte in seiner Tasche und er war versucht, es zu ignorieren, um nicht die Konzentration zu verlieren. Aber als Sarge sah, dass es Jenna war, ging er ran. „Jetzt ist kein guter Zeitpunkt."

„Ich weiß, ich weiß. Ich habe gehört, dass ihr Wavy

gefunden habt. Aber pass auf, einer ihrer Söldner ist entkommen."

„Das spielt keine Rolle", sagte er ihr. „Für Verstärkung ist es viel zu spät. Wir haben Wavy schon rausgeholt."

„Nein, Sarge. Ich will damit sagen, dass wir ihn beim Verlassen des Gebäudes ertappt haben, kurz nachdem Landons Team eingedrungen war. Wir konnten ihn über verschiedene Kameras bis in die Stadt verfolgen. Wir glauben, dass er auf dem Weg zurück zu Mosaic ist und wir haben ihn immer noch auf dem Radar."

„Was?"

„Virgo, setz deinen Arsch in Bewegung!", schrie sie ihm ins Ohr. „Wir haben eine brauchbare Spur und die dürfen wir nicht verlieren!"

Landon und Sarge sahen sich kurz an, dann drehten sie sich um und rannten aus der Tür.

Kapitel 22

Fast eine Stunde lang folgten sie dem Fahrzeug aus der Stadt hinaus, während sie Jennas Anweisungen folgten. Sarge umklammerte das Lenkrad, bis seine Fingerknöchel weiß wurden, und hoffte, dass sie keinen Fehler machten. Der junge Wachmann mochte nicht viel gewusst haben, aber sie hatten ihre Chance verloren, ihn zu befragen.

Landon nickte ihm beruhigend zu, als Sarge ihm einen Blick zuwarf, während sie hörten, wie Jenna die anderen Nerds herumkommandierte, um das Fahrzeug nicht aus den Augen zu verlieren. Jedes Mal, wenn es abbog, mussten sie neue Kameras finden, um es aufzuspüren. Kein leichtes Unterfangen, selbst für ein so gutes Team wie das von Zodiac. Mehr als einmal mussten die Männer umdrehen und in die entgegengesetzte Richtung fahren.

Sein Griff wurde fester, als sich für einige Momente Stille über die Telefonleitung legte und Jennas Anweisungen aufhörten. Hatten sie das Auto verloren?

Dann endlich sprach sie wieder. „Sarge, wir haben ihn. Er hat angehalten. Fahrt weiter in Richtung Osten und wir schicken euch die genaue Adresse. Ich werde sehen, ob ich ein paar Satelliten auf das Gebäude richten kann."

Sarge schaltete auf stumm und sah zu Landon hinüber. „Hat Zodiac tatsächlich Zugriff auf Satelliten?" Es war Ian durchaus zuzutrauen.

„Nicht, dass ich wüsste. Ich bin mir ziemlich sicher, dass Jenna hier ein paar nicht ganz legale Methoden ins Spiel bringt."

Er hatte nichts dagegen – er würde jede Hilfe annehmen, die sie bekommen konnten, ob legal oder nicht. Sarge trat das Gaspedal fester durch, als ob sie nicht ohnehin schon mit überhöhter Geschwindigkeit unterwegs wären.

Mit einem Zwei-Mann-Team in einen potenziellen Mosaic-Stützpunkt einzudringen, war nicht der beste Plan. Sie hatten keine anderen Waffen als die, die sie im Auto aufbewahrten – insgesamt drei Magazine für ihre Pistolen. Damit kämen sie vielleicht drei Meter durch die erste Tür. Wenn sie Glück hatten.

Die Adresse kam in Form einer SMS von Jenna und war nur fünfzehn Minuten von ihrem Standort entfernt. Landon und Sarge fuhren schweigend weiter.

„Alles klar, Leute." Jenna meldete sich wieder in der Leitung. „Sieht aus, als hätten wir ein mehrstöckiges Gebäude. Großes Gelände. Offensichtlich haben sie spitzgekriegt, dass Ärger im Anmarsch ist, denn es scheint eine Massenflucht zu geben."

Das war sowohl eine gute als auch eine schlechte Nachricht. Die gute, weil Landon und Sarge nicht das gesamte Gelände selbst einnehmen konnten, die schlechte, weil man bei einer Evakuierung die Gefangenen vermutlich mitnehmen würde.

Wenn Bronwyn überhaupt dort war.

„Ich schicke die Gebäudepläne an Landon", sagte Jenna.

„Ich nehme nicht an, dass du Lust hast, auf Verstärkung zu warten?"

„Das kann ich nicht, Jenna. Das Risiko kann ich nicht eingehen. Nicht, wenn Bronwyn da drin sein könnte."

„Okay. Aber ich muss dich warnen, was Infiltration angeht, ist dieses Gebäude kein Kinderspiel. Ich werde euch so viele Informationen wie möglich besorgen – Baupläne und das alles." Sie beendete das Gespräch.

Sarge blickte zu Landon hinüber. „Du musst das nicht tun." Im Grunde führte er seinen Freund auf eine Selbstmordmission.

„Fang bloß nicht damit an." Landon verdrehte die Augen. „Du wirst auf keinen Fall allein da reingehen. Du würdest keine Minute überleben."

Er versuchte nicht, es ihm auszureden. Er hatte ja recht. Sarges Erfolgschancen waren ohne Landon gleich Null, und mit ihm nicht viel besser.

Aber wenn die Rollen vertauscht wären, würde er ihn auch nicht alleine losziehen lassen.

„Heilige Scheiße", sagte Landon, als er die Gebäudepläne auf seinem Tablet aufrief. „Der Ort ist riesig. Mehrere Stockwerke, mehr als zweieinhalbtausend Quadratmeter. Und von uns gibt es – warte, lass mich nachrechnen, zwei hin, vier im Sinn – zwei."

Sarges kurzer Lacher enthielt keinerlei Humor. Er hatte das Gleiche gedacht.

Er stieß einen Seufzer aus. „Bitte sag mir, dass irgendwas daran komisch ist."

„Vor nicht mal zwei Stunden habe ich Ian getacklet, weil er in ein Gebäude rennen wollte, um sich umbringen zu lassen. Und jetzt stehe ich mit einem noch dümmeren Plan da."

„Dann sollte ich mich besser aufwärmen und bereitmachen, dich zu tacklen."

Er wischte sich mit einer Hand übers Gesicht. „Sie werden sie umbringen. Du weißt, dass sie nichts zurücklassen werden, was sie später belasten könnte."

„Wir wissen nicht genau, ob sie da drin ist."

Sarge starrte geradeaus. „Sie ist da drin."

Das verriet ihm sein Bauchgefühl, ein Instinkt, dem er schon seit Langem vertraute. Er irrte sich nie.

„Okay." Er war dankbar, dass Landon nicht weiter darauf einging. „Dann machen wir das Beste aus dem Chaos. Wir gehen da rein und bleiben lange genug am Leben, um sie rauszuholen. Ich versuche herauszufinden, wo der beste Eingang ist."

Sie waren zwei Minuten von dem Gebäude entfernt, als sie einen weiteren Anruf von Jenna erhielten. „Ich glaube, sie ist dort, Sarge. Ich glaube, Bronwyn ist in dieser Einrichtung gewesen."

„Woher weißt du das?" Er würde alles nehmen, was das bestätigte, was er bereits fühlte.

„Ich hatte so eine Ahnung, als ich gesehen habe, dass es ein komplettes zweites Untergeschoss gibt. Wie sich herausstellt, wurden im letzten Jahr vier verschiedene Isolierbehälter an diese Adresse geliefert."

Sarge wickelte seine Hände fester um das Lenkrad. Bronwyn war da. Sie musste da sein.

„Okay, das hilft uns weiter", sagte Landon. „Wenn sie im Untergeschoss ist, müssen wir durch den südöstlichen Eingang gehen, der diesem Bereich am nächsten ist."

Das war zumindest ein Plan. „Bei einer Anlage dieser Größe ist es unmöglich, dass jeder jeden kennt. Das könnte zu unserem Vorteil sein. Wir können so tun, als ob wir dort hingehören."

Landon schenkte ihm ein Grinsen. „Wir werden sie mit Freundlichkeit überrumpeln. Oder mit Waffengewalt, je nachdem, was schneller geht."

Sie hielten ihre Köpfe so weit wie möglich gesenkt, als sie das Gelände befuhren. Alle anderen eilten in die entgegengesetzte Richtung. Niemand hielt ihr Auto an, um sie zu fragen, was sie hier wollten. Falls es doch jemand tat, steckten sie in Schwierigkeiten.

Landon griff wieder zum Telefon. „Jenna, ruf alle Strafverfolgungsbehörden an, die dir einfallen. Die hiesige Polizei, das FBI, die Pfadfinder … alle. Lass Callum Webb wissen, wo wir gerade sind. Mosaic vermutet nur, dass wir kommen. Sorg dafür, dass sie es ganz sicher wissen."

Sie bestätigte und er legte auf.

Sarge knirschte mit den Zähnen. „Die Strafverfolgungsbehörden suchen auch nach Bronwyn. Sie werden sie verhaften wollen."

„Das werden wir nicht zulassen. Aber im Moment brauchen wir mehr Leute, auch wenn wir damit nur noch mehr Chaos verursachen."

Landon hatte recht. Das Wichtigste war, Bronwyn lebend herauszuholen. Um die Behörden konnte sich Sarge später noch kümmern.

Aber die würden sie ganz bestimmt nicht in die Finger bekommen.

Er fuhr so nah wie möglich an den Eingang im Südosten heran. Dutzende von Söldnern liefen überall herum und trugen Waffen und Equipment heraus. Informationen, die sie brauchten, um Mosaic zur Strecke zu bringen.

Sarge lief ohne einen zweiten Blick an ihnen vorbei. Sie zu Fall zu bringen, würde bis zu einem anderen Tag warten müssen.

Ihr Glück hielt an, bis sie die Treppe zum Tiefgeschoss hinunterkamen. Vor der Tür war eine Wache postiert.

„Hey, hier hat niemand Zugang. Ich warte auf den Befehl, das Gefängnis zu räum–"

Er beendete seinen Satz nicht. Sarge verpasste ihm einen

Kinnhaken und der Mann fiel zu Boden. Er packte ihn am Hemd und schlug erneut zu, um sicherzustellen, dass er bewusstlos blieb.

Sarge konnte sich gerade so zurückhalten, ihm zwei Kugeln in die Brust zu jagen. Die Tatsache, dass sie Munition sparen mussten, war dabei schwerwiegender als jedes moralisches Argument.

„Beeilen wir uns", sagte Landon. „Dass wir sowohl den Bösen als auch den Guten aus dem Weg gehen müssen, macht die Sache nicht einfacher. Die Polizei wird nicht lange auf sich warten lassen."

Sarge stürmte in den Raum und rannte weiter die Treppe hinunter. Der Ort war die reinste Gruft – es herrschte totale Finsternis. Er musste die Taschenlampe seines Handys benutzen, um die Hand vor Augen sehen zu können.

Die Isolationstanks befanden sich hinter einer weiteren Tür. Er rannte auf sie zu und fluchte, als er das Vorhängeschloss sah. „Wir werden es zerschießen müssen."

Landon stieß einen leisen Fluch aus. „Das wird ungewollte Aufmerksamkeit auf uns ziehen. Ich werde an der Tür in Stellung gehen."

Eine andere Möglichkeit hatten sie nicht. Als Landon in Position war, gab Sarge einen Schuss auf das Schloss ab, wobei der Lärm in diesem geschlossenen Raum ohrenbetäubend war. Das würde auf jeden Fall Verstärkung zur Folge haben.

Und wieder einmal war es ihm egal. Zum ersten Mal in seinem Leben drehte er dem Feind in einem Feuergefecht den Rücken zu. Sarge konnte Bronwyn keine einzige Minute länger ihren Qualen überlassen.

Darauf vertrauend, dass Landon ihm Deckung gab, hob er den schweren Deckel des Isolationstanks, der Licht und

Geräusche fernhielt, und öffnete dann den Reißverschluss von etwas, das nahezu wie ein Leichensack aussah.

Bronwyn befand sich darin, ihr nackter Körper schwamm knapp unter der Wasseroberfläche, die Arme an den Seiten gefesselt. Sie sah unglaublich zerbrechlich und fast blutleer aus.

Sein Herz zersplitterte in eine Million Stücke, als er den Anblick auf sich wirken ließ. Ihr Atem kam in leisen Schluchzern heraus; sie kniff die Augen zusammen gegen das wenige Licht, das sein Telefon spendete.

„Ich bin's, Ponygirl." Sarge ignorierte den Schusswechsel hinter sich, als er seine Hand unter ihren Kopf legte und ihn anhob, sodass mehr als nur ihr Gesicht aus dem Wasser ragte. „Kannst du mich hören, Süße? Ich bin's, Sarge. Ich bin hier."

Sie antwortete nicht, sondern wich nur weiter vor dem Licht zurück. Er konnte sich nicht vorstellen, welchen Stress ihr Körper und ihr Geist erlitten, als sie aus völliger Stille und Dunkelheit in den ohrenbetäubenden Lärm der Schießerei geschleudert wurde.

„Ich werde deine Handgelenke losbinden, okay?"

Sie war am Leben, das war das Wichtigste. Überleben war immer das Wichtigste. Das war ihm bewusst, aber trotzdem …

Als er sie so sah, wollte er am liebsten auf die Knie fallen und weinen. Wollte am liebsten jeden Mistkerl umbringen, der jemals mit Mosaic zu tun gehabt hatte. Verstand jetzt, wie Ian zumute gewesen war.

Sarge löste die Fesseln an ihren Handgelenken, damit sie sich bewegen konnte. Sie sagte immer noch kein Wort, öffnete ihre Augen nicht, versuchte nicht, sich von ihm weg oder auf ihn zuzubewegen. Er nahm sie in seine Arme und hob sie aus dem Wasser. Sie war schon immer eher klein gewesen, aber jetzt fühlte sie sich fürchterlich zerbrechlich an.

Er setzte sie auf seinen Schoß und wickelte sie dann in seine Jacke, dankbar, dass sie groß genug war, um sie fast zu verschlucken.

Die Schüsse hinter ihnen hörten auf. „Ich habe die ausgeschaltet, die die Treppe herunterkamen." Landon drehte sich zu ihnen um. „Da kommt keiner mehr nach, also nehme ich an, dass die Kavallerie eingetroffen ist."

Die Kavallerie war für Bronwyn im Moment genauso gefährlich. „Ich kann nicht zulassen, dass sie sie mitnehmen, Landon. Sie ist …"

Sarge war sich nicht sicher, welche Worte er benutzen sollte. Zerbrochen? Kraftlos? Defekt? Hat mehr durchgemacht, als ein Mensch durchmachen sollte?

Er trug sie hinüber, damit Landon sie im Licht der Tür besser sehen konnte.

„Oh Gott", flüsterte er. Seine Lippen wirkten verspannt, als er Sarge in die Augen sah. „Sie ist am Leben. Das ist das Wichtigste."

Er zog sein Telefon heraus und wählte. „Jenna, kannst du uns auf den neuesten Stand bringen? Ich hoffe, die Guten sind schon da."

„Ja. Callum und sein Team vom Omega-Sektor sind vor Ort. Und so ziemlich jeder Polizist in Kalifornien ist auf dem Weg."

„Gut. Danke. Du hast uns den Arsch gerettet."

„Habt ihr Bronwyn gefunden?"

„Bist du sicher, dass du das wirklich wissen willst?", erwiderte Landon.

„Dieser Satz sagt mir alles, was ich wissen muss."

„Jenna", sagte Sarge. Landon hielt ihm das Telefon entgegen. „Ich brauche alles, was du über die Auswirkungen von Langzeitverwendung von Isolationstanks herausfinden kannst, und wie ich jemandem, der in dieser Situation gewesen sein könnte, am besten helfen kann. Ich muss wissen, was man unternehmen kann, ohne ein Krankenhaus aufzusuchen, wenn möglich."

„Verstanden. Ich schicke dir alles, was ich finden kann." Sie legte auf.

Bronwyn zitterte in seinen Armen, ein leises Stöhnen entwich ihrer Kehle. Sarge musste sie von hier wegbringen. An einen sicheren Ort.

Landon drückte seine Schulter. „Ich werde mich oben nützlich machen und dir die Polizei vom Hals halten. Du musst sie von hier wegschaffen."

Sarge nickte und sah zu ihr hinunter. Mehr als alles andere wollte er, dass diese blauen Augen sich öffneten und ihn ansahen. Er wollte wissen, dass Bronwyn immer noch in dieser Hülle einer Frau steckte, die er in seinen Armen hielt.

„Ich werde sie nicht in ein Krankenhaus bringen, es sei denn, ich habe keine andere Wahl. Die Polizei wird dort nach ihr suchen."

„Die werden auch in deinem Haus suchen. Callum weiß, wie nahe ihr euch steht."

„Ich lasse nicht zu, dass jemand sie mitnimmt. Nicht jetzt." Nie und nimmer. „Was sie getan hat, die Menschen, die sie getötet hat … das war nicht ihre Schuld. Sie hatte keine Kontrolle über sich."

„Wir können uns später darum kümmern, ihren Namen reinzuwaschen. Jetzt bringst du sie erst einmal in Sicherheit und außer Sichtweite."

„Ich weiß schon, wo ich hin will."

„Wohin?"

„Sicher, dass du das wirklich wissen willst?", gab Sarge Landons Worte zurück.

„Gutes Argument."

„Ich kenne einen Ort, der buchstäblich für sie gebaut wurde."

Kapitel 23

Ian würde Sarge wieder die Benutzung seines Jets vom Lohn abziehen müssen. Aber es war der schnellste und sicherste Weg, Bronwyn dorthin zu bringen, wo sie hin mussten, und er zögerte keinen Moment, ihn zu benutzen.

Abgesehen von einer Musical-Einlage hatte Landon alles unternommen, um die Polizei abzulenken, damit Sarge entkommen konnte. Er war direkt zu der Landebahn gefahren, auf der er und Ian am Morgen gelandet waren. Landon würde dafür sorgen, dass der Flugplan geändert wurde, damit niemand – weder die Guten noch die Bösen – ihnen folgen konnte. Sobald Landon sah, dass sie in Richtung der Berge von Montana flogen, würde er wissen, wohin sie wollten.

Bronwyn hatte noch immer kein Wort gesprochen. Seit Sarge sie aus dem Isolationstank geholt hatte, hatte sie die meiste Zeit damit verbracht, sich zusammenzurollen und ihren Kopf zwischen ihren Armen zu vergraben.

Sie hatte fast völlig leblos dagesessen, als Sarge ihr sein Hemd übergestreift hatte. Daran hatte sich auch nichts geändert, als er an einem Drogeriemarkt angehalten hatte, von dem aus er das Auto sehen konnte, und eine Jogginghose in Kindergröße gefunden hatte, die ihr hoffentlich passte.

Er hatte alles versucht, um sie zum Essen zu bewegen, aber sie hatte nicht mehr getan, als an allem, was er ihr angeboten hatte, etwas zu knabbern. Gott sei Dank behielt sie Wasser etwas besser bei sich. Sie war so erschreckend dünn, dass Sarge ihr alle zwei Stunden ein Drei-Gänge-Menü vorsetzen wollte.

Irgendwann hatte sie endlich ihre Augen geöffnet, wie er es sich gewünscht hatte, immer noch das wunderschöne Blau, das sich in sein Gedächtnis eingebrannt hatte. Aber ihr Blick war so leer, so ausdruckslos, dass es schwer war, das als einen Sieg zu betrachten.

Sie hatte kein einziges Wort gesprochen. Sie hatte ihn nicht wiedererkannt. Sie hatte nichts getan, was darauf schließen ließ, dass sie zu Handlungen fähig war, die über die grundlegenden Lebensfunktionen hinausgingen.

Sarge musste sie an einen sicheren Ort bringen. Er war mehr als erleichtert, als Lucas Everett ihnen auf dem Flugplatz in Missoula, Montana, entgegenkam, wie er gebeten hatte. Sarge hätte nicht nervös sein müssen. Er kannte den Mann seit mehr als einem Jahrzehnt und er hatte ihn noch nie im Stich gelassen.

Er ließ Bronwyn in ihrem Flugzeugsitz in diesem Zustand zwischen Wachen und Schlafen zurück, in dem sie sich befand, seit er sie aus dem Tank geholt hatte, und ging die Treppe hinunter, um Lucas' Hand zu schütteln.

„Danke, dass du gekommen bist."

Er lächelte. „Nachdem du mir so oft den Arsch gerettet hast, wäre ich überall zur Stelle, wenn du um Hilfe rufst." Lucas war in einem anderen SEAL-Team gewesen, aber sie waren sich mehr als einmal über den Weg gelaufen. „Aber ich muss zugeben, dass ich überrascht war, als ich hörte, dass du mitten in der Nacht hierher kommst."

„Ich habe da eine Freundin." Sarge warf einen Blick zurück zur Tür des Jets. „Sie braucht einen Ort, um sich zu erholen. Um unterzutauchen."

„Dafür ist die Resting Warrior Ranch da."

Er nickte. Lucas und einige seiner SEAL-Kollegen hatten die Resting Warrior Ranch gegründet, um Menschen zu helfen, die unter PTBS litten. Die Ranch selbst stand jedem offen, ob ehemaliger Soldat oder nicht, um für eine Weile dem Druck des Alltags zu entfliehen. Sie bildeten auch Hilfstiere und Tiere zur emotionalen Unterstützung aus, um Menschen bei der Bewältigung ihrer PTBS zu helfen. Lucas war auf Pferde spezialisiert. Und komischerweise auf Alpakas.

Lucas wusste aus eigener Erfahrung, was PTBS war und was sie mit einem Menschen machte. Sarge hatte nichts als gehörigen Respekt vor einem Mann, der seine persönlichen Erfahrungen nutzte, um anderen zu helfen.

Und wenn es jemals einen Krieger gegeben hatte, der einen Ort zum Ausruhen brauchte, dann war es Bronwyn.

„Ihr seid hier willkommen, solange ihr wollt", fuhr er fort. „Ich denke, die Hütte an der Nordseite des Grundstücks ist genau das, was ihr sucht."

„Das muss unter uns bleiben, Luc. Es könnten Leute hinter ihr her sein."

Das störte Lucas nicht im Geringsten. „Ich habe niemandem sonst von eurer Ankunft erzählt, also musst du dir unseretwegen keine Sorgen machen. Braucht deine Freundin medizinische Hilfe?"

„Wahrscheinlich, aber ein Krankenhaus kommt im Moment nicht in Frage. Auch wenn es mit meiner Ersthelfer-Ausbildung nicht weit her ist, habe ich sie vor Ort kurz untersucht, und es scheinen keine unmittelbaren Probleme zu bestehen. Aber …"

Sie war nicht in unmittelbarer Gefahr, aber Gott, es war

so unfassbar schwer, darüber zu sprechen, was Bronwyn angetan worden war.

Lucas fragte nicht nach Einzelheiten. „Ich verstehe. Die Ranch ist nicht als medizinische Einrichtung konzipiert. Wir haben Leute, die mit emotionalen Traumata und psychischen Problemen zu kämpfen haben, aber normalerweise sind sie über die meisten körperlichen Probleme hinweg."

Sarge wischte sich mit der Hand über das Gesicht. „Ja, wenn ich sie irgendwo anders hinbringen könnte, würde ich es tun."

„Wir haben ein paar grundlegende Dinge, die ich dir bringen kann, damit du ihre Vitalwerte im Auge behalten kannst. Rehydratationslösung, Sauerstoffsättigungsmonitor, Blutdruckmessgerät." Lucas streckte seine Hand aus und drückte seine Schulter. „Wenn sie mehr braucht, finden wir eine vertrauenswürdige Krankenschwester im örtlichen Krankenhaus für einen Hausbesuch."

Sarge nickte und ging zurück, um Bronwyn zu holen. Sie sagte kein Wort, als er sie aus dem Flugzeug trug und sie zu Lucas in den Pick-up stiegen. Aber zum ersten Mal schien sie richtig wach zu sein. Ihrem Blick fehlte die Schärfe von früher, aber zumindest war er nicht mehr völlig leer.

Irgendetwas an Lucas ließ sie leicht aufwachen.

Sarges Kiefer verkrampfte sich, als er schweigend neben ihr saß. Vielleicht war es nicht das Richtige für sie, dass er sich um sie kümmerte. Wenn sie Angst vor ihm hatte oder sich in der Nähe anderer Menschen wohler fühlte, musste er das respektieren. Auch wenn es ihn fertigmachte.

Dr. Rayne Westerfield war die Vollzeit-Psychiaterin auf der Ranch. Sarge hatte vorgehabt, ihr Fachwissen in Anspruch zu nehmen, sobald Bronwyn und er sich ein paar Tage eingelebt hatten, aber vielleicht konnten sie nicht so lange warten.

Vielleicht musste Bronwyn mit jemand anderem Zeit verbringen. Nicht mit ihm.

Erst als Sarge merkte, dass sie näher an ihn heranrückte, weg von Lucas, wurde ihm klar, was los war. Ihre Abwehrmechanismen setzten ein, obwohl sie unter einem Berg von Leere begraben war. Sie versuchte, sich vor einer möglichen Bedrohung zu schützen.

Er war froh, das zu sehen. Sie wollte sich vielleicht nicht aktiv geistig engagieren – und niemand konnte ihr das vorwerfen –, aber ihre Instinkte funktionierten immer noch. Und ihre Instinkte sagten ihr, dass sie bei ihm sicher war.

Bronwyn war da drin.

Sarge konnte seine Erleichterung nicht verleugnen, denn er wusste, dass sie zwar nicht daran interessiert war, ihn zur Kenntnis zu nehmen, ihn aber zumindest nicht als Bedrohung ansah.

Lucas versuchte nicht, in Bronwyns persönlichen Bereich einzudringen oder sie in irgendeiner Weise anzusprechen. Er sprach leise und ruhig mit Sarge über absichtlich belanglose Dinge – das Wetter, die Geschehnisse in der nahe gelegenen Stadt Garnet Bend. Sein Instinkt war richtig – Bronwyn entspannte sich während der Fahrt immer mehr.

Als sie am Haupthaus der Ranch ankamen, warf er ihm einen Schlüsselbund zu und deutete auf einen viel älteren Pick-up, der neben dem Haus geparkt war.

„Er ist zwar schon ziemlich alt, aber er wird euch zur Hütte bringen. Sie ist voll ausgestattet und es sollte alles da sein, was ihr für mindestens zwei oder drei Wochen benötigt. Wenn du doch noch was brauchen solltest, weißt du, wie du mich erreichen kannst."

Sarge nickte und schüttelte seine Hand. „Danke für deine Hilfe."

Er wäre gerne hineingegangen, um Harlan Young und einige der anderen Jungs zu begrüßen, aber jetzt war nicht die Zeit dafür. Er hob Bronwyn hoch und setzte sie in den Wagen. Sie sagte nichts und sah ihm auch nicht in die Augen, aber sie gab auch keine erschrockenen Geräusche von sich, wie vorhin, als er sie aus dem Isolationstank geholt hatte.

Während sie die fünfzehn Minuten bis zu der entlegenen Hütte fuhren, versuchte Sarge, ihr so viel wie möglich über diesen Ort zu erzählen, für den Fall, dass sie daran interessiert war.

„Wir sind an einem Ort namens Resting Warrior Ranch. Ich kenne die Jungs, die sie gegründet haben – sie sind ehemalige SEALs wie ich. Sie arbeiten hier mit Assistenztieren und Tieren zur emotionalen Unterstützung – Pferde, Hunde und einige weniger traditionelle Tiere wie Alpakas, Meerschweinchen und Kaninchen."

Er erzählte ihr, wie groß und abgelegen die Ranch war und wo genau in Montana sie lag. Er war sich nicht sicher, wie viel davon bei ihr ankam, aber er wollte, dass sie wusste, dass dies ein sicherer Ort war, dass sie Optionen hatte, dass sie nicht mehr allein und hilflos war.

Sie sagte nichts und nahm seine Worte nicht zur Kenntnis, aber zumindest war sie da, sie war wach und sie war am Leben. Und sie rannte nicht vor ihm weg. Oder versuchte, ihn zu erschießen.

Sarge bekam keine wirkliche Reaktion von Bronwyn, bis sie die Hütte betraten und er sie hineintrug und sie an den Tisch setzte. Lucas hatte das Licht angelassen. Er befürchtete, dass es ihren Augen schaden könnte, also schaltete er das Deckenlicht aus und ließ nur das schwache Ofenlicht brennen.

„Nein."

Es war das erste Wort, das sie bisher gesagt hatte. Er drehte sich um und sah sie an.

„Ich soll das Licht anlassen?"

Sie nickte.

Okay, das war doch immerhin etwas. Sie kommunizierte. Sie verstand. Er knipste jedes verdammte Licht in der Hütte an. Sie war nicht groß, zwei Schlafzimmer, ein kleines Wohnzimmer und eine Küche mit Essecke. Als er zurückkam, saß sie immer noch an dem Tisch, an dem er sie zurückgelassen hatte.

„Okay, das Licht ist an und wird auch so bleiben, es sei denn, du überlegst es dir anders. Wie wäre es mit etwas Suppe?"

Sie antwortete nicht. Damit hatte Sarge auch nicht gerechnet. Er öffnete eine Dose Hühnernudelsuppe, die ihm seine Mutter immer gegeben hatte, wenn es ihm nicht gut gegangen war, und wärmte sie auf dem Herd auf. Es dauerte nicht lange, bis er einen Teller mit der Suppe vor ihr abstellte.

Sie blinzelte ihn mit diesen kristallblauen Augen an, die ihm immer einen Schlag in den Magen versetzten. Er sprach so sanft, wie er konnte. „Möchtest du, dass ich dich füttere, oder willst du alleine essen? Beides ist für mich völlig in Ordnung."

Sie starrte ihn an und schaute dann auf den Teller hinunter.

„Bist du echt?", flüsterte sie schließlich. „Oder bist du nur in meiner Vorstellung?"

Sarge bedeckte ihre Hand mit seiner. Ihre war so viel kleiner, so viel zerbrechlicher. „Ich bin echt, Ponygirl. Ich bin hier."

Sie zog ihre Hand nicht weg. „Ich habe Angst, dass ich meine Augen öffne und wieder in der Dunkelheit bin. Zurück in dem Nichts, wo ich nicht existiere."

Ihre Angst vor dieser Realität war deutlich an der Furcht in ihren blauen Augen abzulesen.

Er schluckte die rasende Wut hinunter. Es würde die Zeit

kommen, Mosaic für das, was sie ihr angetan hatten, zur Rechenschaft zu ziehen. Im Moment war es das Wichtigste, für sie da zu sein, wenn sie etwas brauchte.

„Nie wieder", versprach er ihr. „Nie wieder Dunkelheit. Keine Finsternis mehr. Nie wieder nichts."

Sarge wusste, dass seine Worte nicht viel bewirken konnten. Nur die Zeit konnte wirklich beweisen, dass sie nicht mehr gefangen war.

„Vertraue deinen Sinnen, Ponygirl. Iss etwas von der Suppe. Spüre, wie warm sie ist, schmecke, wie salzig sie ist. Halte meine Hand fest. Ich bin da. Ich bin hier und ich gehe nirgendwo hin, es sei denn, du willst, dass ich gehe."

Sie schüttelte den Kopf. „Verlass mich nicht."

„Das werde ich nicht." Er hatte sie schon zweimal gehen lassen, und das waren die größten Fehler gewesen, die er je gemacht hatte. Er war sich nicht sicher, ob er sie jemals wieder verlassen könnte, selbst wenn sie es wollte.

Sie starrte wieder auf die Suppe hinunter, ohne den Löffel in die Hand zu nehmen. „Ich bin kaputt. Ich kann es innerlich fühlen. Ich werde nie wieder derselbe Mensch sein, der ich war."

Sein Herz brach bei ihren Worten entzwei. Sie war so jung und hatte schon so viel durchgemacht. Er wollte sie in seine Arme schließen und verhindern, dass ihr jemals wieder etwas zustieß.

Aber erst würde Sarge sie mit Suppe füttern. Er nahm den Löffel in die Hand und führte ihn sanft an ihre Lippen.

„Dann freue ich mich darauf, den Menschen kennenzulernen, der du einmal sein wirst."

Kapitel 24

Bronwyn kehrte aus dem Nirgendwo zurück und hörte, wie Sarge ihr aus *Die Outsiders* vorlas. Als sie ihn anblinzelte, hörte er auf zu lesen und lächelte sie an.

„Hi."

Diese tiefe Stimme war zum Mittelpunkt ihrer Existenz geworden, und zwar seit … sie wusste nicht genau, wie lange schon. Manchmal kam es ihr wie Stunden vor, seit er sie aus dem Isolationstank geholt hatte, weg von den Schmerzen und der Dunkelheit.

Aber sie wusste, dass es viel länger her war – Tage. Mehr.

„Ich war weggetreten", sagte sie.

Er wusste, dass das bedeutete, dass sich ihr Gehirn abgeschaltet hatte. Es passierte, wenn sie Angst bekam – wenn irgendetwas eine Erinnerung auslöste oder sie auf irgendeine Weise erschreckte.

Aber manchmal passierte es auch ganz ohne Grund, so wie diesmal, und das war das Erschreckendste daran. Zusammengerollt in ihrem Lieblingssessel, eingewickelt in eine Decke und mit Aussicht auf den grenzenlosen Himmel von Montana durch das Fenster, während er ihr vorlas – das sollte nicht dazu führen, dass ihr Verstand abschaltete.

Aber so war es. Bronwyn hatte keine Ahnung, wie lange sie schon nicht mehr mitbekommen hatte, was um sie herum geschah. Manchmal waren es nur Sekunden, manchmal Stunden.

Sarge war immer da, wenn sie wieder zu sich kam.

Er legte das Buch neben sich auf den Tisch. „Weißt du noch, was Dr. Rayne gesagt hat? Auf die Art will dein Verstand sich selbst schützen und wenn er eine Pause braucht und abschalten will, dann sollst du das zulassen."

Sie verzog das Gesicht. „Manchmal denke ich, Dr. Rayne sagt sowas nur, um mich zu beschwichtigen."

Er schmunzelte. „Wenn ich mich nicht irre, ist das genau der Sinn dahinter. Man bekommt das zu hören, was man hören muss."

Dr. Rayne Westerfield, die Psychiaterin auf der Resting Warrior Ranch, war neben Sarge ihre zweite Rettungsleine gewesen. Sie hatte sie seit ihrer Ankunft dreimal pro Woche gesehen.

Dreimal pro Woche. Das bedeutete …

Bronwyn setzte sich aufrechter hin. „Wie lange sind wir schon hier?"

Er lehnte sich in seinem Stuhl zurück und verschränkte die Arme vor der Brust. „Sag du es mir. Was glaubst du, wie lange wir schon hier sind?"

Grrr. Das tat er oft. Er brachte sie dazu, über Dinge nachzudenken; brachte sie dazu, ihren Verstand einzusetzen, um die Antworten zu finden.

Sie streckte ihm die Zunge heraus. „Es ist einfacher, dich zu fragen, weil ich weiß, dass du die Antwort kennst."

Er lachte. Es klang wunderschön. In ihrem Leben, in ihrem Kopf, in ihrem Körper war so vieles schiefgelaufen. Aber der Klang von Sarges Lachen schien das alles zu vertreiben. Es gab ihr das Gefühl, als bestünde eine Chance, dass alles gut werden würde.

Eine winzige Chance, aber immerhin eine Chance.

Bronwyn sah zum Küchentresen hinüber. Dort standen reihenweise Medikamente, Vitamine und Nahrungsergänzungsmittel, die sie jeden Tag einnahm. Manche davon nahm sie drei- oder viermal am Tag.

Einige der Mittel sollten ihr helfen, nach monatelanger Mangelernährung und dem Fehlen von Sonnenlicht wieder zu Kräften zu kommen. Die meisten Medikamente dienten dazu, dem entgegenzuwirken, was Mosaic ihr angetan hatte, um ihren Geist zu kontrollieren. Um die Auswirkungen der Neuroinhibitoren zu bekämpfen. Genmanipulation. Chemische Unterwerfung. Ein Medikamentencocktail, entwickelt aus Jennas Recherchen mit Hilfe des Genetikspezialisten, den Ian DeRose für Wavy angeheuert hatte.

Einige der Medikamente hätten leichter per Spritze verabreicht werden können, aber Sarge hatte das abgelehnt, solange es Alternativen dazu gab. Am Hals trug sie noch immer die Spuren der Injektionen – die schweren Schäden an Haut und Gewebe würden wahrscheinlich noch jahrelang zu sehen sein – und denen wollte er nichts hinzufügen.

Also nahm Bronwyn jeden Tag Tabletten. Einige davon würde sie wahrscheinlich für den Rest ihres Lebens einnehmen.

Sie halfen nicht immer gegen die Schmerzen. Die Entzugserscheinungen machten ihr immer noch zu schaffen, aber sie versuchte, es sich nicht allzu sehr anmerken zu lassen, wenn sie konnte.

Aber Sarge bemerkte es. Er bemerkte alles.

Er sah, worauf ihr Blick gefallen war, und sein Lachen verstummte, obwohl seine Augen weiterhin sanft auf ihr ruhten. Er war müde. Er dachte nicht, dass es ihr auffiel, und wahrscheinlich war es oft genug auch so, aber in diesem

Moment war die Erschöpfung in seinen braunen Augen nicht zu übersehen.

Wie konnte er auch nicht erschöpft sein, nachdem er es die ganze Zeit mit ihr aushalten musste?

Drei oder vier Mal pro Nacht wachte sie schreiend auf. Tagsüber schluchzte sie willkürlich und unkontrolliert. Sie musste alle zwei Stunden essen, da ihr Magen keine vollen Mahlzeiten vertrug, nachdem sie im Isolationstank ausgehungert worden war. Sie konnte kaum mehr als zwanzig Meter weit gehen, weil ihre Muskeln so verkümmert waren. Sie konnte nicht einmal ein Bad nehmen, ohne in Panik zu geraten. Selbst Duschen war problematisch.

Und ihre Hände zitterten die ganze Zeit. Sie betrachtete sie nun. Ihr war warm, sie war entspannt und in Sicherheit, aber das leichte Zittern war immer noch sichtbar.

Ihre Hände waren der Grund gewesen, warum sie überhaupt bei Zodiac Tactical eingestellt worden war. Ihre Fähigkeit, sich schnell zu bewegen, Dinge zu entwenden, ohne dass andere es bemerkten. Jetzt konnte sie kaum noch einen Löffel halten, ohne dass er gegen den Teller klapperte.

Sie musste fast die ganze Zeit in eine Decke eingewickelt sein, denn jetzt war ihr trotz des milden Wetters nicht nur kalt, ihr Gehirn war durch die reizarme Umgebung paranoid geworden.

Sie nannten es das „Nichts".

Dr. Rayne und Bronwyn hatten ausführlich darüber gesprochen. Wie ihr Körper und ihr Geist zu viele Stunden ohne Sinnesreize verbracht hatten, was durch die Medikamente und die Experimente von Dr. Tippens noch verschlimmert worden war.

Sie befand sich jetzt in einem fast ständigen Zustand der verzweifelten Sehnsucht nach körperlichem Kontakt. Sie ertappte sich dabei, wie sie wie früher ihre Haut rieb oder sich fest in eine Decke einwickelte, aber diesmal nicht, um den Schmerz zu stoppen. Jetzt tat sie es, weil der sanfte Druck ihr Geborgenheit vermittelte, weil sie Berührungen liebte.

Das war im Grunde die einzige Möglichkeit für sie, zu funktionieren. Zu lange ohne dieses Gefühl und ihr Verstand geriet in Panik.

Bronwyn hatte darauf geachtet, Sarge nichts davon zu sagen, und sie hatte Dr. Rayne versprechen lassen, es auch nicht zu tun. Sie war beleidigt, dass Bronwyn es als nötig empfunden hatte, zu fragen, aber sie hatte zugestimmt.

Sie wollte ihm das nicht aufbürden. Er tat bereits so viel für sie; sie wollte ihm nicht das Gefühl geben, dass er sie auch noch berühren musste.

Er musterte sie jetzt und sie versuchte sich zu erinnern, worüber sie gesprochen hatten. Ach ja, wie lange sie schon in der Hütte waren.

„Es gibt mehrere Wege, es herauszufinden. Such dir einfach einen aus", sagte Sarge, als ob sie nicht mitten im Gespräch gedanklich abgeschweift wäre. Daran musste er sich inzwischen gewöhnt haben.

Sie lächelte. „Die Alpakas."

Er verdrehte die Augen. „Du und deine Alpakas. Na schön. Wir haben sie zweimal pro Woche besucht."

Bronwyn liebte alle Tiere, die auf der Resting Warrior Ranch lebten. Die Pferde, die Hunde, die Kaninchen, aber am meisten liebte sie die Alpakas und das eine kleine Schaf, das sich für ein Alpaka hielt. Das Alpaka, dem es hauptsächlich folgte, hieß Mac, und so wurde das Schaf von allen Cheese genannt. Mac und Cheese waren unzertrennlich – vor allem, weil Mac keine Ruhe vor seinem kleinen Stalker fand.

Jedes Mal, wenn sie den Teil der Ranch besuchten, wo sich die Alpakas aufhielten, lernte sie den Namen eines neuen Tieres. Sie hatte sechs kennengelernt, also …

„Drei Wochen. Wir sind seit drei Wochen hier."

Er lächelte, als hätte sie eine komplizierte mathematische Gleichung gelöst. „Gut. Wie hättest du es noch herausfinden können?"

Bei dieser Denkarbeit machte sie wieder ein mürrisches Gesicht. „Die Bücher, die du mir vorgelesen hast, die Anzahl der Besuche bei Dr. Rayne, die Pferde, die ich gestreichelt habe."

Ihre wöchentliche Routine gab ihr die nötige Struktur, um sich zu erinnern.

Er grinste. „Ganz genau. Siehst du, dein Gehirn funktioniert noch."

Sie verdrehte die Augen. „Ja, ich sollte auf jeden Fall einen Preis dafür bekommen, dass ich etwas kann, was ein durchschnittlicher Fünfjähriger hinkriegt."

„Du musst Geduld haben, Ponygirl. So lange bist du noch gar nicht hier. Und der Erholungsprozess verläuft nicht immer gradlinig. Gib dem Ganzen mehr Zeit."

„Zeit", murmelte Bronwyn.

Wie viel Zeit hatten sie wirklich? Wie lange konnten sie dort bleiben? Wie lange noch konnte sie das Leben aus Sarge heraussaugen?

Er stand auf und ging zu ihr hinüber, hob sie in seine Arme und setzte sich. Er nahm mit ihr auf seinem Schoß wieder Platz und schlang seine Arme um sie.

Genau das. Das war es, was sie liebte. Das Gefühl, von ihm umgeben zu sein. Seinen Geruch. Den Klang seines Herzschlags an ihrem Ohr. Sie hatte so viel Zeit allein in diesem Tank verbracht, ohne jeglichen Kontakt zu irgendetwas, dass es ihre Seele beruhigte, in seinen Armen zu liegen.

Bronwyn wollte mehr von ihm und es hatte nichts mit ihrem Erholungsprozess zu tun.

Sie wollte Sarge.

Sie wollte das, was er in seinem Haus mit ihr gemacht

hatte. Nicht, weil sie sich nach körperlicher Berührung sehnte, sondern weil er es war. Weil er das einzige konstante Licht in dieser Hölle gewesen war. Weil er der einzige Mann war, den sie je für sich gewollt hatte.

Weil er Sarge war – groß und beschützerisch und verdammt sexy.

Aber mehr als sie in seinem Schoß zu halten oder sie in seine Arme zu schließen, während sie weinte, hatte er nicht getan. Keine Küsse mehr. Erst recht nicht auf ihren Brüsten oder zwischen ihren Beinen.

Vielleicht waren diese Dinge nie geschehen. In ihrem Kopf war so vieles durcheinander geraten. Vielleicht hatte sie sich sein Haus und das, was sie getan hatten, nur eingebildet. Ihr Verstand hatte ihr etwas gegeben, was sie gebraucht hatte – Zuflucht vor der Realität.

Bronwyn wusste, dass der Kuss in Paris echt gewesen war, aber jetzt war die Anziehungskraft zwischen ihnen, zumindest auf Sarges Seite, verflogen.

Und wie konnte sie ihm das verdenken? Wer würde eine körperliche Bindung mit jemandem eingehen wollen, der so kaputt war wie sie? Sie stieß einen kleinen Seufzer aus.

„Hey." Er hob ihr Kinn mit einem Finger an und zwang sie, ihm in die Augen zu sehen. „Warum so traurig?"

Weil sie wollte, dass er mit ihr Sex hatte, aber sie sich ziemlich sicher war, dass es nie dazu kommen würde. „Wir können nicht ewig hier bleiben", sagte sie stattdessen. „Irgendwann müssen wir ins richtige Leben zurückkehren."

„Wir können so lange hier bleiben, wie es nötig ist."

Sie wollte widersprechen, aber sie war schon so müde. Sie kuschelte sich wieder in seine platonische Umarmung und versuchte sich einzureden, dass alles gut werden würde.

Kapitel 25

„Bronwyn sieht schon besser aus", sagte Lucas zu ihm.

Sarge lehnte sich neben ihm gegen den Zaunpfosten. „Ja, ich schätze, ein Monat Sonnenschein, regelmäßige Mahlzeiten und nicht gefoltert zu werden, kann einem ganz gut tun."

Aber sein Freund hatte recht; Bronwyn sah tatsächlich besser aus. Er wusste, dass es Zeiten geben würde, in denen die Genesung eher rückwärts als vorwärts zu gehen schien. So war das mit der Heilung. Es war fast nie ein linearer Prozess.

Die Albträume, die sie manchmal heimsuchten, waren schlimm – so viel mehr als nur reine Angst. Ihr kleiner Körper zitterte so sehr, dass Sarge Angst hatte, dass sie sich wehtun würde. Und alles, was er tun konnte, war, sie zu halten und ihr zu helfen, es durchzustehen.

Aber jetzt, in diesem Moment, als er das breite Grinsen auf ihrem Gesicht sah, während sie auf einem alten Pony dahintrabte und zum ersten Mal ritt … das war genug.

Mehr als genug.

So viel mehr, als er vor ein paar Wochen erwartet hatte.

Jedes Lächeln, jedes Wort, jedes mürrische Brummen, das Sarge von ihr bekam, wenn es schwierig wurde? Jedes war ein kleines Wunder für sich und er schätzte sie alle.

„Sie ist ein Naturtalent im Umgang mit Tieren", sagte Lucas, „oder zumindest hat sie richtig Freude an ihnen."

„Hast du sie schon mit den Alpakas gesehen?" Sarge verdrehte die Augen.

Er grinste. „Viele Leute lieben Alpakas. Die Dinger können verdammt widerspenstig sein, aber sie sind so niedlich. Sie kann jederzeit mit ihnen herumhängen, wenn sie das möchte."

Sarge gluckste. „Sag ihr das nicht, sonst kriege ich sie nie wieder zurück in die Hütte."

Was ihn nicht im Geringsten stören würde. Je mehr sie draußen bleiben wollte, desto besser. Es tat ihr gut.

Sie hatte überhaupt keine Erinnerungen mehr an ihre erste Woche hier auf der Ranch. Keine Erinnerung an all die Blut- und Gewebeproben, die man ihr für Tests entnommen hatte, um zu verstehen, was ihr angetan worden war. Keine Erinnerung an die Gespräche zwischen Jenna, Dr. Rayne und Sarge, als sie versucht hatten, die Chemikalien aus ihrem Körper zu bekommen und herauszufinden, was sie zum Überleben brauchte.

Sie erinnerte sich nicht daran, dass er ihr die verdammte Halskette abgenommen und sie in Stücke zerschlagen hatte. Ihr Hals war von den vielen Injektionen, die man ihr verabreicht hatte, mit Einstichwunden übersät.

Jeder Makel an ihrer verletzten Haut erinnerte daran, wie sehr er sie im Stich gelassen hatte. Es war ein Wunder, dass sie ihn nicht hasste. Ein Wunder, dass sie ihn überhaupt in ihrer Nähe haben wollte.

Bronwyns Lachen ertönte, als das Pony, das von Liam

Anderson, dem hiesigen Spaßvogel der Ranch und ebenfalls einem ehemaligen SEAL, geführt wurde, einen Zahn zulegte. Lucas und Sarge lächelten. Wie könnte man nicht lächeln, wenn man ihr Lachen hörte?

„Hast du die Nachricht von Landon erhalten?" Lucas' Lächeln verblasste, als sie vorbeitrabten. „Klingt so, als würde die Polizei nach deinem Mädel suchen."

„Nun, die können warten. Sie gibt im Moment keine Erklärungen an die Presse ab. Bis wir mehr über Mosaic wissen und ihren Namen reinwaschen können, lasse ich niemanden in ihre Nähe, weder die Guten noch die Bösen."

„Auch gut." Weder Lucas noch die Leute, die dort arbeiteten, würden irgendwelche Informationen weitergeben, auch nicht an die Strafverfolgungsbehörden, und schon gar nicht über jemanden wie Bronwyn, die nicht gefährlich war.

Die Männer, die Resting Warrior gegründet hatten, wussten, wie es war, wenn man seine Privatsphäre brauchte. Die Strafverfolgungsbehörden mochten gute Absichten haben, aber ihnen fehlte das Fingerspitzengefühl, das für den Umgang mit PTBS-Patienten erforderlich war. Sie konnten mehr Schaden als Nutzen anrichten. Sarge wollte dieses Risiko bei Bronwyn nicht eingehen.

Aber Lucas hatte noch andere Verpflichtungen. „Sollen wir gehen?"

„Nein, aber es hat einen ganzen Stapel Leichen gegeben, als Zodiac Bronwyn und Wavy gerettet hat. Landon sagt, Callum Webb wird von seinen Vorgesetzten stark unter Druck gesetzt, Antworten aufzutreiben."

Er verschränkte die Arme vor der Brust und stellte seinen Fuß auf das Zaungeländer hinter ihm. „Von Bronwyn werden sie sie nicht bekommen, zumindest nicht in absehbarer Zeit."

Lucas zuckte mit den Schultern. „Sie vermuten, dass sie

bei dir ist, aber sie wissen nicht, wo. Und jetzt, wo Ian alle ihre Versuche, mit Wavy zu sprechen, abblockt – aus ähnlichen Gründen, wie ich annehme –, werden sie ihre Suche auf Bronwyn verstärken."

„Daran habe ich keinen Zweifel." Es spielte keine Rolle. Sie konnten sie nicht haben.

„Landon sagt, dass es bei Bronwyn etwas komplizierter aussieht als bei Wavy."

„Das ist wahr, zumindest in den Augen des Gesetzes." Sarge wischte sich mit der Hand über das Gesicht und dachte an die Aufnahmen aus Anchorage und an das, was sie in diesem New Yorker Parkhaus getan hatte. „Aber bei allem, was sie getan hat, war sie nicht sie selbst. Oder zumindest war es nichts, worüber sie Kontrolle hatte."

„Aber es war schlimm?"

„Ja. Schlimm genug."

Bisher hatte sie sich nicht an die Menschen erinnern können, die sie getötet hatte, und er hatte es nicht angesprochen. Dr. Rayne war sich ziemlich sicher, dass Bronwyn sich irgendwann daran erinnern würde, was sie getan hatte, aber darum würden sie sich Sorgen machen, wenn es so weit war. Im Moment musste sich Bronwyns einzig und allein darauf konzentrieren, wieder zu Kräften zu kommen, sowohl körperlich als auch geistig.

Mit der Polizei zu reden, würde ihr dabei nicht helfen, also hatte er auch nicht vor, das zuzulassen. Er würde sie in alle Ewigkeit verstecken, wenn es sein musste, vor allem jetzt, wo sie so viel Zeit wie möglich brauchte, um sich zu erholen.

Sie sahen ihr noch ein paar Minuten lang beim Reiten zu. Keiner von ihnen wollte sie unterbrechen, wenn sie so viel Spaß hatte. Irgendwann stieg sie vom Pferd und schlenderte zu ihnen herüber. Sie stellte sich direkt neben ihn und legte ihre kleine Hand auf seinen Arm. „Können wir noch bei Mac und Cheese vorbeischauen, bevor wir zurück zur Hütte gehen?"

„Aber immer doch."

Sie drückte seinen Arm. „Okay. Liam will mir noch zeigen, wie man das Pony absattelt, und dann können wir los. Ich bin gleich wieder da." Sie schenkte ihm ein Lächeln, drehte sich um und ging in Richtung Scheune. Früher hätte sie die Aufregung nicht im Zaum halten können und wäre gerannt. Aber sie setzte einen Fuß vor den anderen und lächelte, und für den Moment reichte das.

Sarge wandte den Blick von ihr ab und sah, dass Lucas ihn anstarrte. „Was?"

„Wie läuft es mit eurer Beziehung?"

„Es gibt keine Beziehung. Nicht von der Art, auf die du anspielst."

„Ich verstehe. Hat ihr das jemand gesagt?"

„Wovon zum Teufel redest du, Lucas?", fragte er.

„Die Art, wie sie dich ansieht. Wie sie dich berührt."

Sarge schüttelte den Kopf. „So ist es nicht. Es geht hier um ihre Genesung, um nichts anderes."

Lucas lehnte sich gegen das Geländer und warf Sarge einen strengen Blick zu. „Du weißt, dass jemand, der an PTBS leidet, nicht gleich alle anderen Bereiche seines Lebens vernachlässigen muss."

„Das würde ich ihr nicht antun."

„Was würdest du ihr nicht antun, Sarge? Einvernehmlicher Sex zwischen zwei Erwachsenen ist nichts Verwerfliches."

„Ich will sie nicht ausnutzen."

„Wäre es Ausnutzung, wenn es das wäre, was sie wollte? Ich habe gesehen, wie du sie ansiehst." Er hob eine Hand, bevor er widersprechen konnte. „Und es ist genau dieselbe Art, wie sie dich ansieht."

„Wie denn genau?"

„Als ob sie mehr will. Als ob du mehr willst."

Er wollte wirklich mehr. Er würde es nicht leugnen, zumindest nicht vor sich selbst. Unter anderen Umständen wären die Dinge anders gelaufen, aber so war es nun mal. Es spielte also keine Rolle, was er wollte.

Sarge drehte sich zu ihm um. Er wusste, wie er ihn zum Schweigen bringen konnte. „Ich sehe Bronwyn in etwa so an, wie du Evelyn ansiehst, richtig?"

Die hübsche, junge Frau war neu in der Gegend und wohnte vorübergehend in einer der Hütten auf der Ranch. Sie und Bronwyn unterhielten sich manchmal. Evelyns Augen hatten denselben ängstlichen Blick, den er aus Bronwyns Augen heraushalten wollte. Lucas' Augen wurden jedes Mal weich, wenn er Evelyn ansah, was oft der Fall war.

Sein Kiefer verkrampfte sich. „Ich sehe Evelyn nicht so an. Das ist was anderes."

„Ganz wie du meinst."

Genau wie bei Bronwyn lauerten auch in Evelyns Augen Dämonen, aber er hatte keine Ahnung, woher die rührten. Er war sich nicht sicher, ob das überhaupt jemand wusste.

Aber wenn jemand Evelyns Dämonen entdecken und ihr helfen konnte, sie zu bekämpfen, dann war es Lucas.

Lucas verschränkte seine Arme vor der Brust und grinste ihn an. „Wie wäre es, wenn ich mich aus deinem Liebesleben heraushalte und du dich aus meinem?"

„Abgemacht."

Auf diesen Deal ließ sich Sarge gerne ein, denn er konnte es sich nicht erlauben, an Bronwyn auf romantische oder sexuelle Weise zu denken. Es hatte schon gereicht, dass er „nur" anderthalb Jahrzehnte älter als sie war. Jetzt machten die Umstände alles nur noch schlimmer.

Bronwyn wollte keinen Sex, sie wollte Trost. Den konnte er ihr geben – und zwar gern.

Aber alles andere? Nein. Das war vom Tisch, egal wie sehr er es auch wollte.

Er war sich nicht sicher, ob für sie beide jemals eine romantische Beziehung in den Sternen gestanden hatte. Aber wenn ja, dann hatte sich jede Hoffnung in Luft aufgelöst.

Ganz gleich, wie sehr er sich das auch wünschen mochte.

Kapitel 26

Sarge und Bronwyn verbrachten einen Großteil ihrer Abende mit Lesen oder vor dem kleinen Fernseher in der Ecke neben der Couch. An den meisten Tagen war sie nach der körperlichen Anstrengung des bloßen Lebens müde und kroch schon bald nach Sonnenuntergang ins Bett.

Sie wusste nie, wann Sarge nach ihr ins Bett kam. Oft schlief sie ein, während sie hörte, wie er auf der anderen Seite der Hütte sein Training absolvierte. Liegestütze, Sit-ups und andere Übungen, um seinen Körper in Kampfform zu halten.

Er war immer bei ihr im Bett, wenn sie von einem Alptraum aufwachte. Sie brauchte nur die Hand auszustrecken und er war da. Aber abgesehen davon achtete er darauf, in seiner Hälfte des großen Bettes zu bleiben.

Sie sah ihn jetzt über ihr Taschenbuch hinweg an, den zweiten Band der *Twilight*-Reihe, und fragte sich, was er wohl tun würde, wenn sie heute Nacht auf seine Seite des Bettes rutschte.

Fragte sich, was er wohl tun würde, wenn sie ihn küsste.

Fragte sich, ob er wusste, wie sehr sie das wollte.

Sie fragte sich, ob ihre Erinnerungen daran, wie er ihren Körper in seinem Haus berührt hatte, real waren oder bloße Fantasie.

So peinlich es auch war, darüber zu sprechen, so hatte sie es doch Dr. Rayne gegenüber in der heutigen Sitzung erwähnt. Sie hatte sie gefragt, ob es eine Möglichkeit gäbe, zu wissen, ob eine Erinnerung echt sei oder nicht.

Sie hatte sich wie eine Perverse gefühlt, als sie ihr sagte, woran sie sich zu erinnern glaubte, aber die Ärztin hatte nicht mit der Wimper gezuckt. Nachdem sie sich alles angehört hatte, was Bronwyn zu sagen hatte, tippte Rayne mit ihrem Stift an ihre Lippen und gab eine einfache Erklärung ab.

„Ich denke, die eigentliche Frage ist nicht, ob es wirklich passiert ist, sondern ob du willst, dass es wirklich passiert ist. Kannst du diese Frage leicht beantworten?"

Ja, das konnte sie.

Und, ja, sie wollte, dass es echt war. So sehr.

Aber … „Wenn es wirklich passiert ist, glaube ich nicht, dass Sarge noch dasselbe empfindet. Er achtet sehr darauf, seine Berührungen freundschaftlich zu halten, platonisch. Er tröstet mich immer, hilft mir, ist bereit, alles zu tun, was ich brauche. Aber darüber hinaus … nichts."

Rayne neigte ihren Kopf zur Seite. „Und warum, glaubst du, ist das so?"

„Weil ich kaputt bin. Warum sollte er sich mit jemandem einlassen wollen, der so kaputt ist wie ich? Ich kann mich nicht mal dazu zwingen, nachts das Licht auszumachen."

„Ich sehe es auch so, dass Sarge wahrscheinlich nie einen Annäherungsversuch bei dir starten wird. Aber nicht, weil er denkt, dass du kaputt wärst, Bronwyn, sondern weil er es ist."

„Was?" Das ergab keinen Sinn. „Sarge ist der stärkste Mensch, den ich je gekannt habe."

Sie tippte wieder mit dem Stift gegen ihre Lippen. „Sarge ist derjenige, der dir den Job besorgt hat, der schließlich zu deiner Gefangenschaft und Folter geführt hat. Sarge war derjenige, der hilflos danebenstehen musste, obwohl er wusste, was mit dir geschah."

„Aber es war nicht seine Schuld", flüsterte sie.

„Ich glaube nicht, dass er das so sieht. Und für einen Krieger wie ihn ist es der Inbegriff der Hölle, jemanden, der ihm am Herzen liegt – für den er sein Leben geben würde, um ihn zu beschützen –, leiden zu sehen. Ich denke also nicht, dass es hier darum geht, dass Sarge sich nicht zu dir hingezogen fühlt. Es geht eher um Vergebung."

„Es gibt nichts, was ich ihm vergeben müsste. Ich werfe ihm nichts vor!"

Rayne schenkte ihr ein sanftes Lächeln. „Du nicht. Er muss sich selbst vergeben. Und genau wie deine Heilung und Genesung wird auch das seine Zeit brauchen."

„Du meinst also, ich soll es sein lassen. Überhaupt nicht auf eine körperliche Beziehung hinzielen."

Aus dem Lächeln wurde ein Grinsen. „Eigentlich das Gegenteil. Du wirst dieses Mal die Führung übernehmen müssen."

„Was macht dein Buch?"

Seine Frage riss sie aus der Unterhaltung, die in ihrem Kopf ablief. „Ich habe diese Reihe immer geliebt. Hast du sie gelesen?"

Er zuckte mit den Schultern. „Ja, vor ein paar Jahren, um zu sehen, was es mit der ganzen Hysterie auf sich hat. Fand's ganz okay."

Sie konnte einen Mann, der ohne Verlegenheit zugeben konnte, dass er eine Buchreihe über funkelnde Vampire gelesen hatte, nur respektieren.

Sie legte das Buch zur Seite und rückte auf der Couch

etwas näher an ihn heran. Er schenkte ihr ein knappes Lächeln und stand dann auf.

„Ich glaube, ich werde heute Abend etwas früher mit meinem Training anfangen. Bist du müde nach der ganzen Aufregung beim Reiten?"

Vor dem heutigen Gespräch mit Rayne hätte sie sein Verhalten als ein weiteres Zeichen dafür gewertet, dass er nicht an ihr interessiert war. Aber vielleicht hatte Rayne ja recht und es ging hierbei gar nicht um sie.

„Nicht zu müde. Darf ich dir eine Frage stellen, bevor du loslegst? Ich habe da eine Erinnerung, bei der ich mir nicht sicher bin, ob sie wahr ist oder nicht."

Es war das erste Mal, dass sie nach so etwas fragte. Abgesehen von dieser einen Erinnerung hatte sie nichts dagegen, die in Vergessenheit geratenen Dinge genau dort zu lassen, wo sie waren.

Er setzte sich wieder neben sie. „Natürlich. Wenn ich helfen kann, tue ich das gerne. Frag ruhig."

Jetzt oder nie. Sie beschloss, direkt ins kalte Wasser zu springen.

„Hatte ich einen Orgasmus auf deinem Schreibtisch in deinem Haus?"

Das hatte ihn unvorbereitet erwischt. Er verbarg es gut, nur ein leichtes Muskelzucken in seiner Wange verriet, dass ihre Frage ihn überrascht hatte. „Ponygirl …"

„Das war doch so, oder? Das ist kein Hirngespinst, das ich mir ausgedacht habe? Du hast mich auf deinem Bett geküsst und dann haben wir … mehr auf deinem Schreibtisch gemacht."

„Ich …" Er zuckte mit den Schultern, sein Gesicht war angespannt. „Du hattest Schmerzen. Deine Haut war …"

„Du hast mir geholfen, die Auswirkungen der Behandlung zu bekämpfen."

„Ja." Er rieb sich die Augen. „Ich hätte einen anderen Weg finden müssen. Ich hätte nicht …"

„Nein. Es hat mir gefallen. Ich wollte es." Sie streckte ihre Hand aus und berührte seinen Arm. „Ich will es wieder. Das und mehr."

Er schloss die Augen, sein Kiefer war angespannt. „Bronwyn …"

Es kostete sie all ihren Mut, weiterzumachen. „Ich weiß, die Situation zwischen uns ist kompliziert. Ich weiß, du musst mich für jemanden halten, der zu kaputt ist, um jemals wieder auf die Beine zu kommen."

Seine Augen weiteten sich. „Nein. Ganz und gar nicht. Ich halte dich für stark und unverwüstlich."

„Aber du fühlst dich nicht zu mir hingezogen? Du bist nicht auf diese Weise an mir interessiert?"

„Nein. Ich meine, doch, das bin ich. Aber ich will dich nicht ausnutzen." Er rieb sich mit der Hand übers Gesicht.

Bronwyn lehnte sich von ihm weg. „Dann sind wir wieder an der Stelle, wo du denkst, ich sei kaputt. Oder zumindest denkst du, dass ich nicht wie andere Frauen bin – wie normale Frauen."

Er schüttelte fast verzweifelt den Kopf. „Nein, das ist ganz und gar nicht, was ich meine. Du bist fantastisch. Aber du hast so viel durchgemacht …"

Dr. Rayne hatte sowohl recht als auch unrecht gehabt. Sie hatte recht, dass Sarge sich selbst die Schuld gab, aber unrecht, weil Bronwyn sich nicht sicher war, ob er sich dessen bewusst war.

Das war keine leichte Situation. Der größte Teil von ihr wollte es sein lassen, wollte zurück in ihre kleine Blase voller Alpakas und Bücher, wo es nichts gab, das sie zwang, den nächsten Schritt zu gehen.

Aber wenn sie Sarge wollte, wenn sie wollte, dass ihre Beziehung über Mentor und Schützling hinausging, musste sie hier Stellung beziehen. Sie musste den nächsten Schritt für sie beide machen.

„Was mit mir passiert ist, war nicht deine Schuld."

Er sprang von der Couch auf und begann auf und ab zu gehen, ohne sie anzusehen. Als er nach einer langen Minute immer noch nichts sagte, stand sie auf und brachte ihm mit einer Berührung ihrer Hand auf seinem Arm zum Stehen. Aber er weigerte sich immer noch, ihr in die Augen zu sehen.

„Harrison, sieh mich an." Als er sich immer noch weigerte, strich sie ihm mit der Hand über die Wange. „Ich bin hier, am Leben, dank dir."

Endlich trafen diese braunen Augen auf ihre und es brach ihr das Herz, als sie sah, dass Tränen darin standen. „Was du durchgemacht hast …"

„War nicht deine Schuld. Nichts davon. Du hast die besten Entscheidungen getroffen, die du aufgrund der Informationen, die du hattest, treffen konntest. Es war nicht deine Schuld."

„Aber …"

Bronwyn hob ihre andere Hand, sodass sie beide Wangen umfasste. „Noch wichtiger ist, dass man nichts daran ändern kann. Was passiert ist, ist passiert, und alles, was wir tun können, ist, von hier aus den nächsten Schritt zu wagen. Wir beide."

Er drehte seinen Kopf zur Seite und küsste eine ihrer Handflächen. „Du hast recht."

„Du hast mir gesagt, du freust dich darauf, den Menschen kennenzulernen, der ich geworden bin." Als er nickte, fuhr sie fort. „Diese Person will dich. Wenn du sie auch willst."

Seine Augen schlossen sich wieder. „Das tue ich. Aber ich will die Situation nicht ausnutzen. Oder die Person. Dich, Bronwyn."

Dieses Gespräch würde sich weiter im Kreis drehen, wenn sie nichts unternahm. Sie nahm ihre Hände von seinen Wangen und drückte einen Finger gegen seine Brust, bis er einen Schritt zurückwich, dann noch einen, bis seine Kniekehlen die Couch berührten.

Sie drückte weiter, bis er sich hinsetzte und sie zwischen seinen Beinen stand. „Du bist der ehrenhafteste und mutigste Mann, den ich je gekannt habe. Du wirst mich nicht ausnutzen."

Bronwyn kam noch näher, schob ihre Knie auf die Couch, sodass sie rittlings auf ihm saß. Sie hatte schon unzählige Male auf seinem Schoß gesessen, aber noch nie auf diese Weise.

Der nächste Schritt.

Als sie sich mit ihrem ganzen Gewicht auf ihm niederließ, schlang sie ihre Arme um seinen Hals und hielt ihr Gesicht direkt neben seins. „Wie wäre es, wenn ich dich ein bisschen ausnutze?"

Ein leises Knurren verließ seine Kehle, als sie ihre Lippen auf seine presste. „Ja, bitte."

Und mit einem Mal schmolzen alle Bronwyns Bedenken, ob Sarge sie wirklich wollte, dahin. Er wollte sie. Sie lächelte ihn an, als er seine Arme um ihre Hüften schlang und sie näher an sich zog.

Sie knabberte sanft an seiner Unterlippe und ließ ihre Zunge in seinen Mund gleiten, als er ihr Einlass gewährte. Sie schmiegte sich an ihn und hatte keinen Zweifel mehr daran, dass er sie definitiv wollte.

Hitze durchflutete sie, als er mit seinen Händen ihren Rücken hinauffuhr, ihre Schultern umfasste und sie noch fester an sich drückte. Sie beide stöhnten auf. Er fuhr mit seiner Zunge über ihre Lippen.

„Ich habe nur eine einzige Bitte an dich", flüsterte er.

Sie lehnte sich zurück, sodass sie sein Gesicht sehen konnte. „Und die wäre?"

„Wir machen das schön langsam, Stück für Stück. Wenn sich etwas nicht richtig anfühlt, wenn du einen Gang runterschalten oder ganz aufhören willst, dann sag es mir. Aus welchem Grund auch immer. Nicht nur jetzt, sondern immer."

Es war ihr nicht in den Sinn gekommen, um die Zusicherung zu bitten, dass er aufhören würde.

Es war Sarge; er würde sofort aufhören, wenn Bronwyn ihn darum bat. Das wusste sie aus tiefster Seele.

Aber er musste wissen, dass sie es wusste. Er musste wissen, dass er nie zu den Menschen gehören würde, die ihr die Wahl abgenommen hatten. „Versprochen. Aber du musst mir auch vertrauen."

„Was meinst du?"

Sie umfasste wieder diese Wangen aus Granit mit ihren Händen. „Vertrau mir, dass ich tun werde, was ich versprochen habe. Vertraue darauf, dass du nicht auf der Hut sein und dich zurückhalten musst. Denn ich verspreche, dass ich dir sagen werde, wenn mich etwas stört. Vertraue darauf, dass ich stark genug bin, um zu wissen, was ich will oder nicht will."

Sein markantes Gesicht erhellte sich zu einem aufrichtigen Lächeln; es war wunderschön anzusehen. „Das kann ich auf jeden Fall tun."

Ihre Lippen trafen wieder aufeinander, seine Arme legten sich um ihre Hüften, und als ob sie nichts wöge, erhob er sich mit ihr in seinen Armen von der Couch. Sie schlang ihre Beine um seine Hüften, als er sie zum Bett brachte.

Er ließ sie auf die Matratze sinken und schlüpfte aus seiner Kleidung, bevor er ihre langsam von ihr schälte und sie mit einem wertschätzenden Blick musterte. „Im Moment bin ich froh, dass das Licht an ist, soviel steht fest."

Bronwyn war es auch. Am liebsten hätte sie Stunden damit verbracht, seinen Körper kennenzulernen.

Aber er hatte fürs Erste andere Pläne.

Seine Lippen trafen wieder auf ihre, wanderten dann ihren Kiefer entlang und ihren Hals hinunter zu ihren Schultern. Er küsste ihren Oberkörper und ihre Arme rauf und runter.

Sie konnte nichts weiter tun, als das alles auf sich wirken zu lassen.

Sie liebte es, wie sich sein Körper auf ihrem anfühlte, sie liebte all die Empfindungen – nicht nur seine Lippen, sondern auch sein Gewicht auf ihr, die Haare an seinen Beinen, die leicht an ihren stachelten.

Sie liebte es, wie er roch – der Duft seines Duschgels gemischt mit dem eines Mannes, der seine Zeit im Freien verbrachte. Eine Mischung, die Sarge eigen war.

Sie liebte die wenigen Sommersprossen auf seinen Schultern, die sie jetzt sehen konnte, wo sie sich so nah und nackt waren, und das Gefühl seiner Kopfhaut unter ihren Fingern, wenn sie seinen Hinterkopf umfasste, um seine Lippen an ihre Brust zu ziehen.

All die Dinge, die Sarge ausmachten, umgaben sie, eine Empfindung nach der anderen überkam sie und verjagte das Nichts, bis es in ihrem Kopf verschwand. Sie wollte mit den Empfindungen verschmelzen. Mit ihm verschmelzen.

Als seine Lippen sich zu sanft auf ihrer Haut anfühlten, hielt sie ihr Versprechen und verlangte, was sie brauchte.

„Fester", stöhnte sie, als er ihre Brustwarze in seinen Mund nahm. „Bitte."

Er gab ein zustimmendes Knurren von sich, bevor er fest daran zu saugen begann. Sie lehnte sich ihm entgegen, als er die andere Brustwarze zwischen seinen Fingern zwirbelte, nicht fest genug, um wehzutun, aber genug, um sie in den Wahnsinn zu treiben.

Bronwyn wollte ihn in sich spüren. Sie spreizte ihre Beine und öffnete sie so, dass er und sie perfekt aneinander passten. Sie schob ihre Hand zwischen ihre Körper und wickelte ihre Finger um sein hartes Glied.

Sie liebte es, dass er einen zittrigen Atemzug ausstieß, als er seinen Kopf von ihrer Brust hob und sich ihre Blicken trafen. „Ich wollte es für dich so lange wie möglich ausdehnen, Ponygirl. Aber bei dem Tempo glaube ich nicht, dass ich es noch lange aushalte."

„Beim nächsten Mal. Jetzt will ich dich in mir haben." Sie brauchte es. Sie wusste nicht, wie sie ihm erklären sollte, dass sie ihn in ihrem Innersten spüren musste.

„Wir sollten uns schützen."

Sie schüttelte den Kopf. „Nein. Ich habe mir eine Spirale einsetzen lassen, bevor ich in den aktiven Dienst gegangen bin. Solange das für dich genug ist …"

Er setzte ein Grinsen auf. „Mehr als genug."

Er ließ seine Hand hinabgleiten und tastete sich mit seinen Fingern vor, wie er es auf seinem Schreibtisch getan hatte, zuerst langsam, dann schneller und tiefer, als sie mehr verlangte.

Bis es nicht mehr genug war.

Sie wollte, dass Sarge über ihr war, um sie herum, in ihr war. Sie konnte die Worte nicht herausbringen, also klammerte sie sich an ihn. Er verstand und verlagerte sein Gewicht, seine großen Hände hielten ihre Oberschenkel fest, während er sich in ihr vergrub.

Zuerst bewegte er sich langsam, damit sie sich an ihn gewöhnen konnte, aber dann ging er zu festen, langen Stößen über, die seinen Körper ganz mit ihrem in Berührung brachten. Sie schlang ihre Arme und Beine um ihn, vergrub ihr Gesicht in seiner Brust und atmete seinen Duft ein.

Bronwyn schluchzte seinen Namen, als die Lust sie übermannte. Er hielt sie an sich gepresst, während er weitermachte, und rief ihren Namen fast wie ein Gebet, als er seine Erlösung fand.

Er wurde langsamer und zog sie näher an sich, immer noch in ihr. Sie hielten sich gegenseitig fest, keiner von ihnen wollte sich bewegen.

Das Nichts war nie weiter entfernt gewesen.

Kapitel 27

Eine Woche später lagen Sarge und Bronwyn im Bett. Die Zeiten, in denen er auf seiner Seite blieb, waren längst vorbei. Sein großer Körper war um ihren gewickelt, ein Arm lag um ihre Taille, der andere unter ihrem Nacken hindurch und wieder um ihre Schultern herum, sein Bein um ihre gewickelt.

Sie stellten fest, dass sie beide auf diese Weise besser schliefen. Wenn er sie von Kopf bis Fuß berührte, sie umgab, fest an sie gepresst war.

Am Anfang war es ihr peinlich gewesen. Sie verbrachten ohnehin schon fast die ganze Zeit zusammen – und jetzt, wo sie kaum noch aus dem Bett kamen, noch mehr. Es kam ihr egoistisch vor, ihn so nah bei sich haben zu wollen, selbst wenn sie schliefen.

Aber immer, wenn sie versuchte, wegzurücken, um ihm seinen Freiraum zu lassen, zog er ihren Körper sofort wieder an seinen.

„Bleib."

Selbst wenn er noch nicht ganz wach war, sagte er diese Worte und zog sie wieder an sich. Da es genau der Ort war, an dem sie sein wollte, machte es ihr nichts aus, dass es sich anhörte, als würde er einen der Diensthunde der Ranch trainieren.

Sein Körper, der ihren umschloss, half, die Albträume zu vertreiben.

Das und die Tatsache, dass sie von ihrem Liebesspiel so völlig erschöpft war.

„Evelyn und ich wollen in die Stadt gehen, um Kaffee zu trinken. Es ist ihr freier Tag."

„Ich finde, das ist eine tolle Idee." Seine Stimme war ein leises, schläfriges Brummen in ihrem Ohr. Sie kuschelte sich wieder an ihn, was wiederum ein kleines Knurren aus seiner Kehle hervorrief.

Sie liebte dieses Geräusch, liebte es, dass er sie so sehr zu wollen schien, wie sie ihn.

Sie zog seine Hand von ihrem Bauch und küsste seine Handfläche. „Ich mag Evelyn und Lena aus dem Café mag ich auch."

„Ja, Lena ist schon eine", murmelte er. „Auf jeden Fall anders als du und Evelyn."

Lena war laut und lustig, lachte viel und hatte feuerrote Strähnen im Haar. Auf jeden Fall anders als Evelyn oder Bronwyn. „Deshalb mag ich sie."

„Jedenfalls halte ich Kaffee mit deinen Freundinnen für eine gute Idee."

Bronwyn entspannte sich ein wenig. Sie hatte ihn nicht unbedingt um Erlaubnis gefragt, aber wenn er nicht gewollt hätte, dass sie hinging, würde sie es wahrscheinlich auch nicht tun.

Himmel, selbst mit seiner Zustimmung würde es ihr schwerfallen. Aber sie wusste, dass sie es tun musste.

Sie mussten eine neue Normalität schaffen, wenn sie jemals diesen Ort verlassen und ins wahre Leben zurückkehren wollte. Und obwohl er gesagt hatte, er habe es nicht eilig, wusste sie, dass sie nicht ewig dort bleiben konnten.

In der letzten Woche hatte Sarge mehr Anrufe erhalten. Oder vielleicht hatte er schon immer so viele Anrufe bekommen und sie hatte endlich angefangen, darauf zu achten. Meistens waren es Landon und Jenna gewesen. Sie hatte tatsächlich ein paar Mal mit Jenna gesprochen – es war gut gewesen, ihre Stimme zu hören. Und ihr zu danken und sie wissen zu lassen, dass es ihr besser ging.

Aber was für Telefonate Sarge auch führte, er zog dabei die Mundwinkel nach unten und runzelte die Stirn. Vor allem, wenn er sich unbeobachtet fühlte.

Er sagte ihr nie, was gesagt wurde, aber sie wusste, dass es nichts Gutes war. Was sie nicht wusste, war, ob es in den Gesprächen um sie ging. Und Bronwyn war zu feige, um zu fragen.

Aber sie erkundigte sich nach Wavy. Dr. Rayne war nach Denver gefahren, um mit ihr zu arbeiten, und sie war froh zu hören, dass es Wavy besser ging als ihr selbst. Aber sonst … Solange Sarge es nicht ansprach, wollte sie nicht nachfragen.

„Auf dem Tisch liegt etwas Geld, für deinen Ausflug in die Stadt."

Sie erstarrte in seinen Armen. Sie wollte sein Geld nicht annehmen, aber hatte sie andere Wahl?

„Was?", flüsterte er, bevor er ihr sanft ins Ohr biss.

„Ich nehme nur ungern Geld von dir." Er hatte ihr schon viel zu viel von allem gegeben. Geld fühlte sich übertrieben an. „Und lenk mich nicht ab."

Sie konnte spüren, wie sich seine Lippen auf ihrer Haut zu einem Lächeln verzogen. „Es ist nicht mein Geld. Das ist dein Bonus als Mitarbeiter von Zodiac Tactical, der bei einem Einsatz verletzt wurde. Es ist wie Krankengeld, das jeder Mitarbeiter während seiner Genesung erhält."

Sie drehte sich zu ihm um, vor allem, um von den Lippen wegzukommen, die immer noch an ihrem Ohr knabberten, und von seiner Hand, die sanfte Kreise auf ihrem Bauch zeichnete, die sie viel zu leicht ablenken würden. „Ist das ein Scherz?"

„Nein." Er küsste ihre Nase. „Es steht in deinem Vertrag."

„Auch wenn ich wahrscheinlich nie wieder als Agentin für Zodiac tätig sein werde?"

Er zog sie näher zu sich. „Du hast dir noch nicht genug Zeit gelassen, um zu wissen, ob das der Fall ist oder nicht, aber ja, es spielt keine Rolle, ob du ein aktiver Agent bist oder nicht, es gilt trotzdem."

Selbst wenn Bronwyn es irgendwie schaffen sollte, ihr Händezittern und ihre Albträume unter Kontrolle zu bekommen, war sie sich nicht sicher, ob sie jemals wieder zu dem zurückkehren wollte, was sie für Zodiac getan hatte. Aber was waren ihre Alternativen? Sie hatte keine anderen Fähigkeiten und sie hatte definitiv keine Schulbildung. Sie war keine Staatsbürgerin der Vereinigten Staaten, also konnte sie dort nicht bleiben. Sie würde zurück nach Tschechien gehen müssen.

Alles in ihr rebellierte bei dem Gedanken, sich wieder im selben Land wie Nikolai aufzuhalten. Er hatte nicht vergessen, was sie getan hatte – jedes Mal, wenn er in den Spiegel sah, wurde er daran erinnert. Schon das kleinste Gerücht ihrer Rückkehr würde ihn dazu bringen, alle Hebel in Bewegung zu setzen, um sie aufzuspüren und zu töten. Sie würde nie wieder dorthin zurückkehren, selbst wenn das bedeutete, dass sie einen Weg finden müsste, wieder in den aktiven Dienst als Zodiac-Agentin zurückzukehren.

Sarge legte einen Finger unter ihr Kinn, sodass ihr nichts anderes übrigblieb, als ihn anzusehen. „Was ist? Woran denkst du gerade?"

Jetzt war sie an der Reihe, um zu versuchen, ihn abzulenken. Sie wollte nicht mit ihm über ihre Vergangenheit sprechen. Die Erinnerung daran, wie Nikolais Männer Sarge so schwer zugesetzt hatten, verfolgte sie noch immer in ihren Träumen. Sarge hätte das auch nicht vergessen.

„Ich bin etwas nervös, weil ich zum ersten Mal allein unterwegs sein werde." Sie schob ihre Hand zwischen ihre Körper, an seinem Bauch entlang und wickelte sie um sein bestes Stück. Sie liebte das zischende Geräusch, das seinen Lippen entwich. „Ich werde es vermissen, mit dir im Bett zu liegen."

Er strich mit seinen Fingern durch ihr Haar und brachte ihre Lippen aufeinander. „Dann werde ich dir einen ganzen Haufen Gründe liefern müssen, so schnell wie möglich zurückzukommen."

~

Bronwyn wäre fast zu spät zu ihrer Verabredung gekommen.

Sarge hatte sie sehr gründlich daran erinnert, was sie verpassen würde und warum sie so bald wie möglich zu ihm zurückkehren sollte. Sie war an allen richtigen Stellen noch ein wenig empfindlich, als er sie zum Haupthaus der Resting Warrior Ranch fuhr.

Und sie liebte jeden Moment davon.

Sie liebte es, wenn er nicht zu sanft war und sich keine Sorgen machte, dass sie zerbrechen könnte. Sie liebte es, wenn er ein klein wenig die Kontrolle verlor. Sie liebte es, dass er wusste, dass sie es aushalten würde.

Sie winkte Evelyn zu und stieg zu ihr ins Auto. Evelyn hielt Abstand von Sarge und tat wie immer so, als würde sie Lucas nicht ansehen. Bronwyn wollte sie über die beiden ausfragen. Ob sie jemals ein Paar gewesen waren oder ob sie wollte, dass sie ein Paar wurden, aber sie war sich nicht sicher, ob diese Art von Fragen angebracht waren. Sie hatte nicht viel Erfahrung mit solchen Frauengesprächen.

Aber sie wollte sich Mühe geben. Denn das war schließlich der Grund, warum sie das hier tat, oder? Sie wollte versuchen, sich einem normalen Leben anzunähern. „Gefällt dir die Ranch? Ich mag sie. Ich mag die Tiere, besonders die Alpakas. Mac und Cheese sind meine Lieblinge."

Na toll, jetzt schwafelte sie auch noch.

Evelyn nickte. „Ja, mir gefällt es hier auch."

„Wohnst du schon lange hier?"

„Nein, nicht lange. Lucas hat mir eine der Gästehütten angeboten und ich habe das Angebot angenommen, als ich das erste Mal hier war."

„Oh. Das habe ich nicht gewusst. Wo warst du denn vorher?"

Ihre Hände verkrampften sich um das Lenkrad. „So hier und da."

Bronwyn hörte auf, Fragen zu stellen. Sie verstand es, wenn jemand nicht über die Vergangenheit sprechen wollte. Den Rest der Fahrt in die Stadt verbrachten sie damit, über die Tiere zu reden. Von ihnen Abschied zu nehmen, würde ihr, wenn sie irgendwann gehen musste, wohl am schwersten fallen.

Das und die Tatsache, dass sie Sarge mit dem Rest der Welt teilen müsste.

Sie erreichten das Deja Brew, das Café, in dem Evelyn arbeitete, wobei sie den Zeitpunkt so abgepasst hatten, dass gerade nicht viel los war und die Besitzerin Lena sich zu ihnen gesellen konnte, anstatt zu arbeiten.

„Da seid ihr ja!", rief Lena und eilte an ihnen vorbei, um aus dem Fenster zu spähen, als sie hereinkamen. „Seid ihr selbst gefahren, oder hat Bronwyns sexy Mann euch gefahren?"

„Wir sind selbst gefahren." Evelyn umarmte ihre Chefin,

als sie sich vom Fenster abwandte. „Also kein Grund zu sabbern."

Lena drehte sich zu ihr um und fächelte sich Luft zu. „Apropos sabbern, sieh dir Bronwyns Gesicht an. Das ist das Lächeln einer sehr glücklichen Frau. Die erst vor kurzem beglückt wurde"

Sie spürte, wie ihr die Hitze ins Gesicht stieg, aber sie konnte es nicht leugnen. Sie wollte es nicht leugnen.

Sarge war ihr Mann. Sie wusste nicht, für wie lange oder was es letztendlich bedeuten würde. Aber im Moment war er es ganz sicher. Und ja, er hatte sie glücklich gemacht. Mehrmals hintereinander.

Evelyn stieß ihre Freundin mit dem Ellbogen an. „Hör auf. Du bringst sie in Verlegenheit."

Lena drehte sich zu Evelyn um. „Wann werden du und dieser Lucas endlich etwas machen, womit ich dich aufziehen kann?"

Evelyn wandte den Blick ab. „Da ist nichts zwischen uns."

Lena klopfte ihr auf die Schulter. „Red dir das nur weiter ein, Süße. Ich habe gesehen, wie er dich ansieht."

Lena redete weiter, wobei sie zum Glück zu weniger peinlichen Themen wechselte, während sie ihnen allen Kaffee holte. Sie hatte noch nie eine Frau wie sie gekannt, so ungestüm und lustig, so selbstsicher. Sie war schon ein paar Mal auf der Ranch gewesen und war dort ein gern gesehener Gast.

Als sie den Kaffee auf den Tresen stellte, zückte Bronwyn ihr Geld. „Wie viel?"

Lena winkte ab. „Das geht aufs Haus. Das ist der Vorteil, wenn man einen eigenes Café hat."

„Oh." Sie steckte ihr Geld zurück in ihre Tasche.

„Du siehst enttäuscht aus."

„Nicht wirklich. Ich habe sogar mehr Geld, als ich erwartet hatte."

Sie zwinkerte ihr zu. „Das Problem hätte ich auch gern."

Als Sarge gesagt hatte, dass Geld für sie auf dem Tisch lag, hatte sie nicht erwartet, dass es mehr als tausend Dollar sein würden. Er hatte sie zu seinem Computer geschleppt und Bronwyn ihren Vertrag gezeigt, bevor sie sich aufregen konnte. Das Geld gehörte wirklich ihr.

Natürlich hatte sie nicht alles mitgenommen, aber es war ein komisches Gefühl, so viel zu haben. Genug, um eine Zeit lang davon zu leben. Zumindest, bis sie sich einen Plan überlegt hatte.

Ihre Hände waren nicht mehr so zittrig, als sie nach der Tasse griff, die Lena ihr reichte.

Sie genoss es sehr, mit diesen Frauen Zeit zu verbringen, auch wenn sie nicht viel redete, und so wurden aus einer Tasse Kaffee schnell zwei. Sie trank gerade einen Schluck, als eine Katze wie aus dem Nichts über die Couch sprang. Mehr überrascht als verängstigt wich Bronwyn zurück und kippte den Rest ihres Kaffees auf ihr Oberteil.

„Heiliger Strohsack, Bronwyn, alles in Ordnung?" Lena sprang auf und scheuchte die Katze weg. „Das Ding ist ein Streuner, den ich einfach nicht loswerde. Hast du dich verbrannt?"

„Nein, es war nicht sehr heiß." Sie wischte sich mit einer Serviette über ihr Oberteil. Es tat nicht weh, aber ihr cremefarbenes T-Shirt verdeckte den Fleck nicht besonders gut.

„Bist du sicher, dass dir nichts wehtut?" Evelyn war sämtliche Farbe aus den Wangen gewichen.

„Ja, alles gut, ehrlich." Sie rieb noch mal über den Fleck, aber es half nichts.

„Hey, Evie, sieh sie dir an. Es geht ihr gut." Lena legte einen Arm um Evelyn.

Irgendetwas an dem verschütteten heißen Getränk hatte

Evelyn beunruhigt. Bronwyn fragte nicht nach Details. Trigger waren tückisch und schlugen oft ohne Vorwarnung zu.

„Ja, ich schwöre, es geht mir gut. Ich hab' mich nur bekleckert."

„Lass mich mal sehen, ob ich hinten etwas habe, was du anziehen kannst", sagte Lena.

„Warte. Wisst ihr was?" Sie ließ die Serviette neben ihrer leeren Tasse auf den Couchtisch fallen. „Wenn es euch recht ist, gehe ich schnell in den Klamottenladen auf der anderen Straßenseite und kaufe mir einfach was."

Lena sah erleichtert aus. Sie wollte sich offensichtlich vergewissern, dass es Evelyn gut ging. „Nur zu. Gib etwas von dem Geld aus, bevor es dir ein Loch in die Tasche brennt. Ich wette, Sarge würde auch wollen, dass du dir was gönnst."

Lena redete immer noch beruhigend auf Evelyn ein, während Bronwyn zu der kleinen Boutique eilte. Das Mädchen, das hinter dem Tresen an der Kasse saß, blickte kaum von ihrem Handy auf, als sie hereinkam. Es war sonst niemand da, also sah sie sich ein wenig um. Sie war noch nie in den Vereinigten Staaten einkaufen gewesen. Das war neu. Und seltsam.

Und wunderbar.

Sie war sich nicht sicher, welche Größe sie genau hatte. Die Teenagerin löste sich schließlich von ihrem Handy und beschloss, ihr zu helfen, indem sie ein paar Sachen zusammensuchte, die Bronwyn nie ausgesucht hätte, und sie zur Umkleidekabine im hinteren Bereich führte.

„Du kannst mit diesem Pullover-Crop-Top anfangen. Es bringt die Taille zur Geltung. Das steht nicht vielen Leuten." Sie hängte mehrere Oberteile an einen Haken neben der Tür. „Aber du bist klein und zierlich, also kannst du das tragen."

Wahrscheinlich war es das Beste, ihr nicht zu erklären, dass ihre schlanke Figur von monatelanger Gefangenschaft inklusive Hungerkur herrührte.

„Okay, danke."

„Ich schau' mal nach, was sonst noch zu dir passen würde. Pastellfarben sind nichts für dich. Die machen nur blass. Du brauchst was Buntes …" Sie murmelte immer noch vor sich hin, als sie zurück in den Hauptteil des Ladens ging.

Bronwyn probierte zuerst den kurzgeschnittenen Pullover an, aber er war viel zu kurz, ob sie nun die Figur dafür hatte oder nicht. Sie schnappte sich das nächste Teil, einen pinkfarbenen Pullover. Sie rieb den kuschelweichen Stoff an ihre Wange.

Ja, genau der. Bronwyn war bereits in ihn verliebt. Sie zog ihn sich über und schaute in den Spiegel.

Sie sah anders aus.

Es gab ein paar kleine Spiegel in ihrer Hütte, aber sie hatte ihnen nicht wirklich viel Aufmerksamkeit geschenkt, außer beim Zähneputzen. Aber hier, wo der Ganzkörperspiegel die halbe Wand der Umkleidekabine einnahm, konnte sie sich ihrem Anblick nicht entziehen.

Sie war definitiv dünner als je zuvor in ihrem Leben. Aber ihre Wangen hatten Farbe und ein Lächeln umspielte ihre Lippen, von dem sie noch vor ein paar Wochen nicht sicher gewesen war, dass sie es jemals wieder sehen würde.

Der pinke Pullover wirkte weich und feminin zu ihrer Jeans. Und sie wollte ihn am liebsten sofort Sarge zeigen. Er würde verstehen, warum sie ihn so sehr mochte.

Kurz bevor er ihn ihr auszog und auf den Boden warf.

Das Mädchen würde ihr nichts anderes zeigen müssen. Sie hatte genau das Richtige gefunden. Sie strich noch einmal mit der Hand über den weichen Stoff, dann drehte sie sich um und öffnete die Tür der Umkleidekabine.

Ein Mann, den sie nicht kannte, stand vor ihr. „Hallo, Bronwyn."

Bevor sie etwas sagen konnte, spürte sie einen Stich in ihrem Nacken. Sie drehte sich um und entdeckte einen zweiten Mann, der schweigend an der Hintertür stand, die auf die Rückseite des Ladens hinausführte.

Dann wurde alles schwarz.

Kapitel 28

Sarge wuchtete den Futtersack mit übertriebenem Schwung von seiner Schulter in die Scheune. Sie würden die Resting Warrior Ranch verlassen müssen. Daran schien kein Weg vorbei zu führen.

Er blickte zu Lucas hinüber. „Ich kann euch nicht die Polizei auf den Hals hetzen. Was ist, wenn ihr wegen Behinderung der Justiz verhaftet werdet? Die Arbeit, die ihr hier leistet, ist zu wichtig."

Während Bronwyn bei ihrem Kaffeetrinken war, half er Lucas in der Scheune. Er war durch eine weitere Nachricht von Landon auf seinem Telefon unterbrochen worden. Die Strafverfolgungsabteilungen mehrerer Agenturen – allen voran Callum Webb vom Omega-Sektor – wollten unbedingt mit Bronwyn sprechen.

„Wir können immer noch behaupten, dass wir nicht wussten, dass ihr hier seid." Lucas schüttete Futter in einen Trog. „Dass ihr euch in der Hütte niedergelassen habt und wir keine Ahnung hatten."

„Das wird nicht viel nützen, da die wissen, woher wir uns kennen."

Callum konnte nicht wissen, dass Bronwyn und Sarge dort waren, aber es würde nicht lange dauern, bis er jemanden schickte, um Lucas zu befragen. Er wollte seinen Freund nicht in eine Lage bringen, die die Ranch bedrohen würde.

Lucas leerte den Sack aus und sah zu ihm hinüber. „Kannst du irgendwo anders hin? Irgendein geheimer Unterschlupf"

Sarge hievte einen weiteren Sack auf seine Schulter. Die körperliche Arbeit tat ihm gut, aber sie reichte nicht aus, um den Frust zu vertreiben, der in ihm brodelte. „Schon, aber ein geheimer Unterschlupf ist nicht das, was Bronwyn braucht."

Sie brauchte Platz, einen Ort, wo sie sich draußen aufhalten konnte. Jetzt, wo sich bei ihr so langsam Besserung einzustellen schien, wollte er sie nicht an einem Ort unterbringen, der sie in ihren Aktivitäten einschränkte und sie zwang, drinnen zu bleiben und sich zu verstecken, was ihre Fortschritte verlangsamen oder vielleicht sogar ganz zum Stillstand bringen würde.

Aber was war die Alternative?

„Ich werde etwas finden", fuhr er fort. „Sie würde nicht riskieren wollen, dass hier ihretwegen irgendwas passiert."

Lucas nickte. „Warum setzen wir uns nicht mal zusammen und tragen die verschiedenen sicheren Häuser und möglichen Verstecke, die wir alle so kennen, zusammen? Ich weiß, dass einige der Jungs ein paar Unterkünfte kennen, die noch nie jemand benutzt hat, sogar Hütten, die noch abgelegener sind als –"

Er verstummte, als Evelyn die Scheune betrat. Sein Gesicht leuchtete förmlich auf. Normalerweise sah man Lucas nicht oft mit einem Lächeln, aber für Evelyn hatte er immer eines übrig. „Hey, du. Wie war der Kaffeeklatsch?"

Sie lächelte nicht zurück. Rührte sich nicht von der Tür

weg. Ihre Hände waren zu Fäusten geballt, die Daumen rieben nervös über ihre Finger. Sarge suchte über ihre Schulter hinweg nach Bronwyn, aber er sah sie nicht.

„Alles in Ordnung?", fragte Lucas.

„Wo ist Bronwyn?", fragte er. „Ist sie hier?"

Evelyn biss sich auf die Lippe. „Ich hatte gehofft, dass sie vielleicht hierher zurückgekommen ist oder dass ihr wisst, wo sie ist."

Sarge ließ den Futtersack fallen, wo er stand. „Warum sollte sie wieder hier sein? Du hast sie doch mitgenommen. Was ist passiert?"

„Sie hat Kaffee auf ihr Top verschüttet und ist dann in den Laden auf der anderen Straßenseite gegangen, um sich ein neues zu holen. Sie ist nicht mehr zurückgekommen."

Alle Nervenenden in seinem Körper gingen in höchste Alarmbereitschaft. „Wie lange ist es her, dass das passiert ist?"

Evelyn zuckte zusammen. Sarge wusste, dass er ihr Angst einjagte, aber auch ihn hatte die Furcht gepackt. „Wie lange, Evelyn?"

„Ich weiß nicht. Eine Stunde? Es hat eine Weile gedauert, bis wir gemerkt haben, was los ist, und dann bin ich zurückgekommen, weil ich gehofft hatte, dass sie hier ist. Sie hat kein Handy."

Sie sah zu Lucas hinüber und rang dabei immer noch ihre Hände. „Ich hätte dich anrufen sollen. Ich weiß nicht, was ich mir dabei gedacht habe."

„Schon in Ordnung. Bronwyn geht es bestimmt gut. Wir werden sie finden. Mach dir keine Sorgen." Lucas sprach in demselben beruhigenden Ton mit ihr, den er benutzte, wenn er ein Pferd zähmte. Evelyn hatte es offensichtlich nötig, aber Sarge konnte sich in diesem Moment keine Sorgen um sie machen.

Wo zum Teufel war Bronwyn?

„Ich muss in die Stadt." Der Gedanke, dass sie wieder Mosaic ausgeliefert war, fraß sich wie Säure durch seinen Magen. „Ich hätte sie nicht allein gehen lassen sollen."

Lucas nickte. „Wir sollten nicht vom Schlimmsten ausgehen. Vielleicht hatte sie eine Panikattacke und ist weggelaufen. Ich hole ein paar von den Jungs, die gut im Spurenlesen sind, und wir treffen uns dort."

Sarge rannte zum Wagen.

„Es tut mir leid", hörte er Evelyn flüstern, als er an ihr vorbeiging.

Sarge blieb stehen und drehte sich zu ihr um. Die Zeit drängte, aber er wusste, dass Bronwyn wollen würde, dass er Evelyn tröstete. „Das ist nicht deine Schuld. Sie hat sich gefreut, mit dir zu gehen. Sie war froh, ein paar Freunde zu haben. Danke, dass du uns Bescheid gesagt hast."

Sie nickte und er drehte sich wieder um und sprintete Richtung Auto.

Unterwegs behielt er den Straßenrand im Auge und hoffte, dass Bronwyn vielleicht alles zu viel geworden war und sie beschlossen hatte, zur Ranch zurückzulaufen. Ein paar Mal hielt er an und stieg aus, um ihren Namen zu rufen. Wenn sie Angst hatte und sich irgendwo versteckte, würde seine Stimme ihr vielleicht helfen.

Aber nichts.

Sarge fuhr den Rest des Weges in die Stadt und parkte vor dem Café. Lena kam sofort hinter ihrem Tresen hervor und lief auf ihn zu. „Hast du sie gefunden? War sie auf der Ranch?"

„Nein. Hast du noch was gesehen oder gehört? Erzähl mir, was passiert ist."

„Sie hat etwas Kaffee verschüttet und dann beschlossen, sich auf der anderen Straßenseite was Neues zu kaufen. Evelyn war ein bisschen durch den Wind und ich wollte mit ihr reden, also hab ich Bronwyn dazu ermutigt, rüberzugehen. Sie sagte, du würdest wollen, dass sie sich was gönnt." Tränen stiegen in ihren braunen Augen auf. „Es tut mir so leid, Sarge."

Er wischte sich mit einer Hand über das Gesicht. „Nein, es ist nicht deine Schuld. Ich hätte gewollt, dass sie sich was kauft. War sonst mit ihr alles in Ordnung, als sie gegangen ist? Irgendwelche Anzeichen von Panik oder so?"

„Nein, sie hat sich sogar ein bisschen darüber gefreut, glaube ich. Darüber, Geld zu haben."

Deshalb hatte er ihr auch alles auf einmal gegeben, oder? Weil er wollte, dass sie ein Gefühl der Unabhängigkeit bekam, auch wenn es nur ein kleines war.

Sarge lief über die Straße zum Bekleidungsgeschäft und hielt wieder die Augen auf, falls sich Bronwyn irgendwo versteckte. Obwohl es sich nicht so anhörte, als ob sie gestresst oder in Panik gewesen wäre.

Er hätte nie gedacht, dass er sich bei dieser Information schlechter statt besser fühlen würde.

In dem Laden arbeitete ein junges Mädchen an der Kasse. Sie blickte kaum von ihrem Handy auf, als er eintrat. „Hey, hast du eine Frau hier reinkommen sehen? Blaue Augen, braunes Haar?"

„Ob ich sie gesehen habe?" Sie knallte ihr Handy auf den Tresen. „Wegen ihr werde ich einen Riesenärger mit meiner Mutter kriegen. Immerhin habe ich ihr geholfen, ein Outfit auszusuchen, und dann ist sie abgehauen, ohne zu bezahlen."

„Noch mal langsam von vorne. Wovon redest du?"

„Sie wollte etwas kaufen und ich habe ihr ein paar Vorschläge gemacht und sie von den Alte-Damen-Blusen, die sie wollte, weggeführt. Sie ist zu jung und zu heiß, um so was zu tragen." Die junge Frau stieß einen dramatischen Seufzer aus. „Zum Dank hat sie dann geklaut."

„Sie hat also einen Haufen Klamotten gestohlen und ist

dann zur Tür hinausspaziert?" Sarge versuchte zu begreifen, was das Mädchen sagte. Bronwyn hatte zwar ihre Erfahrungen mit Diebstahl, aber er hatte keine Ahnung, warum sie so etwas tun sollte, wenn sie doch so viel Geld hatte.

„Nein, sie war in der Umkleidekabine und ich hab' ihr ein paar Sachen rausgesucht. Und schwupps war sie plötzlich weg, zusammen mit einem Pullover."

„Die Umkleidekabine. Wo ist die?"

Das Mädchen verdrehte die Augen und rührte sich nicht. „Mann, ich krieg' so viel Ärger, wenn meine Mutter herausfindet, dass jemand geklaut hat."

Er kämpfte darum, seine Fassung zu bewahren. „Wie viel war es? Ich bezahle es."

„39,99."

Er kramte zwei Zwanziger aus seiner Brieftasche und reichte sie ihr. „Zeig' mir, wo die Umkleidekabine ist."

Jetzt, da die junge Frau keinen Ärger mehr zu erwarten hatte, war sie hilfsbereiter. Sie zeigte Sarge die Umkleidekabine und er blieb plötzlich wie angewurzelt stehen.

Er zeigte auf die Tür neben der Umkleidekabine. „Wo führt die hin?"

„Hinten raus. Das ist der Grund, warum ich Ärger kriegen würde. Ich sollte eigentlich die Alarmanlage einschalten, aber ich hab's gelassen, weil mein Freund später noch vorbeikommen wollte."

„Es hätte also jeder zur Tür rein- oder rausgehen können, ohne dass du es gemerkt hättest."

Sie zuckte nur mit den Schultern. „Ja."

„Habt ihr hier Sicherheitskameras oder so was in der Art?"

Das Mädchen schaute auf den Boden.

Er wusste, was das bedeutete. „Du hast sie abgestellt, weil dein Freund vorbeikommen wollte."

„Hey, ich meine, wir wollten nur ein bisschen 'rummachen. Meine Mutter ist superstreng. Sie mag Derek nicht."

Es gab also keinen Weg, herauszufinden, ob Bronwyn hinten rausgelaufen war oder ob jemand sie mitgenommen hatte. So oder so, er ging zur Tür hinaus.

„Sagen Sie's nicht meiner Mutter, okay?", rief das Mädchen, als er ging. Er hob eine Hand, um zu zeigen, dass er sie gehört hatte. Er wusste nicht, wer ihre Mutter war, und es war ihm auch egal, was das Kind getan hatte. Alles, was er wollte, war Bronwyn zu finden.

In der Gasse hinter dem Laden gab es keine Anzeichen für einen Kampf, aber Sarge war sich nicht sicher, ob Bronwyn sich wehren würde, wenn man sie entführte.

Körperlich wurde sie immer stärker. Aber geistig, emotional … Gegen ihren Willen entführt zu werden, könnte dazu führen, dass sie sich völlig verschloss. Jeder kleine Fortschritt, den sie in den letzten Wochen gemacht hatte, könnte mit einem Mal zunichtegemacht worden sein.

„Wo bist du, Ponygirl?"

Sie suchten den Rest des Tages und die Nacht hindurch nach Bronwyn. Lucas hatte alle Jungs der Ranch zusammengetrommelt. Es gab keine Anzeichen für ein Verbrechen, was Sarge zu der Annahme veranlasste, dass irgendetwas Bronwyn getriggert hatte.

Er besprach alles mit Lucas und sie kamen zu dem Schluss, dass es vielleicht eine schlechte Idee gewesen war, ihr das ganze Geld auf einmal zu geben. Vielleicht hatte sie beschlossen, dass sie alleine besser dran wäre.

Und obwohl er diese Möglichkeit nicht ausschließen konnte, kam es Sarge unwahrscheinlich vor. Bronwyn würde nicht einfach so weglaufen. Nicht, wenn sie keinen Grund dazu hatte.

Es gab eine Menge anderer Möglichkeiten. Nachwirkungen ihrer Gehirnwäsche oder ein unbekannter Trigger. Oder jemand hatte sie entführt.

Aber bevor sie ihre Suche ausweiteten, wollte er die Möglichkeiten in der näheren Umgebung ausschließen. Es war das erste Mal, dass sie die Ranch verlassen hatte, seit sie dort angekommen war. Vielleicht war sie in Panik geraten, hatte sich erschreckt und war allein losgezogen.

Sie fokussierten ihre Bemühungen auf die Stadt und dann auf die umliegenden Grundstücke. Die Hälfte von Garnet Bend machte sich auf, um bei der Suche zu helfen, obwohl die Stadtbewohner Bronwyn nicht kannten. Sie wussten nur, dass es eine Frau gab, die in Schwierigkeiten sein könnte.

Aber nichts. Keine Anzeichen für ein Verbrechen, keine Hinweise auf gestohlene Fahrzeuge, mit denen sie geflohen sein könnte, und keine Spur von Bronwyn.

Es dämmerte schon fast, als er zu ihrer Hütte zurückkehrte, und er betete, dass er sie dort zusammengerollt im Bett vorfinden würde. Vielleicht erinnerte sie sich nicht mehr an das, was passiert war, und das wäre gut so. Solange sie nur in Sicherheit war.

Aber auch hier: nichts.

Und als er sah, dass sie einen Teil des Geldes in der Hütte gelassen hatte, wusste Sarge, dass es Zeit war, große Geschütze aufzufahren. Es gab zwar keine Anzeichen für ein Verbrechen, aber das bedeutete nicht, dass sie nicht entführt worden war. Er hatte glauben wollen, dass sie auf dem Weg zurück zu ihm war, aber mit jeder Stunde, die verging, wurde klarer, dass das nicht der Fall war.

Er brauchte Zodiac Tactical. Er wusste, dass Ian nicht oft im Büro gewesen war – er hatte seine ganze Zeit mit

Wavy verbracht, um sich um ihre geistige Verfassung zu kümmern. Er und Sarge hatten seit dem Tag, an dem sie kurz davor gewesen waren, Informationen aus Dr. Tippens herauszuquetschen, nicht mehr miteinander gesprochen. Sarge war sich nicht sicher, ob Ian wusste, dass Bronwyn bei ihm war.

Oder dass sie bei ihm gewesen war. Der Gedanke legte sich so schwer wie ein Bleianker in seinen Magen. Er hatte sich nicht vorstellen können, dass sie wirklich wieder weg war.

Sarge brauchte sein Team.

Als er nach seinem Telefon griff, um Ian anzurufen, surrte es in seiner Hand. Landon.

„Ich habe ein Problem–", sagte Sarge ohne Vorrede.

Er unterbrach ihn. „Bronwyn ist weg."

Sein Griff um das Telefon wurde fester. „Woher weißt du das?"

Noch ein Video von Mosaic? Das würde er nicht noch einmal verkraften.

Oder, Grundgütiger … waren vielleicht Teile von Bronwyn an die Polizei geschickt worden, wie bei Silas Varela?

Galle brannte in seiner Kehle. Er fühlte sich, als wäre der ganze Sauerstoff aus dem Raum gesaugt worden.

„Es ist nicht der Super-GAU, Sarge. Ich schwöre. Es ist nicht Mosaic."

Er musste es noch einmal wiederholen, bevor Sarge ihn durch das Dröhnen in seinen Ohren hören konnte. „Was zum Teufel ist dann los?"

„Es ist Callum Webb. Der Omega-Sektor hat sie."

Mist. Das war zwar besser als Mosaic, aber immer noch schlecht. „Haben sie sie verhaftet?"

„Nicht direkt. Sie ist nicht diejenige, die Webb will. Er will mit Wavy reden, aber Ian blockt komplett ab. Webb möchte, dass du Ian überzeugst, ihn Wavy befragen zu lassen."

Sarge schlug mit der Faust gegen die Wand. „Webb glaubt, dass Ian zu mir ja sagt, wenn er zu ihm nein sagt?"

„Webb glaubt, dass Ian es erlauben würde, wenn Bronwyn dafür nicht verhaftet wird. Aber Ian will noch nicht mal mit ihm reden. Und da kommst du ins Spiel."

„Wie das?"

„Ian hat Wavy zur Erholung auf eine Yacht mitgenommen. Webb möchte mit seinem Hubschrauber dort aufkreuzen, aber das wird Ian auf keinen Fall zulassen. Dich hingegen wird Ian bestimmt an Bord lassen. Webb wird dich einfach begleiten."

Frustriert rieb er seine Augen. Es war eine verdammt lange Nacht gewesen. „Ian wird stinksauer sein."

„Aber er wird dir verzeihen. Vor allem, weil Bronwyn involviert ist. Webb hat mir versprochen, dass er dich direkt zu ihr bringt, sobald er mit Ian und Wavy gesprochen hat."

Callum Webb war kein schlechter Kerl. Der Omega-Sektor als Ganzes war eine der besten Strafverfolgungseinheiten, mit denen er je zusammengearbeitet hatte.

Aber das bedeutete nicht, dass Sarge ihm nicht den Hintern versohlen würde.

„Und gegen Bronwyn wurde keine Anklage erhoben? Wir sind uns alle einig, dass wir auf die Zerschlagung von Mosaic hinarbeiten, nicht darauf, die Schuld dort zu suchen, wo sie nicht hingehört?"

„Ja, Webb hat sein Wort gegeben."

„Okay." Ihm gefiel der Gedanke nicht, seinen Boss – seinen Freund – anzulügen und bei Wavy möglicherweise einen emotionalen Rückschlag auszulösen. Aber Sarge würde es tun, um Bronwyn zurückzuholen. „Okay, ich mach's."

„Der Jet ist bereits auf dem Weg zu dir."

Kapitel 29

Mit jedem Atemzug kämpfte Bronwyn gegen die Panik an.

Es ging ihr gut, das machte sie sich immer wieder bewusst. Man hatte ihr nichts angetan. Und vor allem war sie nicht wieder in einen Isoliertank gesteckt worden.

Sie konnte atmen.

Sie konnte atmen und sie war nicht gefesselt. In dem Raum, in dem sie sich befand, gab es ein Fenster, einen Tisch mit zwei Stühlen auf beiden Seiten und eine Couch, auf der sie ein paar Stunden Schlaf bekommen hatte, bevor die Sonne aufgegangen war.

Der Raum war fast wie eine viel schlichtere Version von Dr. Raynes Büro. Sie hatte bequemere Möbel und Bilder an den Wänden und eine Reihe von Uhren, die die Zeit auf drei verschiedenen Kontinenten anzeigten.

Alles in allem war dieser Ort nicht übel. Nicht so wie die Zelle, in der Mosaic sie festgehalten hatte. Auf dem Tisch standen eine Flasche Wasser und ein paar Snacks. Und es gab freien Blick nach draußen – auch wenn außer einem leeren Parkplatz nicht viel zu sehen war.

Aber die Tür war verschlossen.

Sie holte noch einmal tief Luft und versuchte, ihre Angst hinunterzuschlucken.

Als sie von dem, was auch immer man ihr injiziert hatte, aufgewacht war, hatte sie auf dem Rücksitz eines Autos gesessen, die beiden Männer aus der Boutique auf den Sitzen vor ihr. Sie hatte sofort nach dem Türgriff getastet, bereit, sich aus dem fahrenden Wagen zu stürzen.

Doch auch diese Tür war verriegelt gewesen.

Einer der Männer telefonierte und drehte sich zu ihr um. „Ja, Sir, sie wacht gerade auf." Pause. „Ja, Sir."

Er reichte ihr das Telefon nach hinten, was das Letzte war, was sie erwartet hatte. Das Gesicht eines gut aussehenden Mannes mit dunkler Haut und hellgrauen Augen erschien auf dem Bildschirm.

„Bronwyn, das ganze Drama tut mir leid. Mein Name ist Callum Webb. Ich arbeite für eine Strafverfolgungseinheit namens Omega-Sektor. Ich möchte Ihnen versichern, dass wir Ihnen nichts Böses wollen."

Sie hatte Sarge über Omega-Sektor reden hören, also wusste sie, dass es ihn wirklich gab. Sie erinnerte sich auch vage an den Namen Callum.

„Wo bin ich? Was wollen Sie von mir?"

„Wir bringen Sie in eine Verwahrungsanstalt. Außerhalb von Montana."

Bronwyn erinnerte sich dunkel an ein Flugzeug, aber sie war sich nicht sicher, ob das wirklich passiert war. Ihr Puls schoss in die Höhe. Verwahrungsanstalt klang verdächtig nach Zelle. Sie biss sich auf die Zunge, um sich davon abzuhalten, sich zu einer Kugel zusammenzurollen und zu heulen.

„Bin ich verhaftet?", brachte sie schließlich hervor.

Callums Brauen zogen sich zusammen. „Nein. Das ist nicht meine Absicht. Tatsächlich haben wir Sie aus Garnet Bend geholt, um zu verhindern, dass Sie verhaftet werden.

Wir sind nicht die einzige Polizeibehörde, die nach Ihnen sucht."

Das sagte ihr immer noch nicht, ob sie Freund oder Feind waren. „Also haben Sie mich entführt."

„Ich würde es auch lieber nicht so sehen." Er rieb sich mit der Hand über den Kopf. „Die Agenten Monboit und Palgrave haben strikte Anweisung, dafür zu sorgen, dass Ihre Bedürfnisse berücksichtigt werden und Sie nicht in die Hände der Strafverfolgungsbehörden fallen. Dies wird hoffentlich für alle Beteiligten gut enden."

„Das verstehe ich nicht."

„Wir brauchen Informationen von Ian DeRose und ich hoffe, dass Sie der Schlüssel dazu sind, diese zu bekommen."

„Ich kenne Ian kaum." Warum versuchten immer alle, sie zu benutzen, um an Ian DeRose heranzukommen?

Callum stieß einen Seufzer aus. „Ich weiß. Aber er will nicht, dass Sie im Gefängnis landen."

„Warum sollte ich im Gefängnis landen?"

Er schwieg für eine lange Minute. „Wie viel wissen Sie noch von dem, was passiert ist, während Sie von Mosaic festgehalten wurden?"

Bronwyn lehnte sich gegen den Sitz zurück. „Nur Bruchstücke. Ich bin mir nicht sicher, welche Erinnerungen echt sind und welche ich mir nur eingebildet habe."

Diese stechenden grauen Augen fixierten sie. „Ich glaube Ihnen. Und das ist es, wovon ich meine Chefs immer wieder zu überzeugen versuche. Aber irgendwas muss ich ihnen geben und Sie sind meine beste Chance darauf."

„Ich verstehe es immer noch nicht."

Er lächelte, aber es war mehr traurig als alles andere. „Nein, sicher nicht. Ich fürchte, Sie sind wieder einmal eine Schachfigur, Bronwyn. In einem Schachspiel, von dem ich hoffe, dass es nicht nach hinten losgeht."

Kurz darauf hatte er das Gespräch beendet – wobei sie

kein bisschen schlauer war als vorher – und sie war schweigend mit den Agenten Monboit und Palgrave weitergefahren.

Sie hatten schließlich die Verwahrungsanstalt erreicht und sie in einen Raum gebracht, der zwar keine Zelle war, aber definitiv eine verschlossene Tür hatte.

Sie holte noch einmal tief Luft.

Machte sich Sarge Sorgen? Woher sollte er wissen, was passiert war? Dachte er, sie wäre mit dem Geld abgehauen? Das war kein weit hergeholter Gedanke. Sie wusste nicht, wie lange sie schon hier war oder wie lange sie bewusstlos gewesen war, bevor sie in diesem Auto aufgewacht war. Es waren keine Berge zu sehen gewesen, also war sie definitiv nicht mehr in der Nähe der Ranch.

Bronwyn fing wieder an, die Mahlzeiten zu zählen, um herauszufinden, wie lange sie hier war. Bis jetzt waren es vier. Monboit oder Palgrave waren reingekommen und hatten sie ein paar Mal in ein kleines Bad gebracht.

Es ging ihr gut, solange sie nicht daran dachte, dass sie in diesem Raum gefangen war. Dass sie, obwohl es größer und schöner war und mehr Möbel hatte als das Zimmer, in dem Mosaic sie untergebracht hatte, immer noch der Gnade anderer Leute ausgeliefert war.

Leute, die jederzeit beschließen konnten, sie aus diesem Zimmer zu holen und in eine Kiste zu werfen. Die dafür sorgen konnten, dass sie sich wieder selbst vergaß.

Bronwyn würde es ein weiteres Mal nicht überleben.

Als es draußen langsam dunkel wurde, wurde es schlimmer.

Es war zwar hell in dem Raum, aber es kam ihr vor, als würden sich die Wände auf sie zubewegen. Sie setzte sich in eine der Ecken, schlang die Arme um ihren Kopf und kämpfte um jeden Atemzug.

Hey, Ponygirl.

Das war nicht Sarge. Das wusste sie ganz genau. Aber der Klang seiner Stimme entspannte ihre Kehle genug, dass Luft in ihre Lungen strömte.

Als sie zur Seite blickte, sah sie, wie er sie anlächelte.

„Du bist nicht hier", flüsterte sie. „Ich bin verrückt."

Du bist in einem Raum gefangen, der dich an deine Gefangenschaft erinnert. Draußen wird es langsam dunkel. Du hast Schwierigkeiten, damit klarzukommen. Das macht dich nicht verrückt.

Sie schüttelte den Kopf. „Nein, ich bin verrückt, weil ich mit dir rede und du nicht wirklich hier bist."

Man muss tun, was man tun muss. Überleben ist immer das Wichtigste.

Bronwyn ließ seine Worte auf sich wirken. Er hatte recht. Und er hatte das mehr als einmal zu ihr gesagt. Überlebe. Sie nahm sich einen Moment Zeit und konzentrierte sich. Das Licht im Raum war gedämpft, aber es war nicht dunkel. Und der fast volle Mond vor dem Fenster würde selbst dann noch Licht spenden, wenn die Lichter ausgingen. Es ging ihr gut.

Ihr Puls verlangsamte sich, ihre Atmung beruhigte sich, der Raum öffnete sich wieder.

Und vielleicht bin ich hier, weil ich deine Gesellschaft schätze.

Sarge zwinkerte ihr zu und schenkte ihr sein eingerostetes Lächeln, wobei er haargenau so wie im richtigen Leben aussah, dass sie hätte schwören können, dass er dort saß.

„Du bist nicht hier."

Bist du sicher? Mir kommt's jedenfalls so vor.

So ging es ihr auch.

Sie war so müde. Sie legte sich auf den Boden und konnte spüren, dass Sarge sich um sie wickelte, wie er es tat, wenn sie schliefen – ein Arm um ihre Taille, einer um ihre Schulter, ein Bein über ihre geworfen.

Sie schlief in seiner Umarmung auf dem Boden ein.

„Wie ich sehe, ziehen Sie den Boden dem Komfort einer Couch vor."

Bronwyn fuhr hoch und setzte sich dort, wo sie geschlafen hatte, aufrecht hin, als sie eine Stimme im Raum vernahm.

Es war Morgen. Sie hatte es irgendwie geschafft, die Nacht durchzuschlafen.

Von Sarge war weit und breit nichts zu sehen, aber das überraschte sie nicht. Sie richtete sich auf.

„Wer sind Sie?" Der Mann war weder Monboit noch Palgrave. Er war kleiner, etwas untersetzt und hatte einen europäischen Akzent.

„Ich bin Agent Theodore Wilson. Ich gehöre nicht zum Omega-Sektor." Verachtung schwang in seiner Stimme mit. „Ich bin von Europol. Die Agentur der Europäischen Union für Zusammenarbeit im Bereich der Strafverf–"

„Ich weiß, was Europol ist."

Er zog eine Augenbraue hoch und verschränkte die Arme vor der Brust, als er näher an sie herantrat. Sie zwang sich, nicht vor ihm zurückzuweichen. „Gut. Da man Sie nach Europa gebracht hat, dachte ich, ich sollte Sie einmal persönlich kennenlernen."

Europa. Das hatte sie definitiv nicht gewusst.

Aber darüber konnte sie sich später aufregen. Im Moment musste sie sich um die Bedrohung kümmern, die vor ihr stand. Agent Wilson war nicht wie Monboit und Palgrave. Nicht, dass sie die anderen Agenten sonderlich mochte, aber sie hatten sie nie so angesehen wie dieser Kerl. Als wäre sie eine Kriminelle.

Dies war jemand, der sie am liebsten in einen Käfig werfen würde. Eine andere Sorte von Käfig als bei Mosaic, aber dennoch ein Käfig.

„Wo sind die anderen Agenten?"

Agent Wilson schenkte ihr ein Lächeln, das eher einem überheblichen Grinsen glich. „Palgrave und Monboit haben eine wichtige Vorladung erhalten und mussten sich um einige Dinge kümmern. Offenbar hatte Callum Webb nicht die offizielle Erlaubnis, Sie hierzubehalten. Ein Schelm, wer Böses dabei denkt."

„Sie sind also hier, um mich zu verhaften."

„Ich bin hier, um Ihnen ein paar Fragen zu stellen."

„Und wenn ich Ihre Fragen nicht beantworten will?"

Er zog ein Paar Handschellen hervor und legte sie ihr um die Handgelenke, bevor sie reagieren konnte. Mit einem Ruck zog er sie an den Tisch und drückte sie auf einen der Stühle. Er befestigte die Handschellen an einem Bügel, der an der Tischplatte befestigt war, sodass sie nicht wieder aufstehen konnte.

Er gab sich jetzt keine Mühe mehr, sein überhebliches Grinsen als Lächeln zu tarnen. „Die Leute unterschätzen mich immer wieder. Sie nehmen an, ich sei langsam, weil ich nicht so groß und fit bin wie der Durchschnittsagent. Wie Sie sehen können, ist das nicht der Fall. Und ich weiß, was Sie können, also werde ich Sie nicht aus den Augen lassen."

Sie hörte seinem Vortrag kaum zu. Das Gefühl des Metalls um ihre Handgelenke transportierte sie zurück in die Zeit ihrer Gefangenschaft. Sie begann zu ziehen und zu versuchen, sich zu befreien.

Bronwyn konnte nicht zulassen, dass man sie in einen Käfig sperrte. Sie konnte nicht zurück in die Dunkelheit gehen. Sie würde das nicht überleben. Sie würde –

Ein lauter Knall vor ihr riss sie in die Gegenwart zurück. „Konzentrieren Sie sich, Bronwyn. Ich habe Fragen an Sie. Wenn Sie die Handschellen loswerden wollen, will ich Antworten."

Sie blinzelte ihn an und versuchte, ihre Beklemmung

unter Kontrolle zu bringen. Sie war nicht mehr im Isolationstank oder in der Zelle oder im Labor.

Konzentrieren. Atmen.

Sie war sich nicht sicher, ob es Sarges Stimme in ihrem Kopf war oder ihre eigene.

Wilson legte einige Bilder auf den Schreibtisch, sodass sie sie sehen konnte. Sie waren grobkörnig, aber sie waren offensichtlich von ihr.

„Diese Bilder stammen von einer Fensterspiegelung in der Tiefgarage eines New Yorker Hotels, aufgenommen vor ein paar Monaten. Erstaunlicherweise waren die Kameras in der Garage während dieses Ereignisses abgeschaltet, sodass es kein Filmmaterial gibt, nur ein paar Aufnahmen einer Dashcam."

Die Bilder waren unscharf, aber sie konnte die toten Männer auf dem Boden erkennen. „Und?"

Er schob ein weiteres Bild über den Tisch. Dieses zeigte eine Frau, die über einer Leiche stand. Die Aufnahme zeigte sie von der Seite, sodass ihre Gesichtszüge nicht klar zu erkennen waren.

Aber Bronwyn wusste es. Das war sie.

„Kommt Ihnen das bekannt vor?", fragte er.

Sie starrte die Bilder an. Eine Erinnerung erwachte in ihrem Hinterkopf. Ein Kampf in einer Garage. Eine Mission, die zu Ende gebracht werden musste.

„Sarge?", flüsterte sie. Er war doch dort gewesen, oder?

„Das ist richtig. Harrison 'Sarge' McEwan war auch in dieser Garage." Er schob ein weiteres Bild herüber.

Die Qualität dieses Bildes war noch schlechter. Man konnte kaum erkennen, dass Sarge dort auf dem Boden lag. Sie konnte die Frau, die über ihm stand, immer noch nicht identifizieren, aber man konnte eindeutig sehen, dass sie ihn attackierte. Ihr Arm war zurückgezogen, bereit zum nächsten Schlag – um einen Mann anzugreifen, der bereits am Boden lag.

Sie. Hatte Sarge angegriffen.

Wilson machte ein Gesicht und schüttelte den Kopf. „Ich wette, das hat wehgetan."

Sie wollte sich die Ohren zuhalten. Sie wollte seine Worte oder seinen dummen Akzent nicht hören. Sie wollte nicht daran denken, dass sie Sarge wehgetan hatte. Sie schloss die Augen.

„Sie können von Glück sagen, dass es keine klaren Bilder von Ihnen gibt. Sonst wären Sie nicht in diesem gemütlichen Warteraum. Sie wären in einer Zelle."

Bronwyn spürte, wie ihr Atem bei diesem Gedanken schneller ging. Die Wände kamen wieder auf sie zu. Sie zerrte an ihren gefesselten Händen. „Lassen Sie mich frei."

Wilson lehnte sich in seinem Stuhl zurück und starrte sie an, eine Augenbraue hochgezogen. „Ich glaube nicht."

Es wurde immer schwieriger, genügend Sauerstoff zu bekommen. Sie bemerkte wie sich ihr Sichtfeld weiter einschränkte.

Bronwyn, halt still. Atme.

Sie konnte schwören, dass sie eine Hand auf ihrer Schulter spürte. Sie blickte zur Seite und sah Sarge dort stehen.

Sie verlor langsam den Verstand. Sarge war nicht da.

Tief durchatmen, Ponygirl. Über deinen Geisteszustand kannst du später nachdenken.

Sie schüttelte ihren Kopf hin und her. Sie war wahnsinnig. Er ging neben ihr in die Hocke.

Durchatmen. Verdammt noch mal, Bronwyn. Atme!

Sein Gebrüll in ihrem Kopf erschreckte sie so sehr, dass sie wieder zu atmen begann. Das Grau, das sich ihrer Sicht bemächtigt hatte, zog sich zurück. Und damit kehrte auch die Erinnerung an den Kampf in der Tiefgarage zurück.

„Ich erinnere mich", flüsterte sie.

Sie erinnerte sich an alles. An den Auftrag, Peter Kerpar zu bestehlen. Wie Sarge versucht hatte, sie aufzuhalten. Wie er versucht hatte, ihr einen Peilsender unterzuschmuggeln. Wie er versucht hatte, ihr zu helfen. Wie sie ihn verletzt hatte.

„Es tut mir leid." Tränen liefen über ihre Wange, als sie den imaginären Sarge neben sich anstarrte.

„Es tut Ihnen leid, dass Sie diese Männer getötet haben? Oder tut es Ihnen leid, dass Sie das auf den Fotos sind?"

Sag nichts. Sarges braune Augen wichen nicht von ihren. *Konzentriere dich aufs Atmen.*

Wilson stellte ihr weiterhin Fragen, aber sie ignorierte ihn. Sie hielt ihren Blick auf Sarge gerichtet. „Es tut mir leid."

Nichts passiert. Bleib golden.

Wilson schlug mit der Hand auf den Tisch und sie sah auf. Sarge war verschwunden. „Ich lasse mich nicht ignorieren, Bronwyn. Beantworten Sie die Frage."

Sie wusste nicht, wie die Frage lautete. Sie starrte ihn wortlos an.

„Na gut", sagte er schließlich, als klar wurde, dass sie nichts mehr sagen würde. Sie war ihm keine Erklärung schuldig. Nur Sarge schuldete sie eine Entschuldigung. Dem echten Sarge, nicht dem, den ihr kaputter Verstand sich ausgedacht hatte.

„Wie wäre es dann hiermit?" Diesmal schob Wilson ein Computer Tablet vor sie hin und spielte ein Video ab.

Diesmal bestand kein Zweifel, dass die Frau in der Gasse sie war. Sie sah zu, wie ein Mann versuchte, ihr die Brieftasche zu stehlen, ihr Tritte verpasste, und wie sie ihn dann tötete.

Die Erinnerung daran schlummerte auch in ihrem Gehirn. Der Mann hatte sie verletzt, war mit einem Messer auf sie losgegangen, und sie hatte ihn ohne zu zögern getötet.

Trotzdem sagte sie nichts. Sie brauchte Sarge nicht, um ihr zu sagen, sie solle still sein.

„Sie haben nichts dazu zu sagen?" Wilson spielte das Filmmaterial erneut ab. „Ich nehme an, man könnte argumentieren, dass es Notwehr war. Und zugegeben, der Kerl hatte ein gewaltsames Vorstrafenregister. Aber trotzdem hätte man Sie zur Befragung vorladen müssen."

Bronwyn blinzelte Wilson an. Sie wusste nicht, was er wollte. Sie wusste nicht, warum er sie nicht sofort verhaftete, wenn es das war, was er wollte. Es gab niemanden, der ihn aufhalten konnte.

Sie konnte jetzt atmen und das war alles, was ihr wichtig war. Sie bewahrte die Fassung. Die Wände kamen nicht näher.

Ihre Aufgabe war es, sich selbst am Leben zu erhalten, nicht Wilsons Fragen zu beantworten. Mit der Tatsache, dass sie eine Mörderin war, würde sie sich später auseinandersetzen müssen.

„Okay, Sie wollen also nicht darüber reden. Auch gut. Kann ich Ihnen nicht verübeln." Wilson zog das Tablet von ihrer Seite des Tisches zurück. „Ich will ehrlich sein, die Leute, die Sie verletzt haben, sind kein großer Verlust für die Gesellschaft. Kerpars Männer waren Kriminelle und der Kerl, den Sie niedergestochen haben, war offensichtlich kein aufrechtes Mitglied der Gesellschaft."

Bronwyn starrte weiter geradeaus, ohne einen Ton zu sagen.

Wilson stand auf, schob seinen Stuhl herüber und setzte sich neben sie. Er war zu nahe, aber es gab kein Entrinnen, da ihre Hände gefesselt waren.

Durchatmen, Ponygirl. Alles wird gut.

Sie konnte Sarge nirgends sehen. Sie starrte weiter geradeaus und ignorierte Wilson neben sich.

„Die anderen sind mir egal. Wenn ein paar Verbrecher draufgehen, ist das Amerikas Problem.“ Er hob ihr Kinn, damit sie ihn ansah. „Wissen Sie, warum ich hier bin, Bronwyn?“

Sie antwortete nicht. Wollte nicht, dass er sie berührte.

„Ich bin wegen Mosaic hier. Ich bin hier, weil Mosaic im Gegensatz zu diesen Kleinkriminellen nicht nur ein amerikanisches Problem ist – diese Terrorgruppe hat sich nach Europa ausgebreitet und ich werde derjenige sein, der ihnen das Handwerk legt.“

„Gut.“ Es gefiel ihr ganz und gar nicht, dass er sie berührte, aber wenn es seine Mission war, Mosaic zu vernichten, war sie voll und ganz dafür.

„Wenn Sie wirklich so denken, warum helfen Sie mir dann nicht?“

„Wie denn? Ich kann mich an nichts erinnern.“

Sie versuchte, den Blick abzuwenden, aber seine Finger packten ihr Kinn fester und hielten ihre Augen auf ihn gerichtet. „Sie erinnern sich nicht, oder Sie wollen sich nicht erinnern?“

In dem knappen Monat, in dem sie auf der Ranch gewesen waren, hatte sie nicht versucht, sich zu erinnern. Nicht einmal bei Dr. Rayne. Sie war sich nicht sicher, was real war und was nur in ihrem Kopf existierte. Sie hatte nicht darüber nachdenken wollen – hatte nicht wissen wollen, welche Wahrheiten die Albträume ausmachten, die sie fast jede Nacht aufweckten.

„Beides“, flüsterte sie. „Und dem, woran ich mich erinnere, kann man nicht trauen.“

Denn letzten Endes war ihr Verstand kaputt. Das war auf so viele Arten offensichtlich. Sarge, der in der Ecke stand, die Arme vor der Brust verschränkt, und das alles beobachtete, war der beste Beweis dafür.

Wilson ließ ihr Kinn los und ging zurück auf die andere Seite des Tisches, stützte sich auf seine Arme und sah auf sie hinunter.

„Letztendlich ist das sowieso nicht der Grund für meine Fragen. Was Mosaic mit Ihnen gemacht hat, während sie Sie hatten, oder was Sie getan haben, während Sie unter ihrer Kontrolle waren, ist nicht das, was ich wissen muss."

Wieder einmal sagte sie nichts. Er würde schon auf den Punkt kommen. Sie sah zu Sarge in der Ecke hinüber.

„Die eigentliche Frage ist, warum Sie?"

Jetzt begegneten ihre Augen denen von Agent Wilson. „Was?"

„Ich habe mir alle Daten zu Ihnen und Mosaic angesehen. Ich habe mir alle Verbindungen zwischen Mosaic in seiner ursprünglichen Form vor ein paar Jahren und der jetzigen Version angesehen. Erick Huen ist das wichtigste Bindeglied zwischen beiden Versionen und seine Absicht ist es, sich an Ian DeRose zu rächen."

„Ich kenne Erick Huen." Sie konnte sich noch daran erinnern, wie er Silas Varelas Hand auf ihren Oberkörper hatte fallen lassen, als sie an diesen Stuhl gefesselt war. Sie konnte das Schaudern nicht unterdrücken, das ihren Körper bei der Erinnerung durchlief.

„Die Frage ist, woher kannte Eric Huen Sie?"

„Was?", fragte sie wieder.

Wilson erhob sich vom Tisch. „Nichts für ungut, aber bei Zodiac sind Sie ein Niemand. Erick hat Sie entführt, um Sie gegen Ian DeRose einzusetzen, aber Sie kennen den Mann kaum. Für ihn sind Sie nichts weiter als eine Angestellte, es gibt keinerlei persönliche Verbindung. Wenn Erick Huen Ian eine Botschaft über einen seiner Angestellten übermitteln wollte, warum sollte er dann jemanden wählen, zu dem Ian keine Beziehung hat?"

„Ich weiß es nicht."

Sie wusste gar nichts.

„Das ist es ja, Bronwyn. Ich glaube Ihnen nicht. Ich glaube, die Antwort liegt in Ihrem Kopf, und was wir in dieser Situation brauchen, ist jemand, der sich nicht scheut, Ihnen die schwierigen Fragen zu stellen. Also werde ich Sie noch einmal fragen."

Er lehnte sich noch einmal über den Tisch und kam diesmal näher an ihr Gesicht heran. „Warum Sie?"

Kapitel 30

„Du hast echt Glück, dass Ian nicht darauf besteht, dass ich deine Leiche irgendwo verscharre, wo sie niemals jemand finden wird." Sarge sah zu Webb hinüber, der in dem Auto saß, das sie zu dem Gebäude brachte, in dem er Bronwyn festhielt.

Er hatte ihn durch die halbe Welt geschleppt und ihn als Vorwand benutzt, um seinen Hubschrauber auf Ians Yacht landen zu können. Und letztendlich hatte er bekommen, was er wollte – eine Chance, mit Wavy zu reden.

Webb zuckte mit den Schultern. „Das Risiko musste ich eingehen. Du und Ian wart die einzigen, die uns Informationen über Mosaic geben konnten. Wir haben eine Reihe von Leichen, für die wir uns verantworten müssen."

„Mach so was noch einmal, und ich werde nicht auf Ians Erlaubnis warten, um dich verschwinden zu lassen, Webb. Lass Bronwyn in Ruhe."

Sie waren nicht weit von dem Ort entfernt, an dem Bronwyn festgehalten wurde. Webb konnte von Glück sagen, dass sie auf ihrer Seite des Atlantiks war. Sonst hätte er ihn während des gesamten Rückflugs verdroschen.

Ging es ihr gut? Hatte sie Angst? War sie in Panik geraten? Sie hatte so viele Trigger. Was, wenn die Männer, die sie festhielten, sie im Dunkeln sitzen ließen?

Halte durch, Ponygirl. Ich bin auf dem Weg.

Webb sah zu ihm herüber. „Ich weiß, was Mosaic mit Bronwyn gemacht hat. Ich weiß, dass es schlimmer ist als das, was Wavy durchgemacht hat, und das war schon schlimm genug. Ich will ihr in keiner Weise schaden. Ich will nur dein Wort, dass du uns Bescheid gibst, wenn sie sich an etwas erinnert oder bereit ist, mit den Behörden zu reden. Bei der Zerschlagung von Mosaic muss es vorangehen. Hast du von dem Bombenanschlag in Warschau letzte Woche gehört?"

Sarge zuckte mit den Schultern. „Kaum."

„Das war Mosaic. Jetzt haben wir also zwei zerstörte Gebäude, von denen wir wissen, dass sie dafür verantwortlich sind. Eines in den USA, eines in Europa. Und eine ganze Menge Leichen. Wir brauchen Informationen."

„Bronwyn kann sie euch nicht geben. Nimm das, was du von Wavy hast."

„Aber wenn Bronwyn bereit ist zu reden–"

„Ich verspreche dir, dass du der Erste bist, den ich anrufe. Solange du nicht vorhast, sie zu verhaften. Die Dinge, die sie getan hat …"

„Das haben wir nicht vor. Wir konnten sie in New York nicht eindeutig identifizieren und als sie diesen Kerl in Anchorage getötet hat, war das eindeutig Notwehr. Ganz zu schweigen davon, dass wir nie eine Leiche gefunden haben."

Mosaic hatte aufgeräumt. Wenigstens dafür waren sie gut.

„Versuch nie wieder, sie auf diese Art zu entführen, Webb. Wenn sie verletzt ist–"

„Das ist sie nicht. Zwei meiner besten Männer sind bei ihr. Monboit und Palgrave sind vertrauenswürdig und haben das Gesamtbild vor Augen. Ihre Anweisungen lauten, dafür zu sorgen, dass sie sich wohlfühlt. Sie ist nicht gefesselt, nicht in einem kleinen Raum, nicht in der Dunkelheit. Wie schon gesagt, ich versuche nicht –"

Er verstummte, als sein Telefon surrte. „Wenn man vom Teufel spricht." Er hielt das Telefon an sein Ohr. „Palgrave, wir sind etwa acht Minuten entfernt."

Er konnte nicht hören, was gesagt wurde, aber Webbs Gesicht verspannte sich bei dem, was ihm übermittelt wurde.

Sarge fuhr schneller.

„Fahrt zurück zum Gebäude. Wir werden auch gleich da sein." Mit diesen Worten beendete Webb das Gespräch.

„Problem?"

„Meine Männer wurden von Europol vorgeladen. Oder zumindest dachten sie das. Wie's aussieht, wollte ein Europol-Agent namens Theodore Wilson sich auch gerne mit Bronwyn unterhalten. Er ist unser europäisches Pendant."

„Ist er ein Problem?"

„Er wollte mit uns kommen, um mit Ian zu sprechen, aber ich habe nein gesagt. Er ist ein guter Agent, aber definitiv jemand, bei dem der Zweck die Mittel heiligt. Er ist nicht bekannt für seine guten Umgangsformen."

„Dann war es klug, ihn nicht mitzunehmen."

„Richtig." Webb blickte zu ihm hinüber. „Aber wie sich herausstellt, hat er meine Männer mit einem falschen Anruf weggelockt, und jetzt ist er bei Bronwyn."

Sarge sagte nichts, sondern fuhr viel schneller, als es an der Côte d'Azur erlaubt war. Er ging nicht vom Gaspedal, bis sie vor dem Gebäude hielten, in dem Bronwyn festgehalten wurde. Er eilte hinter Webb hinein.

Wilson stand über Bronwyn gebeugt an einem Tisch – sein verdammtes Gesicht viel zu nah an ihrem – und fragte sie, warum Mosaic ausgerechnet sie ausgewählt hatte, als Webb und Sarge in den Raum platzten.

Sarge hätte sich vielleicht noch zurückhalten können, wenn er nicht gesehen hätte, dass sie mit Handschellen an den Tisch gefesselt war. Sie zerrte jetzt nicht mehr an ihren Fesseln, aber sie hatte es getan. Er konnte die roten Striemen auf ihrer weichen Haut sehen.

Über den Narben, die von ihren Fesseln während ihrer Gefangenschaft bei Mosaic herrührten.

Er hechtete über den Tisch und riss Wilson um. Der Kerl war deutlich kleiner als er, aber das war ihm egal. Sarge verpasste ihm drei kräftige Schläge ins Gesicht, die dem Mistkerl definitiv die Nase brachen, bevor Webb Sarge von ihm herunterzog.

Wo er gerade dabei war, verpasste er Webb auch noch einen saftigen Haken.

„Verdammt noch mal, Sarge. Hör auf." Webb spuckte Blut. „Bronwyn braucht dich."

Keine anderen Worte hätten ihn so schnell zur Besinnung gebracht. Er ließ Webb los und drehte sich zu Bronwyn um.

„Ponygirl?"

Sarge rechnete mit dem Schlimmsten. Mit Tränen. Dämonen in ihren Augen. Aber sie war gefasst und sah jetzt mehr wie die Frau aus, die er in Paris geküsst hatte, als in den letzten Wochen.

Sie rasselte mit ihren Handschellen. „Würdest du mich aus diesen Dingern befreien?"

Webb drückte ihm einen Schlüssel in die Hand und er löste die Fesseln. Die Metallringe fielen auf den Tisch, als er sie in seine Arme nahm und sie gegen seine Brust drückte. Er verfluchte sich selbst für diesen Impuls. Es ging nicht darum, was er brauchte; es ging darum, was sie brauchte. Und im Moment wollte sie vielleicht nicht berührt werden.

Aber ihre Arme und Beine wickelten sich um ihn und hielten ihn fest.

„Geht es dir gut?" Er fuhr mit den Fingern durch ihr Haar und hielt ihren Kopf so, dass er ihr Gesicht sehen konnte.

„Alles okay. Ich war nur die letzte Stunde oder so gefesselt, als Agent Arschloch hier war. Abgesehen davon bin ich ein bisschen erschrocken, aber … okay."

„Hat er dir wehgetan?" Vielleicht würde er heute doch noch eine Leiche beseitigen müssen.

„Nein. Er ist nicht gerade mein neuer bester Freund, aber er hat mir nicht wehgetan. Ich schwöre." Sie drückte ihr Gesicht in seinen Nacken. „Er hat mir ein paar Bilder von Dingen gezeigt, die ich getan habe. Menschen, die ich getötet habe. Menschen, die ich verletzt habe. Dass ich dich verletzt habe."

Sarge hatte das Bedürfnis, diesem Mistkerl noch ein paar Schläge zukommen zu lassen. Die Dinge, die Bronwyn getan hatte, während sie unter Mosaics Einfluss stand, mussten irgendwann aufgearbeitet werden, aber nicht, solange sie sich noch erholte. Er konnte den Gedanken nicht ertragen, dass sie noch mehr leiden musste. „Was er dir erzählt hat, könnte schlimmer gewesen sein als das, was wirklich passiert–"

Sie legte ihm einen Finger auf die Lippen. „Ich erinnere mich. Ich glaube, die Erinnerungen waren schon immer in meinem Kopf, aber das hier hat sie wachgerüttelt. Ich erinnere mich an New York. Anchorage."

„Und dir geht es gut?"

Sie stieß einen Seufzer aus, Arme und Beine immer noch um ihn geschlungen. „Nein. Ich muss verarbeiten, dass ich eine Mörderin bin. Aber ich denke, ich will es lieber wissen und mich dem stellen, als dass es mich unvorbereitet trifft."

Vielleicht hätte er es ihr sagen sollen. Ihr eine Chance geben, sich der Sache direkt zu stellen. „Es tut mir leid."

Sie strich ihm über die Wange. „Bring mich einfach weg von hier."

„Mit Vergnügen. Und ich mag deinen Pulli."

~

Sarge brachte sie nach Èze. Wenn sie schon beide gegen ihren Willen an die Côte d'Azur geschleppt worden waren, konnten sie es wenigstens genießen.

Ihre kleine Frühstückspension bot einen atemberaubenden Blick auf das Mittelmeer von dem mittelalterlichen Dorf aus, das hoch auf den nur zu Fuß erreichbaren Bergklippen lag.

„So etwas habe ich noch nie gesehen", flüsterte Bronwyn, die Nase gegen das Fenster gepresst. „Aber ich schätze, das heißt nicht viel, wenn man bedenkt, wie wenig ich gereist bin."

Er ging zu ihr hinüber, stellte sich hinter sie und betrachtete das Blau des Wassers, das ihn so sehr an ihre Augen erinnerte. „Es ist wirklich einer der schönsten Orte, an denen ich je gewesen bin, und die Navy hat mich an alle Ecken der Welt geführt."

Sie waren seit zwei Tagen dort. Er hätte die Zeit gerne im Bett verbracht oder ausgenutzt, dass ihnen das Meer zu Füßen lag. Aber stattdessen hatten sie die Zeit damit verbracht, sich all das Filmmaterial und die Bilder aus New York und Anchorage anzusehen.

Sie hatten den Tisch ans Fenster geschoben, damit sie wenigstens die Aussicht genießen konnten, während sie durch die Hölle robbten.

Sie betrachtete die Aufnahmen auf dem Computerbildschirm, die zeigten, wie sie den Schläger niederstach. „Bin ich ein Feigling, weil ich mich dem nicht früher gestellt habe?"

„Nein." Seine Antwort kam sofort und war endgültig. Wie schon bei den anderen Malen, als sie diese Frage gestellt hatte.

„Wenn ich mich schon vorher mit diesen Erinnerungen beschäftigt hätte, würde ich mich vielleicht schon an etwas Nützliches über Mosaic erinnern."

Sarge nahm ihre Hand und verschränkte ihre Finger mit seinen. „Du musstest erst wieder auf die Beine kommen. Das tust du immer noch. Es braucht Zeit. Genau wie bei der körperlichen Genesung kann ein zu starker Druck bei der emotionalen Genesung zu Rückschlägen führen."

Er war sich nicht sicher, ob sie ihm glaubte, aber sie ließ es auf sich beruhen. All das, woran sie sich erinnern konnte, hatten sie gründlich recherchiert – Dr. Tippens war tot. Erick Huen wurde von Zodiac aktiv gesucht. Sie wussten auch, dass es drei weitere, nicht identifizierte Partner bei Mosaic gab. Nichts, woran sie sich erinnerte, war dabei hilfreich. Er hasste es zu sehen, wie sie sich deswegen fertigmachte.

„Agent Wilson hatte recht", sagte sie vor ihm am Fenster.

„Das bezweifle ich." Er umfasste sanft ihr Handgelenk und hob es hoch, um die lädierte Haut zu küssen. „Verdammt, fast alles, was er getan hat, war falsch."

„Aber seine Frage war richtig. Warum ich? Warum hat Erick Huen mich ausgewählt, um Ians Aufmerksamkeit zu erregen? Wie bin ich überhaupt auf Ericks Radar geraten?"

Er schlang einen Arm um ihren Oberkörper und zog sie an seine Brust. „Dafür könnte es viele Gründe geben. Du bist jung und neu. Du gehörst zu Zodiac, also würde Ian sich verantwortlich fühlen, wenn dir etwas zustoßen würde, aber du bist nicht so tief im inneren Kern des Team, dass es für Erick schwer wäre, an dich heranzukommen."

„Vielleicht."

„Vielleicht ist es gar nicht so kompliziert. Es könnte auch

einfach nur Pech gewesen sein. Du warst leichte Beute – eine Zodiac-Mitarbeiterin, die viel Zeit allein verbracht hat. Er hat eine Gelegenheit gesehen und sie ergriffen."

Bronwyn legte ihre Stirn an das Glas. „Da muss es etwas geben, an das ich mich nicht erinnere."

Er küsste sie auf den Kopf. „Du musst dem Ganzen mehr Zeit geben. Die Teile werden sich schon noch zusammenfügen."

„Glaubst du? Ich bin mir nicht sicher. Ich weiß nicht, ob ich meinem Verstand trauen kann."

Er drehte sie zu sich um. „Warum sagst du das? Seit zwei Tagen stellst du dich dem, was dir passiert ist, ganz offen. Du bist nicht davor zurückgeschreckt, hast dich nicht verschlossen."

Sie presste die Lippen zusammen und wandte den Blick von ihm ab. „Aber ich habe dir nicht alles gesagt. Ich habe dir nicht das Schlimmste gesagt."

Sein Magen krampfte sich bei dem Gedanken zusammen, dass es noch mehr geben könnte, was sie durchgemacht hatte und wovon er nichts wusste. Er war sich nicht sicher, ob sie beide das verkraften würden. Er hatte ihr nicht von den Audioaufnahmen erzählt, die er von ihrem Sender erhalten hatte. Es würde nichts bringen.

Aber was auch immer sie zu enthüllen hatte, er würde diese Last für sie schultern, wenn er könnte. Wenn sie ihn lassen würde. Er legte einen Finger unter ihr Kinn. „Sag es mir."

Sie stieß einen kleinen Seufzer aus. „Ich sehe Dinge. Menschen. Die nicht da sind."

Damit hatte er überhaupt nicht gerechnet. Er entspannte sich etwas. „Die ganze Zeit?"

„Nein. Meistens, wenn ich ausflippe. In Panik gerate. Ich rede mit ihnen und sie reden mit mir, aber sie sind nicht wirklich da."

Er zog sie an seine Brust und schlang seine Arme um sie. „Du hast mir einen Schrecken eingejagt, Ponygirl. Als du sagtest, du hättest mir nicht das Schlimmste gesagt, dachte ich …"

Er kniff die Augen zusammen. Er konnte die schlimmsten Dinge, die ihm einfielen, nicht in Worte fassen, aber dass sie sich mit imaginären Freunden unterhielt, gehörte nicht einmal zu den ersten hundert.

Sie wich von ihm zurück. „Kapierst du es nicht? Das bedeutet, dass mein Verstand kaputt ist. Das ist die ganze Zeit passiert, als ich bei Mosaic war. Und dann ist es wieder passiert, als ich mit Agent Wilson in diesem Raum war."

Sarges Erleichterung war so greifbar, dass es ihm schwerfiel, das ernst zu nehmen, aber es war ihr wichtig, also musste er es versuchen. „Erzähl mir ein paar Einzelheiten. Gehen wir es gemeinsam durch."

„Wenn es schlimm wurde, habe ich … dich gesehen. Du hast mit mir geredet."

„Und was habe ich gesagt?"

Sie zuckte mit den Schultern. „Meistens, dass ich überleben muss. Dass ich es schaffen kann. Still zu sein, wenn es nötig ist. Mich zu konzentrieren. Zu atmen."

Er streichelte ihr Gesicht. „Wenn ich da gewesen wäre, als du mich am meisten gebraucht hast – und ich würde alles geben, was ich besitze, wenn es möglich gewesen wäre - hätte ich dir genau diese Dinge gesagt. Dass du stark bist. Kompetent. Dass du alles schaffen kannst, was du dir vornimmst. Dass zu überleben, egal wie man es anstellt, immer das Wichtigste ist."

Diese blauen Augen blinzelten sie an. „Ich weiß, dass du das getan hättest. Du hast immer getan, was du konntest, um mich zu beschützen. Aber trotzdem ist es wie ein Splitter in meiner Psyche, den ich jetzt spüren kann. Ich bin verrückt. Kaputt."

Diese Frau.

So gegensätzlich wie ein Mensch nur sein konnte.

Zerbrechlich, aber stark. Kompetent, aber unsicher. Angeschlagen, aber schön.

Und er war in sie verliebt. Das war er, seit sie ein Teenager gewesen war, obwohl er es nicht auf die gleiche Weise empfunden hatte wie jetzt.

Jetzt, wo sie eine Frau war, wollte er sie auf jede Weise verehren, wie ein Mensch einen anderen verehren konnte.

Sarge ließ seine Hände an ihrem Körper hinuntergleiten und hob ihren schlanken Körper langsam in seine Arme. „Ich fühle mich zutiefst geehrt, dass dein Geist mich gewählt hat, um mit dir zu sprechen."

Sie schüttelte den Kopf. „Du hast mir geholfen."

„Nein, du hast dir selbst geholfen. Was immer du gesehen hast, als du am Tiefpunkt warst, mag wie ich ausgesehen und geklungen haben, aber es war dein Verstand, der dir gegeben hast, was du brauchtest." Er begleitete sie zum Bett. „Ich würde das nicht kaputt nennen, ich nenne es einfallsreich. Intelligent. Erstaunlich."

„Aber warum konnte ich diese Dinge nicht zu mir selbst sagen? Warum musste ich mir vorstellen, dass du sie sagst?"

Er legte seine Stirn an ihre. „Weil du mir vertraust. Und das ist das größte Geschenk, das du mir je machen konntest. Ich weiß es zu schätzen."

„Du hältst mich nicht für seltsam?"

Er legte sie aufs Bett und schälte sie langsam aus ihren Kleidern. „Ich glaube, du bist eine Überlebenskünstlerin. Ich glaube, du hast etwas durchgemacht, was die meisten Menschen zerstört hätte, aber du hast es durchgestanden – vielleicht nicht unbeschadet, aber zumindest in ausreichend großen Stücken, die du zusammenkleben kannst. Und ich glaube, mit dir zusammen zu sein, ist die größte Ehre meines Lebens."

„Sarge–"

Er liebte das Feuer in ihren Augen. Er stellte sich an das Fußende des Bettes und zog seine Kleider aus. Er wollte nichts zwischen ihnen haben. Er wollte ihre Haut an seiner. Ihre Seele an seiner.

Er kroch auf das Bett und seine Lippen wanderten an ihren Beine hinauf. „Du bist eine Kriegerin. Eine Überlebenskünstlerin. Wohlwollend und wunderschön."

Er übersäte ihren Körper mit Küssen, während er sprach. Knie, Oberschenkel, Hüfte. Er wollte jeden Teil von ihr schmecken.

Sie stöhnte auf, als er erst die eine, dann die andere Brust mit seinem Mund bedeckte, bevor er sich mit sanften Küssen zwischen ihren Beinen niederließ. Alle anderen Dinge, die er sagen wollte, mussten warten.

Im Moment würde er ihr geben, was er konnte: Vergnügen.

Kapitel 31

Wavy hatte sich an etwas über Mosaic erinnert. Etwas Wichtiges. Etwas, das den Strafverfolgungsbehörden helfen würde, Erick Huen für immer hinter Gitter zu bringen.

Was mehr war, als Bronwyn zu tun vermocht hatte.

Die sonnenverwöhnten Tage an der Côte d'Azur hatten ihr nicht geholfen. Die Rückkehr in die Vertrautheit der Resting Warrior Ranch hatte auch nichts gebracht. Das Wissen, dass sie Informationen in ihrem Kopf hatte, an die sie nicht mehr herankam, hatte ihr definitiv nicht zum Durchbruch verholfen.

Sie sagte Sarge nichts davon. Er freute sich so sehr darüber, dass sie Fortschritte machte – dass sie sich an einiges, was passiert war, erinnerte und verarbeitete –, dass sie es nicht übers Herz brachte, ihm zu sagen, dass sie an ihre Grenze gestoßen war.

Als sie in der Küche ihrer winzigen Hütte saß und ihn mit Landon telefonieren hörte, wusste sie, dass sie nicht nach demselben Muster, dem sie folgten, seit er sie aus dem Mosaic-Gebäude herausgetragen hatte, weitermachen konnten.

Ian und sein Team waren auf dem Weg zu einer Insel, auf der Wavy gefangen gehalten worden war. Das war es, woran sie sich erinnert hatte. Sie wollten Mosaic zur Strecke bringen. Ian wollte Sarge in seinem Team haben, aber der wollte nicht mitkommen.

Ihretwegen.

Denn wenn überhaupt, hatte sie eher einen Schritt zurück gemacht, seit sie sich zum ersten Mal an ihre Gefangenschaft bei Mosaic erinnert hatte. Ihre Hände zitterten wieder. Die Albträume waren schlimmer. Das Bedürfnis, etwas zu unternehmen, zerrte unaufhörlich an ihr.

Aber sie war sich nicht sicher, was sie tun sollte.

Als Sarge fort war, hatte sie die Genetikspezialistin angerufen, die sie behandelte, dieselbe, die auch Wavy geholfen hatte, und Dr. Han gesagt, dass sie ihre Medikamentendosis erhöhen müsse.

Die Ärztin war nicht überrascht und sagte, das sei zu erwarten gewesen. Die genetische Veränderung und die chemischen Manipulationsexperimente, die an ihr durchgeführt worden waren, hätten langfristige Auswirkungen. Sie erklärte, dass ihr Körper für den Rest ihres Lebens gegen das ankämpfen würde, was man mit ihr gemacht hatte.

Bronwyn war darauf vorbereitet. Sie würde damit leben können. Aber sollte ihr Leben für immer aus den Fugen geraten, so wollte sie Sarge nicht mit in den Abgrund reißen. Sie weigerte sich schlicht und einfach.

Genauso wie er sich geweigert hatte, seinem Boss – seinem Freund – zu helfen, und zwar ihretwegen.

Immer ihretwegen.

Es war an der Zeit, dass sie etwas für ihn tat.

Als er zu ihrer kleinen Hütte zurückkam, nachdem er Lucas mit einem neuen Pferd geholfen hatte, sprach sie offen zu ihm. „Ich bin bereit, wieder arbeiten zu gehen. Es ist Zeit für uns, nach Hause zu gehen."

Nach Hause. Das Wort fühlte sich seltsam in ihrem Mund an, als würde sie es nicht richtig aussprechen. Vielleicht, weil sie eigentlich gar kein Zuhause hatte.

Sarge behielt sein Pokerface bei und zog nur eine Augenbraue hoch. „Wir müssen hier noch nicht weg. Keine Eile."

„Ich bin bereit. Hier zu bleiben und nichts zu tun, hilft mir nicht. Mich zu verhätscheln, bringt mich in meinem Genesungsprozess nicht weiter."

Er verschränkte die Arme vor der Brust. „Wenn du dich selbst unter Druck setzt, kommst du auch nicht weiter. Wenigstens bist du hier glücklich."

Das war sie gewesen, als sie noch nicht gewusst hatte, was sie getan hatte, was noch immer in ihrem Gehirn gefangen war. Aber jetzt nicht mehr. Jetzt hatte sie die Verantwortung, den Schlamassel, den sie angerichtet hatte, zu beseitigen. Und sie musste aufhören, Sarge in diesen Schlamassel hineinzuziehen.

„Ich muss arbeiten." Eine Lüge. Er musste zurück zu seiner Arbeit, und sie war sich nicht sicher, ob sie jemals wieder aktive Einsätze übernehmen wollte. Aber sie würde alles sagen, was nötig war, damit er ihr glaubte. „Wir müssen beide arbeiten."

„Ponygirl ..."

Er würde ihre Bitte ablehnen. Er würde wieder einmal ignorieren, was für ihn am besten war, um das zu tun, was für sie am besten war.

Aber dieses Mal, im Gegensatz zu all den anderen Malen, würde sie es nicht zulassen.

„Du musst aufhören, mich so zu behandeln, als wäre ich zerbrechlich, als würde ich an der erstbesten Schwierigkeit zerbrechen."

Die Worte fühlten sich wie Säure in ihrem Mund an.

Sarge hatte sie nie so behandelt. Er hatte ihr immer das

Gefühl gegeben, dass sie stärker und fähiger war, als sie es wahrscheinlich war.

Schmerz brannte in diesen braunen Augen, bevor er ihn wegblinzelte. „Das war nie meine Absicht."

Bronwyn wollte zu ihm gehen und ihre Arme um ihn schlingen, ihm sagen, dass sie das wusste. Dass er ihr nie das Gefühl gegeben hatte, schwächer zu sein, sondern nur stärker. Aber wenn sie jetzt nicht hart blieb, würde sie sich weiterhin von Sarge beschützen lassen, zu seinem eigenen Nachteil.

Sie stieß einen leisen Atemzug aus und sammelte ihre Kräfte. „Es ist Zeit, dass wir beide wieder an die Arbeit gehen. Wir können uns hier nicht länger verstecken. Wir werden gebraucht."

Dem konnte er nicht widersprechen. Er betrachtete sie eine lange Minute und nickte dann. „Dann packen wir unsere Sachen."

~

„Ich liebe Montana, aber es ist gut, wieder zu Hause zu sein."

Sie zwang sich zu einem Lächeln, als sie durch die Tür ging, die Sarge in seinem Haus in Colorado für sie geöffnet hatte. Zu Hause. Das Wort, ob er es nun sagte oder sie, kam ihr immer noch seltsam vor.

Der Ort war ihr vertraut, aber es war nicht ihr Zuhause.

Sarge trug ihre beiden Taschen. Auf der Ranch hatten sie nicht viele Besitztümer gehabt. Sie hatten beim Haupthaus der Ranch angehalten, um den Wagen abzustellen und Lucas mitzuteilen, dass sie abreisen würden. Sie waren nicht dazu gekommen, sich noch von anderen Leuten zu verabschieden.

Das war wahrscheinlich auch besser so. Nur …

„Hey, alles okay?" Er strich ihr über den Kopf und fuhr mit dem Daumen über ihre Wange.

„Ich werde meine Freunde von hier vermissen. Evelyn, Lena …"

„Mac und Cheese?"

Er kannte sie so gut. Sie würde mit den menschlichen Freunden, die sie gefunden hatte, in Kontakt bleiben. Aber das Alpaka und das Schaf, das die ganze Zeit mit den Alpakas herumhing und sich für eins von ihnen hielt? Ihr tat das Herz weh bei dem Gedanken, sie nicht wiederzusehen.

„Ja. Ganz schön dumm, oder?"

Sarge küsste sie auf die Stirn. „Hey, du sprichst hier mit einem Mann, der dafür bekannt ist, dass er mit Menschen nicht klarkommt. Ich bin auf einer Farm aufgewachsen. Ich weiß, wie es ist, ein Tier wie einen guten Freund zu lieben."

Bronwyn umarmte ihn. „Vielleicht kann mir Evelyn Videos schicken. Dann müsste sie auch Lucas öfter sehen." Sie lehnte sich zurück und wackelte mit den Augenbrauen.

„Du kleine Heiratsvermittlerin. Obwohl ich noch nie Leute gekannt habe, die das mehr gebrauchen könnten als die beiden."

„Evelyn hat Schlimmes durchgemacht." Das hatte sie ihr nicht gesagt, aber sie konnte es in ihr erkennen.

„Ich weiß." Sarge zog sie wieder an sich. „Deshalb sind sie und Lucas wie füreinander geschaffen. Sie werden sich gegenseitig beim Heilen helfen."

Zumindest Evelyn konnte geheilt werden. Bronwyn war sich nicht sicher, ob sie jemals so weit sein würde. Sie löste sich von Sarge und sah sich um. „Selbst nach allem, was du mir erzählt hast, war ich mir nicht sicher, ob meine Erinnerungen an diesen Ort echt sind."

„Du warst hier." Er verzog das Gesicht. „Ich hätte dich

nie gehen lassen dürfen. Ich hätte dich zu Zodiac bringen und einen Weg finden sollen, dir diese verdammte Halskette abzunehmen und gegen alles anzugehen, was sie dir verabreicht haben."

„Du hast getan, was du für das Beste gehalten hast." Ihre Erinnerungen an diesen Ort waren so verschwommen, als wäre sie von einem dichten Nebel umgeben. Sie erinnerte sich nur an seine Hände auf ihrem Körper, die den Schmerz verjagt hatten.

Er wischte sich mit einer Hand übers Gesicht und sah plötzlich erschöpft aus. „Ich habe dir den Sender gegeben, weil ich dachte, das würde reichen."

„Ich erinnere mich nicht an einen Sender."

„Nein, du warst damit beschäftigt, die Auswirkungen der Behandlung zu bekämpfen. Du hast versucht, so lange wie möglich nicht auf den Injektor an der Halskette zu drücken."

„Aber du hast mir einen Sender gegeben?"

„Ja. Er war stimmaktiviert. Ab dann konnte ich alles hören, was du gesagt hast." Er trat mit hängenden Schultern von ihr weg.

„Was habe ich denn gesagt?"

„Nicht viel. Mosaic hat wohl festgestellt, dass sie nicht so viel Kontrolle über dich hatten, wie sie dachten. Du hast in der Zeit, nachdem du dieses Haus verlassen hast, nicht sehr viel gesagt."

Sie ging weiter ins Innere des Hauses. „Bist du sicher, dass der Sender funktioniert hat?"

„Ja. Ganz sicher."

„Woher weißt du das?"

Er schüttelte den Kopf. „Das spielt keine Rolle. Lass uns erst mal ankommen."

Sie drehte sich wieder zu ihm um. „Sarge, sag' es mir. Ich will das Puzzle zusammensetzen."

Er verschränkte die Arme vor der Brust. „Vielleicht gibt es ein paar Dinge, an die man sich besser nicht erinnern sollte."

Bronwyns Hände begannen zu zittern, aber sie musste es wissen. Sie benutzte ihre treue emotionale Keule. „Behandle mich nicht, als wäre ich schwach."

Aber sie war schwach und er wusste es. Er wusste, dass es ihr immer schlechter ging anstatt besser. Aber sie hatte ihn in eine ausweglose Lage gebracht, indem sie ihn glauben ließ, sie zu beschützen würde ihr schaden.

Seine Arme sanken zur Seite, als er sich offensichtlich geschlagen gab. „Ich weiß, dass der Sender funktioniert hat, denn ich konnte dich schreien, schluchzen und um Gnade flehen hören. Ich konnte deine Angst hören, als sie dich tagelang in dem Isolationstank eingesperrt haben. Ich konnte hören, wie du nach mir gerufen hast, aber es gab nichts, was ich hätte tun können, um dir zu helfen."

Jeder Satz traf sie wie ein Schlag. Sie hatte keine klaren Erinnerungen an diese Dinge, aber sie wusste, dass sie wahr waren. Sie wusste, dass sie der Ursprung ihrer Albträume waren und der Grund, warum ihre Hände zitterten. Sie wusste, dass sie die Erklärung dafür waren, warum sie mehr als einen Monat später immer noch körperlich schwach und untergewichtig war.

Das waren die Tage, die ihre Psyche zerrissen hatten, und Sarge hatte es alles miterlebt.

„Wie kannst du mich überhaupt ansehen, wenn du weißt, wie kaputt ich bin?"

„Weil du trotz aller Widrigkeiten und mit einer Stärke, die nicht vielen eigen ist, diese Teile wieder zusammengefügt hast. Und du tust es jeden Tag aufs Neue."

„Nein. Ich muss dir etwas sa–"

Sein Telefon klingelte in seiner Tasche und hinderte Bronwyn daran, ihm die Wahrheit zu sagen. Dass es ihr immer schlechter ging. Dass sie Hilfe brauchte. Dass sie tun wollte, was für ihn das Richtige war, aber dass sie Angst hatte, wieder auseinanderzufallen.

Er schaute auf das Handy und legte es dann auf den Tresen, ohne abzunehmen. Es surrte weiter.

„Wer ist es?", fragte sie.

„Mark Outlawson von der Arbeit. Es kann warten."

Nein, um Himmels willen, sie – und die griechische Tragödie, die ihr Leben war – konnte warten. „Geh ruhig 'ran. Ich schaue mich ein bisschen um, um zu sehen, ob ich mich an etwas erinnere."

Sarge ging sofort ans Telefon, was ihr sagte, dass es genau das war, was er eigentlich tun wollte, aber wieder einmal war er bereit gewesen, seine Bedürfnisse zu ignorieren, um sie zu schützen.

„Outlaw, Sarge hier."

Sie wollte sich gerade abwenden, als Sarges gemurmeltes Schimpfwort sie wieder herumwirbeln ließ.

„Ich stelle dich auf Lautsprecher, damit Bronwyn mithören kann."

„Hey, Bronwyn", sagte Mark. „Wir wissen nicht, was passiert ist. Ich versuche gerade selbst, mir einen Reim darauf zu machen. Wavy hat Landon angeschossen."

„Was?", rief sie.

„Offenbar war es irgend 'ne Art von Gedankenkontrolle oder sowas, und Mosaic hat Wavy als Waffe benutzt. Der Ort, zu dem Ian und das Team gefahren sind, war eine Falle. Es ist das reinste Chaos. Ian ist auf dem Rückweg."

„Und Landon?", fragte Sarge, die Fingerknöchel weiß um sein Telefon.

„Lebt noch. Mehr weiß ich nicht. Wir haben mindestens zwei Tote in Ians Team. Callum Webb war bei dabei und wurde verletzt. Ian ist auch angeschlagen, aber nicht allzu schlimm."

„Wo ist Wavy?", fragte sie.

„Das wissen wir nicht. Sie hat auf Landon geschossen, ist dann aus dem Gebäude spaziert und verschwunden. Wir arbeiten daran." Mark stieß einen Seufzer aus. „Sarge, wir brauchen dich."

Er sah zu ihr hinüber. Bronwyn konnte erkennen, dass er wieder einmal ablehnen wollte. Sie schüttelte den Kopf.

„Er macht sich gleich auf den Weg", antwortete sie, bevor Sarge etwas sagen konnte.

„Gut." Mark legte ohne ein weiteres Wort auf.

„Ich muss nicht gehen." Sarge ließ das Telefon wieder auf den Tresen fallen. „Zodiac ist größer als jede einzelne Person, sogar größer als Ian."

„Schon, aber wenn Ian und Landon beide außer Gefecht sind? Du wirst gebraucht. Geh." Sie blieb entschlossen. „Ich brauche keinen Babysitter."

Er rieb sich mit der Hand über das Gesicht. „Du weißt, dass ich mich nicht als Babysitter sehe."

Sie war ein solches Biest. Sie trat an ihn heran und streichelte seine Wange. „Ich weiß. Ich weiß. Es tut mir leid. Es gibt eine ganze Liste von Leuten, die dich jetzt brauchen, und ich bin ausnahmsweise mal nicht ganz oben. Also geh."

Er schürzte die Lippen, aber er nickte. „Ich werde dieses Haus abriegeln. Ich habe Sicherheitsvorkehrungen getroffen – niemand wird hier reinkommen können. Ich gebe dir die Sicherheitscodes, falls du rausmusst."

Sie nickte. Sie wollte nirgendwo hingehen, aber sie wollte ihn so schnell wie möglich loswerden.

In all dem Chaos hatte Sarge ein paar ziemlich simple Fakten übersehen.

Wavy hatte auf Landon geschossen.

Mosaic hatte sie als menschliche Waffe benutzt und sie war nur zwei Wochen lang gefangen gehalten worden.

Wenn sie schon nach einer derart kurzen Behandlung

jemanden, den sie kannte, erschießen konnte, zu wie viel mehr wäre Bronwyn dann nach monatelanger Gefangenschaft fähig?

Kapitel 32

Sarge ließ Bronwyn in seinem Haus zurück, mehr hin- und hergerissen als je zuvor.

Er wusste, dass es ihr seit Frankreich immer schlechter ging. Sie hatte versucht, es zu verbergen, aber er hatte es trotzdem bemerkt. Er wollte sie jetzt nicht verlassen, aber was bei Zodiac passierte, betraf auch sie.

Auf dem Weg ins Büro rief er dort an und erkundigte sich nach Landons Zustand. Sein Zustand war kritisch, aber stabil. In Anbetracht der Tatsache, dass er aus nächster Nähe eine Kugel vom Kaliber 22 abbekommen hatte, war *kritisch, aber stabil* das Beste, was man erwarten konnte.

Sarge kümmerte sich sofort darum, dass das Krankenhaus von Zodiac bewacht wurde. Sie würden Mosaic keinen weiteren Anschlag auf sein Leben erlauben.

Ian sah ziemlich mitgenommen aus, als Sarge ihn endlich sah. Nicht nur, dass er verletzt war, sein bester Freund war von der Frau, die er liebte, angeschossen worden, und jetzt war sie wieder verschwunden.

Sie arbeiteten Seite an Seite, um die Puzzleteile zusammenzusetzen. Um herauszufinden, wo Wavy war und was sie als Nächstes tun würden.

In Ians Augen brannte die Hölle, als er sich an Sarge wandte, nachdem er sich zum zwanzigsten Mal die Aufnahmen von Wavy beim Verlassen des Gebäudes angesehen hatte.

„Sie hat das nicht aus eigenem Antrieb getan. Sie haben etwas mit ihr gemacht."

Er drückte seinem Freund die Schulter. „Ich weiß, Aries. Wir alle wissen das."

Er wusste, dass Wavy nicht für das Geschehene verantwortlich war, so wie Bronwyn nicht dafür verantwortlich war, Menschen getötet zu haben, während sie unter der Kontrolle von Mosaic stand.

Als sie tiefer gruben und erkannten, dass Erick Huen falsche Erinnerungen und Klingelwörter in Wavys Psyche eingepflanzt hatte, krampfte sich sein Magen zusammen. Das waren Dinge, mit denen auch Bronwyn zu tun haben würde. Als ob nicht schon genug Dinge auf ihr lasteten.

Landon war bei Bewusstsein und würde überleben, Gott sei Dank, aber die gesamte Situation war äußerst belastend.

Sechsunddreißig Stunden nachdem er den Anruf erhalten hatte, dass die Hölle losgebrochen war, hatten sie herausgefunden, wo Erick Wavy festhielt. Ian bereitete sich darauf vor, zu einem Gelände in der Sierra Nevada zu fahren, dem Ort, an dem er im Kampf gegen das ursprüngliche Mosaic mehrfach gestorben war.

Wenn er nicht aufpasste, würde er dort wieder sterben. Es war Sarges Aufgabe, dafür zu sorgen, dass es nicht dazu kommen würde. Ian würde im Schutze der Nacht losziehen, um Wavy aus dem von Dutzenden von Mosaiksöldnern bewachten Gelände zu befreien.

Sarge und sein Team sollten für eine ausreichend große Ablenkung sorgen, damit sie unbemerkt abhauen konnten.

Outlaw und er bereiteten die Ausrüstung vor, die sie brauchten. In zwei Stunden wollten sie aufbrechen.

„Alles in Ordnung, Mann?", fragte Outlaw ihn, als Sarge eine Ladung Sprengstoff mit etwas weniger Fingerspitzengefühl in einen Rucksack packte, als wahrscheinlich klug war. „Ich weiß, dass diese Mission in Bezug auf die eigentliche Planung, die Details und die wahrscheinliche Erfolgsquote ein wenig zu wünschen übrig lässt."

Das war noch milde ausgedrückt. Sie hatten keine Zeit, sehr wenig Informationen und das Risiko war viel zu hoch. Unter anderen Umständen hätte Zodiac eine solche Mission nie in Betracht gezogen.

Aber Ian würde Wavy retten, ob sie ihm nun halfen oder nicht, also würden sie alles tun, was sie konnten, damit sie beide lebend dort rauskamen.

Aber das war nicht der Grund, warum Sarge sich nur notdürftig zusammenriss.

„Wir werden das irgendwie hinkriegen." Er rieb sich den Nacken. „Ich mache mir Sorgen um Bronwyn."

Er hatte sie seit sechsunddreißig Stunden nicht mehr gesehen und das zehrte an ihm. Sie hatten sich SMS geschrieben, aber das war nicht genug. Wenn er gewusst hätte, dass er sie weniger als eine Stunde nach ihrer Ankunft in Colorado allein lassen würde, hätte er sie auf der Resting Warrior Ranch zurückgelassen. Wenigstens hätte sie dort Mac und Cheese zur Gesellschaft gehabt, ganz zu schweigen von einer Gruppe ehemaliger SEALs, die sie beschützen konnten.

Er wurde auf dieser Mission gebraucht. Aber sie brauchte ihn und er brauchte sie. Sarge würde nicht funktionieren können, wenn er nicht wusste, dass sie in Sicherheit war.

Die Leute, denen er am meisten vertraute, sie zu beschützen, waren entweder in anderen Staaten, im Krankenhaus oder auf dem Weg zu dieser Mission. Er wollte ihr nicht irgendwelche Sicherheitskräfte aufbürden, die ihr vielleicht mehr schaden als nützen würden.

„Glaubst du, sie ist in Gefahr?" Outlaw verzog das Gesicht und warf ihm einen entschuldigenden Blick zu. „Oder … eine Gefahr für andere?"

„Ich glaube, sie ist weder das eine noch das andere. Aber ich lasse sie im Moment nicht gern allein und es gibt nicht viele Leute, denen ich sie anvertrauen würde."

„Brauchst du jemanden, der Bronwyn körperlich beschützen kann? Ist es das, weswegen du dir Sorgen machst?"

Ich brauche keinen Babysitter.

Ihre Worte klangen in seinen Ohren. Sie hatte es mehr als einmal gesagt. Er wusste, dass er überfürsorglich war, aber nicht, weil er sie für schwach hielt.

Sarge konnte den Gedanken nicht ertragen, dass sie sich ihren Albträumen allein stellen musste. Das war etwas, woran er noch arbeiten musste.

Er wischte sich mit einer Hand übers Gesicht. Gott, war er müde. „Nein. Sie wird klarkommen, aber ich wünschte, es gäbe jemanden, der bei ihr bleiben könnte, wenn ich nicht da bin. PTBS ist ziemlich tückisch. Es kann einem den Boden unter den Füßen wegziehen, wenn man es am wenigsten erwartet."

„Wenn du jemanden brauchst, der Erfahrung mit PTBS hat und dem es nichts ausmacht, Zeit mit Bronwyn zu verbringen, habe ich den perfekten Kandidaten."

„Wen meinst du? Es sollte kein Fremder sein."

„Du musst ein bisschen über den Tellerrand hinausschauen. Oder, in diesem Fall, auf die Tellermitte."

„Ich kann dir nicht folgen."

„Jenna."

„Es ist mir wichtig, dass du das nicht als Babysitting ansiehst. Ich schwöre, dass es so nicht gemeint ist."

Bronwyn ergriff Sarges Hand, als sie auf Jennas Haus zugingen. „Ich weiß. Ich hätte das nie sagen dürfen. Du hast mich nie so behandelt."

Er legte eine Hand in ihren Nacken und gab ihr einen Kuss. „Wir sind nicht sicher, was hier gerade vor sich geht, und ich muss wissen, dass du in Sicherheit bist. Sonst funktioniere ich einfach nicht gut."

Sie küsste ihn und lehnte ihre Stirn gegen seine. „Ich weiß. Jenna ist eine gute Wahl. Und ich will auch nicht, dass du dir Sorgen um mich machst – du musst dich darauf konzentrieren, auf dich aufzupassen und zu mir zurückzukommen." Sie hob eine vielsagende Augenbraue. „Sonst kann ich nicht gut funktionieren."

Seine Lippen landeten wieder auf ihren. „Abgemacht."

Sie wollte ihn noch länger küssen, aber das ging nicht. Ihm lief die Zeit davon und sie wollte nicht, dass er merkte, wie sehr sie sich davor fürchtete, allein zu sein. Bronwyn mochte Jenna, aber von Sarge getrennt zu sein, fiel ihr äußerst schwer. Sie hatte die letzten vierzig Stunden ohne ihn kaum überstanden.

Zu wissen, dass er sich auf einer Mission in Gefahr begeben würde, die schlecht geplant und äußerst riskant war …

Sie klopften an Jennas Tür und konnten hören, wie auf der anderen Seite mehrere Schlösser entriegelt wurden. Keiner von ihnen sagte etwas, während sie darauf warteten, dass die Tür aufging. Diese Schlösser würden in ein paar Minuten für ihre Sicherheit sorgen.

Als sie eintraten, schloss Jenna sofort die Tür hinter

ihnen und presste die Lippen zusammen. Offensichtlich öffnete sie die Tür nicht gerne.

„Hallo", sagte sie. Sie hatte sie schon einmal auf dem Bildschirm gesehen, aber noch nie in natura. Sie sah anders aus, aber trotzdem wie immer.

Sie schenkte Bronwyn ein knappes Lächeln. „Hallo. Willkommen."

Sarge legte ihr die Hand auf die Schulter. „Ich möchte dir danken. Das bedeutet uns beiden sehr viel."

„Es ist … schon eine Weile her, dass ich einen Mädelsabend hatte. Ich freue mich über die Gesellschaft. Wir werden unseren Spaß haben." Jetzt, wo die Tür wieder verschlossen war, schien sie sich etwas zu entspannen.

„Du leitest nicht die Missionskommunikation?" Sie wusste, dass Jenna alles Nötige dafür hierhatte, da sie ihr Haus nie verließ.

„Nein. Wir haben ein Team im Büro, das sich mit dem Team vor Ort abstimmt. Es gibt andere, die sich mit solchen Dingen besser auskennen." Sie blickte zu Sarge hinüber und dann wieder zu ihr.

Bronwyn stieß einen Seufzer aus. „Und weil ich hier bin und möglicherweise ein Risiko darstelle."

Er legte einen Arm um sie. „Ponygirl …"

„Ist schon gut. Es ist besser so. Ich möchte, dass du in Sicherheit bist." Auch vor ihr.

Jenna nickte. „In der jetzigen Konfiguration hat die Mission aus vielen Gründen die größten Erfolgsaussichten."

„Das reicht mir als Grund." Sie legte eine Hand auf Sarges Brust. „Du musst los. Komm bald zu mir zurück."

Er küsste sie heftig und ging ohne ein weiteres Wort aus der Tür. Jenna schloss sie hinter ihm und entspannte sich sichtlich, als die Schlösser wieder eingerastet waren.

Bronwyn hievte ihre Reisetasche über die Schulter und folgte Jenna weiter hinein. Der vordere Teil des Hauses machte einen ziemlich normalen Eindruck – Küche, Wohnzimmer, sogar das Gästezimmer, wo sie ihre Tasche abstellte. Das Beste von allem waren die großen Fenster. Wenn sie schon im Haus bleiben musste, hatte sie wenigstens viel Licht.

Sie war sich nicht sicher, was sie von jemandem erwartet hatte, der nicht gerne nach draußen ging, aber das hier war es nicht.

Jenna ertappte Bronwyn dabei, wie sie sich ungläubig umsah. „Hast du Särge oder sowas erwartet?"

Sie gab ein leises Kichern von sich. „Eher Granatwerfer und vergitterte Fenster."

„Die Fenster sind aus kugelsicherem Glas. Wegen Einbrüchen braucht man sich hier also keine Sorgen machen."

„Gut."

Sie zuckte mit den Schultern und ging in Richtung Küche. „Ich verlasse das Haus nicht. Das weiß jeder. Heutzutage muss man das auch nicht mehr. Alles, was ich brauche, kann ich mir hierher liefern lassen – Lebensmittel, Medikamente, Kleidung, Toilettenpapier. Ich brauche die Sicherheit meiner eigenen vier Wände."

Sie rechtfertigte sich, aber Bronwyn hatte nicht vor, sie darauf hinzuweisen, vor allem nicht, da sie selbst das Bedürfnis verstand, sich von der Außenwelt abzuschotten.

Jenna schottete sich nicht ab, sie interagierte mit der Außenwelt auf eine Weise, die für sie gut funktionierte.

Vielleicht sollte sie sich ein Beispiel an ihr nehmen.

„Ich weiß die Sicherheit zu schätzen. Ich werde nicht versuchen, dich zu einem Picknick oder zum Spazierengehen zu überreden. Ich fühle mich hier wohl." Sie zuckte mit den Schultern. „Obwohl ich mir nicht ganz sicher bin, wie gut ich bei dem Mädelsabend-Kram sein werde."

Jenna lehnte sich gegen den Küchentresen. „Das trifft

sich gut, denn ich habe einen viel besseren Plan, als dass wir uns die Nägel lackieren."

Kapitel 33

„Ich bin alles durchgegangen, was wir über dich haben, besonders nach dem, was mit Wavy passiert ist", sagte Jenna. „Als Sarge gefragt hat, ob du vorbeikommen kannst, wollte ich alles wegräumen, aber …"

Bronwyns Augen flogen zu ihren. „Du hast das alles noch?"

„Ich habe ein ganzes Zimmer voll davon. Möchtest du es sehen?"

„Und ob ich das möchte."

Sie folgte Jenna in ein Zimmer, das eigentlich ein weiteres Schlafzimmer sein sollte, aber stattdessen wie eine Art Schrein aussah. Überall hingen Fotos. Ausdrucke, Zeitleisten, die alle mit Mosaic zu tun hatten – insbesondere mit Wavy und Bronwyn. Es gab Bilder von ihr, Wavy, Erick Huen und Dr. Tippens. Die wollte sie nicht näher betrachten, also wandte sie sich den Ausdrucken von Gebäuden und Orten zu, die sie nicht kannte.

Sie ging umher und sagte lange Zeit kein Wort. Das waren viel mehr Informationen, als sie selbst über die letzten Monate ihres Lebens hatte.

Vor dem Bild eines großen Gebäudes blieb sie stehen. „Was ist das?"

„Das ist der Ort, an dem du festgehalten wurdest, als Sarge und Landon dich befreit haben."

Bronwyn nickte, als sie sich von dem Foto abwandte und Jenna dabei erwischte, wie sie etwas verschwinden ließ.

„Was war das?", fragte sie sie.

„Nichts."

„Hey, wir stecken schon mittendrin. Für Zurückhaltung ist es jetzt zu spät."

Sie holte das Blatt Papier hervor, damit sie es sehen konnte. Es waren die Spezifikationen des Isolationstanks, in dem sie festgehalten worden war. Sie starrte sie einen langen Moment lang an. Marke, Modellnummer, Größe … einschließlich eines Bildes.

Ihre Kehle schnürte sich zusammen, als sie die Informationen studierte, und sie konnte kaum noch atmen. Ihre Hände zitterten so stark, dass sie sie unter ihre Achseln schob.

Sie hatte keine klaren Erinnerungen an ihre Zeit in diesem Tank, aber da war etwas in ihrem Gedächtnis, gerade so außerhalb ihrer Reichweite.

Das war das Problem, nicht wahr? Wenn sie sich an alles erinnern wollte – genug, um bei der Beseitigung von Mosaic mitzuhelfen –, dann würde sie sich an alles erinnern müssen.

Bronwyn hatte Jenna gesagt, sie solle sich nicht zurückhalten. War sie sicher, dass sie die volle Ladung verkraften konnte?

„Alles in Ordnung?", flüsterte Jenna.

Sie nickte verhalten. „Glaub mir, es ist viel besser, es von außen zu betrachten als von innen."

Sie wandte sich von den Datenblättern ab, begierig darauf, irgendetwas anderes zu sehen. Überall lagen alle möglichen Krankenblätter, sowohl von Wavy als auch von ihr. „Verstehst du den medizinischen Kram?"

Sie zuckte unbeholfen mit einer Schulter. „Ja, schon. Ich habe ein Doppelstudium in Informatik und Biomedizintechnik absolviert. Aber ich habe erst vor kurzem angefangen, in der Informatik zu arbeiten."

„Das wusste ich gar nicht", sagte Bronwyn.

„Ach, die wenigsten Leute wissen das", sagte sie. „Es ist Teil einer Vergangenheit, über die ich nicht spreche."

Bronwyn ging weiter durch den Raum, blätterte durch Bilder und sah sich Berichte an. Die Daten, die sie zusammengetragen hatte, waren mehr als komplex.

„Hat Ian dich gebeten, das zu tun?" Sie drehte sich zu ihr um. „Oder Sarge?"

Jenna schüttelte den Kopf. „Nein, die waren beide beschäftigt." Sie strich sich eine schwarze Haarsträhne hinters Ohr. „Ich habe ihnen Informationen beschafft, wenn es deiner Genesung zuträglich war, aber das alles ganzheitlich zu betrachten, ist ein bisschen viel."

„Warum tust du es dann?"

Sie zuckte wieder unbeholfen mit den Schultern. „Ich verrenne mich manchmal in die eigenartigsten Dinge. Vielleicht ist das ein Nebenprodukt des Alleinseins. Meistens steigere ich mich in irgendwelche dummen Aktionen rein, zum Beispiel ein Zimmer so oft zu streichen, bis es genau die Farbe hat, die ich mir vorgestellt habe. Oder ein Computerprogramm für etwas zu schreiben, das niemand braucht. In diesem Fall hat sich mein Verstand darin verbissen, herauszufinden, was mit dir und Wavy passiert ist."

Bronwyns Magen verkrampfte sich und sie zuckte zusammen. Wavys Namen zu hören, löste ein unangenehmes Gefühl aus, genauso wie in dem Moment, als sie die Bilder von ihr gesehen hatte.

Jenna entging das nicht. „Was ist gerade passiert?"

„Ich weiß es nicht. Irgendetwas geht in mir vor, wenn ich die Fotos von Wavy sehe und ihren Namen höre. Ich werde wütend. Es macht keinen Sinn, aber seit meine Erinnerungen langsam zurückkehren, habe ich eine deutliche Abneigung gegen sie. Das ist mir bisher gar nicht aufgefallen."

Sie holte ein Computer Tablet hervor und begann schneller zu tippen, als Bronwyn je jemanden hatte tippen sehen. „Was meinst du genau mit Abneigung? Von der Art, dass du nicht mir ihr rumhängen wolltest, oder dass du sauer bist, weil sie auf Landon geschossen hat?"

„Nein." Sie rieb sich mit einer zittrigen Hand über das Gesicht. „Von der Art, dass ich den Drang verspüre, ihr wehzutun."

„Das ist ziemlich extrem."

„Ich weiß auch nicht. Ich habe noch nie so etwas für jemanden empfunden."

Jenna nickte, dann zeigte sie ihr ein weiteres Bild. „Und Silas Varela? Was löst sein Anblick in dir aus?"

Sie betrachtete das Bild. Das gleiche hässliche Gefühl in ihrem Bauch. Sie wollte das Foto zerreißen. Ihm ins Gesicht schlagen.

Bronwyn wollte ihn umbringen.

„Das Gleiche. Wenn ich sein Bild ansehe, werde ich wütend. Ich möchte ihm wehtun, oder noch schlimmer, obwohl ich weiß, dass er tot ist." Ihr Mund wurde trocken, als sie den Kopf schüttelte. „Das macht mich zu einem ziemlich beschissenen Menschen, nicht wahr? Ich weiß, dass Erick Huen Varela getötet und in kleine Stücke zerteilt hat."

„Nicht in der Reihenfolge, aber ja, das stimmt", antwortete sie. „In Anbetracht dessen, was du gerade sagst und wie Erick Wavy manipuliert hat, denke ich, dass du wahrscheinlich darauf programmiert wurdest, beide zu töten. Du weist alle übrigen Anzeichen auf."

„Woher weißt du das?"

„Weil ich in meinem alten Leben, als ich in der biomedizinischen Technik gearbeitet habe, gezwungen wurde, einige der biomedizinischen Methoden zu entwickeln, die Dr. Tippens vermutlich verwendet hat, um diese Verhaltensweisen zu fördern. Ich habe bei der Entwicklung der Programmierung mitgeholfen."

„Oh", flüsterte Bronwyn. „Werden diese Gefühle jemals verschwinden?"

Sie nickte. „Wahrscheinlich mit der Zeit, da du nicht mehr die Drogen bekommst und nicht mehr täglich der Programmierung ausgesetzt bist. Du und Wavy werdet vielleicht nie beste Freundinnen sein, aber du wirst ihr nicht wehtun wollen."

„Das ist gut." Sie sah sich noch ein wenig um, während sich in ihrem Magen das Grauen sammelte. „Aber ich bin wahrscheinlich eine wandelnde Zeitbombe, genau wie sie, nicht wahr?"

Jenna fuhr sich mit der Hand durch ihr dunkles Haar. „Nach den Medikamenten zu urteilen, die wir in deinem Körper gefunden haben, ist das, was Mosaic dir angetan hat, nicht dasselbe wie das, was sie mit Wavy angestellt haben."

„Aber ich könnte trotzdem als Waffe benutzt werden, oder? Ich könnte eine Art Auslöser haben."

„Das ist unwahrscheinlich", antwortete sie. „Bei dir war es eher eine chemische Gehirnwäsche als eine genetische."

„Aber es ist möglich?", fragte sie.

„Ja, es ist möglich."

„Dann möchte ich, dass du mich fesselst."

„Warum?"

Bronwyn setzte sich auf den Stuhl vor dem Schreibtisch. „Weil es an der Zeit ist, dass wir herausfinden, was für Erinnerungen ich sonst noch unterdrücke. Ich habe Informationen in meinem Kopf, an die wir herankommen müssen.

Du hast sowohl das Wissen als auch die Fähigkeiten, sie herauszuholen."

„Bist du sicher, dass du das tun willst?"

„Ja."

Jenna rieb sich die Augen. „Dich zu fesseln ist wahrscheinlich übertrieben. Und es wird dir wahrscheinlich auf die Psyche schlagen."

„Das ist mir egal. Wenn es hier etwas gibt, das meinen inneren Killer aktiviert, will ich sichergehen, dass ich dir nicht wehtue. Wir wissen beide, dass ich dich ausschalten und mit deinen Computern hier Sarges Mission allen möglichen Schaden zufügen könnte, falls mich irgendwas triggern sollte. Das Risiko will ich nicht eingehen."

Jenna nickte. „Okay, dann eben Fesseln."

Sie gingen alles durch.

Sarge hatte ihr schon einiges erklärt, aber sie brauchte nicht lange, um zu erkennen, dass er ihr viele Details erspart hatte, um sie zu schützen.

Oder, nachdem sie sich die Aufnahmen von sich selbst in der Isolationskapsel angehört hatte, vielleicht hatte er sich selbst geschützt. Die Geräusche, die sie produziert hatte – die Schreie, das Schluchzen, die ohrenbetäubende Stille – waren schwer zu ertragen, aber sie tat es, ohne mit der Wimper zu zucken.

Denn so schwer es auch war, sich das anzuhören, so viel schwerer war es gewesen, es durchzustehen.

Bronwyn erinnerte sich. Mit jeder Information, die Jenna ihr lieferte, öffnete sich ihr Geist ein wenig mehr und ließ die Erinnerungen durch.

Zum ersten Mal, seit sie entführt worden war, konnte sie eine Chronik der Dinge, die ihr widerfahren waren, zusammensetzen. Wie sie entführt worden war. Wie lange genau sie weg gewesen war. Menschen, die sie verletzt oder getötet hatte. Dinge, die sie gestohlen hatte.

Nichts davon hatte sie aus freien Stücken getan, aber sie hatte es trotzdem getan. Und es war an der Zeit, sich dem zu stellen, egal wie zittrig ihre Hände wurden oder wie viele Albträume sie noch haben würde.

Und sie wusste, dass es viele sein würden. Es gab keinen Weg zurück zur seligen Unwissenheit der selektiven Amnesie.

Jenna und Bronwyn waren müde. Sie hatten die ganze Nacht damit zugebracht, ein schmerzhaftes Detail nach dem anderen aus ihrem Kopf zu ziehen. Aber keine von ihnen wollte aufhören. Sie waren sich beide schmerzhaft bewusst, dass sie etwas übersehen hatten. Aber es war nur eine Frage der Zeit, bis sie es entdecken würden.

Jenna hatte Bronwyn nach zwölf Stunden, in denen nichts mehr passiert war, losgebunden, und sie hatten die Nachricht erhalten, dass Sarges Mission erfolgreich gewesen war. Dank des Einsatzes von Sarge und dem Team hatte Ian Wavy relativ unversehrt gerettet. Erick war auf der Flucht verhaftet worden.

Sarge musste noch eine Nachbesprechung abhalten, würde dann aber nach Hause kommen. Sie wollte ihn bei sich haben. Jedes Mal, wenn sie getrennt waren, kam es ihr vor, als würde ein Stück von ihr fehlen. Sie war müde, launisch, frustriert, und sie wollte, dass er nach Hause kam.

Nach Hause.

„Dieses Wort." Bronwyn betrachtete ein Bild von Peter Kerpar. „Ich komme immer wieder auf die Worte zurück, die ich aufsagen sollte."

Ich existiere nur, um Befehle zu befolgen. Meine letzte Mission ist es, nach Hause zu gehen.

Sie sprach es nicht gern laut aus. Sie konnte sich jetzt

deutlicher an die ersten Tage der Gefangenschaft erinnern – die Dunkelheit, die Kälte, diese Worte, die sie immer und immer wieder gehört hatte, bis sie sie schließlich ausgesprochen hatte.

Jenna verschränkte die Arme vor der Brust und lehnte sich gegen den Schreibtisch. „Du hast weder darauf reagiert, als ich sie gesagt habe, noch darauf, wenn du sie gesagt hast."

Sie hatten alle möglichen physiologischen Reaktionen auf diese Worte getestet – Veränderung des Blutdrucks, Pupillenerweiterung, Adrenalinausstoß – aber es hatte keine gegeben.

„Ich weiß. Aber irgendwas an dem Ausdruck „nach Hause" lässt mir keine Ruhe."

„Na gut." Jenna schnappte sich ihr Computer Tablet und machte sich ein paar Notizen. Einen Mangel an Gründlichkeit konnte man ihr nicht vorwerfen. „Das ist eine Überlegung wert. Aber es ist möglich, dass du dich vertrieben fühlst. Immerhin bist du eine entwurzelte Waise. Vielleicht stört dich dieser Ausdruck deswegen."

Bronwyn zuckte zusammen angesichts ihrer fast brutalen Ehrlichkeit, aber sie konnte ihr nicht widersprechen. „Das ist wahr. Ich schätze, meine Frage ist, warum sollte Mosaic das in meine Programmierung aufgenommen haben? Was ist *zu Hause*?"

„Für ihre Zwecke war es wahrscheinlich eine Ausfallsicherung, die sie in deine Programmierung eingebaut haben, damit du immer dorthin zurückkehren würdest."

„Und warum bin ich jetzt nicht da?"

Jenna legte ihr Tablet beiseite. „Genetisches Re-engineering und chemische Gehirnwäsche sind keine exakten Wissenschaften, wenn es um die Kontrolle von Menschen geht. Vielleicht ist etwas schiefgegangen. Oder vielleicht konnten sie den Teil deiner Programmierung nicht abschließen, bevor Sarge dich rausgeholt hat. Vielleicht hast du dich dagegen gewehrt oder du wurdest nur durch Dr. Tippens Stimme ausgelöst. Da gibt es viele Möglichkeiten."

Bronwyn ging umher und betrachtete all die Bilder und Ausdrucke an den Wänden, ohne sie wirklich zu sehen. Was Jenna sagte, ergab Sinn, aber …

„Ich habe das Gefühl, dass dies der Schlüssel zu etwas ist, aber ich weiß nicht, was, und ich weiß nicht, warum."

Sie griff wieder nach ihrem Tablet. „Okay. Wenn es eine Sache gibt, die ich während meiner Gefangenschaf…" Sie brach ab und setzte von Neuem an. „Wenn ich irgendwas gelernt habe, dann, dass man nicht gegen sein Bauchgefühl ankämpfen sollte. Also lass uns über dein Zuhause reden."

„Wie du schon gesagt hast, ich habe eigentlich keins."

„Wo bist du aufgewachsen?"

„Ich wurde in der Ukraine geboren, aber ehrlich gesagt habe ich daran nicht viele Erinnerungen. Wir mussten nach Tschechien umziehen und dann sind meine Eltern gestorben, also hatte ich auch dort kein richtiges Zuhause."

„Okay, kein Haus, an das du denkst, wenn du Zuhause sagst. Das muss ein Code für etwas sein, wir wissen nur nicht, wofür."

Sie rieb sich die Augen. Sie war müde und versuchte, eine Spur zu erzwingen, die zu nichts führte. „Du hast wahrscheinlich recht. Ich habe das Wort nie wirklich oft benutzt. Das einzige Mal, dass ich es als Kind gehört habe, war von Gregory. Er war das Familienoberhaupt" – sie verdrehte die Augen bei diesem Begriff – „als ich in Prag gelebt habe."

„Ich nehme an, das heißt, es war keine richtige Familie."

„Nur wenn man Diebstahl, Prostitution und regelmäßige Schläge als Teil des Familienlebens betrachtet."

„Verdammt", flüsterte sie. „Wie hast du es überhaupt geschafft, da rauszukommen?"

„Sarge. Er hat Bronya Roch getroffen, bevor sie zu

Bronwyn Rourke wurde. Er hat mir geholfen, da rauszukommen."

„Das überrascht mich überhaupt nicht."

„Aber nein, Prag ist nicht der Ort, den ich mein Zuhause nennen würde. Die einzige Person, die das für mich so bezeichnen würde, wäre–"

Sie kam zu einem Bild von Erick Huen an der Wand und plötzlich fügte sich alles zusammen.

„Oh, mein Gott."

Jenna eilte zu ihr herüber. „Was ist?"

„Ich erinnere mich an etwas, das Erick zu mir gesagt hat, als er in Marrakesch in mein Hotelzimmer kam. *Man hat mir gesagt, du seist temperamentvoll.*" Bronwyn schüttelte den Kopf. Jetzt ergab alles auf eine kranke Art und Weise einen Sinn. „Dieses Arschloch Agent Wilson hatte recht."

„Ich kann dir nicht folgen. Agent Wilson, der Europol-Agent?"

„Ja. Er meinte, es müsse einen Grund geben, warum Erick Huen mich ausgewählt hat. Nicht nur, weil ich zu Zodiac Tactical gehöre, sondern weil es etwas Persönliches ist."

„Okay, das würde einen Sinn ergeben."

„Mosaic hat einen Partner in Europa. Und ich habe das ungute Gefühl, dass ich weiß, wer das ist."

„Wer?"

„Die einzige Person, die wollen würde, dass ich nach Hause komme. Damit er mich vernichten kann."

Kapitel 34

Was Missionen anbelangte – vor allem solche, bei denen sie unterbesetzt waren und praktisch blind in die Situation hineingingen –, so hatte diese Mission das bestmögliche Ergebnis gehabt.

Beinahe wäre es anders verlaufen. Ian wäre um ein Haar durch Ericks Hand gestorben und war nur noch am Leben, weil Wavy ihr eigenes Leben riskiert hatte, um seins zu retten.

Jetzt waren die beiden im Krankenhaus, wo ihre Verletzungen versorgt wurden, und dieser Mistkerl Erick Huen war verhaftet worden.

Sarge wollte nur allzu gerne zehn Minuten mit ihm allein in einem Raum verbringen. Er würde keine Zeit damit verschwenden, ihm irgendwelche Fragen zu stellen, aber er würde verdammt noch mal dafür sorgen, dass er verstand, wie es sich anfühlte, jemandem hilflos ausgesetzt zu sein. Er würde ihm eine winzige Kostprobe davon geben – eine, die mehrere gebrochene Knochen umfasste–, was er und Tippens Bronwyn angetan hatten.

Leider würde er sich damit begnügen müssen, dass der

Kerl den Rest seines Lebens im Gefängnis verbringen musste. Sarge hoffte fast, er würde einen Deal eingehen und im Austausch für seine Freiheit Informationen über Mosaic liefern. Sarge war sich sicher, dass es nicht schwer sein würde, Ian davon zu überzeugen, dass die Welt ohne Erick ein besserer Ort wäre.

Und wenn es bedeutete, dass seine Seele dafür in der Hölle brannte, würde er das als faires Geschäft betrachten.

Aber im Moment musste er sich seiner eigenen vorübergehenden Hölle stellen: der Nachbesprechung. Ian hatte ärztliche Hilfe benötigt und sich geweigert, von Wavys Seite zu weichen, und Landon war immer noch im Krankenhaus, wenn auch glücklicherweise über den Berg.

Damit war er das ranghöchste Mitglied von Zodiac, das sich für die vielen Toten von Mosaic verantworten musste, die im Gebirgscamp in der Sierra Nevada verstreut lagen. Die Strafverfolgungsbehörden waren stinksauer. Man hatte sie wieder einmal nicht eingeweiht.

Es war nicht genug Zeit geblieben, um langwierige Entscheidungsprozesse abzuwarten.

Sarge wünschte, er könnte einfach einen schriftlichen Bericht abgeben und fertig. Callum Webb war ihm nach dieser Nummer an der Côte d'Azur noch etwas schuldig. Aber irgendwie glaubte er nicht, dass die Grundaussage seines Berichts – nämlich, dass die bösen Jungs sich besser nicht mit ihnen anlegen sollten, sonst würden sie ihr blaues Wunder erleben – besonders gut ankommen würde.

Er saß also in diesem Warteraum und wartete darauf, alle möglichen Fragen zu beantworten, obwohl er eigentlich nur zu Bronwyn zurück wollte. Mit ihr zu telefonieren, um ihr mitzuteilen, dass die Mission beendet war und alle in Sicherheit waren, reichte ihm nicht.

Sarge musste sie in den Arm nehmen. Er musste sie wissen lassen, dass sie das hier durchstehen würden. Dass sie eine Lösung finden würden, falls ihr dasselbe passierte wie Wavy.

Dass er nicht zulassen würde, dass ihr etwas zustieß.

Wenn sie zurück zur Resting Warrior Ranch gehen mussten, um sie für den Rest ihres Lebens von anderen Menschen fernzuhalten, war er bereit, das zu tun. Mehr als bereit. Er würde es mit Freude tun. Er war auf einer Farm aufgewachsen, er kannte sich mit Tieren aus. Und was er nicht wusste, würde er lernen. Lucas und die Jungs würden ihm einen Job geben.

Er würde die aktiven Missionen vermissen, er wollte nicht lügen. Er mochte Anfang vierzig sein, aber er hatte noch eine Menge guter Jahre vor sich, um gegen böse Jungs zu kämpfen. Er würde sein Zodiac-Team vermissen, seine Freunde.

Aber Sarge würde das alles aufgeben, wenn Bronwyn dadurch bekam, was sie brauchte. Sie hatte einen viel zu hohen Preis für jemanden, der so jung war, gezahlt. Jetzt war sie an der Reihe, ein Leben ohne Angst und Schmerzen zu führen. Und er würde alles dafür tun, um es ihr zu ermöglichen.

Zumindest würde es das, wenn Callum Webb endlich seinen Hintern hierher bewegen würde, damit sie die Nachbesprechung hinter sich bringen konnten. Es waren vierundzwanzig Stunden vergangen, seit das Kampfgeschehen vorbei war. Mehr als die Hälfte dieser Zeit hatte er vor Ort verbracht, um die Schäden zu begutachten und den Strafverfolgungsbeamten zu erklären, was passiert war. Dann war er hierher gebracht worden.

Er musste dringend unter die Dusche. Aber vor allem musste er zu Bronwyn.

Aber es war nicht Webb, der ein paar Minuten später den Raum betrat. Es war Theodore Wilson. Beim Anblick dieses Arschlochs sträubten sich ihm alle Nackenhaare.

„Wo ist Webb?"

Wilson schenkte ihm ein schmales Lächeln. Er trug immer noch ein Pflaster auf seinem Nasenrücken, von dem Schlag, den er ihm letzte Woche verpasst hatte. Gut so. Er hoffte, es tat verdammt weh. „Callum Webb ist vom Dienst entbunden worden. Er ist nicht länger aktiver Agent des Omega-Sektors."

„Warum?"

Wilson zuckte mit den Schultern. „Eine unpopuläre Entscheidung zu viel, würde ich vermuten. Er hat zugelassen, dass Zodiac Tactical unkontrolliert einen Zug nach dem anderen machen konnte. Er kann von Glück reden, dass er nicht strafrechtlich belangt wird."

„Warum sind Sie eigentlich hier und nicht in Europa?"

Wilson nahm auf der anderen Seite des Tisches Platz. „Ich wurde mit der Leitung des behördenübergreifenden Einsatztrupps betraut, der Mosaic zur Strecke bringen soll. Glauben Sie mir, ich werde nicht so nachsichtig sein, wie Webb es war, was Ihre Cowboy-Spielchen angeht."

Cowboy-Spielchen. Sarge konnte sich kaum verkneifen, die Augen zu verdrehen. Er hatte keine Zeit für einen albernen Hickhack.

„Hören Sie, Mosaic hat die Sache angefangen, nicht andersherum. Zodiac will nur für die Sicherheit seiner Leute sorgen. Erick Huen wollte sich an Ian DeRose rächen und hat sich dabei übernommen."

„Zodiac kann nicht einfach Selbstjustiz üben, ohne mit Konsequenzen zu rechnen."

Er verschränkte die Arme vor der Brust, mehr um sicherzugehen, dass er Wilson nicht wieder ins Gesicht schlug, als um den Macho raushängen zu lassen. „Das ist Blödsinn und das wissen Sie. Ian DeRose hat für euch gearbeitet, als ihr Mosaic das erste Mal zu Fall gebracht habt. Er wäre dabei mehrere Male fast gestorben. Ich korrigiere, er *ist* gestorben, weil sein eigener Bruder und Erick ihn begraben und mehrmals wiederbelebt haben."

„Das war damals. Jetzt ist Mosaic zurück und verübt überall auf der Welt Terroranschläge – viel schlimmer als die ursprüngliche Version. Erlauben Sie mir, Ihnen zu zeigen, was gestern in Hamburg, Deutschland, passiert ist, während Sie mit Ihren Freunden in den Bergen herumspaziert sind."

Herumspaziert, um Terroristen aufzuhalten. Sarge verkniff sich seinen Kommentar. Gerade noch so.

Und die Erwiderung war völlig vergessen, als er zusah, wie eine hübsche junge Frau, die nicht viel älter als Bronwyn war, auf die Fassade eines Regierungsgebäudes zuging und es und sich selbst in die Luft jagte.

Ihr Gesicht war völlig ausdruckslos, als sie es tat. Eine Leere, die er von Bronwyn in New York kannte, als sie keine Ahnung gehabt hatte, wer er war. „Oh, Scheiße."

„Das war Tenisha Day, eine amerikanische Doktorandin. Keine bekannten Verbindungen zu irgendwelchen terroristischen Organisationen. Sie hatte zwei liebevolle Eltern und drei jüngere Brüder. Sie hat gestern zweiundzwanzig Menschen getötet."

Er machte eine dramatische Pause, aber Sarge wusste, dass da noch mehr kommen würde.

„Vor dem gestrigen Tag hatte ihre Familie sie seit vier Monaten nicht mehr gesehen. Aber wir haben das hier gefunden." Er drehte ein Bild herum, damit Sarge es sehen konnte. Es zeigte Tenisha Day und Dr. Tippens. „Sie war eine von Mosaics Zombie-Soldaten. So wie Bronwyn es war."

Er wischte sich mit einer Hand übers Gesicht. „Das ist tragisch, Wilson, da gebe ich Ihnen recht. Und verdammt, natürlich muss das ein Ende haben. Aber wir sind alle auf derselben Seite. Tun Sie nicht so, als wüssten Sie das nicht. Ich will nur meine Aussage machen und nach Hause gehen."

„Zu Bronwyn Rourke."

Sarge setzte sich aufrechter hin. „Sie werden sie aus der Sache heraushalten, wenn Sie klug sind."

Das musste er dem Mann lassen; er ließ sich nicht einschüchtern, obwohl Sarge bestimmt einen halben Kopf größer und fünfzig Pfund schwerer war als er.

„Bronwyn Rourke weiß mehr, als sie zugibt."

„Nein, das tut sie nicht. Glauben Sie mir, sie hat nichts zu verbergen."

Wilson musterte ihn mit zusammengekniffenen Augen. „Vielleicht stimmt das. Aber zumindest weiß sie mehr, als sie zu wissen glaubt. Der Schlüssel, um die Wahrheit hinter Mosaic herauszufinden – und wer dort das Sagen hat – liegt bei ihr."

„Nein. Bronwyn hat ihren Teil getan und ist raus aus der Sache. Sie haben Erick Huen in Gewahrsam. Verhören Sie ihn, um Ihre Antworten zu bekommen."

Wilson verschränkte seine Arme vor der Brust. „Wir beide wissen, dass Erick Huen nichts sagen wird, was ihm nicht direkt hilft. Außerdem würde es zu viel Zeit kosten, an Informationen zu kommen. Bronwyn zu fragen, geht schneller."

Er spürte, wie seine Hände sich wieder zu Fäusten ballten. „Bronwyn ist keine Option. Sie erinnert sich an nichts Brauchbares."

„Wir können es mit nicht-traditionellen Methoden versuchen. Hypnose. Chemische Unterstützung. Medizinische Scans. Die könnten ein wenig invasiv sein, aber wenn es am Ende Leben rettet, ist es das wert."

Sarge knirschte mit den Zähnen zusammen, bis sein Kiefer schmerzte. „Sie wollen also, dass eine Frau, die bereits physische und psychische Folter erlitten hat, hier hereinspaziert und Sie noch ein bisschen in ihrem Gehirn herumstochern lässt?"

„Es könnte unangenehm für sie sein, aber ich denke, wir sind uns alle einig, dass es das wert wäre, solange wir irgendwelche Informationen bekommen."

Er lehnte sich nach vorne und stützte sein Gewicht auf seine Ellbogen an der Tischkante. „War meine Faust *unangenehm*, als ich Ihnen die Nase gebrochen habe, Wilson? Ich kann sie Ihnen noch mal brechen, wenn ich Ihr Gedächtnis auffrischen muss."

Er war klug genug, sich in seinem Stuhl zurückzulehnen. „Kein Grund, melodramatisch zu werden, Mr. McEwan."

„Sie werden nicht in Bronwyns Kopf herumstochern und eine Frau weiter quälen, die verdammt noch mal schon genug gequält wurde, um an Informationen zu kommen, die unter Umständen nicht existieren."

„Das haben Sie nicht zu entscheiden."

„Ich sage Ihnen was, wenn Bronwyn zu mir kommt und mich bittet, irgendwelche Methoden anzuwenden, um ihre Erinnerungen wiederzuerlangen, werden Sie der Erste sein, den ich anrufe. Bis dahin können Sie nichts von ihr verlangen."

Wilson und Sarge starrten sich gegenseitig an, aber sein Verstand arbeitete bereits auf Hochtouren.

Er und Bronwyn würden für eine Weile verschwinden müssen. Das wäre nicht allzu schwer. Er würde sie nicht aus dem Bett lassen und sie die ganze Zeit bekochen. Das klang wie die perfekte Art, ein Jahr zu verbringen. Oder ein ganzes Leben.

Sie würden von der Bildfläche verschwinden und die Strafverfolgungsbehörden ihre Arbeit machen lassen. Sollten sie doch selbst herausfinden, wie sie von Erick Informationen über Mosaic bekommen konnten. Bronwyn war nicht ihre Schachfigur.

Je eher der Mistkerl, der ihm gegenübersaß, das kapierte, desto besser.

„Ich bin hier fertig, Wilson. Ich werde meinen Bericht schreiben, aber das Verhör ist beendet. Halten Sie sich von Bronwyn fern. Wenn Sie jemandem drohen wollen, machen Sie Ihre Machtspielchen mit Erick Huen. Holen Sie sich Ihre Informationen von ihm."

Wilson ging ohne ein weiteres Wort. Sarge machte sich an die Arbeit, seine Aussage über die Ereignisse der letzten achtundvierzig Stunden niederzuschreiben. Er gab ihnen nur die Details, die die Strafverfolgungsbehörden brauchten. In diesem Fall war es aus mehreren Gründen das Beste, sich kurz zu fassen – um die Haftung von Zodiac Tactical zu verringern und weil er so schnell wie möglich von dort weg wollte.

Keine Stunde später wurde er aus dem Warteraum entlassen und ging Richtung Ausgang. Mit jedem Schritt fühlte Sarge mehr Erleichterung, denn jeder Schritt brachte ihn näher zu Bronwyn.

Er war fast an der Tür, als er die Stimme von Agent Wilson hörte.

„Mr. McEwan, warten Sie einen Moment."

Sarge drehte sich um. Zwei Männer begleiteten ihn. Sarge schüttelte den Kopf. „Ich bin fertig, Wilson. Ich gehe jetzt."

„Nein, das tun Sie nicht."

Brich ihm nicht wieder die Nase. Es gibt Zeugen.

„Doch, genau das tue ich. Sie haben meine Aussage."

Er zeigte auf die beiden Männer, die links und rechts von ihm standen. „Nein, Sie werden nicht gehen. Sie sind hiermit verhaftet."

Er wusste sofort, was der Drecksack vorhatte. „Tun Sie das nicht, Wilson. Benutzen Sie mich nicht, um an sie heranzukommen. Sie haben Erick; er ist Ihre beste Chance."

„Erick Huen wurde vor einer Stunde getötet, bevor wir irgendwelche Informationen von ihm bekommen konnten.

Offenbar wurde er von seinem eigenen Anwalt ermordet – Mosaic mag wohl keine Informationslecks."

„Verdammt." Sarge wischte sich mit der Hand übers Gesicht.

„Und das einzige Informationsleck, das wir noch haben, ist Bronwyn."

Kapitel 35

Bronwyn brauchte Sarge.

Sie fühlte sich innerlich geradezu taub gegenüber dem, was sie herausgefunden hatte. Obwohl sie versuchte, es zu begreifen, konnte sie Jenna das volle Ausmaß ihrer Entdeckung nicht erklären. Aber Sarge würde es verstehen. Er hatte sie damals gekannt, kannte ihre Situation.

Er kannte denjenigen, der sie so sehr hasste, dass er sie an Erick Huen verraten hatte.

Nikolai.

Nikolai Novotný war das europäische Oberhaupt von Mosaic. Er war der Grund, warum man sie gegen Ian DeRose eingesetzt hatte – nicht, weil sie so eine tolle Kandidatin gewesen wäre, sondern weil Nikolai sich für das rächen wollte, was sie ihm angetan hatte, als sie aus Prag geflohen war.

„Alles okay?" Jenna hatte Bronwyn an ihre Kücheninsel gesetzt und begonnen, ihr Essen vor die Nase zu schieben. Käsewürfel, Geflügelsalat, Schokoladenkekse … offenbar hatte Jenna es nicht so mit Kochen. „Du siehst schlimmer aus als vorhin, bevor wir den Sprung in den Kaninchenbau gewagt haben."

Sie knabberte an einem Käsewürfel. „Der Gedanke, Nikolai wiederzusehen, sich nur in seiner Nähe aufzuhalten..." Sie legte den Käse zurück auf den Teller. „Das ertrage ich nicht. Du hältst mich wahrscheinlich für einen Feigling."

Sie stieß ein kurzes, humorloses Lachen aus. „Süße, du sprichst mit jemandem, der wegen seiner Vergangenheit sein Haus nicht mehr verlässt. Glaub mir, ich halte dich nicht für einen Feigling."

„Jenna, ich–"

Das laute Klopfen an der Tür ließ sie aufschrecken. Jedes bisschen Farbe wich aus Jennas Gesicht.

Ihr Handy piepte auf der Kücheninsel. Sie blickte nach unten, um die SMS zu lesen.

„Es ist Outlaw. Mark Outlawson. Er sagt, er steht draußen."

Wieder schlug eine Faust gegen die Tür. „Jenna, lass mich rein. Beeil dich."

Ein wenig Farbe kehrte in ihr Gesicht zurück und gemeinsam eilten sie zur Tür. Sie warf einen Blick auf den Bildschirm der Türsprechanlage, um sich zu vergewissern, dass es wirklich Mark war, dann entriegelte sie die Tür und öffnete sie. Er trat ein und sie schloss sie schnell wieder.

„Was ist denn los?"

Mark sah zu Bronwyn hinüber. „Ich bin hier, um dich von hier wegzubringen."

Sie konnte den Schauer nicht unterdrücken, der ihre Wirbelsäule hinaufkroch. „Wo ist Sarge?"

Sein Gesicht verzog sich zu einem grimmigen Ausdruck. „Es gab eine kleine Komplikation."

Der Schrecken durchfuhr sie aufs Neue. „Was ist

passiert? Ist er verletzt? Wurde er von Mosaic entführt?" Sie sah zu Jenna hinüber. „Was ist, wenn–"

Mark schüttelte den Kopf. „Nein. Er ist nicht verletzt. Aber er ist verhaftet worden. Die Polizei ist hinter dir her, Bronwyn. Sie glauben, du bist der Schlüssel, um mehr über Mosaic herauszufinden. Sarge hat mir Bescheid gegeben, dass ich dich wegbringen soll. Er will nicht –"

Wieder schlug eine Faust gegen die Tür; sie und Jenna erschreckten sich und Mark murmelte fluchend vor sich hin.

„Jenna Franklin, hier ist die Polizei. Öffnen Sie die Tür. Wir haben einen Haftbefehl gegen Bronwyn Rourke und wir wissen, dass sie da drin ist."

Sie erkannte die Stimme. Agent Wilson. Sie wandte sich an Mark. „Wilson ist derjenige, der Sarge verhaftet hat?"

Mark nickte. „Vielleicht können wir auf der Rückseite rausschlüpfen."

„Öffnen Sie jetzt die Tür, Ms. Franklin, dann muss ich Sie nicht auch noch verhaften. Ich bin nur wegen Bronwyn hier. Es ist Ihre Entscheidung."

Jennas Augen huschten durch das Haus, ihr Atem ging so schnell, dass es nicht lange dauern würde, bis sie ohnmächtig wurde.

Bronwyn packte sie an beiden Oberarmen. „Tief durchatmen, Jenna. Ich werde jetzt rausgehen und mich ergeben."

„Nein", unterbrach Mark. „Ich kann euch beide hier rausholen."

„Das kannst du nicht, Mark." Jenna würde innerhalb von Sekunden ins Koma fallen, wenn er es versuchte. „Ist schon gut. Ich werde mit Wilson gehen. Du bleibst hier bei Jenna."

Mark schüttelte den Kopf. „Sarge hat Einiges auf sich genommen, um mir eine Nachricht zu übermitteln und–

Etwas knallte gegen die Tür und sie sprangen alle zurück. Jenna hatte die Schlösser nicht wieder verriegelt, nachdem Mark hereingekommen war. Wilson benutzte eine Art Rammbock. Ein weiterer Schlag und die Tür sprang auf.

Jenna wimmerte und kauerte sich an die Wand, die Arme schützend um ihren Kopf geschlungen. Ein uniformierter Polizist trat zur Seite und Wilson trat ein.

„So sieht man sich wieder, Ms. Rourke. Ich habe große Mühen auf mich genommen, um Sie zu finden, einschließlich Mr. McEwan glauben zu lassen, er würde eine verschlüsselte Nachricht an Mr. Outlawson hier schicken. Dann war es ein Leichtes, ihm direkt zu Ihnen zu folgen."

Sie verdrehte die Augen. „Bei dem ganzen Drama fange ich an zu glauben, dass Sie Ihre Berufung am Theater verfehlt haben, Wilson."

Er schenkte ihr ein herablassendes Lächeln. „Sie können jetzt mit mir kommen und ich lasse Ihre Freunde hier, oder Sie werden alle drei in Handschellen zum Verhör mitgenommen. Ich glaube nicht, dass dieser Gedanke Ms. Franklin besonders gefällt."

Jenna hockte immer noch an der Wand, zu einer Kugel zusammengerollt, die Arme noch um ihren Kopf gelegt. Sie konnte es nicht ertragen.

„Lassen Sie sie in Ruhe. Ich komme freiwillig mit."

Er hob eine Augenbraue. „Um sich den Tests unterziehen, die wir durchführen müssen, um die Informationen über Mosaic aus Ihrem Kopf zu bekommen?"

„Bronwyn, Sarge hat ausdrücklich versucht, dieses Arschloch von dir fernzuhalten." Mark trat auf sie zu und der Polizist zog seine Waffe.

Sie streckte einen Arm aus, um ihn aufzuhalten. „Kümmere dich um Jenna. Sarge hat versucht, mich zu retten, wie immer. Aber dieses Mal bin ich diejenige, die ihm zur Rettung eilt."

Outlaw nickte langsam, obwohl es ihm offensichtlich nicht gefiel. Vielleicht war ihm klar, dass Jenna im Moment jemanden an ihrer Seite brauchte, mehr als Bronwyn es tat. Also ging sie mit Wilson hinaus und hörte, wie sich die Tür hinter ihnen schloss.

„Damit das klar ist", sagte Wilson, „wenn Sie mit mir kommen, stimmen Sie der Anwendung jeglicher Methoden zu, die notwendig sind, um die Informationen aus Ihrem Kopf zu bekommen."

Sie sah ihn nicht an, als sie zu seinem Auto ging. „Sie werden keine Ihrer ruchlosen Taktiken anwenden müssen. Ich habe bereits die Informationen, die Sie brauchen. Ich weiß, wer das Oberhaupt von Mosaic in Europa ist."

„Wer?"

Jetzt sah sie ihn an. „Ich sage Ihnen gar nichts, bis Sie Sarge freigelassen haben und ich ihn selbst gesehen habe."

~

Bronwyn bekam nur die Hälfte von dem, was sie verlangt hatte.

„Da ist er." Wilson deutete auf Sarge auf der anderen Seite eines Zwei-Wege-Spiegels. Er saß kerzengerade auf einem Stuhl, seine Hände hinter dem Rücken gefesselt.

„Lassen Sie ihn frei." Sie wollte zu ihm reingehen, ihn küssen, sich vergewissern, dass es ihm wirklich gut ging. Er sah erschöpft aus.

„Keine Chance. Sie sagten, Sie hätten einen Namen für mich."

Ihre Hände zitterten wieder, also verschränkte sie sie hinter ihrem Rücken. Sie musste standhaft bleiben. Sobald sie Wilson von Nikolai erzählte, hätte sie nichts mehr in der Hand.

„Sie werden Sarge in einen bequemeren Haftraum bringen und ihm die Handschellen abnehmen. Und sie bleiben ab. Und dann werden Sie mich zu ihm lassen."

Wilsons Augen verengten sich. Es gefiel ihm nicht, Zugeständnisse zu machen. „Ich habe Sie jetzt hier. Ich kann die Tests durchführen."

Sie zwang sich, sich nicht anmerken zu lassen, wie sehr der Gedanke, dass jemand ohne Erlaubnis in ihrem Gehirn herumwühlte, sie erschreckte. Das würde sie nicht unversehrt überstehen. Das wusste sie bereits. „Das können Sie. Aber es wäre Zeitverschwendung, zumal ich bereit bin, Ihnen das, was sie wollen, gleich zu geben."

„Na gut."

Bronwyn musste ihm zugutehalten, dass Wilson, wenn er sich einmal entschlossen hatte, etwas zu tun, ziemlich effizient handelte. Innerhalb von fünfzehn Minuten wurden Sarge die Handschellen abgenommen und er wurde in einen anderen Raum gebracht. Sie musste schweigend von der anderen Seite des Spiegels aus zusehen, wie er nach ihr fragte – ob sie da sei, ob es ihr gut gehe.

Er stürzte sich auf Wilson, als der Mann durch die Tür kam, aber er wurde von zwei anderen Agenten festgehalten und erneut gefesselt.

„Fassen Sie sie nicht an, Wilson. Sonst mach' ich Sie alle."

„Aber, aber, Mr. McEwan, einem Vollzugsbeamten zu drohen ist eine Straftat."

Wenn Sarge Wilson in dieser Sekunde in die Finger bekommen hätte, wäre es für den kleineren Mann nicht gut ausgegangen. Die anderen Agenten begannen, Sarge aus dem Raum zu führen.

„Wo bringen Sie mich hin?", fragte Sarge.

„An einen bequemeren Ort. An einen Ort, an dem Sie nicht gefesselt werden müssen, wenn Sie kooperieren. Zum Glück gibt es ein paar Menschen, die vernünftiger sind als Sie. Wir sind alle auf derselben Seite, schon vergessen?"

„Bronwyn ist hier, nicht wahr?" Sarge wehrte sich gegen

die Männer, die seine Arme festhielten, aber er konnte nicht viel anrichten. Das wurde ihm klar und er blieb stehen. „Wilson, hören Sie mir zu. Tun Sie das nicht. Bronwyn, sie … Tun Sie ihr das nicht an. Bitte. Sie wissen nicht, was sie durchgemacht hat. Ich flehe Sie an. Ich schwöre, ich werde bei Zodiac aufhören und Ihnen helfen, dem Rest von Mosaic das Handwerk zu legen. Aber tun Sie ihr das nicht an."

Sie legte ihre Hand an den Spiegel und wünschte, sie wäre bei ihm.

„Interessant", murmelte Wilson. „Aber ich glaube, sie ist stärker, als Sie denken."

„Sie ist stärker als jeder, den ich kenne, aber selbst die Stärksten zerbrechen irgendwann." Sarge senkte den Kopf. „Wenn Sie einen Sündenbock für die Scheiße, die bisher mit Mosaic passiert ist, brauchen, werde ich die Schuld auf mich nehmen. Ich werde in den Bau gehen, wenn es sein muss. Bitte, tun Sie Bronwyn nichts an. Sie hat schon zu viel durchgemacht. Bitte."

Ihr Herz zersplitterte, als Sarges Stimme bei der letzten Bitte brach. Er war bereit, alles für sie aufzugeben. Seinen Stolz abzulegen und zu betteln.

Wilson schüttelte den Kopf. „Ihr Zwei seid mir vielleicht ein Paar. Sie ist freiwillig mitgekommen, unter der Bedingung, Sie im Austausch für die Informationen, die ich brauche, freizulassen."

Sarge schloss die Augen und atmete zittrig aus. „Wenn Sie das unbedingt tun müssen, dann lassen Sie mich zu ihr. Sie wird mich brauchen. Der Rest meines Angebots gilt immer noch. Aber bitte zwingen Sie sie nicht, das allein durchzumachen."

Wilson neigte seinen Kopf zur Seite. „Sie haben mir die Nase gebrochen."

Sarge zögerte keine Sekunde. „Sie können sich sofort revanchieren."

Bronwyn war kurz davor, mit der Hand gegen den Spiegel zu hämmern. Sie wusste nicht, ob Sarge sie hören konnte, aber sie konnte nicht zulassen, dass er noch mehr Prügel für sie einsteckte.

„Das wird nicht nötig sein. Folgen Sie mir." Er führte Sarge aus dem Raum und sie konnte sie nicht mehr sehen.

Als Wilson ein paar Minuten später zurückkam, um sie zu holen, war sie selbst bereit, ihm die Nase zu brechen. „War das wirklich nötig? Warum haben Sie ihm nicht gesagt, dass ich mich von allein erinnert habe und Ihre invasiven Methoden nicht nötig sind?"

„Wir werden sehen, ob sich Ihre Informationen als brauchbar herausstellen. Die Tests sind noch nicht vom Tisch." Er zuckte mit den Schultern. „Und außerdem hat er mir die Nase gebrochen."

Sie gingen den Flur entlang und er blieb vor einer Tür stehen. „Hier können Sie sich ein wenig ausruhen, aber glauben Sie mir, es ist nur vorübergehend, wenn das, was Sie uns geben, nicht –"

„Nikolai Novotný." Bronwyn schnitt ihm das Wort ab. Sie brauchte nicht noch mehr Drohungen. „Er ist derjenige, nach dem Sie suchen."

Wilson zog eine Augenbraue in die Höhe. „In Prag. Er steht schon seit einiger Zeit auf unserer aktiven Beobachtungsliste. Sind Sie sicher?"

„Ja. Deswegen ist Mosaic überhaupt auf mich aufmerksam geworden."

„Woher weiß ich, dass Sie die Wahrheit sagen?"

„Wie lange steht er schon auf Ihrer Beobachtungsliste?"

„Seit dem Tod seines Vaters, als er das Familienunternehmen für Terrorismus und organisiertes Verbrechen übernommen und ausgebaut hat. Seit fast drei Jahren."

Sie verschränkte die Arme vor der Brust, wieder einmal, um ihre zitternden Hände zu verbergen. „Vor zweieinhalb

Jahren wurde Nikolai angegriffen und hat sich ein paar Narben zugezogen."

„Ja. Ich habe die Fotos gesehen. Und?"

„Ich bin diejenige, die ihm das angetan hat, um nicht mehr unter seiner Fuchtel zu stehen. Er hat mich aus Rache an Mosaic verraten. Finden Sie Nikolai. Er ist derjenige, den Sie wollen."

Wilson nickte und öffnete die Tür. Sie trat ein und scherte sich nicht darum, dass das Schloss hinter ihr einrastete, als sich die Tür schloss.

Sie flog in Sarges Arme.

Kapitel 36

Sarge fing Bronwyn auf, als sie in seine Arme stürzte. Er drückte sie an seine Brust und atmete ihren Duft ein. „Es tut mir so leid, Ponygirl. Ich wollte nicht, dass du herkommen musst. Ich hatte gehofft, Outlaw könnte dir das ersparen."

Sie schüttelte ihren Kopf an seiner Brust, die Arme fest um ihn geschlungen. „Nein. Ich konnte dich nicht hier lassen."

„Aber die Dinge, die Wilson dir antun will, um an die Informationen ranzukommen …" Er schloss die Augen. Er ertrug es nicht, daran zu denken. Er würde alles dafür geben, wenn er diese Qualen an ihrer Stelle erleiden könnte.

All das, was er Wilson angeboten hatte, war nichts Geringeres als die Wahrheit gewesen. Er würde alles tun, um Bronwyn aus dieser Situation herauszuhalten.

Sarge öffnete die Augen, als sie ihren Kopf von seiner Brust hob.

„Das wird nicht nötig sein. Jenna und ich haben zusammengearbeitet, während du weg warst, und ich habe mich an einige Dinge erinnert. Ich weiß, wer das europäische

Oberhaupt von Mosaic ist. Es ist Nikolai. Du erinnerst dich bestimmt an ihn."

„Was?"

Sie streckte die Hand aus und berührte sein Gesicht. „Alles in Ordnung? Du siehst müde aus. Setzen wir uns lieber."

Er wollte seine Arme nicht von ihr nehmen, nicht einmal, um die paar Schritte zur Couch zu gehen. Er ließ seine Hände an ihre Hüften sinken, hob sie hoch, nahm auf der Couch Platz und setzte sie auf seinen Schoß.

„Es geht mir gut. Es waren ein paar lange Tage. Aber erzähl mir mehr von Nikolai."

Sie kuschelte sich an ihn und da er sie bei sich hatte und wusste, dass sie nicht von den guten Jungs gefoltert werden würde, konnte er sich beinahe entspannen. Er konnte wenigstens frei atmen, was ihm schwergefallen war, seit Wilson gedroht hatte, die Informationen, die er wollte, aus Bronwyn herauszuholen.

„Ich habe mich an etwas erinnert, das Erick in der Nacht, als er mich aus Marrakesch entführt hat, gesagt hat – dass er gehört hatte, ich sei temperamentvoll."

„Verdammt. Nikolai hat dich auch damals, als ich dich kennengelernt habe, so bezeichnet."

Sie nickte. „So hat er mich immer genannt. Und wie es aussieht, hatte Wilson recht. Es gab einen bestimmten Grund, warum man mich gegen Ian DeRose einsetzen wollte. Es war kein Pech oder Zufall – Nikolai hat Erick auf mich angesetzt. Er wollte mich leiden sehen."

„Warum? Weil du ihm entkommen bist?"

Ihre Hände zitterten in ihrem Schoß und sie ergriff seinen Arm, um es zu stoppen. „Als du nach Prag zurückgekommen bist und mir von dem Job in Paris erzählt hast, wusste ich, dass ich unbedingt dorthin wollte. Ich bin dann gleich zu

Gregory, Nikolais Vater, gegangen, um zu sehen, ob ich einen Deal mit ihm aushandeln kann. Ich wusste, dass ich ihm Geld geben müsste, um das auszugleichen, was ihm meinetwegen entgehen würde, aber er war immer ein vernünftiger Mann."

„Und er wollte dich nicht gehen lassen?"

„Ich glaube, er hätte es zugelassen. Ich habe mich versteckt und gehört, wie er und Nikolai darüber gestritten haben. Aber ein paar Wochen später hatte Gregory einen Herzinfarkt und ist gestorben. Nikolai wollte mich auf keinen Fall gehen lassen."

„Du hast also dein Ticket nach draußen und deinen Schutz vor Nikolai auf einmal verloren."

„Ja", flüsterte sie.

Er drückte sie fester an sich. „Gott, Ponygirl. Das tut mir so leid."

Wieder einmal hatte sie sich ihrem Schicksal ganz allein stellen müssen. Wieder einmal etwas, das er hätte verhindern können, wenn er bei ihr geblieben wäre. Er hätte sie gleich am ersten Tag ein für alle Mal aus Prag und dieser untragbaren Situation herausholen sollen.

Sie schmiegte sich enger an ihn. „Ich habe mich nicht gegen ihn gewehrt. Ich wusste, das würde es nur schlimmer machen."

Sarge schloss die Augen. Wut lief ihm den Rücken hinauf und hinunter, aber das würde noch warten müssen. Er hielt seine Stimme ruhig. „Das war klug. Du hast getan, was du tun musstest, um zu überleben."

„Nikolai hatte nach ein paar Monaten genug von mir. Dann beschloss er, mich an seine Männer weiterzureichen. Da wusste ich, dass ich weg musste."

„Gut."

„Er hat mich erwischt. Hat seine Wut an mir ausgelassen. Um zu entkommen, hab ich ihm einen kochend heißen Topf

Suppe, der auf dem Herd stand, übergegossen. Er hat jetzt Narben im ganzen Gesicht."

„Gut", sagte er wieder. „Ich wünschte, du hättest ihn umgebracht."

„Nach dem Tod seines Vaters hat er mehr und mehr an Macht gewonnen. Er wollte mehr erreichen, mehr kontrollieren. Ich hatte gehofft, er würde mich vergessen, aber ich wusste, dass ich für den Rest meines Lebens über meine Schulter schauen müsste."

„Stattdessen hat er dich an Erick Huen verraten."

„Er wollte mir keinen schnellen Tod gönnen. Er wollte mich leiden sehen. Ich weiß, dass Erick ihm Bericht erstattet und ihm erzählt hat, was sie mir angetan haben. Nikolai fand das wahrscheinlich überaus amüsant. Jetzt ergibt plötzlich alles, was mir zugestoßen ist, viel mehr Sinn."

Es gab so viele Menschen, die Sarge für diese Frau töten wollte. Jeden, der ihr jemals etwas angetan hatte. Das ging leider nicht, aber er würde sich garantiert zwischen sie und jeden stellen, der jemals versuchen würde, wieder Hand an sie zu legen.

„Ich bin froh, dass dir das wieder eingefallen ist und Wilson nicht diese fürchterlichen Experimente durchführen musste, die er geplant hatte."

„Ich auch." Sie schwang ein Bein herum, sodass sie nun rittlings auf seinem Schoß saß, anstatt quer über seinen Beinen zu liegen. Diese blauen Augen sahen so klar und leuchtend aus, wie er sie seit Paris nicht mehr gesehen hatte. „Ich habe euer Gespräch vorhin mitangehört. Was du Wilson angeboten hast, um ihn davon abzuhalten, die Tests an mir durchzuführen."

Er zuckte mit den Schultern. „Es gibt nichts, was ich ihm nicht gegeben hätte, um ihn davon abzuhalten, dir wehzutun."

„Du musst aufhören, mich zu retten, Harrison McEwan."

Er küsste sie auf die Nasenspitze. „Sarge ist mein Name, Ponygirl. Und ich glaube, dass du diesmal diejenige warst, die mich gerettet hat. Outlaw hätte dich in Sicherheit bringen können, aber du bist meinetwegen hergekommen."

„Ich wollte nicht, dass du den Preis für meine Freiheit bezahlst."

Er streichelte ihre Wangen. „Das wäre es wert gewesen. Zu wissen, dass du in Sicherheit bist? Dass dir niemand wehtut? Das wäre jeden Preis wert. Und wenn ich hin und wieder zu deiner Rettung eilen muss, um dafür zu sorgen, dass du in Sicherheit bist, dann kannst du dich darauf verlassen, dass ich das noch sehr lange tun werde."

Ihre Augen füllten sich mit Tränen. „Ich bin immer noch kaputt. Meine Hände zittern die ganze Zeit. Und ich hab' Angst. Solche Angst. Selbst wenn ich weiß, dass ich in Sicherheit bin."

Er wollte sie unterbrechen, aber sie legte ihm einen Finger auf die Lippen. „Ich weiß, dass einiges davon besser werden wird. Aber manches nicht. Niemand wird mich je wieder als temperamentvoll bezeichnen."

Als ob er jemals dieses Wort benutzen würde, um sie zu beschreiben, mit der Verbindung, die es zu Nikolai hatte.

Sarge küsste ihren Finger und nahm ihn dann von seinen Lippen. „Du bist, wer du bist. Ich habe nicht gelogen, als ich gesagt habe, dass ich mich darauf freue, den neuen Menschen kennenzulernen, zu dem du dich entwickelt hast. Du liegst jetzt noch in der Asche, aber bald wird daraus ein Phönix emporsteigen. Und das möchte ich um nichts in der Welt verpassen."

„Dir machen meine zittrigen Hände nichts aus? Ich glaube nicht, dass das jemals verschwinden wird."

Wahrscheinlich würde es das irgendwann, aber das konnte nur die Zeit zeigen, also widersprach er ihr nicht.

„Das macht mir nichts aus, wenn es dir nichts ausmacht, dass ich fast zwanzig Jahre älter bin als du, allgemein mürrisch drauf bin und wahrscheinlich eher früher als später anfangen werde, Leute anzuschreien, dass sie von meinem Rasen verschwinden sollen."

Sie lachte und es war das schönste Geräusch, das er je gehört hatte. „Ich denke, damit kann ich umgehen. Ich werde dich einfach in deinem Rollstuhl zurück ins Haus rollen."

Er zog sie an sich und gab ihr einen Kuss. „Ich liebe dich, Ponygirl. Wer du warst, wer du bist und wer du sein wirst."

Ihre Hände, die immer noch ein wenig zitterten, fuhren durch sein Haar. „Du bist der einzige Mensch auf der Welt, der jemals alle drei kennen wird."

Sarge schlief mit Bronwyn in den Armen auf der Couch ein. Sie hatte ihm noch nicht ihre Liebe erklärt, aber er musste die Worte jetzt nicht hören. Sie würden kommen, wenn sie bereit war.

Als er nach ein paar Stunden aufwachte, lag sie wach neben ihm und streichelte seinen Kopf mit sanften Fingern.

„Alles okay?", fragte er sie. „Wilson ist ein Arschloch, aber er wird uns bestimmt bald rauslassen."

„Sie werden es schwer haben, Nikolai zu Fall zu bringen. Er ist so viel mächtiger als früher. Wilson hat mir Aufnahmen von der Frau gezeigt, die das Gebäude in Hamburg in die Luft gejagt hat. Er hat gesagt, Mosaic hätte sie so programmiert, wie sie mich programmiert haben."

„Ja, er nennt sie die Zombie-Soldaten von Mosaic." Er

zog sie näher zu sich. „Wilson und sein Team werden sie schon aufhalten."

„Wilson glaubt, dass Nikolai viel mehr von ihnen hat – mehr Menschen unter Nikolais Kontrolle. Und er hat recht. Ich weiß das ganz genau, weil ich sie selbst gesehen habe."

„Ponygirl …"

„Ich habe mich an mehr erinnert, während du geschlafen hast. Sie waren mit mir zusammen im Labor – Dutzende von ihnen. Alles junge Frauen."

Sie schoss von der Couch hoch und begann auf und ab zu gehen. „Wilson wird zu lange brauchen, um Nikolai zu finden. Wie viele Menschen müssen noch sterben, bevor Wilson Nikolai das Handwerk legt? Hunderte? Tausende? Nikolai wird die Zeit nutzen, seine Macht auszubauen. Er wird diese Frauen als seinen persönlichen Terroristentrupp einsetzen. Und ich hatte bis jetzt völlig vergessen, dass es sie gibt."

Sarge rutschte an den Rand der Couch. „Das ist alles nicht deine Schuld, Bronwyn."

Sie blieb stehen. „Du hast recht, das ist es nicht. Nichts von dem, was bis jetzt passiert ist, ist meine Schuld. Es gab nichts, was ich hätte tun können, um es zu verhindern."

Er wusste, was sie sagen wollte, und wünschte, es gäbe eine Möglichkeit, den Gedanken aus ihrem Kopf zu löschen.

Er wusste, was sie tun wollte.

Und er wusste, dass er sie nicht aufhalten würde, auch wenn es ihn fast umbringen würde. Sie hatte recht, er musste aufhören, sie zu retten.

Diesmal musste sie sich selbst retten.

„Red weiter", flüsterte er.

„Du weißt, was ich sagen werde, nicht wahr?"

„Ja." Sarge ergriff eine ihrer Hände und führte sie an seine Lippen. „Aber sag es trotzdem."

„Ich kann Nikolai aufhalten. Ich kann den Köder spielen,

um ihn rauszulocken. Er denkt nicht klar, wenn es um mich geht, und er wird Risiken eingehen, die er normalerweise nicht eingehen würde, um mich wieder unter seine Kontrolle zu bringen."

Er ließ ihre Hand los und stand auf. „Ich möchte von vornherein sagen, dass ich nicht möchte, dass du das tust. Du hast bereits einen hohen Preis bezahlt. Jemand anderes kann sich um Nikolai kümmern. Die werden ihn schon kriegen."

„Ich weiß. Aber der Preis dafür wird viel höher sein."

Er wischte sich mit der Hand über das Gesicht. „Ja. Aus strategischer Sicht wäre es das Klügste, dich als Köder einzusetzen."

Sie starrten sich eine lange Minute lang an, bevor er sie in seine Arme zog.

„Obwohl ich das alles weiß, will ich immer noch nicht, dass du es tust." Er vergrub sein Gesicht in ihrem Nacken und flüsterte: „Wir können das alles hinter uns lassen, Ponygirl. Wir können von hier weggehen und nie mehr zurückblicken. Nur wir beide. Ich kann dafür sorgen, dass uns niemand jemals wieder findet."

Sie trat einen Schritt zurück und sah zu ihm hoch. „Nein. Jedes Mal, wenn noch mehr Menschen sterben, würde ich wissen, dass ich es hätte verhindern können. Wir müssen es tun. Ich muss es tun."

Er hatte nie einen Zweifel daran gehabt, dass sie diese Einstellung haben würde. Er küsste sie auf die Stirn. „Okay, aber es wird nicht einfach werden. Das Zodiac-Team ist größtenteils außer Gefecht. Wir werden auf Wilson angewiesen sein und falls du's nicht mitbekommen hast, er ist ein Arschloch."

„Aber ein kompetentes Arschloch. Er will Mosaic und Nikolai aufhalten."

„Auch wahr. Jenna und Outlaw werden uns unterstützen, wenn mit Jenna alles okay ist."

„Es müsste sowieso ein kleines Team sein, wenn wir ihn herauslocken wollen." Sie trat weiter in seine Arme und er zog sie fester um sich. „Du und ich waren ein gutes Team, bevor ich Zodiac beigetreten bin, und wir werden auch wieder ein gutes Team sein. Du musst mir glauben, dass ich stark genug bin, um das zu schaffen."

„Deine Stärke wird nicht angezweifelt. Und es gibt niemanden, den ich lieber in meinem Team hätte als dich. Für immer."

Kapitel 37

Zwölf Stunden später saßen sie in einem Flugzeug zurück nach Prag, wo für Sarge und Bronwyn alles begonnen hatte.

Es überraschte keinen von ihnen, dass Wilson zugestimmt hatte, dass es der beste Plan war, sie als Köder für Nikolai einzusetzen. Wie er das anstellen wollte, ohne dass sie dabei umkam, war dagegen nicht so klar.

Natürlich hatte er es nicht direkt ausgesprochen, aber ihr Überleben war zweitrangig, solange Nikolai zu Fall gebracht wurde. Deshalb schritten sie sofort zur Tat, ohne einen wirklichen Plan zu haben.

Wilson hatte mit seinem Team im hinteren Teil des Flugzeugs einen Plan ausgearbeitet. Er hatte ihnen klargemacht, dass er sie zu gegebener Zeit darüber in Kenntnis setzen würde. Als ob hier nicht Bronwyns Leben auf dem Spiel stünde.

Sie hatte Sarge davon abhalten müssen, dem Mann wieder die Nase zu brechen.

Als Wilson mit einem Laptop auf sie zukam und ihn vor Sarge und ihr auf den Tisch stellte, waren sie beide überrascht.

„Sie haben einen Videoanruf."

Sie drückten auf die Annahmetaste und sahen sich plötzlich Jenna gegenüber. Sobald sie die beiden erblickte, hielt sie ihr Gesicht nahe an die Kamera heran.

„Bronwyn, es tut mir so leid. Es tut mir so leid, was bei mir zu Hause passiert ist. Ich habe dich mit diesem Arschloch völlig hängenlassen und es ist komplett meine Schuld, dass du jetzt in dieser Situation steckst."

Sie zog den Computer näher an sich heran. „Jenna, hör auf. Es ist nicht deine Schuld. Es gab keinen Grund für mich zu fliehen, als ich bereits wusste, dass Nikolai hinter all dem steckt. Ich bin froh, dass es dir gut geht."

Obwohl sie, ehrlich gesagt, nicht gut aussah. Sie hatte dunkle Ringe unter den Augen und ihr Kiefer wirkte verspannt. „Trotzdem. Was ich getan habe, war–"

„Verständlich. In Anbetracht der Umstände und der Drohungen war es verständlich." Sie drehte sich um und starrte Wilson an. Schließlich war es sein Hang zur Melodramatik gewesen, der Jennas Panikattacke ausgelöst hatte.

Er griff nach dem Laptop und drehte ihn in seine Richtung. „Wie konnten Sie uns über diesen Computer kontaktieren?"

Sie schnaubte amüsiert. „Ein entschlossener Zweitklässler könnte das Kommunikationssystem Ihres Einsatztrupps hacken. Und Dank der Tatsache, dass Ihre Leute in diesem Moment mit zwei verschiedenen Kontinenten über vier verschiedene Telefone telefonieren, weiß ich zufällig, dass Sie sich gerade über dem Atlantik befinden. Ich kann Ihnen den genauen Standort nennen, wenn Sie möchten."

Wilsons Gesicht straffte sich. „Dieses Gespräch ist beendet. Hacken Sie unser System nicht noch einmal, sonst schicke ich jemanden zu Ihnen nach Hause, um Sie festzunehmen."

Bronwyn grub ihre Nägel in Sarges Hand. Vielleicht würde sie ja Wilsons Nase brechen.

Aber Jenna ließ sich nicht beirren. „Kommen Sie erstmal runter, Special Agent Arschloch. Ich habe nicht angerufen, um mit meinen Freunden zu plaudern. Ich habe Informationen, die Sie brauchen, wenn Sie Nikolai zur Strecke bringen wollen."

„Wir brauchen Ihre Hilfe nicht."

Trotz allem war ausgerechnet Sarge die Stimme der Vernunft. „Wilson, Jenna ist in der Lage, bessere Informationen zu beschaffen als fast jeder andere auf diesem Planeten. Hören Sie sie an; wir brauchen sie."

Eine Sekunde lang glaubte sie nicht, dass Wilson einwilligen würde, aber dann nahm er ihnen gegenüber Platz und schob den Computer an die Tischkante, damit sie alle Jenna sehen konnten. „Na gut. Legen Sie los. Obwohl ich bezweifle, dass Sie irgendwas über Nikolai Novotný herausgefunden haben, das sich als hilfreich erweisen wird."

„Nikolai ist nicht, wo der Hase im Pfeffer liegt, Agent Arschloch, also haben Sie recht, über ihn habe ich keine Informationen."

Jetzt hatte sie Wilsons volle Aufmerksamkeit. „Wovon reden Sie?"

„Jetzt sitzen Sie nicht mehr auf dem hohen Ross, was?"

Sarge drehte den Computer so, dass die Kamera mehr auf sie gerichtet war. „Sag uns, was du entdeckt hast, Jenna."

„Der Schlüssel lag gar nicht bei Nikolai, sondern in Dr. Tippens' Forschung. Ich habe mich mit seinen Experimenten an dir beschäftigt, Bronwyn. Die Daten waren unvollständig, aber ich konnte seine Absichten extrapolieren. Genaue Angaben darüber, was Tippens dir einprogrammiert hat – wegen Nikolai. Das mit dem Zuhause."

„Meine letzte Mission ist es, nach Hause zu gehen", murmelte sie.

„Ganz genau. Sie hatten die ganze Zeit vor, dich Nikolai zu übergeben, sobald du für Erick Huen und Tippens' Forschung ausgedient hattest."

„Deshalb haben sie dich nicht einfach umgebracht", murmelte Sarge neben ihrem Ohr. „Das habe ich nie verstanden. Ich war dankbar, aber es hat keinen Sinn gemacht."

„Wie soll uns das helfen, Nikolai zu fassen?", fragte Wilson, ausnahmsweise nicht in einem streitlustigen Tonfall.

„Ich weiß, wo laut Nikolais und Tippens Plänen dieses Zuhause ist. Ich weiß, was Bronwyn getan hätte, wenn sie dort angekommen wäre und noch unter dem Einfluss der Medikamente gestanden hätte. Wir können Nikolai vorgaukeln, dass du noch unter seiner Kontrolle bist."

Wilsons Augen wurden noch größer. „Und dann können Sie herausfinden, wo er die anderen umprogrammierten Menschen festhält. Seine Zombie-Armee."

Jenna nickte. „Ich kann dir zeigen, wie du dich verhalten hättest – bestimmte Sätze, Handlungen –, wenn die Behandlung korrekt angeschlagen hätte und Nikolai dich in seiner Gewalt gehabt hätte. Ich denke, wir können ihn davon überzeugen, dass er gewonnen hat."

„Und dann gehen wir rein und schalten ihn aus." Wilson sah zu ihr hinüber. „Aber das bedeutet, dass Sie zuerst alleine reingehen müssen. Sind Sie dazu bereit?"

„Ja." Sie hielt ihre Antwort einfach, obwohl sie sich nicht sicher war, ob dieses eine Wort die Wahrheit war. Aber solange Nikolai noch frei herumlief, würde Bronwyn niemals sicher sein. Genauso wenig wie Sarge oder sonst irgendjemand bei Zodiac Tactical. Nikolai würde sie weiterhin auf jede erdenkliche Weise schikanieren.

Wenn er sie nicht persönlich verletzen konnte, würde er sich damit begnügen, den Menschen zu schaden, die ihr wichtig waren.

Sie sah zu Sarge hinüber, dessen Gesicht angespannt war. Ihm gefiel dieser Plan offensichtlich nicht. Sie konnte es ihm nicht verdenken. Ihr gefiel kein Plan, bei dem sie Nikolai wieder ausgeliefert war, und wenn auch nur für kurze Zeit.

„Ich werde es tun."

Wilson wandte sich an Jenna. „Geben Sie den Beiden alle Daten, die sie brauchen, um ihre Begegnung mit Nikolai glaubhaft zu machen. Ich werde den Rest des Teams über den Plan informieren."

Er stand auf und ging in den hinteren Teil des Flugzeugs.

„Ich glaube wirklich, dass das funktionieren wird", sagte Jenna. „Ich kann Nikolais Organisation einige Daten zuspielen, die eine plausible Erklärung dafür liefern, wo du in den letzten Wochen gewesen bist. Dann musst du ihn nur noch glauben lassen, dass die Programmierung funktioniert hat und du so schnell wie möglich zu ihm gekommen bist."

„Bist du sicher, dass du genug Details hast, damit das glaubhaft rüberkommt?" Sarge legte seine Hände fester um ihre. „Sie wird allein mit ihm sein. Ihr Leben steht auf dem Spiel."

„Ja. Ich weiß, was man sie fragen wird, und ich weiß, wie sie antworten sollte, um zu beweisen, dass sie ihrer Programmierung folgt. Wir werden sie gut vorbereiten. Außerdem habe ich ein Geschenk für euch. Es sollte bei eurer Landung auf euch warten."

Bronwyn drückte seine Hand. „Das ist besser als der Plan, auf gut Glück durch Prag zu wandern, den wir vorher hatten. Der hätte wahrscheinlich sowieso nicht funktioniert und hätte mir nur eine Kugel in den Kopf eingebracht."

Natürlich gab es keine Garantie, dass das nicht trotzdem passieren würde.

„Na gut", murmelte Sarge. „Aber es gefällt mir trotzdem nicht."

Es brauchte ihm nicht zu gefallen. Sie mussten es nur tun.

„Okay." Sie atmete aus und löste sich von Sarge. „Dann lass uns durchgehen, was ich zu tun habe. Wir haben nicht viel Zeit. Und je schneller wir Nikolai in die Finger kriegen, desto mehr Leben werden wir retten."

Ihr eigenes eingeschlossen.

~

„Das gefällt mir nicht", flüsterte Sarge an ihrem Ohr. „Teste deine Kommunikationseinheit noch einmal."

„Ich werde schon klarkommen."

Es war zugleich ein Test des winzigen Sendegeräts – nicht unähnlich dem, das Sarge ihr gegeben hatte, als sie zum ersten Mal in seinem Haus aufgetaucht war – und diente zur Beruhigung für sie beide.

Sie waren in Prag und sie war im Begriff, sich aus der Sicherheit seiner Arme zu lösen und dorthin zu gehen, wohin ihre Programmierung sie geführt hätte, wenn sie noch unter Nikolais Kontrolle gestanden hätte.

Sie hatten jede Sekunde bis zur Landung damit verbracht, zu besprechen, wie sie sich zu verhalten hatte. Antworten auf Fangfragen, die Nikolai stellen würde, um sich abzusichern.

Jenna hatte durchsickern lassen, dass sie in den letzten Wochen auf einem Militärstützpunkt in Nevada festgehalten worden war. Dass sie erst vor kurzem verlegt und unter zivile psychiatrische Obhut gestellt worden war.

Die Einzelheiten blieben bewusst vage. Es war durchaus denkbar, dass sie, wenn sie erst einmal in einer psychiatrischen Klinik und nicht in einem Militärgefängnis war, fliehen und das tun konnte, was ihre Programmierung verlangte: nach Prag zurückkehren.

Sie sorgten dafür, dass ihre Einreise ins Land erfasst wurde. Jetzt mussten sie abwarten, ob Nikolai den Köder schlucken würde. Er würde sie nicht selbst abholen, es sei denn, sie hätten lächerlich viel Glück, also würde sie zu ihm gebracht werden und ihm zumindest für eine Weile allein gegenüber stehen müssen.

„Du kommst mir nicht hinterher, wenn es nicht absolut nötig ist." Sie umarmte ihn fester. „Lass mich etwas Gutes tun. Lass mich so viele Informationen wie möglich bekommen."

Sie alle wussten, dass Nikolai wahrscheinlich Vorkehrungen getroffen hatte, seine Zombie-Armee im Falle seiner Verhaftung verschwinden zu lassen. Sie musste herausfinden, wo die Leute waren.

„Ich lasse nicht zu, dass dir etwas passiert."

„Kümmere dich zuerst um die Frauen, dann kannst du mich holen. Wilson hat recht, die Mehrheit hat Vorrang."

Er umfasste ihre Wangen und küsste sie. „Outlaw und ich werden bereit sein, egal, was für dumme Entscheidungen Wilson trifft."

Mark Outlawson hatte sich als Jennas Geschenk für sie herausgestellt. Er war aufgetaucht, kurz nachdem sie gelandet waren. Wenigstens konnte sie sich nun sicher sein, dass jemand Sarge den Rücken deckte, während er ihren freihielt.

„Gehen wir." Wilson kam zu ihr herüber und klopfte ihr auf die Schulter. „Wenn Ihr Computerguru recht hat, müssen Sie um 12 Uhr in der Radlická-Straße sein. Das ist die erste Sicherheitsmaßnahme, die wir überwinden müssen. Wenn Sie nicht rechtzeitig da sind, müssen wir weitere vierundzwanzig Stunden warten."

Bronwyn blickte zu Sarge auf. „Ich liebe dich." Sie hätte es früher sagen sollen, nicht, als sie in Eile waren und Wilson so nahe stand, dass sie ihn atmen hören konnte.

Sarge strich mit seinem Daumen über ihre Lippen. „Sag mir das in ein oder zwei Tagen noch mal, wenn das hier vorbei ist und wir irgendwo nackt im Bett liegen."

„Abgemacht."

„Wir sehen uns bald wieder, Ponygirl. Glaub' daran."

Das tat sie. Sie glaubte es mit jeder Faser ihres Körpers. Wenn sie es nicht täte, könnte sie das hier niemals schaffen.

Sie drehte sich um und ging aus dem Hinterzimmer des Restaurants, in dem sie sich versteckt hatten, hinaus in das trübe Prager Wetter. Sie zitterte nicht und zeigte auch sonst keine Reaktion auf die nasse Kälte.

Jemand, der unter dem Einfluss der Behandlung stand, wäre sich des Unbehagens nicht bewusst.

Sie ging geradeaus, bis sie die Radlická-Straße erreichte, wo eine Nebenstraße abzweigte. Dann stellte sie sich wie angewiesen an den Rand der Straße.

Die Leute liefen auf beiden Seiten um sie herum und schenkten ihr keine große Beachtung. Sie kam sich auffällig vor, aber für die meisten Leute, die mitten in der Stadt mit ihrem eigenen Leben beschäftigt waren, tat sie nichts weiter, als ihnen für eine Sekunde im Weg zu sein, bevor sie vorbeigingen.

Bronwyn stand völlig still und starrte geradeaus. Das war es, wozu ihre Programmierung sie verleiten würde. Sie hatte keinen Zweifel daran, dass Nikolai jeden Tag um die Mittagszeit jemanden diese Ecke beobachten ließ, um zu sehen, ob sie auftauchte.

Sie hielt ihre Hände an ihren Seiten und zwang sich, sie nicht zu verkrampfen, um sie vom Zittern abzuhalten. Ihre Hände würden sie noch am ehesten verraten. Jemand, der unter der Kontrolle der Behandlung stand, würde keine zittrigen Hände haben.

Je länger Bronwyn dort stand, desto schwieriger wurde

es. Zum ersten Mal wünschte sie sich, sie könnte ihrem Verstand entkommen und ihren Körper verlassen.

Wir werden das durchstehen, Ponygirl.

Sarge war bei ihr. Sowohl in ihren Gedanken, wo sie ihn brauchte, als auch in ihrem Rücken, wo sie ihn ebenfalls brauchte.

„Ja", flüsterte sie, ohne ihre Lippen zu bewegen. „Wir werden das durchstehen."

Sie glaubte daran.

Dann hielt ein Auto am Bordstein und sie wurde hineingezerrt, weg von ihrer heilen Welt und zurück in ihren Albtraum.

Kapitel 38

Bronwyn erkannte keinen der Männer im Auto. Derjenige, der sie packte, tastete ihren Oberkörper und ihre Gliedmaßen mit einem Metalldetektor ab, um nach Waffen oder Aufzeichnungsgeräten zu suchen, aber er kam nicht in die Nähe ihres Halses oder des winzigen, durchsichtigen Senders, der neben ihren Stimmbändern klebte. Er fesselte sofort ihre Hände.

„Sag deine Worte", sagte er auf Englisch.

Sie starrte geradeaus. „Ich existiere nur, um Befehle zu befolgen. Meine letzte Mission ist es, nach Hause zu gehen."

„Und wo ist dieses Zuhause?"

„Zu Nikolais Füßen."

Beide Männer kicherten, aber sie behielt ihren leeren Gesichtsausdruck bei. Jemand, der unter dem Einfluss der Behandlung stand, würde auf diesen demütigenden Satz nicht reagieren.

Sarge hatte fast die Beherrschung verloren, als Jenna ihnen von dem Trigger und der entsprechenden Reaktion erzählt hatte. Sie hatte ihn in Dr. Tippens' Notizen gefunden. Er hatte sich dagegen ausgesprochen und darauf bestanden, dass Nikolai einen alphanumerischen Code verwendete, aber Nikolai hatte sich geweigert.

Nikolais Bedürfnis, seine Macht über sie auszuüben, hatte definitiv zu ihren Gunsten gewirkt. Jenna hätte wahrscheinlich nie irgendeinen zufälligen Code in Dr. Tippens' Notizen gefunden, aber dieser Satz hatte ihre Aufmerksamkeit erregt.

Die Männer wechselten ins Tschechische, aber sie verstand sie trotzdem mühelos.

„Ich kann nicht glauben, dass sie tatsächlich aufgetaucht ist", sagte der Fahrer. „Ich werde meine tägliche Kaffeepause vermissen, während ich auf jemanden warte, von dem ich nie gedacht hätte, dass er kommt."

„Was glaubst du, warum Nikolai so besessen von ihr ist?" Der Mann, der mit ihr auf dem Rücksitz saß, fuhr mit einem Finger ihren Arm entlang. Sie hielt ihre Hände geballt und zeigte keine Reaktion. „Sie ist hübsch, aber nicht so viel Mühe wert. Vielleicht sollten wir irgendwo anhalten und sie kurz austesten."

Der Fahrer lachte. „Vielleicht will Nikolai jemanden, der sich nicht vor seinen Narben ekelt. Sieh sie dir an, sie ist ein Roboter."

„Für mich ist sie echt genug", sagte er und ließ seine Hand auf ihren Oberschenkel gleiten.

Sie ergriff die umherwandernde Hand und verdrehte sie trotz ihrer Handschellen so weit, bis es knirschte. „Nur Nikolai."

Der Mann heulte auf und sie ließ los. Der Fahrer lachte. „Wohl doch kein Roboter, Jarek."

Bronwyn wusste nicht, ob solche Handlungen Teil ihrer Programmierung sein würden, aber es war ein Risiko, das sie bereit war einzugehen. Sie hatte nicht vor, auf dem Weg zu Nikolai den beiden zum Opfer zu fallen.

Jarek warf sich schnaufend gegen die Rückenlehne. „Miststück."

Aber wenigstens ließ er sie nun in Ruhe.

Die Straßen von Prag kamen ihr nur teilweise bekannt vor. Als sie hier aufgewachsen war, hatte sie sich meistens nur in einem Zwei-Meilen-Radius bewegt. Sie würden nicht in ihr altes Viertel zurückkehren, soviel stand fest.

Sie waren auf dem Weg aus der Stadt heraus, nicht in der Richtung, in der Nikolais Wohnsitz vermutet wurde.

„Norden", murmelte sie leise. Sie hoffte, dass Sarge und das Team ihrem Fahrzeug nah genug folgten, um zu bemerken, dass sie nicht in die Richtung fuhren, die sie erwartet hatten. Oder dass ihnen das zumindest einen Hinweis geben würde.

„Das stimmt, Miststück", sagte Jarek. „Nikolai hat uns beauftragt, dich an den Ort zu bringen, den niemand mehr verlässt, außer in einem Leichensack."

Zum Glück war er zu sehr damit beschäftigt, über seinen eigenen Witz zu lachen, um zu sehen, wie sie zusammenzuckte. Sie musste sich zusammenreißen, sonst würde sie sich noch verraten. Vor allem, wenn sie vor Nikolai stand.

Bronwyn wünschte, sie hätte Sarges Stimme im Ohr gehabt, anstatt dass nur er sie hören konnte.

Ich bin hier.

Es mochte ihr Verstand sein, der seine Stimme projizierte, aber er war in ihrem Herzen. Sie gab ihr Hoffnung. Kraft.

Aber je näher sie Nikolai kamen, desto schwieriger wurde es, ruhig zu bleiben. Als sie schließlich vor der Tür standen, glaubte sie nicht mehr, dass sie es schaffen würde.

Willst du eine Zukunft? Dann musst du das tun.

Diesmal war es ihre eigene Stimme in ihrem Kopf. Und sie hatte recht. Wenn sie eine Zukunft mit Sarge wollte, wenn sie ihn beschützen wollte, dann musste sie hier und jetzt stark bleiben.

Und du bist nicht allein.

Sarge.

Sie würde wahrscheinlich mit Dr. Rayne über die Stimmen in ihrem Kopf sprechen müssen.

Jarek zerrte sie aus dem Auto und schob sie durch die Tür in einen engen Gang. Bronwyn konzentrierte sich auf ihre Atmung. Um sie herum gab es keine Fenster und die Betonwände und sterilen Böden erinnerten sie an ihre persönliche Hölle. Alleine würde sie diesem Ort niemals entkommen können.

Du bist nicht allein.

Schließlich blieben sie vor einer Tür stehen und Jarek klopfte an. Sie holte tief Luft und war froh, dass ihre Hände noch gefesselt waren, sodass sie sie zusammenpressen konnte, um ihr Zittern zu verbergen.

Die Tür ging auf und Jarek führte sie hindurch. Sie starrte geradeaus, aber aus dem Augenwinkel konnte sie drei Männer sehen. Und dann war da noch einer, der mit dem Rücken zu ihr direkt vor ihr stand und durch ein Innenfenster blickte.

Nikolai.

Er drehte sich zu ihr, um und ihr Gesicht neutral zu halten, war vielleicht das Schwierigste, was sie je getan hatte. Die Brandnarben auf seiner Wange und seinem Kinn waren noch schlimmer als auf den Bildern, die sie gesehen hatte.

Narben, die sie ihm gegeben hatte und für die er Entschädigung verlangen würde.

„Du hast sie gefunden." Er ging auf sie zu.

Jarek nickte. „Ja, Sir. Sie war genau zu der Zeit an dem Ort, zu der Sie gesagt haben, dass sie dort sein würde."

Nikolai verschwand aus ihrem Blickfeld, als er sie umkreiste. Bronwyn wusste, dass sie jeden Moment mit einem Schlag rechnen musste. Mit einem buchstäblichen Messer im Rücken.

Ganz ruhig. Die ersten Minuten sind die wichtigsten.

Die Stimme war eine Mischung aus ihrer und der von Sarge. Aber sie hatte recht.

„Du siehst anders aus als bei unserem letzten Treffen." Nikolai schloss seinen Rundgang ab, sodass sie ihn wieder sehen konnte. Das machte es einfacher. „Natürlich habe ich Aufnahmen von dir mit Erick und Dr. Tippens gesehen – wie du geschrien, geweint und gebettelt hast. Das war schön. Aber es ist nicht dasselbe, wie dich persönlich zu sehen. Ich wünschte, ich hätte dabei sein können."

Er beugte sich vor, sodass sein Gesicht direkt vor ihrem war, sein Atem heiß auf ihrer Haut. „Ich freue mich schon darauf, das Schreien, Weinen und Betteln mit eigenen Ohren zu hören."

Sei stark, Ponygirl.

Bronwyn blieb ausdruckslos. Das Einzige, was sie verriet, waren ihre Hände, aber niemand sah sie an.

Nikolai wich mit zusammengekniffenen Augen zurück und musterte sie immer noch. „Hat sie alles richtig aufgesagt?"

„Ja." Jarek nickte enthusiastisch neben ihr.

„Sag deine Worte", sagte er zu ihr.

„Ich existiere nur, um Befehle zu befolgen." Diese Worte abzuspulen, fiel ihr leicht. Sie hatte so viel Übung im Labor gehabt. „Meine letzte Mission ist es, nach Hause zu gehen."

„Und wo ist zu Hause?"

Das war schwieriger. „Zu Nikolais Füßen."

Er brach in ein breites Grinsen aus. „Ja, das hört sich wirklich gut an."

Die vier anderen Männer im Raum kicherten.

Nikolai schritt wieder langsam um sie herum. „Aber sieh dich doch an, wo ist nur dein Temperament hin? Ich will

Bronya sehen, nicht diesen Roboter." Er lehnte sich näher an ihr Ohr. „Freigabecode vier-zwei-sieben."

Sie blieb still. Jenna hatte einen Freigabecode mit ihr besprochen, aber dieser war es nicht.

Hatte sie sich geirrt? Hatte sich der Code geändert? Wenn sie sich nicht rührte, würde er ihr dann auf die Schliche kommen?

Jenna hatte sie bis jetzt nicht in die Irre geführt, also hielt sie still.

Nikolai trat einen Schritt zurück und musterte sie. „Ich wollte nur sichergehen. Man kann nicht vorsichtig genug sein. Freigabecode eins-null-null."

Das war der Code, der, den Jenna ihr genannt hatte. Einhundert Grad, die Temperatur, bei der Wasser kochte. Weil sie ihn mit kochender Suppe verbrannt hatte … Nikolai hatte wirklich bei allem Hintergedanken.

Bronwyn ließ ihre emotionale Maske fallen, entblößte all die Angst, die sie tatsächlich empfand. Sie öffnete ihre Hände – sie zitterten so stark, dass ihre Arme schlotterten.

Sie trat von Nikolai zurück, was sie schon tun wollte, seit sie den Raum betreten hatte. Jarek hielt sie am Arm fest, damit sie sich nicht zu weit entfernte.

„Da ist sie ja." Nikolai strich ihr mit dem Finger über die Wange und sie zuckte zusammen. „Da ist meine kleine Ausreißerin. Auf diesen Moment habe ich schon lange gewartet."

„Nikolai? Was? Nein. Wie hast du –?" Es war leicht, die Angst in ihre Stimme zu legen.

„Du hast schon immer unter meiner Kontrolle gestanden, kleine Bronya. Du hast es nur nicht gewusst." Er berührte wieder ihre Wange, genau dort, wo sich die Narbe in seinem eigenen Gesicht befand. „Hm, so glatt. Vielleicht nicht mehr lange."

„Lass mich gehen!"

„Das hättest du wohl gern. Ich glaube, du hast erst noch was wiedergutzumachen. Und mir fällt bestimmt etwas ein, wie du das tun kannst. Du wirst unter meiner Kontrolle stehen, bis du stirbst." Sein Lächeln war das pure Böse. „Was wahrscheinlich nicht allzu lange dauern wird. Ich habe andere, wichtigere Dinge zu tun, als mit dir zu spielen."

Das Zittern in ihren Händen breitete sich langsam auf ihren ganzen Körper aus. Sie betete, dass Nikolai jetzt nicht versuchen würde, ihre Programmierung zu aktivieren, denn im Moment würde sie unmöglich einen ungerührten Roboter mimen können.

Er lachte. „Du hast Angst. Das gefällt mir. Erst Angst, dann Schmerz und dann der Tod. Das ist es, was dir bevorsteht, Bronya."

Sie reckte ihr Kinn in die Höhe, so wie es die alte Bronya getan hätte. Hoffentlich steckte noch etwas von dem temperamentvollen Mädchen in ihr. „Weil ich dein Gesicht entstellt habe?"

Bronwyn hörte, wie es den Männern um sie herum den Atem verschlug. Sie hatten es nicht gewusst.

Ein Schlag mit dem Handrücken schleuderte sie zu Boden. Er packte sie an den Haaren und zerrte sie wieder auf die Beine. „Willst du mich dazu bringen, dich schnell zu töten, Bronya? Das wird nicht funktionieren."

Nein, sie wollte nicht, dass er sie umbrachte, aber sie wollte ihn so weit aus der Fassung bringen, dass er weiterredete.

„Wie bin ich hierher gekommen?" Sie fuhr sich mit den gefesselten Händen über die brennende Wange und blickte zu seinen Männern, die die Show sichtlich genossen. „Wie hast du das gemacht?"

„Das war schon in Arbeit, bevor du abgehauen bist. Bevor Vater gestorben ist. Mosaic war auf Expansionskurs und brauchte Führungspersonal und Arbeitskräfte in

Europa. Ich habe ihre Experimente finanziert. Du hast es mir ermöglicht, zwei Fliegen mit einer Klappe zu schlagen."

„Ich verstehe das nicht."

„Ich habe ihnen Probanden für Tippens Experimente zur Verfügung gestellt. Dich eingeschlossen – obwohl wir spezielle Parameter für dich hatten. Im Gegenzug habe ich jetzt drei Dutzend hirnlose Klone, die bereit sind, alles zu tun, was ich sage. Eine davon habe ich zum Beispiel kürzlich in Hamburg eingesetzt."

„Du warst das?"

„Ja. Das perfekte Transportsystem für Terrorismus. Alles junge Frauen, ausgebildet und bereit zu töten, ohne mit der Wimper zu zucken. Keine von ihnen steht auf irgendeiner Beobachtungsliste der Strafverfolgungsbehörden. Ihr seht alle so jung und unschuldig aus. Lieblich und harmlos. Frauen, die an Orte gelangen können, die die meisten Menschen nicht betreten können." Er fuhr ihr noch einmal mit dem Finger über die Wange. „Natürlich wird das bei dir nicht mehr lange der Fall sein. Deine Gesichtszüge werden dafür zu auffällig sein."

Sie wusste, dass er damit andeutete, dass sie ihre eigenen Narben haben würde. Sie stieß ein Wimmern aus. Seine Männer kicherten.

„Das Beste ist, dass ich dich losschicken kann und du trotzdem zu mir zurückkommst. Jedes einzelne Mal wirst du zu Nikolais Füßen zurückkehren, egal was ich mit dir mache."

„Nein."

„Oh doch. Ich muss zugeben, dass ich dachte, Erick hätte dich irgendwo verloren. Das war einer der Gründe, warum ich vor ein paar Tagen nicht aufgetaucht bin, um ihm zu helfen, wie ich es eigentlich tun sollte. Dann habe ich ihn töten lassen, damit er nicht reden kann. Ich kann nicht zulassen, dass die Polizei herausfindet, dass ich das Oberhaupt von Mosaic in Europa bin."

Sie konnte nicht mehr. Sie musste von hier weg. Die Wände kamen auf sie zu. Nikolai und seine Männer füllten ihr Blickfeld aus.

„Lass mich gehen."

„Ich werde dich niemals gehen lassen, kleine Bronya, meine temperamentvolle Kleine. Mein Gesicht wird das Letzte sein, was du siehst, bevor du stirbst."

Kapitel 39

Zu hören, was mit Bronwyn geschah, warf Sarge zurück in seine eigene persönliche Hölle. Zugegeben, dieses Mal wusste er, wo sie war, aber sie kam ihm trotzdem unerreichbar vor.

Nikolai drohte ihr mit der Tatsache, dass er sie dazu bringen konnte, seinen Männern sexuelle Gefälligkeiten zu erweisen und dann trotzdem zu ihm zurückgekrochen zu kommen.

„Sie wird das nicht mehr lange durchhalten", murmelte er zu Wilson.

Er schüttelte den Kopf. „Sie hat Angst, aber das ist im Moment zu ihrem Vorteil."

Sarge wollte nicht, dass sie Angst hatte. Und er wollte sie vor allem nicht in der Nähe von Nikolai Novotný und seinen ruchlosen Absichten ihr gegenüber haben.

Sie waren weniger als eine Meile von dem Gelände entfernt, auf dem sich Bronwyn mit Nikolai aufhielt, aber sie könnten genauso gut Stunden entfernt sein. In den fünf Minuten, die sie brauchen würden, um in das Gebäude einzudringen, könnte er sie hundert Mal umbringen.

Und selbst wenn er sie nicht umbrachte, so gab es noch genug andere Dinge, die er ihr antun konnte.

„Wir müssen einschreiten", sagte er leise zu Mark.

Er schüttelte den Kopf. „Sie wollte diese Chance. Bronwyn weiß besser als jeder andere, wozu Nikolai fähig ist. Aber es lohnt sich, sich ihm entgegenzutreten, um die anderen Frauen zu befreien. Und damit ihr beide eine gemeinsame Zukunft haben könnt."

Mark hatte recht, aber es gefiel ihm nicht. „Ich würde für sie durch alle Kreise der Hölle gehen, wenn ihr nur nie wieder wehgetan würde und sie keine Angst mehr haben müsste."

„Kann ich gut verstehen."

Er hatte das Gefühl, dass sie nicht mehr nur über Bronwyn sprachen.

„Wo bleiben die Infos, die wir über die anderen Opfer brauchen?", fragte Wilson.

„Halten Sie sich zurück, Wilson." Sarge knirschte mit den Zähnen. „Sie tut ihr Bestes."

„Nun, ihr Bestes könnte eine Menge Leute das Leben kosten."

Er wollte Wilson am liebsten ins Gesicht schlagen – schon wieder –, aber der Mann sprach die Wahrheit. Bronwyn würde womöglich an die Informationen, die sie brauchten, nicht herankommen.

„Wahrscheinlich sind die anderen Frauen auch da drin", sagte er. „Seht es euch an. Das ist eine verdammte Festung. Ich sage, wir stürmen das Gebäude jetzt und nutzen die Gunst der Stunde."

„Nein. Wir warten ab, welche Informationen sie bekommen kann."

Ein Schrei von Bronwyn lenkte ihre Aufmerksamkeit zurück auf den Lautsprecher, über den ihre Übertragungen liefen.

„Verdammt, er hat sie wieder geschlagen." Sarge erhob sich von seinem Platz im hinteren Teil des Lieferwagens. „Ich geh' jetzt rein."

Wilson schob sich vor die Tür. „Nein, das werden Sie nicht. Sie kannte die Risiken."

„Wir dachten, er würde sie zu seinem Haus bringen. Irgendwohin, wo wir schnell zugreifen könnten. Das ist nicht das, worauf sie sich eingelassen hat. Gehen Sie mir aus dem Weg."

„Zwingen Sie mich nicht, meine Waffe zu ziehen."

„Zwingen Sie mich nicht, Ihnen noch mal die Nase zu brechen, Wilson."

„Leute, haltet die Klappe und hört zu!"

Wilson und Sarge drehten sich bei Outlaws Worten beide wieder zu ihm.

„Du kannst mich schlagen, so viel du willst, Nikolai. Aber ich halte dich trotzdem für einen Lügner. Du hast keine Armee. Du hast ja mich kaum unter Kontrolle, geschweige denn all die anderen."

„Sie provoziert ihn", murmelte er. Das war gefährlich. Wenn das nach hinten losging …

Säure brannte in seinen Eingeweiden, als Bronwyn erneut aufschrie. Er konnte nicht sehen, was geschah, aber er wusste, dass es nichts Gutes war. „Ich werde es genießen, dich so zu entstellen, wie du mich entstellt hast."

Er hatte genug gehört. „Geht mir aus dem Weg. Ich gehe rein, mit oder ohne euch." Er hatte nicht vor, hier zu sitzen und zuzuhören, wie Bronwyn leiden musste.

„Da." Nikolais Stimme drang durch den Lautsprecher. „Alle meine kleinen Sklaven, genau wie du."

„Sind das … Erdwände?"

Er blickte Mark an. Wenn die Wände des Ortes, an dem die anderen Frauen festgehalten wurden, aus Erde bestanden, dann waren sie nicht mit Bronwyn in diesem Gebäude.

„Für den Moment. Es wird dort nicht mehr lange so aussehen. Sieh genauer hin. Du weißt, wo das ist."

Ein langer Moment des Schweigens verging, bevor Bronwyn sprach. „Der geheime Weinkeller deines Vaters. Wo ich mich vor dir versteckt habe, als er gestorben ist."

„Und wo ich dich gefunden habe, nicht wahr?"

Galle stieg in seinem Bauch auf. Er brauchte nicht zu raten, was in diesem Keller passiert war, nachdem Nikolai sie gefunden hatte.

Er hatte sich noch nie so sehr gewünscht, jemanden zu töten, wie diesen Mistkerl.

Komm schon, Ponygirl. Beschaff' uns die Informationen, die wir brauchen, damit wir dich da rausholen können.

„Ich kann nicht glauben, dass du so viele Frauen in diesem Weinkeller in Havlíčkovy sady versteckst. Unter dem Springbrunnen."

Sie hatte es geschafft. Sie hatte die Informationen bekommen und weitergegeben.

Wilson war sofort am Telefon und forderte Unterstützung an. Sie hatten den Aufenthaltsort der vermissten Frauen.

Nikolais Kichern drang durch den Lautsprecher. „Jedes Mal, wenn ich in diesem Park spazieren gehe, denke ich an unsere gemeinsame Zeit."

Bronwyn antwortete wohlweislich nicht.

„Sie hat es geschafft! Los geht's." Wilson kletterte bereits auf die Fahrerseite. „Wir müssen sofort los. Sobald Nikolai erfährt, dass wir ihm auf der Spur sind, wird er die Frauen wegbringen oder töten lassen. Wir sind von allen am nächsten dran. Wir können nicht die Prager Polizei anrufen, weil zumindest einige von ihnen auf Nikolais Gehaltsliste stehen werden."

„Nein." Sarge würde Bronwyn nicht im Stich lassen.

„McEwan, wir haben keine andere Wahl. Wir befreien

die Frauen und kommen dann sofort zurück, um Bronwyn zu holen. Sie wird schon klarkommen. Sie muss nur noch eine Stunde durchhalten."

Das war eine gefühlte Ewigkeit.

„Nein. Ich werde sie nicht zurücklassen." Nicht noch einmal. Nie wieder. Dies würde kein weiterer Moment werden, auf den er zurückblicken und denken würde, dass er sie nicht hätte verlassen sollen. „Ihr könnt gehen. Ich hole Bronwyn da raus."

Wilson wischte sich mit der Hand übers Gesicht und sah ausnahmsweise menschlich aus. „Wir haben nicht genug Leute, um beide Aktionen gleichzeitig durchzuführen. Wir müssen uns für das entscheiden, was den meisten Menschen nützt. Ich schwöre bei meinem Leben, dass wir gleich danach Bronwyn rausholen werden."

Sein Leben bedeutete Sarge nichts. Nur ihres. „Nehmen Sie Ihr Team und retten Sie die Frauen. Ich werde Bronwyn jetzt holen."

„Dann werden Sie sterben", sagte Wilson. „Wie Sie die ganze Zeit sagen, wir sind alle auf derselben Seite. Ich möchte niemanden aus meinem Team verlieren."

„Er hat recht, Sarge." Mark legte ihm die Hand auf die Schulter. „Du wirst es nicht allein schaffen."

Es war ihm egal. „Ich werde sie nicht verlassen. Wenn ich sterbe, dann dabei, sie zu retten."

Mark wandte sich an Wilson. „Sie und Ihr Team übernehmen den Weinkeller. Sarge wird dafür sorgen, dass Bronwyn rauskommt, und ich werde dafür sorgen, dass er das überlebt."

Timing war der Schlüssel zu allem. Nikolai mochte ein sadistischer Bastard sein, aber ein Idiot war er nicht. Wenn er erfuhr, dass der verborgene Weinkeller so kurz nachdem er Bronwyn davon erzählt hatte, angegriffen wurde, würde er schnell eins und eins zusammenzählen.

Und ihr eine Kugel in den Kopf jagen.

Er musste vor Ort sein, bevor das passierte.

Ihr Zwei-Mann-Infiltrationsteam war brutal, aber effektiv. Ohne jede Finesse brachen sie durch eine Hintertür ein und bewegten sich viel zu schnell den Hauptflur entlang.

„Das ist der reinste Selbstmord", sagte Mark, als sie um eine Ecke bogen und am anderen Ende des Korridors ein paar Wachen sahen.

„Ich weiß nicht, was wir sonst tun sollen. Ich muss Bronwyn finden, bevor Nikolai mitkriegt, was los ist. Er wird sie umbringen."

„Er wird sie genauso schnell töten, wenn er erfährt, dass irgendjemand im Gebäude seine Männer erschießt."

Mark hatte recht, und er wusste nicht, was er tun sollte. „Scheiße. Ich brauche zwei Minuten, um zu diesem Büro im Südosten zu kommen."

Er nickte. „Ich kann dir zwei Minuten verschaffen. Mach' was draus, Bruder."

Bevor Sarge nach seinem Plan fragen konnte, joggte er schon den Flur entlang auf die Wachen zu. „Hey, entschuldigen Sie", rief er. „Ist das hier das Gebäude, wo wir uns für die Moldau-Kreuzfahrt treffen sollen? Ich glaube, ich bin hier an der falschen Adresse."

Der Mann hatte Mut; das musste er ihm lassen. Es würde die Wachen nicht lange täuschen, aber lange genug.

Er schlich sich hinter Nikolais Männern vorbei, während Outlaw den verirrten Touristen zum Besten gab. Er war schon fast im Büro, als er Schüsse aus seiner Richtung hörte. Zähneknirschend gab Sarge sämtliche Bemühungen sich anzupirschen auf und lief, so schnell er konnte. Er betete, dass sein Freund nicht sein Leben gegeben hatte, um ihm diese Sekunden zu verschaffen.

Er erreichte Nikolais Büro und trat die Tür ein. Die Zeit schien stillzustehen, während er die Lage mit geübtem Blick einschätzte. Nikolai. Drei weitere Männer. Bronwyn stand an der Seite und war noch am Leben. Das war das Wichtigste.

Die Zeit lief wie gewohnt weiter. Ohne zu zögern, stürmte er voran und schlug dem ersten Mann die Waffe aus der Hand, als dieser sie gerade ziehen wollte. Mit einem Kick entwaffnete er seinen nächsten Gegner. Mit zwei Schritten war er bei Nikolai und schlug ihm die Waffe aus der Hand, bevor er sie ausrichten konnte.

Aber den vierten Mann konnte er nicht mehr rechtzeitig erreichen. Er blockte den Schlag, zu dem Nikolai ausgeholt hatte, und wartete auf den Befehl, sich nicht zu bewegen, oder womöglich auf einen Schuss in den Rücken.

Nichts davon geschah.

Sarge wirbelte herum, trat nach einem der ersten beiden Schergen und sah, dass Bronwyn sich um die Waffe des letzten Mannes gekümmert hatte. Ihre Hände waren immer noch in Handschellen, aber sie hielt sich wacker. Er grinste sie an und setzte seine Drehung fort, um gegen seine drei Gegner zu kämpfen. Sie würde ihm den Rücken freihalten.

Aber wenige Augenblicke später trat Nikolai zurück und machte seinen Zug. „Bronwyn, Protokoll sofort aktivieren. Sag deine Worte."

Er blockte einen weiteren Schlag ab und erwartete, dass Bronwyn Nikolai sagen würde, er solle sich zum Teufel scheren.

„Ich existiere nur, um Befehle zu befolgen. Meine letzte Mission ist es, nach Hause zu gehen."

Bei diesen Worten wurde ihm schwer ums Herz. Er drehte den Kopf, um zu sehen, was los war, und fing sich für diesen Fehler einen Kinnhaken ein.

Bronwyn war still, kämpfte nicht mehr und starrte mit leerem Blick vor sich hin.

Sie war verschwunden. Der Roboter war wieder an ihrer Stelle. Und Nikolai hatte wieder eine Waffe in der Hand. Sarge hörte auf zu kämpfen.

Nikolai ging auf ihn zu. „Du. Der Amerikaner. Ich erinnere mich an dich, muss Jahre her sein. Ich weiß noch, dass meine Männer dich windelweich geprügelt haben, um zu sehen, wie Bronya darauf reagiert."

Seine Hand, die die Waffe hielt, donnerte in Sarges Magengrube. Sarge krümmte sich, die Luft blieb ihm weg und eine Schmerzenswelle explodierte in seinem Bauch. „Wenn sie mich angefleht hätte, dir nicht wehzutun, hätte ich dich auf der Stelle getötet. Aber es schien ihr egal zu sein, also habe ich dich am Leben gelassen. Mein Fehler."

Seine Augen waren auf Bronwyn gerichtet, als er sich aufrichtete. Sie starrte immer noch ausdruckslos vor sich hin. Die Chancen, dass er Nikolai die Waffe abnehmen, drei seiner Männer überwältigen und sie dann gegen ihren Willen nach draußen bringen konnte, waren gleich Null.

Er hatte keine Ahnung, was er tun sollte. Nikolai hielt immer noch die Waffe auf ihn gerichtet und …

Moment.

War Bronwyn eben ein kleines Stück näher an Nikolai herangerückt?

Das hatte vielleicht nichts zu bedeuten, aber …

Dann tat sie es wieder. Während er seinen Monolog darüber fortsetzte, dass er Sarge beim ersten Mal nicht hätte am Leben lassen dürfen und diesen Fehler nicht noch einmal machen würde.

Er sah auf Bronwyns Hände, die sie vor sich verschränkt hielt.

Sie zitterten.

Sie stand definitiv nicht unter dem Einfluss der Behandlung, wie Nikolai annahm. Sie wartete auf den richtigen Zeitpunkt.

Das Beste, was er jetzt tun konnte, um ihr zu helfen, war, die Aufmerksamkeit auf sich zu lenken.

„Hat dir schon mal jemand gesagt, dass du zu viel redest?" Er schüttelte den Kopf über Nikolai. „Das wollte ich dir schon sagen, als wir uns zum ersten Mal begegnet sind."

Das brachte ihm einen Schlag ins Gesicht von einem der Männer ein. Er drehte sich zu dem Mann um. „Komm schon, du bist doch auch der Meinung. Nikolai hört sich selbst gern reden."

Bronwyn trat noch einen halben Schritt näher an Nikolai heran. Sarge konnte nur hoffen, dass er nicht vorher auf ihn schoss. Er verließ sich darauf, dass Nikolai ihn nicht schnell töten wollen würde.

Und bei Gott, er hoffte, dass Wilson und sein Team die Frauen aus dem Weinkeller gerettet hatten, sonst war alles umsonst gewesen.

„Du findest, ich rede zu viel?"

Nikolai war wenigstens berechenbar und nickte seinen Männern zu. Fäuste kamen aus allen Richtungen auf ihn zugeflogen. Sarge hielt sich zurück, setzte nicht ein Zehntel seiner Nahkampffähigkeiten ein, um sie aufzuhalten. Er ließ sich von ihnen zurichten, bis er auf dem Boden lag. Er würde ein paar gebrochene Rippen und ein zugeschwollenes Auge hinnehmen müssen, aber es würde sich hoffentlich lohnen.

Nikolai rief seine Leute zurück. „Du scheinst nicht genug davon kriegen zu können, von meinen Männern in den Boden gestampft zu werden."

Sie war fast in Position, um ihren Zug zu machen. Sie brauchte nur noch ein wenig Zeit.

Sarge begann zu lachen.

Nikolai gefiel das überhaupt nicht. „Was ist so lustig?

Glaubst du etwa, dass ich dich nicht umbringen werde?" Er richtete die Waffe direkt auf ihn.

„Nein, ich bin mir sicher, dass du das vorhast." Er verlagerte sein Gewicht, das Stöhnen, das ihm entkam, war zwar nicht gespielt, sollte sie aber glauben lassen, dass er so schnell nicht wieder aufstehen würde.

„Was ist dann so lustig?"

Sarge schüttelte den Kopf und kicherte weiter. „Zodiac Tactical hat denselben Fehler gemacht wie du. Wir dachten, Bronwyns Stärke läge in ihren flinken Fingern, ihr Talent zum Stehlen und in der Menge zu verschwinden. Wir haben übersehen, was offensichtlich ist."

Seine Augen verengten sich. „Und das wäre?"

„Ihre größte Stärke ist ihr Verstand. Sie ist schlauer als wir alle."

„Daran werde ich denken, wenn sie um ihr Leben bettelt und ich sie trotzdem töte. Ich werde daran denken, dass sie schlauer ist als ich, wenn sie ihren letzten Atemzug macht. Sie gehört mir."

Bronwyn bewegte sich schneller, als er sie je gesehen hatte, selbst als sie in Höchstform gewesen war. Sie schlug Nikolai mit der Handkante aufs Handgelenk und riss ihm die Waffe aus den nun tauben Fingern. Sie erschoss alle drei seiner Männer, bevor sie ihre Waffen vom Boden aufheben konnten.

Sarge hatte vorgehabt, aufzuspringen, um ihr zu helfen, aber sie hatte seine Hilfe gar nicht gebraucht.

„Ich werde niemals dir gehören", fauchte sie Nikolai ins Gesicht und verpasste ihm einen kräftigen Haken, bei dem er ins Wanken geriet.

Sie eilte zu Sarge hinüber. „Alles okay bei dir? Es tut mir so leid. Ich habe so getan, als stünde ich unter dem Einfluss der Programmierung, aber ich war mir nicht sicher, ob du es merkst. Ich musste–"

Sarge küsste sie auf ihre bereits geschwollenen Lippen. „Ich weiß, Ponygirl. Wieder einmal hast du getan, was du tun musstest, um zu überleben. Dieses Mal, damit wir beide überleben."

„Wie?", jammerte Nikolai und wischte sich das Blut von der Nase, wo sie ihn geschlagen hatte. „Wie hast du die Programmierung ausgesetzt?"

Bronwyn sah ihn nicht an, als sie ihm auf die Beine half. „Ich bin nicht mehr allein. Im Gegensatz zu den anderen Frauen, die du ausgenutzt hast – im Gegensatz zu der Person, die ich vorher war –, habe ich ein Team, eine Familie, die dafür gesorgt hat, dass mein Verstand klar ist, und für Rückendeckung gesorgt hat, bevor ich hierher gekommen bin. Du wirst mich nie wieder kontrollieren."

Nikolais Gesicht färbte sich vor Wut fast lila. Er bückte sich schnell, zog ein Messer aus seinem Stiefel und stürzte auf die beiden zu.

Seine Absicht war klar. Sarge wollte sie hinter sich schieben, aber sie trat einen Schritt zurück. Sie hob die Waffe mit beiden Händen und schoss Nikolai dreimal in die Brust. Er fiel tot zu Boden.

Ihre Hände zitterten nicht das kleinste bisschen.

Kapitel 40

Sechs Monate später

Als Sarge aufwachte, war Bronwyn nicht bei ihm im Bett.

Es war nicht ungewöhnlich, dass sie früh aufgestanden war. Schlaf war immer noch eine schwierige Angelegenheit für sie. Die Tatsache, dass Mosaic komplett aufgelöst worden war – Erick und Nikolai waren tot und die beiden anderen Anführer waren kurz darauf gefallen –, änderte nichts an dem, was sie ihr angetan hatten.

Zweiundzwanzig Frauen waren an diesem Tag in Prag gerettet worden. Wilson mochte ein Arschloch sein, aber er hatte sie rausgeholt und sich dabei eine Kugel eingefangen. Vielen dieser Frauen ging es weitaus schlechter als Bronwyn, aber sie waren zumindest alle am Leben und erhielten medizinische Hilfe.

Outlaw war auch angeschossen worden, nachdem seine Scharade als Tourist fehlgeschlagen war. Aber er hatte überlebt und noch dazu vier Männer aufgehalten, um Sarge die Zeit zu verschaffen, die er brauchte, um zu Bronwyn zu gelangen.

Er war jetzt in Wyoming und arbeitete mit den Leuten

von Linear Tactical an einem speziellen Projekt, das sich um Jenna und ihre Vergangenheit drehte.

Bronwyn war immer noch dabei, sich zu erholen. Ihre Hände zitterten noch immer. Sie beide arbeiteten daran, zu akzeptieren, dass das für immer ein Teil von ihr sein könnte. Auch wenn sie bewundernswerte Arbeit geleistet hatte, die Scherben ihres Seins wieder zusammenzusetzen, bedeutete das nicht, dass sie nicht zerbrochen gewesen war.

Ihre zerbrochenen Teile gehörten zu den schönsten Teilen seines Lebens und er würde jedes einzelne Bruchstück für den Rest seiner Tage in Ehren halten.

Er wusste, wo sie war, also hetzte er sich nicht, als er aus dem Bett rollte. Allerdings war er überrascht, dass er nicht aufgewacht war, als sie sich aus dem Bett geschlichen hatte. Sie schliefen immer noch wie ein Krakenpärchen, so eng umschlungen, wie zwei Menschen nur sein konnten.

So schliefen sie beide besser.

Sarge zog sich an und tapste in die Küche. Der Kaffee war bereits gekocht, also goss er zwei Tassen ein und machte sich auf den Weg nach draußen.

Sie waren vor ein paar Monaten an einen Ort etwa eine Stunde außerhalb von Denver umgezogen. Er hatte sein Haus mit dem Blick auf die Front Range aufgegeben – Landon mietete es gerade. Nachdem er aus dem Krankenhaus entlassen worden war, war das Treppensteigen für ihn ein bisschen zu viel gewesen und er hatte ein Haus gebraucht, in dem sich alles auf einer Ebene befand.

Sarge dagegen hatte ein Haus mit mehr Land gebraucht.

Das Haus, in das er und Bronwyn gezogen waren, bot zwar keinen fabelhaften Blick auf die Rocky Mountains, aber es war von ein paar Hektar Land umgeben. Er wusste, dass Bronwyn jetzt dort sein würde, draußen auf dem eingezäunten Gelände.

Wo sie Mac und Cheese zuschaute.

Als sich das Leben nach ihrer Rückkehr aus Prag wieder beruhigt hatte, hatte sie gefragt, ob sie die Alpakas und das Möchtegern-Alpaka auf der Resting Warrior Ranch besuchen könnte.

Es war Lucas' Idee gewesen, die Tiere nach Colorado zu bringen. Sie waren nicht als Hilfstiere oder zur emotionalen Unterstützung ausgebildet, aber für Bronwyn waren sie beides.

Also hatten sie sich ein Grundstück mit einer kleinen Scheune gesucht. Ein paar Monate später waren Cheese, das Schaf, und Mac zusammen mit zwei anderen Alpakas, die sie Peanut Butter und Jelly genannt hatte – und warum auch nicht? –, Teil ihrer Familie in ihrem neuen Zuhause geworden.

Cheese war gerade dabei, Jelly hinterherzulaufen. Mac und Peanut Butter ignorierten die beiden und kauten im sanften Licht der Morgendämmerung auf Gras herum.

„Kommen unsere vier Nahrungsgruppen hier draußen zurecht?" Er reichte ihr einen Becher Kaffee, während sie auf dem Zaungeländer hockte und die Tiere beobachtete.

„Ja. Cheese will Jelly nicht in Ruhe lassen. Mac ist das völlig egal."

Sarge lächelte. „Wird Jelly irgendwie aggressiv, was Cheese angeht?" Sie waren ein wenig besorgt, dass die anderen beiden Alpakas dem Schaf nicht so tolerant gegenüber sein würden wie Mac.

„Nein, er ist nur genervt."

„Verständlich." Er strich ihr mit einer Hand über den Rücken und sie lehnte sich an ihn. „Und du? Alles okay bei dir? Heute ist ein großer Tag."

Sie atmete tief durch. „Ich habe Angst."

„Deine Tutorin glaubt nicht, dass du irgendwelche Probleme haben wirst. Sie sagte, sie habe noch nie jemanden gesehen, der den Highschool-Abschluss so schnell nachgeholt hat."

Die meisten Leute brauchten sechs Monate bis ein Jahr, um sich auf diesen Test vorzubereiten, der Voraussetzung für ein College-Studium war. Bronwyn hatte ihn nach etwas mehr als sechs Wochen bestanden.

Er war nicht überrascht gewesen.

Die blauen Augen, die ihm immer noch den Atem raubten wie am ersten Tag, hafteten an ihm. „Vielleicht sollte ich noch warten. Vielleicht sollte ich keinen Studiengang beginnen, der sowohl einen Bachelor- als auch einen Master-Abschluss beinhaltet. Vielleicht werden meine Professoren merken, dass ich eine Hochstaplerin bin."

Er ließ seine Hand in ihr Haar gleiten und zog sie zu einem Kuss heran. „Und vielleicht wirst du dieses Programm mit Bravour abschließen und deinen Doktortitel bekommen. Und wirst Literaturprofessorin wie deine Mutter."

Sie war nicht daran interessiert gewesen, eine aktive Zodiac-Mitarbeiterin zu bleiben. Auch wenn es ihm nicht gefiel, dass sie dachte, dass sie für diese Art von Arbeit nicht mehr geeignet war, kam es ihm gerade recht, dass sie außer Gefahr war.

„Ich habe Angst", flüsterte sie wieder.

„Es ist in Ordnung, Angst zu haben", küsste er sie erneut und wandte sich dann wieder den Tieren zu. „Die ersten Tage sind beängstigend. Aber ich weiß, dass du trotzdem hingehen wirst, und ich weiß, dass du es schaffen wirst."

„Ich werde es schaffen", murmelte sie.

Sarge grinste, ohne sie anzuschauen. „Und wenn du eines Tages deinen eigenen Literaturkurs am College unterrichtest, werde ich daran teilnehmen. Und wir werden unseren Kindern erzählen, dass wir die zweite Generation von Literaturprofessoren und -studenten waren."

„Unseren Kindern?", flüsterte sie.

„Ist das in Ordnung? Ist es okay, dass ich dich heiraten und Menschenkinder haben will, nicht nur Alpakakinder?"

Ein Lächeln erhellte ihr Gesicht. „Das will ich auch. Aber nicht heute. Heute muss ich mich fürs College fertig machen."

„Ich liebe dich, Ponygirl."

Sie nahm seine Hand, und sie wandten sich vom Gold der Morgendämmerung ab, um zurück ins Haus zu gehen. Das Licht würde nicht golden bleiben, es würde sich verändern, wenn die Sonne aufging.

Das war es, worauf sich Robert Frost in dem Gedicht in *Die Outsider* bezogen hatte. Das Gedicht, das Ponyboy rezitierte, während er und Johnny die Morgendämmerung betrachteten.

Nichts Goldnes bleibt.

Sie erreichten die Tür und Bronwyn drehte sich zu ihm um. „Ich habe immer davon geträumt, wie mein Leben sein würde, wenn ich erwachsen bin. Ich hätte nie gedacht, dass es so wunderbar sein würde oder mit einem Mann, den ich so lieben würde, wie ich dich liebe. Mein ganz persönlicher mürrischer Held."

Sie grinste und rannte ins Haus.

„Lass mich an meinem ersten Tag nicht zu spät kommen", rief sie lachend über ihre Schulter.

Oh, sie wusste, dass er sein Bestes geben würde, selbst wenn das bedeutete, dass er sie selbst zum Campus fahren musste, damit sie pünktlich war. Er stürmte hinter ihr her, und der Klang ihres Lachens war alles, was in seinem Leben Bedeutung hatte.

Frost hatte sich geirrt.

Ihr Gold würde bleiben.

Linear Tactical Reihe

Beschützende Alpha-Helden, die für die Frauen, die sie lieben, allen Gefahren trotzen.

CYCLONES SCHICKSAL

Zac & Annie

Er würde sie vor jeder Bedrohung beschützen ...
Aber was, wenn **er** *selbst die größte Bedrohung ist?*

EAGLES SCHICKSAL

Finn & Charlie

Er kämpft für das, was richtig ist.
Sie kämpft nur ums Überleben ...

SHAMROCKS SCHICKSAL

Aiden & Violet

Jeder Einsatz hat seinen Preis.
Er wollte nie, dass sie ihn bezahlt.

ANGELS SCHICKSAL

Gabriel & Jordan

Selbst Engel haben ihre Dämonen.

GHOSTS SCHICKSAL

Dorian & Ray

Manchmal bleiben die Toten nicht tot.

SHADOWS SCHICKSAL

Heath & Lynn

Eine Unschuldige in seinen Krieg zu ziehen, war nie Teil des Plans.

ECHOS SCHICKSAL

Cade & Peyton
Die tiefsten Narben kann man oft nicht sehen.

PHOENIX' SCHICKSAL

Boy Riley & Girl Riley
Man muss erst verbrennen, bevor man sich wieder erheben kann.

BABYS SCHICKSAL

Baby & Quinn
Lass dich vom Namen nicht täuschen.

REDWOODS SCHICKSAL

Gavin & Lexi
Geheimnisse sind ihre einzige Option

SCOUTS SCHICKSAL

Wyatt & Nadine
Er ist der Einzige, der über ihre Narben hinwegsehen kann.

BLAZES SCHICKSAL

Kendrick & Neo
Familie bedeutet, dass niemand zurückgelassen wird.

CODENAME: ARIES

Ian & Wavy

CODENAME: VIRGO

Sarge & Bronwyn

CODENAME: LIBRA

Landon & Bethany

CODENAME: PISCES

Tristan & Alyse

Codename: Virgo

CODENAME: OUTLAW
Mark & Jenna

STORMS SCHICKSAL
Noah & Marilyn

FÜR IMMER
Jess & Ethan

CODENAME: GEMINI
Andrew & Tasha

www.janiecrouch.com/de

Printed in Poland
by Amazon Fulfillment
Poland Sp. z o.o., Wrocław

49276082R00240